黄宾虹诗文集

龐志英 編

中華書局

黃君實簡介

黃君實，號山濤，自署君寔，1934 年生於中國廣東省台山縣。香港中文大學中國及東方語文學學士，日本京都大學中國文學碩士，美國堪薩斯州立大學東方美術史碩士。曾任美國納爾遜 —— 阿特金斯藝術博物館研究員、紐約佳士得拍賣行及香港佳士得拍賣行中國書畫部國際主任。先後在北京中國美術館、上海美術館、杭州西湖美術館、香港大會堂、廣東省博物館、台北何創時書法藝術基金會及上海龍美術館舉辦書畫個展。著作有《王羲之〈蘭亭序〉真偽辨》《文徵明及其交遊》《黃檗文化 —— 禪宗書畫》《項元汴與蘇州書畫家》《宋元明清四朝翰墨》《沃雪齋藏古代繪畫選集》等。為當代著名書畫鑒定家、學者、書法家。精於行草及小楷書，尤以草書稱譽。

序一

鄭重

2019 年，黃君實先生和我都已退休多年。一個偶然的機會，我們相遇於上海，且僅是一面之緣。其實在多年前，我就已經認識君實先生了。1985 年，美國紐約大都會藝術博物館為了向收藏家顧洛阜致意，專門舉辦顧氏捐獻藏品展覽，並舉行“文字與影像”研討會，海內外著名鑒定家謝稚柳、徐邦達、楊伯達、楊仁愷、王己千等應邀參加。我於機場為壯暮翁謝稚柳先生送行。研討會結束後，他們應翁萬戈先生之邀，赴萊溪居雅集。壯暮翁歸來時攜回了這次雅集的照片，照片中的幾位鑒定家，我與他們都有交往，僅有一位與我年歲相仿卻不認識的。壯暮翁向我介紹說，此乃黃君實，學識、眼力都不錯。

黃君實，這個名字我並不陌生啊。幾年前，由張大千題引首“水殿風來暗香滿”，壯暮翁畫的《落墨荷花卷》上，就有黃君實的題詩和跋，詩曰：“恍惚徐熙落墨痕，調黃施黛見天真。畫圖久絕江南格，妙手能開千載心。”詩後又寫了一段很長的跋語。此時，我進一步認識了黃君實。君實先生不但是一位書畫鑒定家，而且能詩善書，詩句清麗，書風儒雅。由於歡喜他的詩，我還順手抄了下來。由此在我的腦子裏，兩個黃君實統一起來，鑒定家和書法家、詩人。

由此算來，我和君實先生從相識到見面，跨越兩個世紀，時間不可謂不長，心中常常難免泛起“終日思君不見君”的淡淡清愁。

黃君實，字山濤，成長於中國香港，求學於日本，定居於美國，主攻六朝文學。由於對繪畫有着特別強烈的愛好，他縱覽了各大博物館的中國古代書畫，結識了一些收藏大家。他們相邀賞玩，彼此成為知音。君實先生幫助他們編撰藏品目錄，或編輯出版精品集。後來，他就進入佳士得主持中國書畫拍賣，由業餘愛好者變為了專業人士，由客串變成了專家，並為之奉獻一生。

1981年，在黃君實加入佳士得之前，國際上對中國古代書畫的認識不足，市場蕭條。佳士得也把中國書畫混放在“東方器物”之中。對生意還是外行的黃君實，憑着對中國古代書畫的熱愛和敏鋭的智慧，以“拓荒者”的精神，提出把中國書畫從東方器物部脱離出來，成立專門的中國書畫部，提高書畫的品位。由此，中國書畫方被逐漸認可，價位在國際市場上不斷攀升，市場得到了蓬勃發展。此中的甘苦與冷暖，只有拓荒者自己知道。

市場繁榮的背後都有“真誠”二字，不能以假充真，不能賣假貨。一切能促進市場繁榮的商品都要遵守這個規律，何況有着傳承或傳世價值的書畫。

君實先生有着“真誠”的探尋，為了杜絕假畫流入市場。他在努力提高自己的鑒定水準。中國書畫鑒定有三個流派：一是“望氣派”，即着眼於書畫本身的筆墨氣息；二是“文獻派”，着眼於書畫著錄文獻；三是“避諱派”，除印章、紙絹，更着眼於畫家對尊人的姓名避諱。

君實是如何鑒定書畫的，我並不清楚，但從本書遴選的題跋中，我知道他的鑒定風格屬於“望氣派”，即着眼於書畫本身，主要看畫家的筆墨個性及時代風格，同時也不放棄對紙絹、印章的審查。君實先生的書畫鑒定活動主要在海外，但他沒受到外國研究中國書畫的學者將造型風格作為鑒定依據的影響，保持了獨立的鑒定風格。

鑒定書畫的真假，有許多技術上的問題；而判別書畫的優劣，那就要更高一層，純粹是心靈上的感受了。君實先生不僅能鑒真偽，而且能別好壞。因此，對於他認為是真跡而有着爭議的作品，他會自己收下，再研究研究，或留給後代研究。我很讚許他的這種對古代書畫從容的大家風範。

文集中有《東坡詩注述》，是對蘇軾詩注的評述。文字篇幅雖然不長，卻是一篇膽識之作。東坡出川東遊，即開始顛沛流離的生活，宦海沉浮，足跡遍天下，閱歷之多、見聞之廣，非一般詩人可比。同時，他又是一位天才詩人，我見即我詩，所以他的詩經典史籍、天文地理、人世百態，無所不包。再加之他歡喜編制新典故，即使在致歐陽修的詩文中都是如此。這使歐陽修不得不問他典出何處。這樣也就給人們對注蘇詩帶來興趣，在北宋就有四臣五注乃至八注之作。南宋陸游也感到注蘇詩之難，雖有意而未果。歷史的煙塵，使一些注蘇詩之作都消失了。南宋嘉泰年間，施元之父子及顧僖合編的編年注本，俗稱“施顧注本”，至今已是鳳毛麟角。如周叔弢、傅增湘雖有藏，也視若拱璧，祕不示人。如果對蘇詩沒有深入了解，也無法評述那些注釋之作確當與否，所以對蘇詩注本加以評述，真是學術上的一塊硬骨頭。若非有膽有識之士，是不敢去碰的。有膽而無識者，則文必空泛而不可談；有識而無膽者，則又必偏執迂腐，也做不出文章來。君實先生啃了這塊硬骨頭，並且啃了下來，故我稱之為"膽識之作"。

20 世紀 60 年代，郭沫若沿襲李文田舊説，撰文提出《蘭亭序》為偽託，從而否定這是王羲之的書跡。高二適撰文駁斥，由此在文壇上展開了"蘭亭論辯"。章士釗把高二適的文章推薦給毛主席，毛主席在回信中説，這類筆戰，有比沒有好。事後從康生給南京宮維楨的信中，方知郭沫若文章的背後有康生捉刀。我後來訪問《文物》雜誌主持這場辯論的編者黃槭，他也認為參加論辯的學者不少，但附郭者多，助高者少。這時只有三十一歲的黃君實，在香港撰兩萬餘言的長文，駁斥郭沫若是無根之談，論説有據，言之成理。六十年後重看此文，仍是立於不敗之地，可以説，這也是篇"膽識之作"。更為可貴的是，君實先生在此文中精細地考證了《蘭亭序》由《臨河序》演變的過程，闡述了《蘭亭序》和《金谷園詩序》的關係。郭沫若用王羲之《臨河序》否定《蘭亭序》，從而否定王羲之，頗有"醉翁之意不在酒"之意。這是其他辯論中都未曾提到的。

説來也奇怪，我原來與君實先生並不相識，而且異地相居，又生活在不同的世界中。但我們對書畫有着同好之樂。多年前，香港的朋友送我一本《萱暉堂書畫錄》，記錄着收藏家程琦的藏品。現在很少有人知道程琦。他字伯奮，安徽新安人，他的父親是古董商人，子繼父業，成為有名的收藏家。此書著錄豐富，許多傳世名品都在其中。雖然看不到原作真跡，但書中對書畫的文字描述令我怦然心動，是我手邊常用的工具書。後來我才知道，這是黃君實應邀幫助程琦編撰的著錄，文字多出自他的手筆。

另有米芾的早期作品《吳江舟中詩》卷，我在美國紐約大都會藝術博物館初見時，感到此卷激情洋溢，筆意瀟灑疏朗，令人動容。以後影印出版，我又臨寫多遍。後來才知，在此之前，君實先生在幫助收藏家顧洛阜整理出版時，此卷也使他"如癡如醉"，看了他的記述，我感到有着一醉方休的同樂。此外，君實先生特別欣賞後有范成大題跋的南宋李結《西塞漁社圖》，這也是顧洛阜的收藏。此圖無款，因范成大題他朋友李結的作品而確定作者歸屬，但董其昌和葉恭綽都鑒定為王晉卿的作品，卷上有葉恭綽寫的一段題跋。我在寫葉恭綽傳記時，專程去美國紐約大都會藝術博物館看了此圖真跡。這也許是偶然的巧合，但我相信，世界上的事在偶然巧合中，無不蘊藏着機緣。

百聞不如一見，上海的一面之緣，卻給我留下深刻的印象。君實先生從香港攜來自書詩卷，要大家欣賞。他夫人龐志英將詩卷徐徐展開，只見墨色閃光，渾厚深沉，墨氣撲鼻，薰人慾醉。我意識到此卷非用常見的墨汁書寫，而是用高檔的陳墨舊紙作成。卷長數丈，一氣呵成。我也屏氣靜心，一行一行地觀賞，看到卷尾，喟然長歎，人書俱在，書如其人，高雅、瀟灑、大氣，而又溫婉可親。對黃先生的書法理論及作品，我知之甚少。就此卷觀之，全卷上下、左右、前後遙相呼應，氣息相通，從整體佈局到每個字的結構，可以說臻善至美，特別是從溫婉中流露出來的骨氣，在今人書法中是不多見的。

筆力可以從錘煉中得到，而他書中特有的氣息，我看並非僅靠磨煉可致，而是出乎於內心，運行於腕底，發之於筆端，最後從線條上表現出來。君實先生的書法之美，就是在線條上的，他的線條疾徐有控，欲縱又收，起筆和收筆，都能從容沉着，有着藏而不露的含蓄，頗可玩味。

君實先生的書畫鑒定或其他著作，我沒有深入了解，而且與他交往不多。只是就我所聞、所見、所感拉雜地寫些文字，是為之序。

2023 年 8 月於梧桐人家

序二

祝君波

我國有豐富的出版資源、雄厚的物質基礎，加有面廣人眾的讀者，出本書已不是一件困難的事了。但黃君實先生這本姍姍來遲的詩文集，卻是我期盼已久的，儘管作為一個出版人，每年看到幾十萬種新書出版，感覺已很平常。

在疫情最嚴重的 2022 年春季，龐志英老師曾複印了黃老的《史克門與顧洛阜》《萱暉堂主程伯奮》兩篇長文給我。讀完以後，感慨良多。兩文披露了很多鮮為人知的鑒藏史料，遂希望龐老師找到更多的文章。因為這是一批寶貴的文獻，整理出版對業界是一件有益的事，而不僅對黃老個人有意義。

一本好書，是寫出來的，實際上也是一個人積年累月做出來的。沒有做，哪有寫？尤其是書畫鑒定、書法創作這一行，尤其如是。

我首次見到黃老是 1993 年的春季，那時他已在紐約佳士得任職多年，主管紐約、香港兩地的書畫拍賣。而在此之前，我一直關注紐約的信息，他主管的紐約佳士得古書畫拍賣，時有佳績傳至業界，比如《元人獵騎圖》以接近一百八十萬美元落槌、董其昌《婉孌草堂圖》軸也以超過一百五十餘萬美元的高價成交，這是具有首創性的。

那次，他由佳士得袁曙華女士陪同來品鑒朵雲軒首屆拍賣會的拍品，一件件看去，一邊報出估價，談笑風生，不失幽默，專業而嫻熟，給我留下深刻印象。由於各種原因，那次未與黃老及佳士得合作，但個人間相互的聯繫延續了很多年。

後來，他來上海美術館舉辦書法展，我曾參與協力，王康樂、方增先、周慧珺先生都曾出席並給予高度評價。記得上海書畫出版社周志高、劉小晴、戴小京等都曾一起相聚，向黃老請教和交流。周志高先生事後對我說，黃老的書法根器正，氣息高古，超然於一般書家，在海外書家中應屬超一流。這句話給我印象深刻。

舉辦首屆收藏家大會時，我們曾派專人約黃老口述歷史，長達兩萬餘字，涵蓋內容極其豐富，黃老精心修改成文發表，對收藏、鑒定界人士很有指導意義。付印前，我曾展讀數遍，內心十分佩服。以後，我有很多機會聽黃老講述書法、繪畫、鑒定及藏家的故事，對鑒定家的比較，感覺他胸有詩書，底蘊深厚。他雖以拍賣為業，但骨子裏卻是個文人，是一位學富五車的文史專家、書畫鑒定家，也是一位純正的書法家。

鑒定，尤其是古書畫鑒定，是一門讓人望而生畏的行當。因為每一位書畫家不同，每一位書畫家不同時代的作品不同，甚至同一時期的作品也不同。舊時也無照相，資料傳承十分有限。做一個教師，可以擇其一個斷代或一個流派加以研究，達到一定的深度就可以了。但在收藏界、拍賣界從事鑒定的專家就無法迴避矛盾，看到的書畫又如此之多如此複雜，需要超人的學習精神和廣博的專業知識。我認為，正因為黃老一生處於這樣的職業背景，加上勤奮和天賦才使他後來有如此過人的地方。

這本書不是一天、一年寫成的，因為是詩文集，收錄了黃老從青年到晚年的大部分詩、文、題跋。在參與編輯出版的過程中，我才有機會了解到他鑒定專業建立的綜合基礎。

首先，黃老有深厚的古詩文功底，並且身體力行，有實踐的基礎。這一點非常重要。因為古書畫的創作者大多是文人，他們將詩文融入畫中；古人的書法大多是表達文學。所以，擅長古詩文，方可與古人對晤、溝通，理解文思哲理，有助於書畫真偽、優劣的鑒定。沒有古詩文基礎的鑒定者，最終很難登堂入室，得到神助去探明真偽要義。而黃老在少年時就酷愛中華文化，又在崇基學院（今香港中文大學）受過系統訓練，二三十歲時詩情澎湃，已擅長格律，留下了很多古典詩詞。這次收錄書中，可窺其一斑。

其次，黃老也有系統的美術史論基礎。像黃老這一輩鑒定家，受到現代教育的比較鮮見。他在崇基學院畢業後，留校任助教四年，後又有機會獲日本外務省研究獎金，畢業後東渡日本京都大學研修。研修畢業後在程霱伯門下，協助鑒定古書畫及用小楷抄錄題跋。再去美國堪薩斯州立大學，做李鑄晉先生的助手兼研究生，直至讀完碩士課程。一路走來，他有很好的學養基礎，這使他對中外美術史、研究學問有了平台基礎。只是生活的壓力，他被拍賣業召喚，沒有繼續做學院派的教學，但他在中國香港、日本、美國三地所受的系統教育、美術史論的基礎，卻是很重要的。系統的美術史基礎不等於可以從事鑒定，不等於有了火眼金睛，但有了很多微觀的知識背景，又有宏觀的積累，只會使一個人如虎添翼，行至更遠、登攀更高。這一點在黃老身上尤有體現。

再次，他有豐富的實踐，黃老的職業轉向使世間少了一位教授，但業界多了一位鑒定家。這是因為佳士得的高位，紐約乃至全球藏品的流通、見識，反而使他有機會看到更多的寶藏，成了一個高起點的專家。他告訴我，曾在日本看過各大美術館及私人藏家所藏的中國書畫，看過萱暉堂程伯奮所藏古書畫並且為這些書畫藏品題寫小楷跋文，多達百篇；在美國，有機會仔細看過大博物館的書畫藏品，還看到顧洛阜、翁萬戈、王己千等先生的私家舊藏，得以零距離接觸、研習，收穫很大。在紐約和香港的兩段拍賣行經歷，也使他眼界開闊。我們知道，在現代社會，除了博物館，很多私人的珍藏，都經拍賣這一平台聚集，這給黃老這樣的職業鑒定家以無數的機會，也是他每日每時的考試。這不僅是學術研究，更有面對客戶的責任和成交與否的壓力，所以，拍賣平台是一特別鍛煉人、考驗人的崗位。黃老曾不只一次地對我説，這項工作特別累人，但也給了自己更多的學習、研究機會，這裏有在學校及其他機構看不到的書畫、學不到的東西。古舊書畫鑒定是一項實踐性、操作性很強的工作，有理論又有細節的考證，但如果東西看少了，紙上得來終覺淺。在黃老的記憶中，1992 年年末在紐約整批拍賣香港李氏羣玉堂藏書畫精品、1994 年春經手拍賣宋元碑拓書法包括《淳化閣帖》，都是難得的經歷。

一個人鑒定學問的識見，還有賴於與業界頂級高手的交流。鑒定界並沒有統一的標準，每位鑒定大師都是一座令人仰止的大山，與這樣級別的高人面敍、共賞、切磋，是人生進步的助力。以我所知，黃老與同時代的王己千、啓功、謝稚柳、徐邦達等鑒定大家都有交往，這也是他得益匪淺的地方。

書畫家不等於鑒定家，但一位傑出的書畫鑒定家，擅長丹青書畫一定是其成功的重要條件。古人且不説，研究中國近代鑒定史，我們不難發現，吳湖帆、張大千、王己千、謝稚柳、徐邦達、啓功都是書畫家，鑒定有助於他們藝術創作的成就，而書畫創作，又使他們具有超越常人的通天法眼。即使不曾見過楊仁愷先生的畫作，也知道他寫得一手好字。這些鑒定家因為擅長書畫、精通筆墨、臨習過古畫，無疑能從作品、筆墨、題跋等細節，找到分辨真偽的鑰匙。而人生苦短，一個人要具備那麼多條件才能夠成為鑒定專家，又反證這是一條多麼艱難的道路！而黃老深諳書法之道，也擅揮毫，一是他酷愛書法，二是他的鑒定工作需要書法。所以他一直追求成為書家。在佳士得早期書畫拍賣圖錄上，曾看到他一筆沉着又有幾分靈動的行書。後來知道當時紐約還沒有中文版排，很多字要靠他用毛筆謄寫，這無意間給遠在上海的筆者，看到了他書風的機會。有一次我在香港出差，正好香港大會堂黃老的書法展開幕，觀後對他的學問、書法造詣也有了更多的認識。後來，收藏到了他的多本書法集，展讀再三，也頗為心儀。這裏談論書法，只是從黃老鑒定的角度做一個背書。其實不止書法，他在繪畫上也有鑽研，甚至流傳於社會上的黃老畫作，其風格還是透出傳統神韻的。

黃老這一代鑒定大家的人生道路難以複製，他們的鑒定經驗、留下的文獻尤其珍貴。《黃君實詩文集》的與眾不同，是較少一般理論的探研，而更多的是實踐經驗的總結，對經歷、人物、作品的回顧以及分析，對一些重點作品真偽爭議之己見，如對王羲之《蘭亭序》真偽、對董源《溪岸圖》真偽所寫的文章，在字裏行間精要地點出事理，承續了古人鑒定言簡意賅的傳統，又有自己所處時代的風格。

本書經驗的部分，使我們一方面了解了黃老成功的祕密，也更深切地提示人們，學習鑒定無法從書本到書本，一定要有豐富甚至獨特的經歷；他的古詩部分，讓我們看到他年輕時的情趣和古文底蘊，也感歎今時鮮見大家的原因；而題跋部分，是構成本書獨特性的一個重點。古人鑒定，很多鑒定工夫、技巧、觀點，實際上隱含在夾敍夾議的題跋之中。題跋有兩個重要條件，一是見識，二是書法。缺一者都不敢在古書畫上題跋，因為這是白底黑字的考試，是要被後人永遠檢驗的。黃老對我說，在古畫上一揮而就的題跋幾乎是不存在的。他往往會反覆研究，形成觀點，再字斟句酌於文字，最後才靜默下來，以行楷加以傳達。此書中收錄題跋計三十餘段，最長的如《題蘇軾書陶淵明歸園田詩五首》卷、《題任熊繪大某山民詩意》冊、《題鄒之麟臨黃公望〈富春山居圖〉卷》等，都有一二千字之多。而長題如《跋陳淳水仙花書畫》卷、《題張伯駒張大千詩書札》卷等也不鮮見，很多都相當於一篇鑒定文章，成為黃老題跋的一大特色。這些題跋加上書法在世間流傳，筆意雙輝，必然給後生一輩產生積極影響。此書也收錄了某些題跋原件，因不是作品集，字體過小，但仍可見神韻，知其書法之美之精不是虛言。

在此書的出版過程中，筆者曾兩度去黃府拜訪，向黃老先生、龐志英老師請教出版之細節，他倆都給予清晰的回憶和回答，並隨時調出原件以佐證。真心佩服他們博淵的學識、驚人的記憶！這本書是黃老的學術成果，也是龐老師精心主編的結果。沒有龐老師悉心收集、保存、梳理這些文字，本書的出版或許遙遙無期。在此，謹向兩位老師表示崇高的敬意！

作為本書出版過程的見證人，看到這本黃老的心血之作得以出版，補遺珠之憾，也甚感欣慰。

2023 年 10 月 8 日於上海

詩書畫相伴的人生（代自序）

黃君實

我的童年，是在戰爭的恐懼與逃難的困苦中度過的。

我出生在中國廣東南部的台山縣，那是個傍海的漁鄉，當地人多遠赴美國謀生。老華僑的心態是落葉歸根，總是把在國外辛勞所得的積蓄匯返家鄉，加上沿海水產豐富，台山算是一個相當繁榮的小縣。我兩歲多時，父親也離鄉往美國去了。1937 年，抗日戰爭全面爆發，次年日軍攻陷廣州城，那是我童年噩夢的開始。我隨着母親四處逃難，幾乎沒有好好上過小學。戰後回到廣州又大病一場，病愈後直接讀了一年初中，才輾轉來到香港。當時香港的教育制度非常混亂，有不少只收錢不問成績的"野雞"學校。戰爭和疾病已經把我求學的時間完全打亂了，我急忙花一年多的時間趕完高中的功課，便去參加中學會考，竟然取得了優異的成績，還拿到了香港政府的獎學金，免費入讀崇基學院中文系。亂世流離，能夠有這樣的結局，真要感謝上天的恩眷。

我早期的教育，主要來自母親及長輩。母親上過初中，在當時算是有文化的女性。"少無適俗韻，性本愛丘山"是我幼年便能朗朗而誦的詩句。叔父輩也有喜歡書法的，所蓄碑帖雖非善本，亦有助於初學。而且我記憶力極佳，過目不忘，看到商店的招牌大字，回家便可以寫得似模似樣。對我來説，閱讀、寫字和繪畫就像呼吸空氣那樣自然。但真正在學問上有所長進，還是入讀崇基學院中文系以後。

當時國內許多著名的學者，如錢穆、伍俶、羅香林、潘重規等，皆雲集香港，任教於香港中文大學前身的新亞書院和崇基學院。我遇上了最好的時機、最優秀的師長，在簡樸的環境中專心學習。成為一個學者是我當時的志向，藝術只是興趣所在，但它可以與文史知識結合起來，為我展開一個遼闊而高曠的天地。《〈蘭亭序〉真偽辨》《東坡詩注述》等文章都在此時完成，《海鷗賦》《詠史詩》《孫中山先生頌》

也是當時興到之作。這些詩文雖不足以登大雅之堂，但其中載滿了年輕人的率性與真情，更是我珍貴的生命痕跡。

1966 年，我獲得日本外務省的獎學金，在京都大學研究六朝文學。抗日戰爭期間，日本財閥大量收購中國藝術品，也常在公私博物館中展出。那些曾經在書本上讀過的名字、在圖錄上見過的影像，真實地、清晰地呈現在眼前，令我心悸動，欣喜莫名。在日本的四年，是我生命轉折的四年，也是我眼界大開、學問豐收的四年，它改變了我的人生軌跡。如果説從前的我是以文學為主，藝術為輔，經過這四年的浸淫，藝術已開始主宰我的生命。我早年在文史、地理等領域打好的基礎，以及後來修讀藝術史，在博物館工作，十多年挑着拍賣工作的重擔，這一連串的經驗全都是培養我成長的養分，讓我的知識更多，眼光更廣，能夠深入地看懂書畫，創作書畫，鑒定書畫。我很清楚自己懂什麼，懂多少。專家、學者或閒雜人等的論調完全不會影響我。

複雜的人際關係，得失成敗，對我都全不重要了。匆匆幾十年，路途中總有這樣那樣的不如意。但詩書畫一直都與我為伴，不離不棄，如此豐盛的人生，還有什麼比它更美妙。

這本詩文集是在祝君波先生再三催促下才匆匆集成的。感謝祝先生多年來對我的厚愛與關懷，也感謝他團隊中的崔冬玲女士和各位朋友，為整理這文集不辭勞苦。小友姚錫安及盧宇在資料蒐集和校對工作上也給我很大的幫忙，一併在此致謝。最辛勞的當然是龐志英女士，但她卻越忙越抖擻，真是奇妙。

我的佚文應該還有不少，匆忙間無法集齊，尤其是書畫卷後的題跋，許多已不知散落何方。親友們若有保存的，亦請告知，以便日後再編印補充，在此先謝謝你們的合作！

2024 年 1 月 12 日

目錄

書畫漫談 ／133

藝文散論

王羲之《蘭亭序》真偽辨

一

論中國書法者，必以王羲之[1]為冠冕，蓋其書兼精諸體，變化無端，盡善盡美[2]，足以樹表啓強，晉唐大家，悉歸藩籬[3]，李煜所謂“善書者，各得右軍之一體”[4]也。宋元以後，或體有因革，而所造終莫逮者，非唯才氣，亦時代使然，無開創之魄力也。[5]考諸漢魏，張芝負今草之能[6]，鍾繇號正書之祖[7]，然僅為濫觴，其流未大。羲之以英睿不羣之資，值通變因革之會，博習古人名跡，臨池盡墨，兼取篆分，師其法而棄其形[8]，遂能承先啓後，為書家之王都；而《蘭亭序》帖，尤稱平生最得意書，雖

1 王羲之，字逸少，琅玡臨沂（今山東臨沂縣）人，晉中興名臣王導之從子。官至右將軍、會稽內史，故世又稱王右軍。羲之少負美譽，及長，辯贍，以骨鯁著。善書，為古今之冠，有書聖之稱。生於晉惠帝永寧二年（302），卒於晉穆帝昇平五年（361），年五十九。（《晉書》本傳僅云“年五十九卒”，未言年月。此據唐張懷瓘《羲之小傳》。）事跡詳《晉書》卷八十本傳。

2 唐太宗云：“詳察古今，研精篆素，盡善盡美，其唯王逸少乎！”唐張懷瓘《書斷》云：“備精諸體，唯獨右軍，次至大令（王獻之字子敬，官至中書令，世稱大令）；然子敬可謂“武”，盡美矣，未盡善也；逸少可謂“韶”，盡美矣，又盡善也。”

3 晉以來書家，王獻之最克傳家學，與父齊名。李煜云：“子敬俱得右軍之體，而失於驚急，無蘊藉態度。”餘若宋羊欣、孔琳之、薄紹之，齊王僧虔，同出於獻之；梁蕭子雲、陶弘景、阮研皆學右軍。唐李嗣真《書後品》云：“顏黃門（之推）有言（見《顏氏家訓．雜藝篇》）：阮交州（研）、蕭國子（子雲）、陶隱居（弘景），各得右軍一體，故稱當時之冠絕。”至隋僧智永及唐諸家，深受右軍影響，固無庸論矣。

4 宋桑世昌《蘭亭考》卷五引南唐李後主題《蘭亭》。

5 宋蔡襄楷學虞世南、顏魯公，行草學右軍，皆遠不逮；米芾號為集古字，晚自成家，實不出獻之門庭；蘇東坡、黃山谷雖能自出新意，亦未逾晉唐規範。元趙孟頫足以籠罩一代，而趙書僅變右軍之古為今，易其奇為正，得之太易。明祝允明、文徵明、王寵、董其昌，似師晉唐，而未去趙之習氣。晚明則失之粗野。至清中葉，北碑盛行，然右軍書實已掩有其長，而鄧石如、包世臣、趙之謙、何紹基輩，天資低而格調卑，何足以言通變？是宋以來，書道每下愈況，雖豪傑之士，亦為之束手耳。

6 張芝，字伯英，後漢人，善草書，有草聖之稱，《書斷》謂其變章草以成今草。

7 鍾繇，字元常，官至太傅，故又稱鍾太傅。《書斷》謂其隸（即後世所謂楷書）行入神，八分（今所謂隸）入妙。與張芝、羲獻父子，並稱鍾張二王。又《宣和書譜》云：“鍾繇《賀克捷表》，備盡法度，為正書之祖。”

8 羲之書用筆，圓出於篆，方得自分。至結字佈白之輕重變化，觀後漢《禮器》諸碑，可知其淵源所自，第以善學，能泯其刻畫之跡耳。

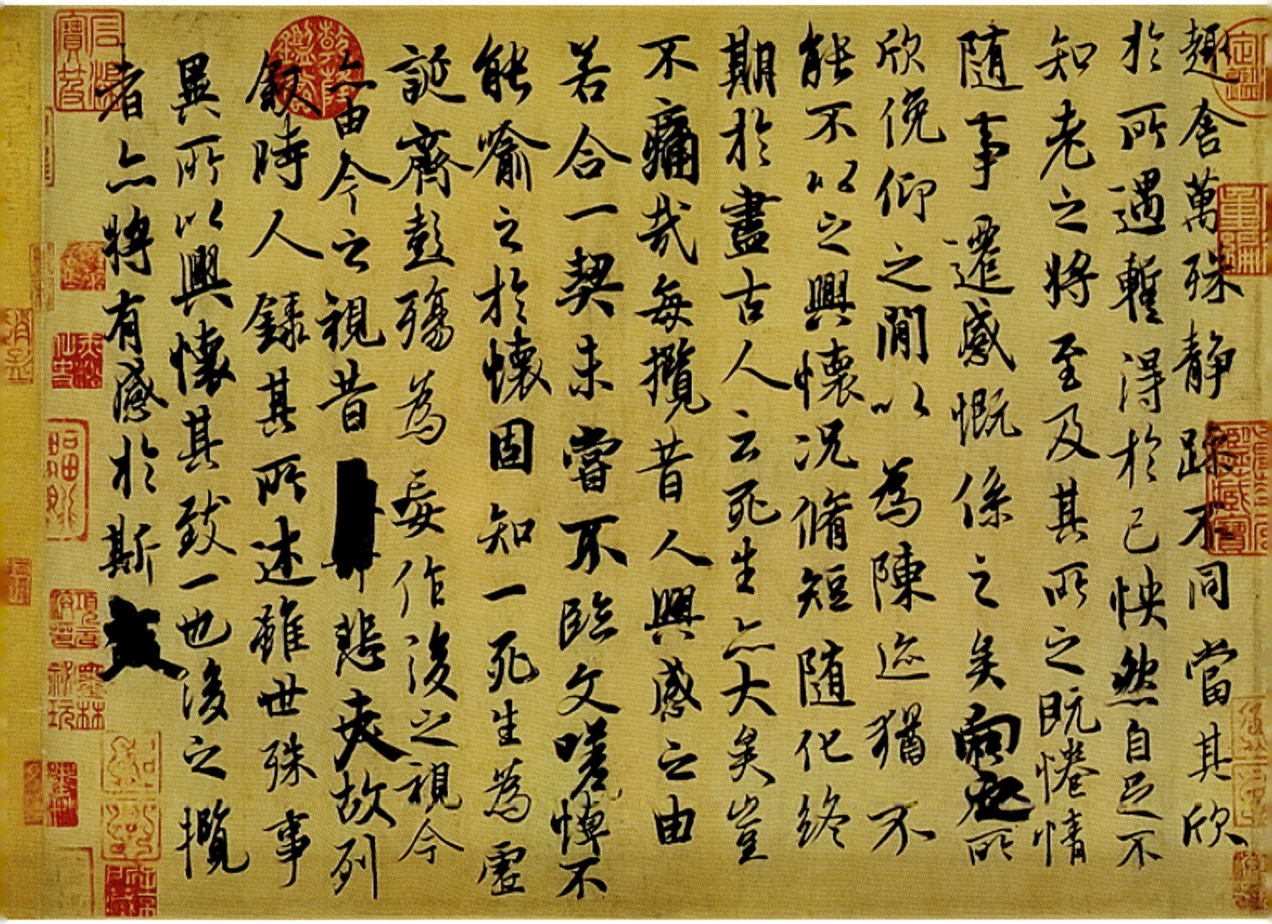

圖 1　唐　馮承素　摹　蘭亭序（神龍本）紙本　24.5 厘米 × 69.9 厘米　故宮博物院藏

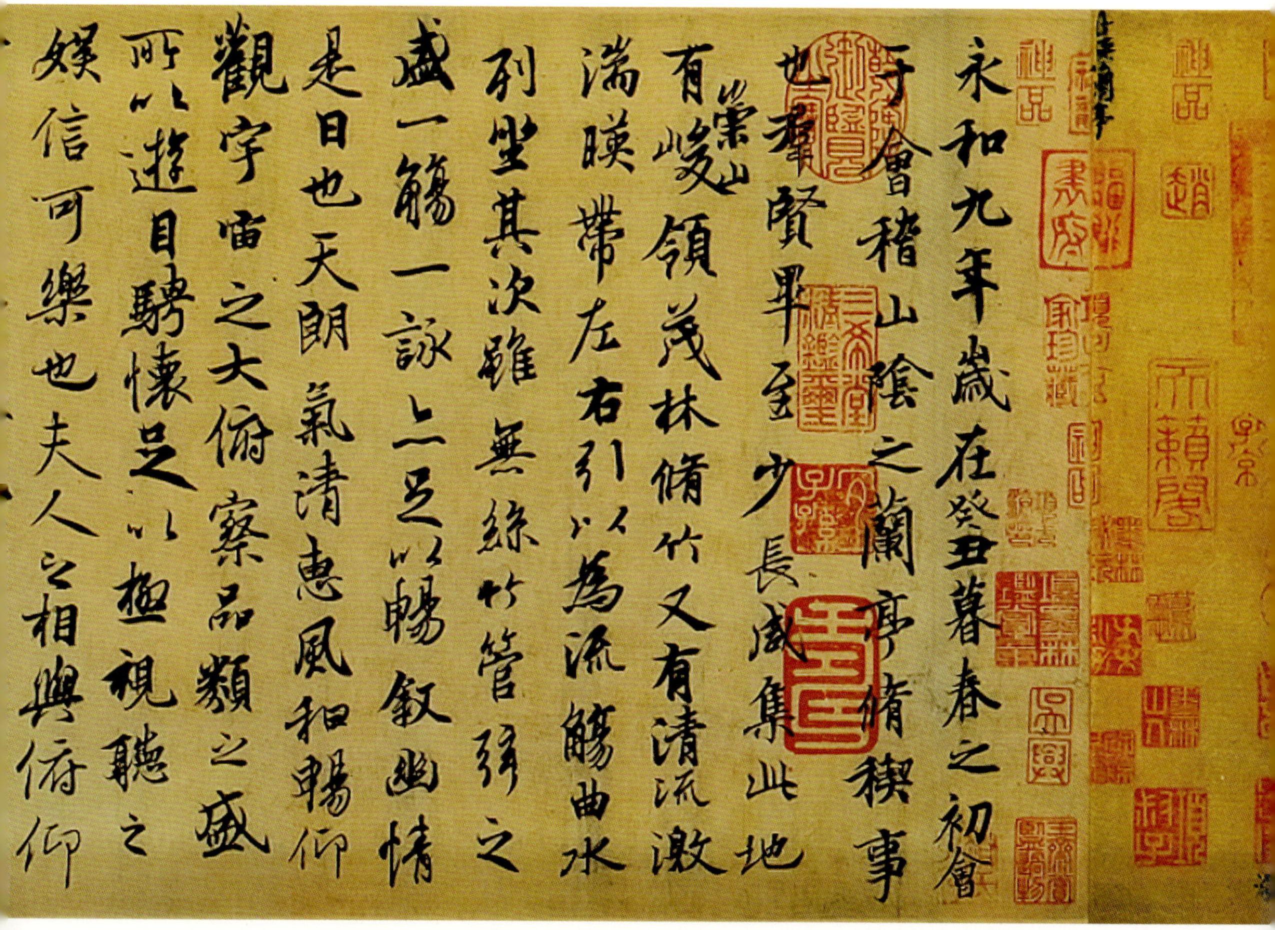
永和九年歲在癸丑暮春之初會
于會稽山陰之蘭亭脩稧事
也羣賢畢至少長咸集此地
有崇山峻領茂林脩竹又有清流激
湍暎帶左右引以為流觴曲水
列坐其次雖無絲竹管弦之
盛一觴一詠亦足以暢敘幽情
是日也天朗氣清惠風和暢仰
觀宇宙之大俯察品類之盛
所以遊目騁懷足以極視聽之
娛信可樂也夫人之相與俯仰

真跡已亡，世間摹刻，精者尚存典型（圖 1）。唐宋以來，文人學者，題詠者指不勝屈[9]，咸推為行書之宗，臨習之風，迄今未沫，影響之深遠，可謂空前矣。

蘭亭修禊，千古傳誦之雅事。羲之與謝安、孫統、孫綽諸名公並其子凝之、徽之等四十一人，於東晉穆帝永和九年（353）三月三日，會於會稽山陰之蘭亭[10]，修禊飲之禮[11]，臨流班坐，飲酒賦詩。羲之揮毫制序[12]，用蠶繭紙、鼠鬚筆[13]，遒媚勁健，絕代更無，凡二十八行，三百二十四字。文云：

> 永和九年，歲在癸丑，暮春之初，會於會稽山陰之蘭亭，修禊事也。羣賢畢至，少長咸集。此地有崇山峻領，茂林修竹，又有清流激湍，映帶左右，引以為流觴曲水。列坐其次，雖無絲竹管弦之盛，一觴一詠，亦足以暢敘幽情。是日也，天朗氣清，惠風和暢，仰觀宇宙之大，俯察品類之盛，所以遊目騁懷，足以極視聽之娛，信可樂也。
>
> 夫人之相與，俯仰一世；或取諸懷抱，悟言一室之內，或因寄所託，放浪形骸之外。雖趣舍萬殊，靜躁不同。當其欣於所遇，暫得於己，快然自足，不知老之將至。及其所之既惓，情隨事遷，感慨系之矣。向之所欣，俯仰之間以為陳跡，猶不能不以之興懷；況修短隨化，終期於盡。古人云："死生亦大矣。" 豈不痛哉！
>
> 每攬昔人興感之由，若合一契，未嘗不臨文嗟悼，不能喻之於懷。固

---

9 唐宋人題《蘭亭》詩文，散見諸文集。宋桑世昌有《蘭亭考》十卷，俞松有《蘭亭續考》二卷，所錄極多。清翁方綱《蘇米齋蘭亭考》，並及字之點畫，則殊見瑣碎也。

10 杜佑《通典》："越州山陰，漢舊縣，蘭亭，王羲之《曲水序》於此作。"《元和郡國志》載 "蘭亭山在越州西南二十里"，即今浙江省紹興市。

11 上巳修禊，其俗甚古。《藝文類聚》卷四引漢韓嬰《韓詩》曰："三月桃花水之時，鄭國之俗，三月上巳於溱洧雨（《太平御覽》同，當從李善《文選》注作 "兩"）水之上，執蘭招魂續魄，拂除不祥。"（《文選》卷四十六顏延年《三月三日曲水詩序》注。《御覽》卷三十引《韓詩．鄭風．溱洧》，文字稍有不同。）後漢應劭《風俗通》曰："按《周禮》：女巫掌歲時，以祓除疾病。禊者，潔也，故於水上盥潔之也；巳者，祉也，邪疾已去，祈介祉也。"（《藝文類聚》同卷引）又，《荊楚歲時記》："三月三日，四人（四，今本作 "士"；人，《蘭亭考》作民，以作民為是）並出江諸池沼間，為流杯曲水宴。"

12 柳公權書《蘭亭詩》云："四言詩，王羲之為之序。" 又錄孫綽序曰《五言詩序》。柳公權，唐人，文獻尚可徵，言當可信。

13 此據唐何延之《蘭亭記》，前賢既信其言，今沿之。

知一死生為虛誕，齊彭殤為妄作。後之視今，亦由今之視昔，悲夫！故列敘時人，錄其所述。雖世殊事異，所以興懷，其致一也。後之攬者，亦將有感於斯文。[14]

字有重者，皆構別體，就中“之”字最多，至二十許，變轉悉異，遂無同者。是時，乃有神助，及醒後，他日更書數十百本，終不及之。右軍亦自愛重，留付子孫傳掌云。[15]

羲之書名重當時，齊梁後，日益寶之。[16]唯《蘭亭》劇跡，至唐乃顯。《晉書》本傳，始載全文。前此，僅梁劉孝標注《世說》[17]，節引部分，餘無徵焉。何則？以晉迄隋末，迭經喪亂，六朝文集，多從湮缺，即唐宋尚存者，今亦不一二覯。況《蘭亭》真跡，王氏之祕寶，以梁武帝收藏之富，觀與陶隱居論書[18]，知其尚未之見，故唐前論書者罕及之也。[19]

唐太宗酷愛羲之書，於《蘭亭》真跡，尤夢寐不能去懷，逮一天下，乃遣人求得之。[20]貞觀初，令搨書人湯普徹、馮承素、趙模等搨賜諸王公大臣，普徹竊搨以

---

14 據清吳士鑒、劉承幹《晉書斠注》本傳引。

15 參引唐何延之《蘭亭記》，文載唐張彥遠《法書要錄》及宋李昉《太平廣記》，以文多不備錄。按：何延之所記，難免誇大之詞，未可盡信。宋高宗《翰墨志》云：“余謂神助，及醒後更書百千本無如者，恐此言過矣。右軍他書，豈減褉帖，但此帖字數，比他書最多，若千丈文錦，卷舒展玩，無不滿人意，軫在心目不可忘，非若其他尺牘，數行數十字，如寸錦片玉，玩之易盡也。” 可謂通論。

16 南齊王僧虔云：“羲之書江左中朝，莫有及者。” 並詳見《法書要錄》所載唐張懷瓘《二王等書錄》一文。

17《世說新語》卷下《企羨》第十六。

18《法書要錄》卷二。

19 關於《蘭亭序》真跡流傳，何延之謂：“右軍亦自珍愛寶重此書，留付子孫傳掌，至七代孫智永。永終，遺其弟子辩才。” 唐劉餗《隋唐嘉話》則云：“《蘭亭序》梁亂出在外，陳天嘉中為僧永（智永）所得，至太建中獻之宣帝。隋平陳日，或以獻晉王（隋煬帝），王不之寶，後僧果（智果）從帝借搨。及登極竟未從索。果師死後，弟子僧辩（辩才）得之。” 二者所記，何說較合理，且張懷瓘言智果師智永，而辩才為智永弟子，古人亦屢言之。又考今傳世《蘭亭》墨跡，若《神龍本》、虞世南臨本（一名張金界奴本）、褚摹本等，皆無梁鑒書人徐僧權、唐懷充等押署，所謂定武本雖有，恐亦為好事者所為之蛇足耳，姜夔曾辨二說，謂劉說似可信，唯所據僅石本僧權書縫字而已。

20 何延之謂貞觀中太宗使蕭翼賺取，劉餗謂武德（唐高祖年號）四年，秦王（太宗時封秦王）使蕭翊（或作歐陽詢）就越州求得之。武平一則云：“太宗於右軍之書，特加睿賞。貞觀初下詔購求，殆盡遺逸。萬機之暇，備加執玩，《蘭亭》《樂毅》，尤聞寶重。” 武氏所記平實，最可信，今從之。

出，故在外傳之。[21] 太宗駕崩，陪葬昭陵。[22]

由太宗好羲之書，風氣所漸，時翕然尚之。《蘭亭》一帖，行書極則，尤學書者所必習。自唐迄宋，摹刻遍世，聚訟紛紜。朱熹譏之如議禮然，蓋初搨本流傳絕罕，有則藏於祕府豪家，非常人可得見，重摹或臨本亦稀如星鳳也。行世刻本，咸推定武，相傳歐陽詢所臨，唐代摹刻。北宋初，石出定武軍，因以為名，拓本遂傳於世(圖2)。[23] 然《定武蘭亭》，宋世已不易得，有者皆祕為珍玩，後來翻刻，多至千百，大率粗具規模而已。趙孟頫云："《蘭亭帖》當宋末南渡時，士大夫人人有之。石刻既亡，江左好事者往往家刻一石，無慮數十百本，而真贗始難別矣。" 又云："傳刻既多，實亦未易定其甲乙。" [24] 可知刻本之淆雜矣。今世所見，藏者皆自詡為真，唯其用筆不特無復遒媚勁健，結字亦乏變轉悉異矣。即趙孟頫許為真定本之"獨孤長老本"(毀於火，僅存部分)，亦殊不佳，與神龍本《蘭亭序》[25] 相較，固有霄壤之別，比之懷仁集《聖教序》中《蘭亭》字，亦遠遜。元吳炳藏本亦鋒穎全缺，無復羲之筆意，且宋米芾、李公麟、陸游、薛道祖諸公謂唐人響搨墨本勝於刻石。[26] 薛道祖題所勒唐摹硬黃本《蘭亭》云："文陵不載啓，古刻石已殘。鋒芒久自滅，如出掘筆端。臨池幾人誤，詎識筆意完，貞觀賜搨本，尚或傳衣冠。……" 薛氏為定武石舊藏者，乃有此論，審其所刻，筆意位置多與神龍本相近，而優於定武傳本。然則定武《蘭亭》，何足貴哉！清人所以喋喋謂《蘭亭》恐非右軍書，正以未見唐人摹搨，而為此等刻本所詒耳。

若夫神龍《蘭亭》，神采飛動，筆意跌宕，筆筆不同，字字悉異，何延之所言，

---

21 亦見武平一《徐氏法書記》，文載《法書要錄》卷三。

22 《蘭亭》入昭陵事，唐人多言之，如武平一言太宗晏駕，本入玄宮；何延之謂高宗從太宗命殉葬；劉餗云中書令褚遂良奏："《蘭亭》先帝所重，不可留，遂祕於昭陵。" 言有不同，瘞於昭陵則一，後世亦無異議。

23 《定武蘭亭》石刻，說最紛紜，有謂歐陽詢臨，太宗以玉石刻置禁中。《蘭亭考》載："宣和中，詔宣定武衙校舊人，問《蘭亭》石。對曰：慶曆中宋祁帥鎮日，有學究李姓者，藏此石，死於妓家。樂營將何水清者，得以獻祁，祁祕藏不妄與人，留於公庫，因謂之定本。後河東薛珦來帥，其子紹彭別刻留郡，易之以行。"

24 趙孟頫《蘭亭十三跋》。

25 神龍，唐中宗年號。此本首尾有神龍半印，故名。或稱馮承素摹本。郭氏謂此即智永偽本。然帖後有元郭天錫、明文嘉跋，皆言是摹搨。郭、文有精鑒稱，閱前代法書名跡甚多，當不至自書與摹搨不分。

26 見《蘭亭考》所引諸公跋。

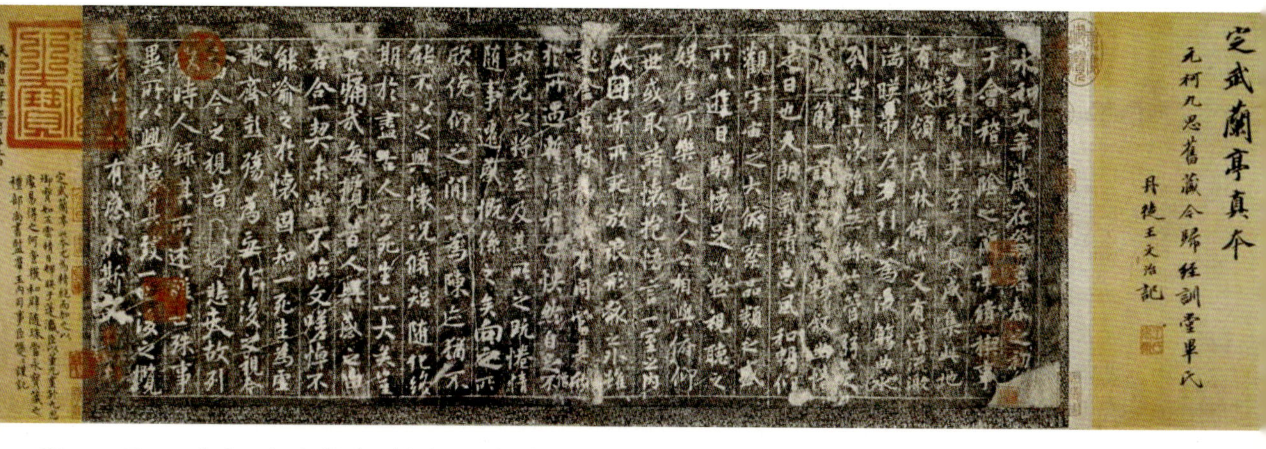

圖2　晉 王羲之 定武蘭亭 紙本 25厘米 ×66.9厘米（宋拓，柯九思藏本）台北故宮博物院藏

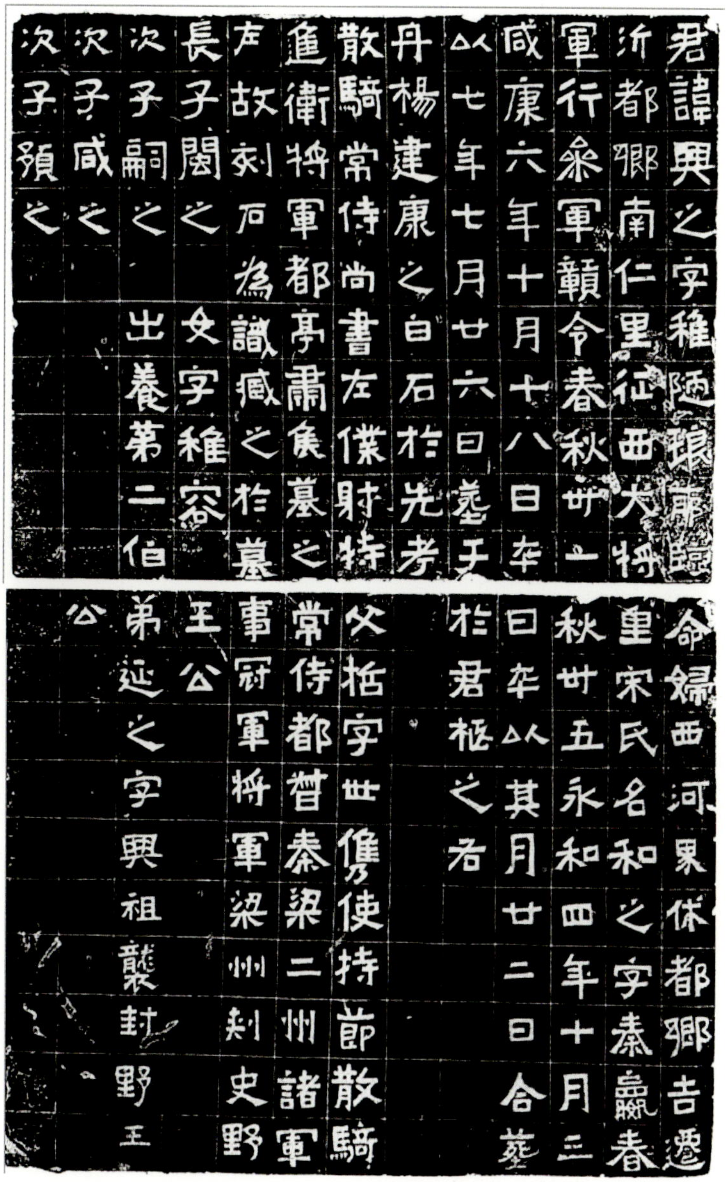

君諱興之字稚陋琅耶臨
沂都鄉南仁里征西大將
軍行參軍贛令春秋卅一
咸康六年十月十八日卒
以七年七月廿六日葬于
丹楊建康之白石於先考
散騎常侍尚書左僕射特
進衛將軍都亭肅侯墓之
左故刻石為識藏之於墓
長子閩之　女字稚容
次子嗣之　出養第二伯
次子咸之
次子預之

命婦西河界休都鄉吉遷
里宋氏名和之字秦嬴春
秋卅五永和四年十月三
日卒以其月廿二日合葬
於君柩之右
父哲字世儁使持節散騎
常侍都督秦梁二州諸軍
事冠軍將軍梁州刺史野
王公
弟延之字興祖襲封野王
公

圖3　王興之夫婦墓志拓本 南京市博物館藏

真不虛也，惜以摹搨多得位置而失筆意，無復羲之用筆之勁健，然牽絲、用筆之提按及塗改處，皆纖毫可睹，信為湯普徹輩初搨無疑，餘若虞世南臨本（或稱“張金界奴本”），神氣稍形蕭索，當亦唐人所摹，未敢許為虞臨。《蘭亭八柱》第二之褚遂良臨本，及褚臨黃絹本，筆意佳而位置多失；梁章鉅、陳鑒摹本皆自神龍本摹出。以上各本，皆出石刻之上，而尤以神龍本為佳，觀之尚可想見真本之神妙。

《蘭亭序》之文章與書法，向無疑為偽作者。若云其書傳刻失真，非復右軍原跡面目則有之，此由未見初搨本，或泥於出土六朝碑帶八分筆意之偏見耳。及清季李文田，始謂其文其書，皆不可信。[27] 郭沫若本之，據近南京出土之王興之夫婦墓志（圖3）與謝鯤墓志，撰《由王謝墓志的出土論到〈蘭亭序〉的真偽》一文[28]，斷定世傳《蘭亭序》書法及部分文章為隋僧智永所偽。旋高二適著《〈蘭亭序〉的真偽駁議》駁之。[29] 郭氏再撰《〈駁議〉的商討》與《〈蘭亭序〉與老莊思想》二文，反複詰難。[30] 國內學人，論辯者甚眾，然附郭者多，助高者少。唯細繹郭氏先後之文，強詞詭辯，未可謂為定論，故援引古説，略抒鄙見，以辯其謬焉。

二

李文田言《蘭亭》為偽，其立論如下：

> 鄙意以為，定武石刻未必晉人書，以今見晉碑，皆未能有此一種筆意，此南朝梁、陳以後之跡也。按《世説新語．企羨篇》劉孝標注引王右軍此文，稱曰《臨河序》，今無其題目，則唐以後所見之《蘭亭》，

---

27 跋清汪中舊藏《定武蘭亭序》，照郭沫若文轉引。

28 參見《文物》1965年第六期。

29 參見《文物》1965年第七期，轉載自1965年7月23日《光明日報》。

30 參見《文物》1965年第九期。

> 非梁以前《蘭亭》也。可疑一也。《世說》云人以右軍《蘭亭》擬石季倫《金谷》，右軍甚有欣色。是序文本擬《金谷序》也。今考《金谷序》文甚短，與《世說》注所引《臨河序》篇幅相應。而定武本自“夫人之相與”以下多無數字。此必隋唐間人知晉人喜述老莊而妄增之，不知其與《金谷序》不相合。可疑二也。即謂《世說》注所引或經刪節，原不能比照右軍文集之詳，然“錄其所述”之下，《世說》注多四十二（應作四十）字。注家有刪節右軍文集之理，無增添右軍文集之理。此又與右軍本集不相應之一確證也。可疑三也。有此三疑，則梁以前之《蘭亭》與（非）唐以後之《蘭亭》，文尚難信，何有於字？且古稱右軍善書，曰“龍跳天門，虎臥鳳闕”，曰“銀鈎鐵畫”。故世無右軍書則已，苟或有之，必其與《爨寶子》《爨龍顏》相近而後可。以東晉前書，與漢魏隸書相似，時代為之，不得作梁、陳以後體也……

李氏言三疑以論《蘭亭序》文之贋，以《蘭亭》無“二爨”隸筆而證其字之非，今試先破其疑焉。

按《世說》注節引《蘭亭》稱《臨河序》，文云：“永和九年，歲在癸丑，暮春之初，會於會稽山陰之蘭亭，修禊事也。羣賢畢至，少長咸集。此地有崇山峻嶺，茂林修竹，又有清流激湍，映帶左右，引以為流觴曲水，列坐其次。是日也，天朗氣清，惠風和暢，娛目騁懷，信可等（樂）也。雖無絲竹管弦之盛，一觴一詠，亦足以暢敍幽情矣。故列序時人，錄其所述。右將軍司馬太原孫（承）公等二十六人賦詩如左，前餘姚令會稽謝勝等十五人不能賦詩，罰酒各三斗。”[31] 與《蘭亭序》文相較，中缺“夫人之相與”下一百六十七字。“惠風和暢”下缺“仰觀宇宙之大，俯察品類之盛”二句。“娛目騁懷”作“所以遊目騁懷”，下缺“足以極視聽之娛”一句。“雖無絲竹管弦之盛”數句接“列坐其次”下。“錄其所述”下無“雖世殊事異……後之攬者，亦將有感於斯文”數句，而增“右將軍司馬太原孫承公……”四十字。次序顛亂，脱簡亦多，以文章論，似不如《蘭亭序》之渾成也。且《蘭亭序》之別

---

31 據金澤文庫本《世說新語》。

名甚多，以羲之成文時，本未標目，後人命名，但以蘭亭修禊之事稱之。故劉義慶名之曰《蘭亭集序》，劉孝標謂《臨河序》，唐人稱之為《蘭亭詩序》《蘭亭記》《曲水序》[32]，宋歐陽修則云《修禊序》，黃山谷曰《禊飲序》，宋高宗但稱《禊帖》。《蘭亭》則係通用之名，異名既多，何必執此以為口實？況《世說》本文云"王右軍得人以《蘭亭集序》方《金谷詩序》"，則《蘭亭集序》一名，固晉宋間人之所稱，如《金谷詩序》，皆以所集地標名者也。此由李氏讀書疏略，豈得有疑？而郭氏反謂《臨河序》為古抄本標題，而劉孝標採用之。又謂《臨河》之名，乃因"蘭亭臨河"而得[33]，更屬膚淺可笑。《臨河》得名，蓋由修禊之禮假水濱舉行，以祓除不祥。晉陸機詩所謂"濯穢游黃河"，潘尼《三月三日洛水作詩》所謂"臨川胡獨悲"也[34]，而以"曲水"為名之詩文尤多[35]。《蘭亭序》中即有"清流激湍，映帶左右，引以為流觴曲水"之語。若據酈道元《水經注》，則蘭亭蓋近湖（蘭渚），若照郭氏所言，何不名為《臨湖序》？（道元足跡未履江左，所記多出傳聞，雖未可以為徵信，然記蘭亭臨湖當無誤）。孫綽序云"以暮春之始，禊於南澗之濱。高嶺千尋，長湖萬頃，隆屈澄汪之勢，可為壯矣"[36]，記修禊所處地及景物甚明，亦最可信，故《臨河序》正為劉孝標或其所據本所命之別名，非羲之自定者也。

石崇文采風流，辭藻秀發，金谷之集，一時盛會。與會者若潘（岳）、陸（機）之儔，乃晉代名士之首。羲之《蘭亭序》擬之，甚或人以己文可敵石崇而有欣色，亦非奇事，況文之佳劣，豈以長短論？而擬古當師其法而遺其辭，苟用"篇幅相應"而論學古，識見何塵下也。考《蘭亭序》字三百二十有四，《金谷詩序》字二百三十有五，相差未及百字，《臨河序》僅百五十三字，篇幅亦不相應。李氏固難自圓其

32《蘭亭詩序》，唐人之通稱。《蘭亭記》大約因何延之之記而名。《曲水序》杜佑《通典》所名（非出蔡襄，《蘭亭考》誤引）。

33 參見郭沫若《〈駁議〉的商討》一文。

34 陸機詩見《全漢三國晉南北朝詩》中《全晉詩》卷三《棹歌行》，潘尼詩見《全晉詩》卷四《三月三日洛水作詩》。餘例甚多，如閭丘沖《三月三日應詔詩》之"臨川挹盥，濯故潔新"，阮修《上巳會詩》之"坐此修筵，臨彼素流"等皆是。

35 宋謝惠連有《三月三日曲水集詩》，顏延之有《三月三日曲水詩序》，其他如齊謝朓之《三日侍華光殿曲水宴代人應詔詩》多至數首。王融《三月三日曲水詩序》馳聲當代，皆其選也。

36《藝文類聚》卷四。嚴可均《全晉文》卷六十一。

說，至云“夫人之相與”以下百餘字，乃隋唐間人知晉人喜述老莊而妄增，尤屬臆斷之詞。若欲偽羲之書，何不取《臨河序》謄錄，而費如許精神，以待李氏證其妄增，此真迂闊不達之論。

又，李氏謂《世說》注較本文多四十字，注家有刪節，無增添文字之理，本無可議之處。唯細推注引序文，則此四十字，實為劉孝標撮取《蘭亭詩》後之附錄為注，所謂文外之記事也。今《蘭亭詩》[37]後猶有“已上十一人各成四言五言詩一首”“已上一十五人一篇成”等語，此即《臨河序》“二十六人賦詩如左”之注腳。又列前餘姚令謝勝等十六人姓名云：“已上十六人詩不成，罰酒三巨觥。”故劉注有“前餘姚令會稽謝勝等十五人，不能賦詩，罰酒三斗”之語。至字稍有殊者，或為劉所據本不同，或為傳刻之誤，則無能考之矣。

注書之體，貴乎明切；苟文甚長，何能畢錄？裴松之注《三國志》，李善注《文選》，世推精善，其例亦然。劉孝標才高學博，其注《世說》所援引東漢、三國諸史，經、子、地理諸書，及晉諸公別傳、家譜、文章凡百六十餘家；唯所錄非悉從原文，間以己意刪節，甚或斷以己見，因與今世所傳經、史、子之文，多有出入，正不得以此非《蘭亭序》文也。

《世說》注所引古籍，以今本校之，異處極多，若今不傳之書，則無由知其去取耳。試略舉數例明之：如《尤悔第三十三》“謝太傅於東船行”條注引《孟子》云：“湍水，決之東則東，決之西則西，搏而躍之可使過顙；激而行之，可使在山。豈水之性哉？人可使為不善，性亦猶是也。”[38]與今本頗有不同。《言語第二》“簡文入華林園”條，注引《莊子．秋水》云：“莊子與惠子游濠梁水上。莊子曰：‘儵魚出游從容，是魚樂也。’惠子曰：‘子非魚，安知魚之樂耶？’莊子曰：‘子非我，安知我不知魚之樂也。’”江左尚清談，老莊之書，人所熟習，孝標注所引，未與今本《莊子》合也。又，同篇“荀中郎在京口”條注引《史記．封禪書》云：“蓬萊、方丈、瀛洲，此三山世傳在海中，去人不遠。嘗有至者，言諸仙人不死藥在焉。黃金

37《蘭亭考》卷一。

38《孟子．告子上》云：“告子曰：‘性猶湍水也，決諸東方則東流，決諸西方則西流。人性之無分於善不善也……’孟子曰：‘水信無分於東西，無分於上下乎？人性之善也……今夫水，搏而躍之，可使過顙；激而行之，可使在山，是豈水之性哉？其勢則然也。人之可使為不善，其性亦猶是也。’”

白銀為宮闕，草物禽獸盡白，望之如雲。及至，反居水下，欲到即風引船而去，終莫能至。秦始皇登會稽，並海上，冀遇三神山之奇藥。漢武帝既封泰山，無風雨變至。方士更言蓬萊諸藥可得，於是上欣然東至海，冀獲蓬萊者。”前段與今本《史記》文已有不符，“秦始皇”句下更略為節引。又，《排調第二十五》“褚季野問孫盛”條注引《漢書》曰：“李陵降匈奴，武帝甚怒。太史令司馬遷盛明陵之忠，帝以遷為陵游說，下遷腐刑。乃述唐、虞以來至於獲麟，為《史記》。”考諸今本《漢書》，孝標蓋合《李陵傳》：“後聞陵降，上怒甚……遷盛言：‘陵事親孝……’上以遷誣罔，欲沮貳師，為陵游說，下遷腐刑。”與《司馬遷傳》“卒述陶唐以來，至於麟止”為注。更有甚者，如《識鑒第七》“桓公將伐蜀”條注引常璩《華陽國志》曰：“李勢字子仁，洛（當作略）陽臨渭人。本巴西宕渠賨人也。其先李特，因晉亂據蜀。特子雄，稱號成都。勢祖驤，特弟也。驤生壽，壽簒位自立。勢即壽子也。晉安西將軍伐蜀，勢歸降，遷之揚州（《華陽國志》作建康）。自起至亡，六世，三十七年（志作四十七年，《世說》注誤）。”今《華陽國志》無其文[39]，未悉是否脱誤。卷九《李特志》云：“李特字玄休，略陽臨渭人也。祖世本巴西宕渠賨民。”疑孝標注本此，下“其先李特”至末，為孝標撮志中事成文。其他若《排調第二十五》“范榮期”條注引《莊子．養生主》；《文學第四》“王丞相過江左”條注引嵇康《養生論》；《賢媛第十九》“許允為晉景王所誅”條注引《三國志．魏志》及《魏略》；《輕詆第二十六》“孫綽作列仙商丘子贊”條注引劉向《列仙傳》，文皆與今本大相徑庭。由此可知，劉注《世說》並非若後人注書不敢易古人一字，既可改易，則引文外記事以明其義，有何不可？

即石崇《金谷詩序》，《世説注》[40]《李注文選》[41]與《全晉文》[42]所載，詳略又不同。《李注》甚簡，《全晉文》最詳，今錄之與《蘭亭序》相參。石崇《金谷詩序》：“余以元康六年，從太僕卿出為使，持節監青、徐諸軍事，征虜將軍。有別廬在河南縣

39《華陽國志》卷九《李特、雄、期、壽、勢志》。

40《世說新語．品藻第九》。

41《李注文選》卷二十潘岳《金谷集作詩一首》注。

42《全晉文》卷三十三。

界金谷澗中，去城十里。或高或下，有清泉茂林、眾果、竹柏、藥草之屬，有田十頃、羊二百口，雞、鵝、鴨之類，莫不畢備。又有水碓魚池土窟，其為娛目歡心之物備矣。時征西大將軍祭酒王詡當還長安，余與眾賢共送往澗中，晝夜游宴，屢遷其坐，或登高臨下，或列坐水濱，時琴瑟笙筑，合載車中，道路並作。及住，令與鼓吹遞奏，遂各賦詩以敍中懷。或不能者，罰酒三斗。感性命之不永，懼凋落之無期，故具列時人官號、姓名、年紀，又寫詩著後。後之好事者，其覽之哉。凡三十人，吳王師議郎關中侯始平武公蘇紹，字世嗣，年五十，為首。"《世說注無"去城十里""有田十頃"以下數句，嚴可均據《太平御覽》等書補之，則其全文是否如此，仍成問題。《世說新語．容止第十四》"有人詣王太尉"條注引石崇《金谷詩序》曰："王詡字季胤，琅邪人。"而《品藻第九》注所引亦無此句。余意以為石崇序文至"其覽之哉"為止，"凡三十人"下，亦如《臨河序》後之四十字，乃孝標據其時紀事為注。至"王詡字季胤"句，當非序文，為"故具列時人官號、姓名、年紀"之文外紀事。是則李氏之三疑，皆無的放矢耳，郭氏不加細考，遂懵焉奉其言如圭臬，豈非謬哉！

劉知幾云："貞觀中，有詔以前後晉史十有八家，製作雖多，未能盡善。乃敕史官更加纂錄⋯⋯自是言晉史者，皆棄其舊本，競從新撰者焉。"[43]則自房玄齡等《晉書》出，臧榮緒、王隱、虞預諸家書，漸從淪沒，零片斷楮，端藉《藝文類聚》《初學記》《太平御覽》各類書，《世說》《文選》諸古注徵引，略見其一二，如不信《晉書》，晉世事亦不能知。《隋志》載《右軍集》十卷，及明張溥《百三名家集》所輯僅二卷，亦簡牘居多，是其文傳世不過什一，唯初唐史臣，當見其全也。又考《隋志》著錄，自漢迄陳別集，凡四百三十七部四千三百八十一卷。嚴可均《全文》、丁福保《全詩》搜羅備矣，恐亦不及萬一；且修史宜翔實，即不盡採諸《晉史》所載，於羲之文之真贗，豈不深考，以阿人主之好？《世說》為當日流行之書，彼等豈不知《臨河序》之異文？唐太宗有英主之目，能文善書，房、魏、褚諸人皆高風亮節之士。虞世南曾從智永學書，師與羲之之書，何竟不能別？考羲之書《蘭亭》之

43《史通外篇．古今正史第二》。

年（353）去唐貞觀元年（627），僅二百七十二載，是猶今之去清康熙世也[44]，僧智永入隋尚存，若謂右軍之書文為其偽作，而修史者竟昧昧，衡諸情理，殊難令人置信也。

《蘭亭序》文之效《金谷詩序》，固亦有跡可尋。二文皆先敍年月及會處景物。“夫人之相與”一段，亦就“感性命之不永，懼凋落之無期”二句發揮。“後之好事者，其覽之哉”與“後之覽者，亦將有感於斯文”何殊？劉彥和《文心雕龍》，理論多本陸機《文賦》，既有發揮，即不害為創作。古人詩文，效擬前人者極多，而郭氏乃有“偽者為大申石崇之志”“如此雷同，對於王羲之，恐怕不是太冠冕”之論。[45]郭氏又謂“《蘭亭序》所增一段文字，本之孫綽後序之‘樂與時去，悲亦係之……今日之跡，明復陳矣’[46]，而孫綽則脱胎於石崇此二句”。今請以彼之矛，攻彼之盾。若云羲之效石崇為不冠冕，孫綽則如何？孫綽為當時文宗，文名遠在羲之上，其《遊天台山賦》為千古傳誦紀遊之名篇，豈有孫可而王不可？郭氏於此，實未解也。

郭氏謂遊春行樂，不宜有“痛哉”“悲夫”之語[47]，然歷覽古人遊宴之作（除應詔之詩文多歌功頌德之詞），輒有樂極悲生之感。如《金谷詩序》之“感性命之不永，懼凋落之無期”，潘岳《金谷集詩》之“揚桴撫靈鼓，簫管清且悲。春榮誰不慕，歲寒良獨希”，王勃《滕王閣序》之“興盡悲來，識盈虛之有數”，皆以人生如寄，歡樂無常，而興感慨。達如陶潛，遊斜川猶有“中觴縱遙情，忘彼千載憂。且極今朝樂，明日非所求”“悲日月之遂往，悼吾年之不留”之歎。而孫綽序云：“樂與時去，悲亦係之。往復推移，新故相換，今日之跡，明旦陳矣。感詩人之致興，諒詠歌之有由。”與羲之感慨之言，尤足相發。羲之雖以骨鯁稱，唯悲喜固人之常情，“修短隨化，終期於盡”，正為晉代文人所恆言。《列子》書，今謂出晉人所偽，其《楊朱篇》有云“伏羲以來，三十餘萬歲，賢愚好醜，成敗是非，無不消滅，但遲速之間

---

44 清康熙三十二年。

45 參見郭沫若《〈駁議〉的商討》一文。

46 參見郭沫若《〈蘭亭序〉與老莊思想》一文。

47 參見郭沫若《由王謝墓志的出土論到〈蘭亭序〉的真偽》一文。

耳”，可為此句詮釋。

《晉書》本傳稱羲之：“又與道士許邁共修服食，採藥石不遠千里，遍游東中諸郡，窮諸名山，泛滄海，歎曰:‘我卒當以樂死。’”“服食藥石”與“樂死”，正以“人生忽如寄，壽無金石固”（《古詩十九首．驅車上東門》），而欲延年盡歡。唯“服食求神仙，多為藥所誤”（《古詩十九首．驅車上東門》）。羲之雖雅好“服食”，亦知死終難免，以“每攬昔人興感之由，若合一契”，故唯有“臨文嗟悼，不能喻之於懷”乃發為“一死生為虛誕，齊彭殤為妄作”之言耳。

魏晉之世，變亂相尋，民顛沛流徙，朝不保夕。悲觀思想，時代使然，非郭氏所謂“貪生怕死”與“庸俗”也。世皆知阮籍任情不羈，好老莊，其《詠懷》詩之“朝為媚少年，夕暮成醜老。自非王子晉，誰能常美好”“丘墓蔽山岡，萬代同一時。千秋萬歲後，榮名安所之”“豈知窮達士，一死不再生”“人生若塵露，天道邈悠悠”，皆非達生之論。郭璞詩，《續晉陽秋》謂其“始會合道家之言而韻之”[48]。然其《遊仙詩》之“時變感人思，已秋復願夏。淮海變微禽，吾生獨不化”，亦哀人生之短暫。若夫陶潛之“人生似幻化，終當歸空無”[49]“三皇大聖人，今復在何處？彭祖壽永年，欲留不得住。老少同一死，賢愚無復數”[50]。而其遊斜川，正開春行樂之時，乃有“開歲倏五日（或作十），吾生行歸休”之歎。王羲之豈較諸公為清高？而所引之詩皆為貪生怕死之庸俗思想？觀此，則《蘭亭》“夫人之相與”以下一段，其文非偽作明矣。

郭氏又云，“修短隨化，終期於盡”，合乎禪師口吻。以余意觀之，此亦東晉人之常用語耳。陶潛不有“聊乘化以歸盡”[51]“聊且憑化遷”[52]“運生會歸盡，終古謂之然”[53]之語乎？若佛家講輪迴，人死而精神不滅，奚可言盡？《牟子理惑論》云：“魂神固不滅矣，但身自朽爛耳。身譬如五穀之根葉，魂神如五穀之種實。根葉生必當

48《世說新語．文學第四》“簡文稱許掾”條注引。

49《陶靖節集．歸田園居詩》。

50《形影神》之《神釋一首》。

51《歸去來辭》。

52《始作鎮軍參軍經曲阿作》。

53《連雨獨飲》。

死，種實豈有終亡。”[54]佛說既以人死猶根葉之去而種實存，則何來“死生亦大矣，豈不痛哉”之語？而羲之體弱多病，常餌藥散，如其尺牘云：“民疾根治滯，了無差候，轉久憂深”“吾涉冬節，便覺風動，日日增甚。至去月十日，便至委篤……尋得小差，固爾不能轉勝，沉滯進退……憂懷甚深”[55]。故《晉書》本傳謂其“雅好服食養性，不樂在京師，初渡浙江，便有終焉之志”。《世說》云：“謝太傅語王右軍曰：‘中年傷於哀樂。與親友別，輒作數日惡。’王曰：‘年在桑榆，自然至此，正賴絲竹陶寫，恆恐兒輩覺，損欣樂之趣。’”[56]亦強作達觀語，其思想正與《蘭亭序》之文相合。

又，宋人以《文選》不取《蘭亭序》乃妄加臆測。所謂“絲竹管弦”重文，“天朗氣清”不合春景，前人固已明辨。[57]至云因其敍事興懷太悲，而為蕭統所不取，尤屬迂論。若此，則《思舊》《歎逝》之賦，《悼亡》《幽憤》之詩，皆宜從擯棄矣。蓋昭明所選，“事出於沉思，義歸乎翰藻”，此《文選序》已明言。《蘭亭》之文為江左清言，辭乏藻飾，是以梁世品第，未能方顏延年、王融《三月三日曲水詩序》也。此猶陶潛詩，昭明作序，備極推崇，而《文選》所錄篇章，遠不逮謝靈運。鍾嶸置之中品，亦以見一時之好尚。若以此疑《蘭亭》文為贋，豈非過耶？

三

欲辨《蘭亭》書法之真偽，最可信者莫如羲之其他書跡或同時人之作，次則為能見其書跡較多者之記述。今再就傳世羲之及唐前人書跡，以證《蘭亭序》字非出於僧智永所偽。東晉距今千五百餘載，紙壽不過千餘年，況歷水火兵燹之災，僥

54 梁釋僧祐《弘明集》卷一。

55 皆見《法書要錄》卷十《右軍書記》。

56《世說新語．言語第二》。

57《蘭亭考》卷八引《山樵夜話》。

倖得存，萬不一二。故羲之及唐前書跡，何者為原跡，實極難確定。陸機《平復帖》，宋徽宗所鑒定；《曹娥誄辭》有唐賢及宋高宗題跋。吾人所以信之者，蓋以懷素、徽宗、高宗所見甚廣，且皆為能書者也。以此論之，初唐虞世南、歐陽詢、褚遂良皆第一流書家，即唐太宗書，視諸人亦毫不遜色。其《溫泉銘》有敦煌石室之唐拓本固行於世，可資印證也。考羲之書跡，貞觀御府所藏，正書有四十帖，行書二百四十，草書多至二千餘，因時代既近，又經太宗刻意搜羅也。猶今所見之明祝允明、文徵明、董其昌等書跡豈無真耶？若為贋品，真鑒者豈不能辨之？況太宗、虞、褚諸公之書法與真鑒又遠過今人，斯固理之不可通者也。

羲之書跡，行書如《奉橘》《喪亂》《孔侍中》《得示》《頻有哀禍》，草書若《遠宦》《行穰》《寒切》等帖，雖為摹搨，然筆力雄強，與梁武帝之評語相合。即王珣《伯遠帖》、晉人書《度尚〈曹娥誄辭〉》、唐人摹王方慶《萬歲通天帖》[58]（或稱《王氏一門法書集》《王右軍家書集》）[59]、《大觀帖》晉人書，亦非唐代以後風格。摹搨與刻本之筆力風神雖不如真跡，苟出於高手，規模當去之不遠。唐人摹搨刻石之技術神妙，神龍《蘭亭》及上述羲之與晉人諸帖，僧懷仁集王羲之書《聖教序》碑等，摹刻之精，下真跡一等。其中除《萬歲通天帖》與羲之《姨母帖》（圖 4），尚多存八分筆意外，他若《喪亂》《孔侍中》（圖 5）等帖，結體既未與"二爨"及王謝墓志同，其用筆起收反與神龍《蘭亭》為近，草書諸帖亦然，而《奉橘》（圖 6）之氣息與《蘭亭》尤一脈相通。此帖原本出於梁內府，上有梁鑒書人徐僧權、唐懷充署名，所歷年代既久，亦未能有證據以明其為偽。且諸帖之結字，皆合羲之"字有重者，皆構別體"之原則。羲之書所以為後世寶貴，乃在其能"婀娜含剛健"，妙兼二難也。何延之謂"遒媚勁健"，正是羲之面目，蓋既具"龍跳""虎臥"之氣勢，又有"清風出袖，明月入懷"[60]之美韻也。

58《奉橘》《遠宦》，藏台北故宮博物院，有影印本。《孔侍中》《喪亂》《得示》《頻有哀禍》《行穰》在日本。（按：1957 年，張大千購得《行穰帖》，1962 年印珂羅版。後售於日某藏家。1970 年為方聞友人 John Elliot 所得，後贈予美國普林斯頓大學藝術博物館。此文原載《崇基學報》第五卷第一期，1965 年 11 月刊印，時《行穰帖》仍在日本。）《寒切》《伯遠》、晉人書《度尚〈曹娥誄辭〉》、唐人摹王方慶《萬歲通天帖》，皆藏中國大陸。

59 宋徽宗大觀三年，以《淳化閣帖》為底本，加之內府所藏真跡摹勒上石。

60 李嗣真《後書品》評羲之行草語，見《法書要錄》卷三。

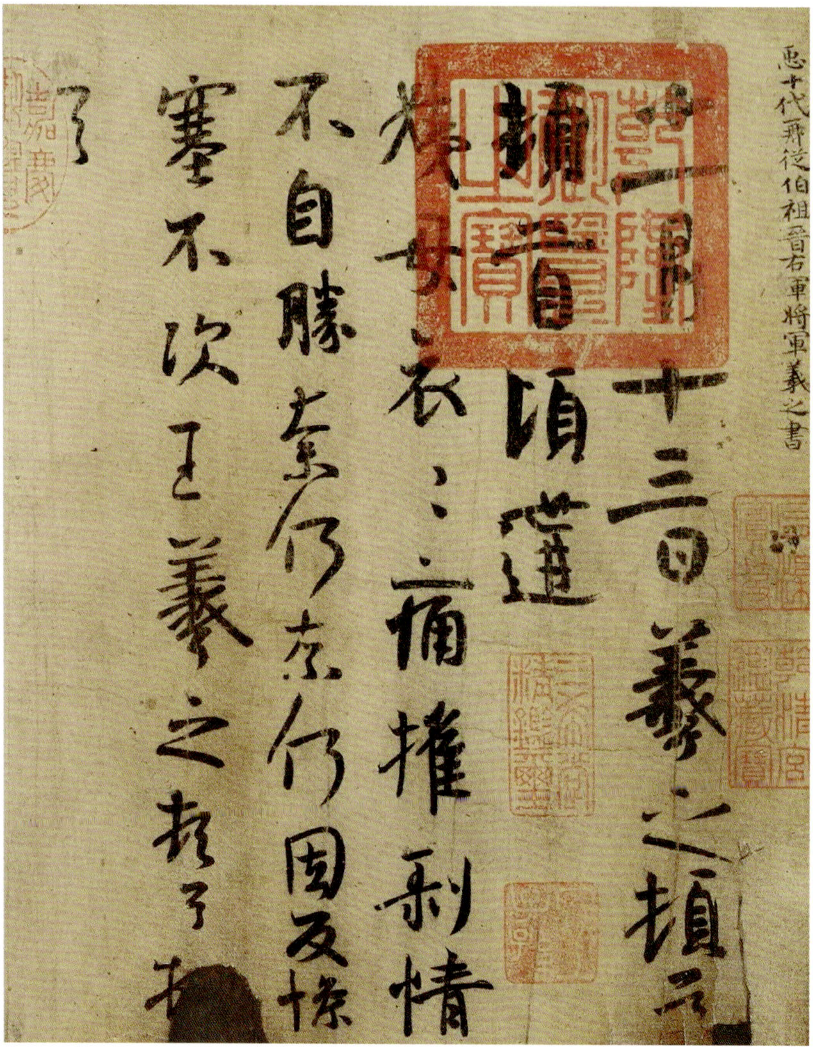

圖4　晉 王羲之 姨母帖（唐摹本）紙本 遼寧省博物館藏

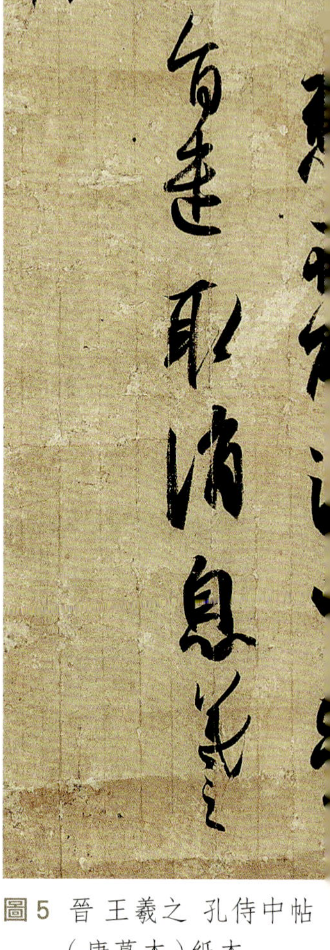

圖5 晉 王羲之 孔侍中帖（唐摹本）紙本 日本前田育德會藏

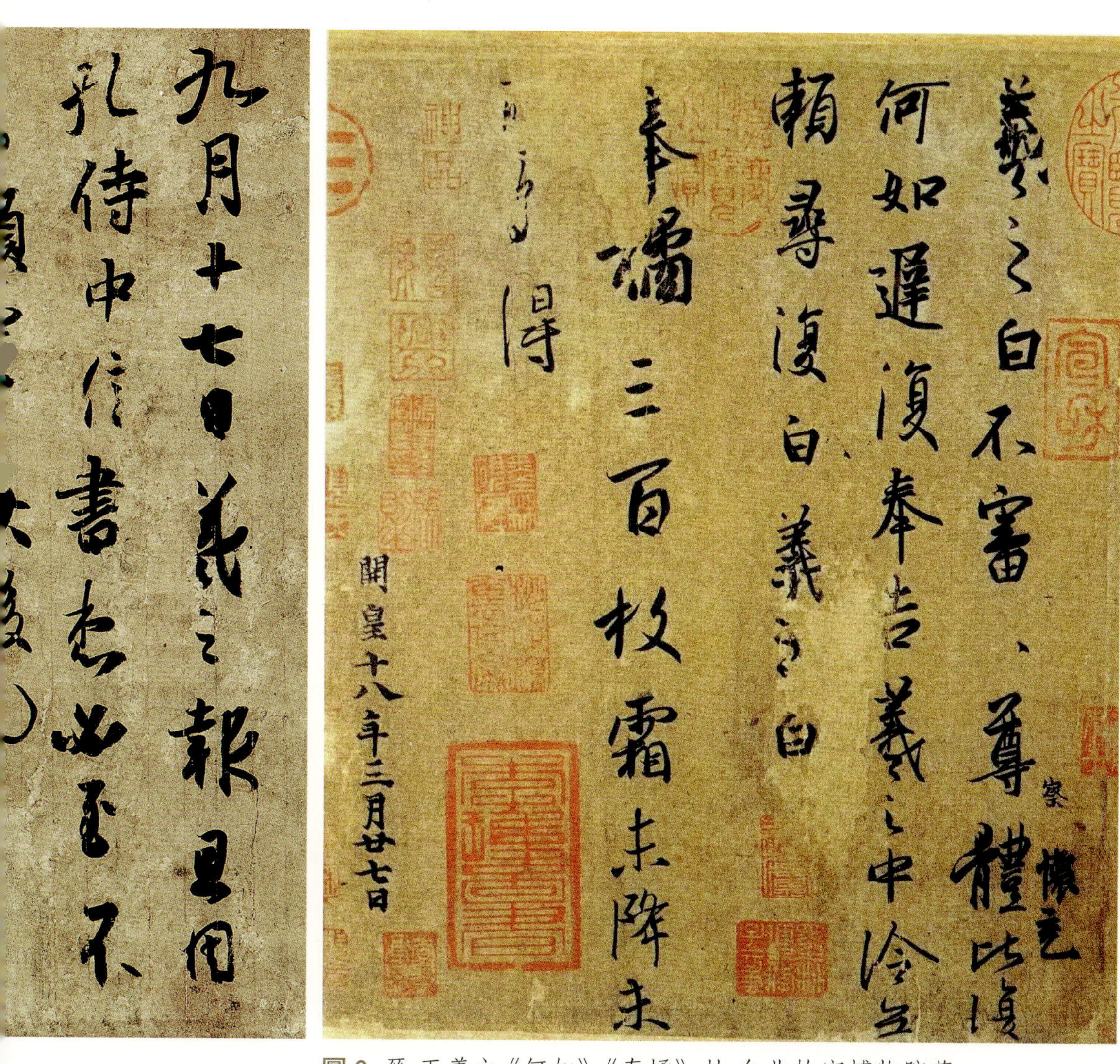

圖6 晉 王羲之《何如》《奉橘》帖 台北故宮博物院藏

羲之雖變古，然博精諸體，《姨母帖》僅為其風格之一端耳。羲之書變化無窮，一帖有一帖之面目，此前人所屢言，《蘭亭》自具體勢，安可用一帖之用筆以賅其餘，若言《萬歲通天帖》可信，其中羲之《初月帖》即為今草，而王徽之《新月帖》（圖 7）更極似《蘭亭》，又作何解説？考懷仁集《聖教序》碑（圖 8），歷時二十餘年，所採《蘭亭》字最多，惜其餘羲之行書，流傳太罕，不得相印證，然《奉橘帖》之“百”“霜”“降”，《大觀帖》卷六建安《靈柩帖》之“苦”“唯”等字皆見於碑中，與《聖教》所刻，形神畢肖。且碑中之《蘭亭》字，亦與神龍《蘭亭》相近，乃知懷仁集字，皆有所本。若謂《蘭亭》出智永偽作，豈他帖全然？以一人之力，信難盡掩天下人之目也。

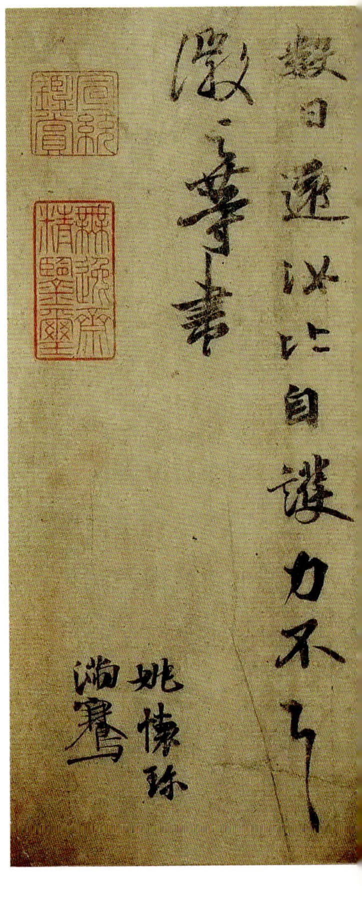

圖 7　晉　王徽之
新月帖（唐摹本）紙本
遼寧省博物館藏

智永書，今較羲之尤罕見。世傳其書《千字文》（圖 9）八百本，分施各寺，今日本尚存一墨跡[61]。比之神龍《蘭亭》，則智永信如李嗣真所評“精熟過人，惜無奇態”。而《蘭亭》字點畫無有雷同，字字結構悉異，所謂“狀若斷而還連……勢如斜而反直”[62]。以書法論，智永實未有此本領。羲之《告誓文》真跡，初唐尚存，褚遂良《右軍書目》列入正書。郭氏謂“真跡已入梁祕府，智永何得而臨之”[63]，又謂“其字似《蘭亭》（所舉墨池堂本，筆意、字形並失，當又去智永所臨遠甚），當為智永自書”云。既云臨書，似原跡固宜。譬如陸機之擬古詩，江淹之雜擬諸家詩，皆甚肖，又安可謂古詩及諸家詩[64]皆出陸、江之偽作？故智永臨《蘭亭》《告誓》或羲之他帖皆

61 智永真草千文，有關中刻石，然已鋒穎全失；墨跡本雖有疑非真者，然結字既與石大同小異，用筆又遠出其上也。

62 唐太宗語，見《晉書》王羲之傳制曰。

63《法書要錄》卷三。

64《文選》卷三十。

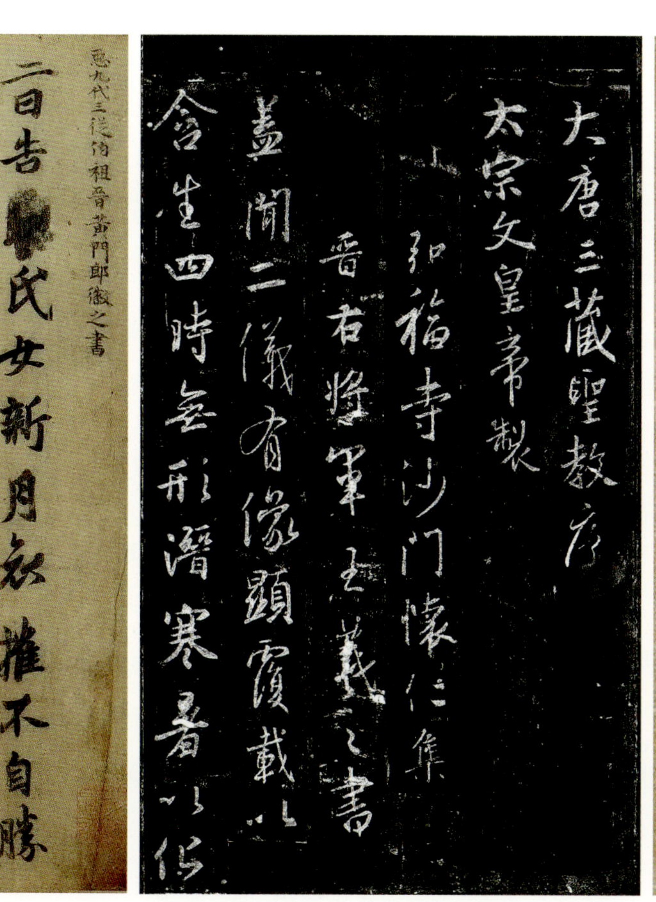

圖8　唐 懷仁 集王聖教序碑
原石藏西安碑林博物館

圖9　隋 智永 真草千文墨跡本（局部）
日本小川氏藏

可。[65] 原跡雖亡，仍為臨摹本之祖，若云本無祖本，則難免得魚亡筌之誚矣。

郭氏以《王興之夫婦墓志》字體不類後世所見羲之之書，反似《爨寶子》《爨龍顏》二碑，謂羲之"善草隸"之草隸為章草與今之隸書，此實大誤。蓋真書、正書、隸書皆楷書之別名，唐以前多稱今之楷書為隸書；今之隸書，唐以前則稱八分書。宋王應麟云："自唐以前，皆謂楷書為隸。歐陽公《集古錄》始誤以八分為隸，東魏大覺寺碑，題曰隸書，蓋今楷字也。"宋郭忠恕云："八分破而隸書出。"[66] 隸書雖云創自程邈，唯意本便於捷用，以施諸徒隸。歷漢逮晉，其體宜有遷貿，自有古今之殊，故有名楷書為今隸，以別於古隸也。八分流行於後漢桓靈之世，《禮器》《張遷》《史晨》《曹全》等碑是也。其名，唐前未嘗淆亂，如張懷瓘《王羲之小傳》云："善草、隸、八分、飛白、章、行，備精諸體。"[67] 孫過庭《書譜》序云："真以點畫為形質，使轉為情性；草以點畫為情性，使轉為形質……故亦傍通二篆，俯貫八分……至如鍾繇隸奇，張芝草聖……伯英不真，而點畫狼藉；元常不草，而使轉縱橫。"又云："雖篆、隸、草、章，工用多變，濟成厥美，各有攸宜。"可知鍾繇所善隸書即真書，而草書與章草，既有分別，八分亦與隸書不同也。張懷瓘《書斷》敍十種書體之源流，古文、大篆、籀文、小篆、八分、章草、行書、飛白、草書、隸書，各為一體，而無正書或真書之目，但於隸書下曰："程邈所造也……爾後鍾元常、王逸少各造其極焉。"又列各體書自古至唐書家，分為神、妙、能三品。八分入神品者，僅蔡邕一人，羲之只居妙品。隸書神品，有鍾繇、王羲之、王獻之三人；章草：張芝、索靖等八人；草書：張芝、王羲之、王獻之三人。[68] 故知晉王羲之傳"善隸書，為古今之冠"之隸書，即今世所傳《黃庭經》（圖 10）、《樂毅論》《東方朔畫像贊》等小楷書，固無疑問矣。

唐前書跡雖多湮沒，而楷書尤少，唯近年西域樓蘭故址出土之古文書（圖 11），已證楷書在魏晉之世已流行，而行書亦與羲之等人書跡相去不遠，雖間仍具

65 米芾謂曾見智永臨右軍五帖，載《書史》。

66 王語略見《困學紀聞》卷八，此引自清康有為《廣藝舟雙楫》。郭語亦見《困學紀聞》卷八引《周越書苑》。

67《書斷中》，見《法書要錄》卷八。

68《書斷上》，見《法書要錄》卷七。

分書筆意，已非字字有郭氏所謂“蠶頭燕尾”之筆法矣，故羅振玉題《流沙墜簡》曰：“魏景元四年簡，則全為楷書。此卷魏晉以後諸書，楷法亦大備。昔人疑鍾太傅諸帖為傳模失真或贗作者，以此卷證之，確知其不然也。”[69] 又，晉人書《度尚〈曹娥誄辭〉》（圖 12），書於晉穆帝升平二年。時羲之猶在世，觀其用筆，殊不近今之所謂隸書，亦不似《王興之夫婦墓志》之方整呆板，乃與鍾繇《薦季直表》《宣示表》、羲之《黃庭經》《樂毅論》等帖同符。且帖上有徐僧權等署名，知為梁武帝御府故物，足證羲之小楷之非贗。梁簡文帝《答湘東王上王羲之書》書，“試筆成文，臨池染墨，疏密俱巧，真草皆得”[70]，亦知羲之所名世者，乃真書也。又，唐人如褚遂良、薛稷等書跡尚存，褚之《雁塔聖教序》《房玄齡》《孟法師碑》，薛之《信行禪師碑》《昇仙太子碑》陰面，皆楷書也。而《舊唐書》云：“遂良博涉文史，尤工隸書。”又云：“稷好古博雅，尤工隸書。”又稱唐玄宗善八分書，其《石台孝經》《泰山紀功銘》，體正與後漢八分同，是則唐人之言隸、楷、正、真，體同而名異，非郭氏所謂“蠶頭燕尾”之隸書也。即郭氏援以為證之庾肩吾《書品》，亦有“隸書，今時正

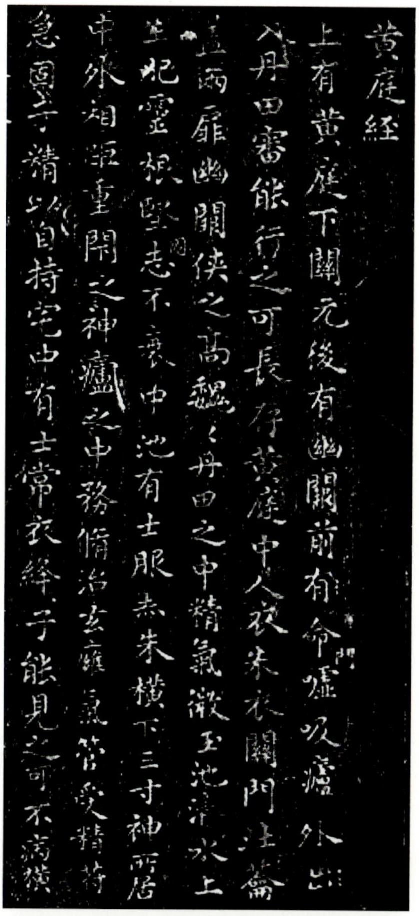

圖 10　晉 王羲之 黃庭經（宋拓本局部）

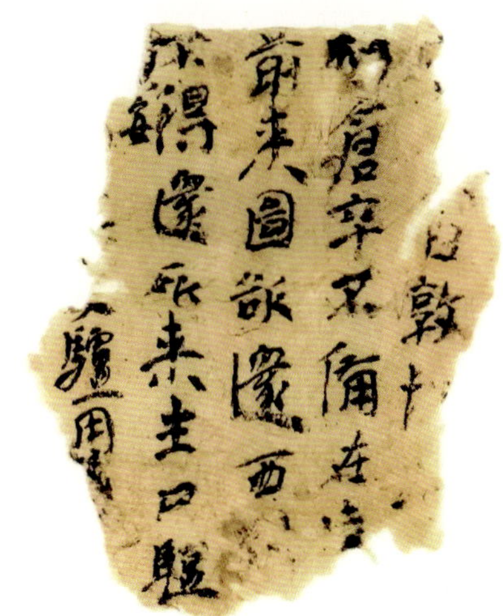

圖 11　西域出土晉人殘牘一

69《簡牘遺文考釋》。

70《全梁文》卷十一。

書是也”之語。梁時，正書已與唐楷無殊，可見羲之所長之隸書，非今日所謂隸書之八分也。

羲之善草隸之草，亦非章草。章草傳為漢章帝黃門令史游（或云杜操）所制。每字筆畫，自具起收，上下字不相連帶。草書又稱今草，張懷瓘謂張芝變崔瑗、杜度之法而成。其書勢不斷，上下勾連。某體創自某人之説雖未必可靠，章草與草書有別，固事實也。羲之亦擅章草，《書斷》列入神品，《書議》置之第五，次於崔瑗、張芝、索靖、衞瓘，今傳世僅有《豹奴帖》（圖 13），猶可睹其風貌。

至郭氏以古有草書、稿書之別名，乃云“唐以前稱章草為草書，唐以後所見草書則稱稿書”。牽強附會，亦讀書不精之過。張懷瓘有言：“王愔云：‘稿書者，若草非草，草行之際者。’非也。案稿亦草也，因草呼稿，正如真正書寫而又塗改，亦謂之草稿，豈必草行之際，謂之草者。”[71] 古人固有稱章草為草者，亦有稱草書為草者。執一“稿”字，而欲謂羲之“特善草隸”之草隸為章草與八分，豈能令人首肯？

羲之所以為後人尊為書聖，正以其能變古耳。固然，必深通古法，乃可創新，故其書有全為章草之《豹奴帖》，亦有帶八分筆意之《姨母帖》。《蘭亭序》則為其創新之代表作也。假令其但作章草，則名不過索靖；八分則未可比蔡邕。且書法用筆，不外方圓提按，行書又較篆隸變化為多。羲之既為承先啓後之大書家，所書自不與經生、邊將同。試觀流傳晉人書翰，除陸機《平復帖》為章草（亦無蠶頭燕尾之筆意），其餘用筆皆與《蘭亭》同，而分書筆法，亦偶一出現耳，若照郭氏之統計推算，恐猶不及《蘭亭》也。梁武帝有《觀鍾繇書法十二意》，蓋自鍾繇以來，楷行之結字漸臻巧妙，暨乎東晉，正此種行書流行之期，孫過庭《書譜》序云：“而東晉士人，互相陶淬。至於王謝之族、郗庾之倫，縱不盡其神奇，咸亦挹其風味。”以唐初時，真跡尚存也。又南齊王僧虔《論書》曰：“亡曾祖領軍洽與右軍書，云俱變古形。不爾，至今猶法鍾、張。”[72]《大觀帖》王洽《仁愛帖》（圖 14），結字用筆與《蘭亭》如出一轍，故羲之云：“弟（王洽）書遂不減吾。[73] 陶隱居與梁武帝論書：“臣

71《書斷上》。

72《法書要錄》卷一。

73《法書要錄》卷一。

圖 12　晉人書 度尚曹娥誄辭（局部）
遼寧省博物館藏

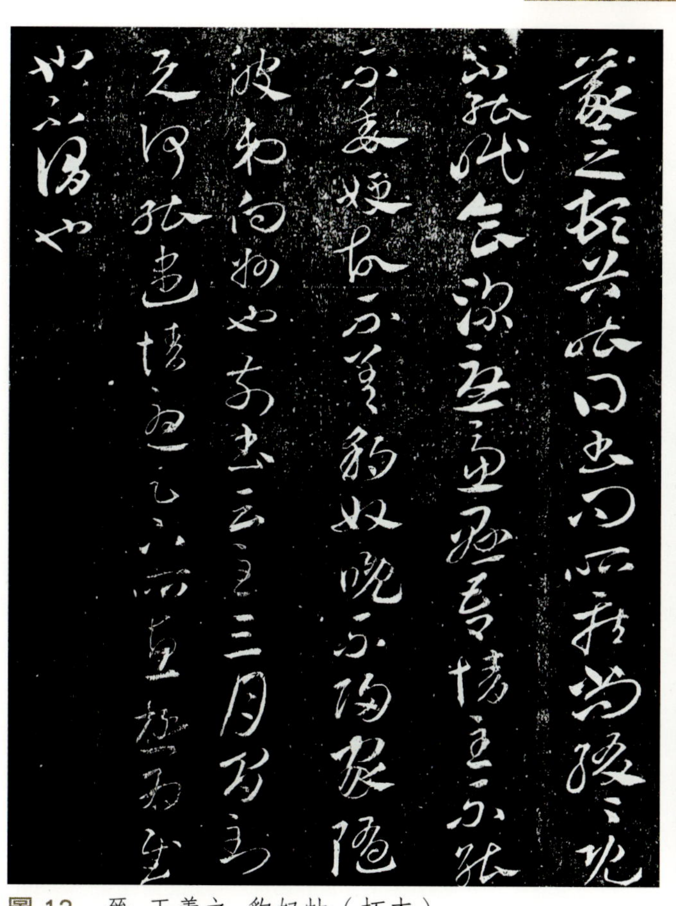

圖 13　晉 王羲之 豹奴帖（拓本）
台北故宮博物院藏

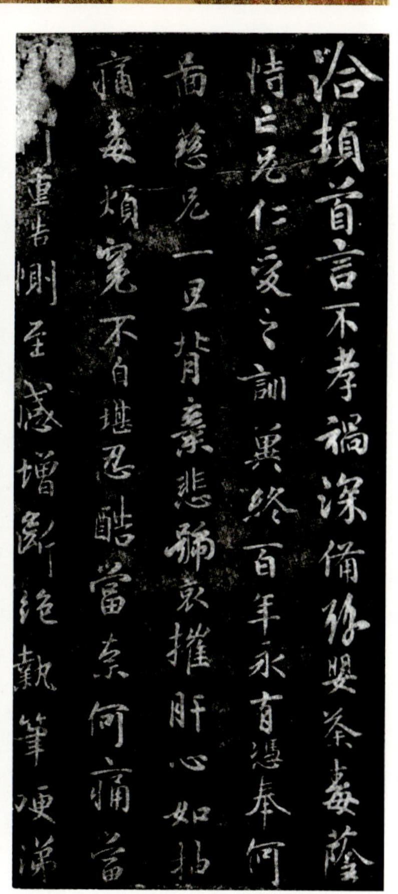

圖 14　晉 王洽 仁愛帖

昔於馬澄處見逸少正書目錄一卷。澄云：'右軍《勸進》《洛神賦》諸書十餘首，皆作今體。唯《急就篇》二卷，古法緊細。'"[74]今體出於自運，古法乃效古人，則羲之通變之消息可知。而梁武帝喜鍾繇字，陶阿其所好，遂有鍾字優於王，王臨古勝於自運之論。又張懷瓘《文字論》云："夫鍾、王真行，一古一今，各有自然天骨。"[75]故知羲之書變古無疑，而獻之又再變父法，觀其《洛神賦》小楷，與《黃庭經》《東方朔畫像贊》等帖異趣，草書宕逸，已肇張旭、懷素之先河，又與羲之殊途矣。

《王興之夫婦墓志》字體雖近"二爨"而無飛動之勢，實非佳書。竊以為當日銘墓之事，或有專人司之。以其時碑刻，若後秦《呂憲墓表》、東晉"二爨"、宋《劉懷民墓志》等，字體皆類似，南北無殊，自成體制，與士大夫簡牘之書有別。歐陽修云："所謂法帖者，其事率皆弔哀、候病、敍暌離⋯⋯施於家人朋友之間，不過數行而已。蓋其初非用意，而逸筆餘興，淋漓揮灑，或妍或醜，百態橫生，披卷發函，爛然在目，使人驟見驚絕，徐而視之，其意態愈無窮盡，故使後世得之以為奇玩，而想見其人也。至於高文大策，何嘗用此。"[76]歐公著《集古錄》，前代碑刻法帖，多所目睹，此論帖之勝處及碑帖之異，皆甚中肯。

東晉名士多放誕率性。《世說新語・方正第五》注引宋明帝《文章志》曰："太元中新宮成，議者欲屈王獻之題榜，以為萬代寶。謝安與王語次，因及魏時起凌雲閣，忘題榜，乃使韋仲將懸梯上題之⋯⋯安欲以此風動其意。王解其旨，正色曰：'此奇事，韋仲將魏朝大臣，寧可使其若此，有以知魏德之不長。'安知其心，乃不復逼之。"帝宮之榜，亦不肯題，況墓志碑銘哉。羲之以骨鯁稱，必不屑為此等事。是以《王興之夫婦墓志》雖真[77]，亦無能證羲之傳世書跡為偽，郭氏云羲之真跡之出世，當俟諸異日，實癡人說夢耳。

又按貞觀元年，上距鍾繇之卒（魏明帝太和四年，公元230年），不過397年；

74《法書要錄》卷二《陶隱居又啓》。

75《法書要錄》卷四。

76《六一題跋》卷四。

77 郭氏斷王興之為王彬子，彬之爵里既與史合，《晉書》作右僕射，《墓志》作左僕射。郭氏謂《墓志》可證史誤，然《世說》注引彬別傳，《北堂書鈔》引晉起居注皆作"左"，是"右"為傳刻之誤耳。又有彬女丹虎墓磚為佐證，當無疑義。

去羲之卒（晉穆帝升平五年，公元361年），僅266載。鍾之真跡，雖曰不盈片素，摹搨臨寫之本，世間尚有；羲之真跡，傳世尤多，縱真偽混雜，識者信能辨之。考梁武帝收二王書凡一萬五千紙，遭侯景之亂，散亡泰半。江陵城陷，元帝聚古書焚之，存者遂稀。唐興，經太宗重價購求，羲之書跡尚得二千二百九十紙，況其時摹搨技術精良，流佈自廣。二王書外，魏晉南朝名人筆跡存者亦多，自可較其異同得失也；是以褚遂良、孫過庭、李嗣真、徐浩、張懷瓘、竇臮等論書應極可靠，若清人之論，則以年代綿遠，所見甚少，多臆斷之詞矣。孫過庭云："其有顯聞當代，遺跡見存，無俟抑揚，自標先後。"可見傳世書跡，優劣之辨，固難逃真鑒之目也。又云："右軍位重才高，調清詞雅，聲塵未泯，翰櫝仍存。觀其致一書，陳一事，造次之際，稽古斯在。"又論羲之名跡云："右軍之書，代多稱習，良可據為宗匠。取立指歸，豈唯會古通今，亦乃情深調合，致使摹搨日廣，研習歲滋……止如《樂毅論》《黃庭經》《東方朔畫贊》《太師箴》《蘭亭集序》《告誓文》，斯並代俗所傳，真行絕致者也。寫《樂毅》則情多怫鬱；書《畫贊》則意涉瑰奇；《黃庭經》則怡懌虛無；《太師箴》則縱橫爭折；暨乎蘭亭興集，思逸神超；私門誡誓，情拘志慘，所謂涉樂方笑，言哀已歎。"觀其論羲之書所造之境，可謂能達情性、形哀樂者矣。試問捨羲之外，誰可臻此境界。過庭書學羲之，世稱其草書最得右軍法，《書譜序》真譜，至今猶存，張懷瓘《書斷》列之能品，評其用筆俊拔剛斷，誠然。彼於羲之名跡，信能洞悉。其論古書家，唯推鍾、張、二王，苟無遺跡見存，豈可標先後乎？

自梁庾肩吾《書品》置羲之上品上，唐李嗣真無異辭。張懷瓘《書估》《書斷》，皆目之第一等及神品。李嗣真評羲之正、草、行、飛白並工，並謂："元常每點多異，羲之萬字不同……右軍肇變古質，理不應減鍾，故云'或謂過之'。"《書斷》評云："王羲之……尤善草、隸、八分、飛白、章、行，備精諸體，自成一家之法，千變萬化，得之神助，自非造化發靈，豈能登峰造極……飛名蓋世，獨映將來。其後風靡雲從，世所不易，可謂冥通合聖者也。"其品第各種書體：真書、行書，羲之皆居第一，章第五，草書第八，觀其銓衡，定有所本。徐浩《論書》云："鍾（繇）善真書，張（芝）稱草聖。右軍行法，小（大）令破體，皆一時之妙。"羲之行書為世重之如此，且孫、徐二人皆號能書，於其中甘苦，當深知也。

僧智永之書，當日亦有定評。李嗣真《後書品》列之中中品，謂其"精熟過人，惜無奇態”，徐浩則云：“永師拘滯，終著能名。”《書估》置之第五等，《書斷》列入妙品，評云：“真草唯命⋯⋯ 微尚有道（張芝）之風，半得右軍之肉。兼能諸體，於草最優，氣調下於歐（陽詢）、虞（世南），精熟過於羊（欣）、薄（紹之）。智永章草、草書入妙，隸入能。”竇臮《述書賦》：“智永、智果，禪林筆精。天機淺而恐泥，志業高而克成。或拘凝重，蕭索家聲。”皆謂智永精熟，而格調不高，且傷拘滯也。是知唐人於其書評價非高，以傳世書跡證之，實評得其綱紀也。元揭傒斯題陸柬之《文賦》云：“右陸柬之行書文賦一卷，唐人法書，結體遒勁有晉人風格者，唯見此卷耳。若隋僧智永，猶恨嫵媚太多，整齊太過也。”揭傒斯有《臨智永真草千字文》，所言自較有準則。是則智永書雖佳，僅能與歐、虞、褚、陸並驅爭先，未足抗行羲之也，且諸人皆言智永善真草書，《書斷》雖評其兼能諸體，而未謂行書最優，況氣調尚下於歐、虞乎。若神龍《蘭亭》，智永豈能辦此，而李、張唐人，當無未見智永書之理。今郭氏竟謂《蘭亭》出於智永偽作，此誠孫過庭所云“窺井之談，已聞其醜，縱欲唐突羲獻，誣罔鍾張，安能掩當年之目，杜將來之口”者也。

四

《蘭亭序》真跡已亡，固成定論，何必橫生枝節。尋郭氏之論，皆本李文田。李說既不能通，郭氏無法自圓其說，乃強僧智永為《蘭亭》之偽作者耳。此猶顧頡剛之疑夏禹，胡適之之非屈原，雖驚世駭俗，苟邀一時之譽，終難成定論也。李氏生於碑學盛行之日，又未見神龍《蘭亭》唐人臨摹等墨跡，所知所寶，獨“二爨”等碑，何足以知右軍？若郭氏既見唐摹，其餘晉唐法書，目睹者當在不少，竟信此不根之言，發為無稽之論！且考證之學，貴乎縝密，必有充分之證據，始克翻案。郭氏所引以為資者，僅一二出土墓石，其取唐宋人說，或曲解其文，或割裂其義。若清後諸人之論，大率多為聞見不廣，書法造詣不高，或對帖學存有偏見者，誠本末倒置也。至云唐後人所見右軍書，大抵為經過粉飾之贗品，尤屬妄斷。孫過庭《書譜序》云：“夫家有南威之容，乃可論於淑媛；有龍泉之利，然後議於斷割。” 旨哉斯言！

餘論

自郭氏之文刊出，反對與附和者相繼著文於報章雜誌。迄今為止，反對者除高二適之《〈蘭亭序〉的真偽駁議》外，有嚴北溟《從東晉書法藝術的發展看〈蘭亭序〉的真偽》及唐風《關於〈蘭亭序〉的真偽問題》二文[78]；附和者則有龍潛《揭開〈蘭亭序帖〉迷信的外衣》，啓功《〈蘭亭〉的迷信應該破除》，于碩《〈蘭亭序〉並非鐵案》，阿英《從晉磚文字説到〈蘭亭序〉書法》[79]，及徐森玉《〈蘭亭序〉真偽的我見》，趙萬里《從字體上試論〈蘭亭序〉的真偽》，于碩《東吳已有“暮”字》等。[80] 綜觀所論，附和者多執片面之見，巧説欲彌郭氏之隙，所謂“詖辭知其所蔽”矣；反對者雖能從根本立論，唯義未圓通，亦未足以饜人意，今試評其可否。

高二適雖謂學羲之書為時甚久，觀其論《蘭亭》書，以神龍本遜於定武一籌，又謂神龍出於褚摹[81]，其所推舉之元吳炳藏定武本，真偽猶有可議，況又不佳耶！可見其對書法識見甚淺。引《世説》注以明《臨河序》為節錄，亦未盡善，然理直氣壯，郭氏僅以注家引文章能減不能增非之，未足服高氏也。至嚴北溟、唐風文章，頗有見地，惜所引資料不豐，未能搗郭氏之虛也。

龍潛之文，強詞奪理，如云：“現在有些先生們肯定《蘭亭序帖》是王羲之寫的，請問誰看見過王羲之親手書的《蘭亭序帖》呢？請舉出真憑實據來。”論辯至此，豈可言學術！啓功對郭氏，奉承唯恐不及。如云“曾讀過《十批判書》，得知作

78 嚴文載 1965 年《學術月刊》第八期。唐文見 1965 年 8 月 19 日上海《文匯報》。

79 以上各文見 1965 年《文物》第十期。

80 以上各文見 1965 年《文物》第十一期。

81 米芾《書史》載蘇耆家藏《蘭亭》三本云：“此定是馮承素、湯普徹……之流搨賜王公者。”《神龍本》雖未必即其中之一，唯當非出於褚摹，而為馮、湯輩所搨無疑。

者有博大的研究和特出的見解。所論《蘭亭》文中思想問題，我相信必有哲學史上的根據”，皆諂媚之語。至引八大山人書《臨河序》與有“二爨”筆意之舊刻《蘭亭序》，以為《蘭亭》文為偽作之佐證，尤見其庸陋。蓋八大喜書《臨河序》屬個人嗜好，未有懷疑《蘭亭》文為偽。即有，八大為明末人，所知何能過唐宋諸公？所謂舊刻《蘭亭》，當為北碑風行後好事者所為，舉以為證，實蛇足耳。于碩於楊守敬之文吹毛求疵，可謂煞費苦心。其論《藝文類聚》不錄《蘭亭》全文，以為歐陽詢等心知其偽，又不敢不採錄，故錄前小半段，以事搪塞云云，更屬妄斷。唐初文風，尚沿六朝遺風，觀《晉書 · 陸機傳贊》，可知彼時權衡所在。前文已言孫綽文名在羲之上，其《蘭亭詩序》辭采亦較王優，所謂“夫人之相與”一段為精華，宋後人之標準耳，歐陽不錄全文，正見其有識。阿英以《姨母》一帖，盡非羲之其他書跡，顯示其對書法之無知（論據已詳前文）。趙萬里全無見解，其“《蘭亭序》從楷法來看，其中主要的顯然有唐人的成分，還有宋人的成分”之説，誠令人驚異其淺陋耳。

徐森玉先列舉四事以證《蘭亭》為偽：一、《淳化閣帖》未收《蘭亭》。二、宋許開《二王帖目錄評釋》及今所能見王帖拓本皆不取《蘭亭》。三、《宣和書譜》無《蘭亭》著錄。四、清程文榮《南村帖考》謂羲之小楷及《蘭亭》字跡難信。徐氏雖研究帖學有年，而所論甚無識。《蘭亭帖》自唐迄宋，摹搨刻石久行於世，而真跡入昭陵事，亦人所熟知，《淳化》《大觀》及二王帖不收何足為奇。宣和御府所藏雖富，亦難盡收世間法書名跡。神龍《蘭亭帖》上有紹興印而無宣和印，可知此帖南宋時始歸內府也。褚遂良、歐陽詢條下雖無臨《蘭亭》著錄，然卷八陸柬之條下有臨王羲之《蘭亭序》，陸固初唐名書家，學羲之書甚工者也。由此知宣和御府實未藏有唐摹或歐、褚臨《蘭亭》，非疑其偽而不取也。徐氏曾考訂宋刻《寶晉齋帖》《蘭亭續帖叢書》，當知今所傳宋刻已極少，何況墨跡！程文榮發為此論，固由未見神龍等佳本耳。至《晉書》誤石崇為潘岳，當是傳刻之誤，古書傳於今者，脱訛固多，正須校勘學者考訂，若以此非《晉書》，則《史記》《漢書》亦有可議之處矣。又徐氏謂東晉時無“暮”字，于碩《東吳已有“暮”字》一文已證其失，則其立論之無根可知。

徐氏《從書法角度看〈蘭亭序〉》一節，舉西域出土之東晉李柏文書，以證《蘭亭》不可能出現於此時。唯書者有愛效古，有喜慕新，試觀同時發現之另一簡牘殘紙（圖 15），其中“奄”“承”“斯”等字，正與《蘭亭》《奉橘》同一風貌，捺腳亦相近。至羲之《十一月十三日帖》(《姨母帖》)，上文已明為羲之書之一體。蓋同卷中，捨徽之《新月帖》外，獻之之《廿九日帖》，亦為"遒媚勁健"之體，縱可言獻之為變父法，亦應淵源有自，況徽之未聞有創新也。同出一摹本，徐氏不思，乃取之曲為郭氏解說，此誠可以欺無知而不足以語大方者也。

于碩《東吳已有"暮"字》一文，謂《蘭亭帖》多用俗字，羲之精於六書，不應有此。唯書法之目的在求美，非求真，書家中唯顏真卿最守造字原則，其餘幾皆書俗字。羲之結字變化最多，若云其傳世書跡皆偽，則"精於六書"從何得知？不然，其流傳書跡所書之俗字固甚多也。于氏之強詞詭辯，反證《蘭亭序》之真耳。

附和者雖曲為郭氏辯，然理不勝辭，所謂欲蓋彌彰也。其失約有三：一為論書論文，不本唐宋而取書法造詣不高、見聞不廣之清人謬說。二為捨本逐末，挑縫剔隙，圖掩郭氏所論之失。三為其說不能通，則強詞奪理以政治思想鎮之。今爭辯未休，觀其趨勢，恐難有持平之論，蓋縱有識者，又誰敢逆郭氏？劉勰有言："覽文雖巧，而檢跡知妄。唯君子能通天下之志，安可以曲論哉！"[82] 理不持正，而碎義煩說，欲求其通，不亦難乎！

原載《崇基學報》第五卷第一期
1965 年 11 月刊印

圖 15　西域出土晉人殘牘二

82《文心雕龍．論說篇》。

江參的家世及生平試考

一

江參，字貫道，是北宋末南宋初年的著名畫家。台北故宮博物院收藏的《千里江山圖》卷，是他傳世最重要的作品。關於他的畫風及生卒年，已有專家論及[1]，然於江氏家世生平，則略而未述。現試就南宋公私史籍、文集、筆記所載有關江氏資料，零篇斷簡，皆所捃摭，以成此文。

（一）江參的家世

向來畫史著錄之書，述江參事跡，多據鄧椿《畫繼》。[2]《畫繼》成書於 1167 年[3]，去江氏之卒未遠，所記自當較後人詳確。然鄧氏於江參家世並無所述，僅謂其為江南人，唯江南所包地域甚廣，此與同書謂某畫家為北人一樣[4]，皆以不明其籍貫而含糊其詞。鄧椿對江參畫甚推崇，不特置之巖穴上士之目，即在其所謂銘心絕品目中，於當時畫家，僅江參的《飛泉怪石》及《江居》二圖[5]被列入，可見其非故意簡略，文獻不足徵也。

另一常為人引用之江參資料，乃元末夏文彥《圖繪寶鑒》。[6]夏氏略依《畫繼》舊文，且將江參客宇文家事改為居霅川，再取南宋胡穉《簡齋詩箋注》所載《崇蘭圖》

1 傅申：《關於江參和他的畫》，《大陸雜誌》第三十三卷第三期，第 77 — 84 頁。翁同文：《江參生卒年試探》，《大陸雜誌》第三十三卷第九期，第 275 頁。

2 《畫繼》卷三。

3 《畫繼》自序云："自若虛所止之年，逮乾道之三祀（1167）。"

4 《畫繼》卷四魏燮小傳云："字彥密，北人。"

5 《畫繼》卷八。

6 《圖繪寶鑒》卷四。

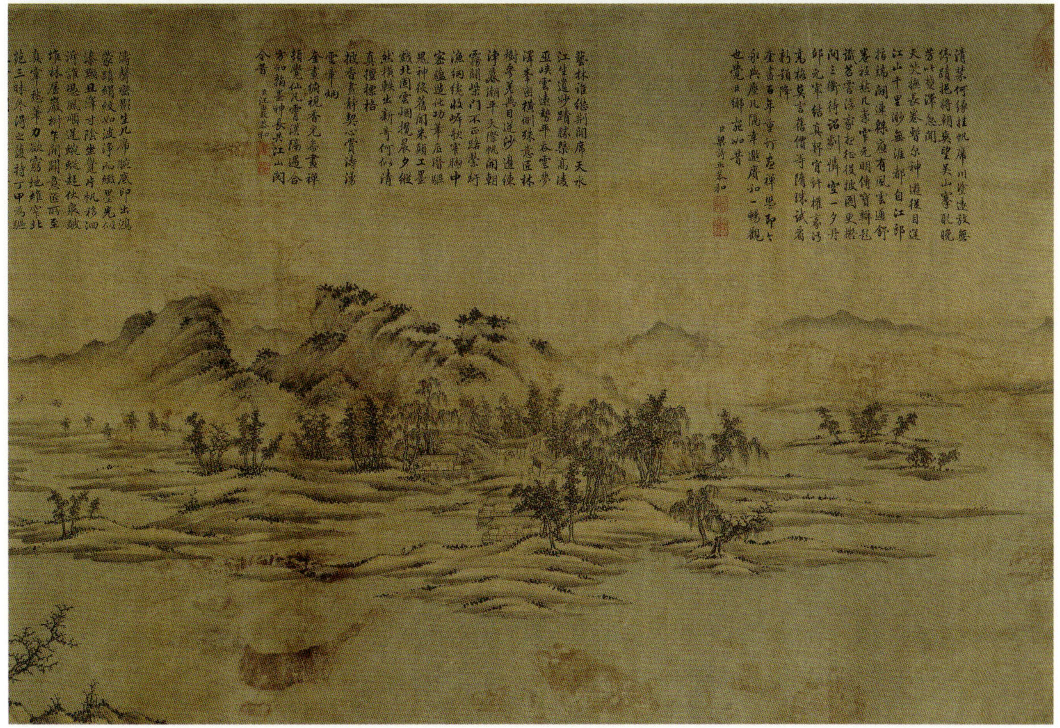

南宋 江參 千里江山圖（局部）台北故宮博物院藏

事，合成一傳。然刪去被高宗徵召未得見而卒之事，可謂去取失當。[7]

南宋後期的劉克莊，在題《江貫道山水》一跋中[8]，卻提到江參是衢人。衢是衢州，又稱三衢（今浙江省衢縣），在南宋屬信安郡。證以程俱所撰江參父大方的墓志銘[9]，知劉說無誤。程俱（1078—1144），字致道，衢州開化縣人，在兩宋間以詩文名，有《北山集》。程氏與江參不但是同鄉，且屬兩世至交，賴其集中此墓志，得以略窺江氏之家世，今節引於下。

> 江公諱大方，字器博。江氏為信安望族，家世羣從皆以業儒起家。大理評事諱相者[10]，公之考也。器博少多病，即從父兄丐其身，求異人方士，問衞生養性之說。學鼓琴、隸書，有能名，精於是技者皆推下之。築室錢塘西湖上，間弈棋以自娛。士之蕭散曠達者，行李出於錢塘，往往從之游。中年生計益落，棄所居，歸故鄉。然浮寓去來，不能土着。故人與之厚，欲經紀其衣食者，遇輒死徙憂患，否則以事去官。器博游益困，客吳中，無所遇。故延康殿學士、信安侯兄弟以鄉里舊，以其兄彥楚之子妻其子參，留家南徐，居有廬，月有饋，公以是少休。宣和二年九月二十日，以疾終於家，享年七十七。器博姿淳壹，與人無町畦，口不道世故，衆座談說是非如不聞，亦不省顧。嘗為余言：“少遇道人，授以內丹訣，當立靜以月日時下，不以毫髮累心，養之數年，庶有成。今日有饑寒迫，未可也。”余歎曰：“公且老，歲月逝矣。使我得官南徐，治一室，如公言，為任衣食事，丹幸成，其授我訣。”明年，余得倅鎮江，私喜曰：“器博之言庶有合乎。”未到，有改命。後五年而公卒……公有六男一女，曰某、某、某、某，與女子先卒，曰參、曰履……

7 明朱謀垔《畫史會要》卷三之江參小傳則合《畫繼》《圖繪寶鑒》二書所載而成。

8 《後村題跋》卷四。

9 《北山集》卷三十三。

10 《衢州府志》卷十八“開化世科江族”條下，有江樵，官大理評事。墓志則作江相，不知何者為誤，今暫依墓志。

據此墓志所述，知江參出身書香世族。《衢州府志》載開化縣江氏[11]，自北宋中葉起即功名甚盛。[12]江參祖父江相（府志作江樵），登嘉祐六年（1061）進士，仕為大理評事。其同族若江褒、江緯等，在北宋末皆以文學名。其父雖無功名，卻是工書善琴、精於弈棋的風雅之士。這對江參藝事的薰陶，當有影響。江大方卒於宣和二年（1120），壽七十七，則其生年為慶曆四年（1144）。江參為大方第五子，與第六子履，或為中年以後所生，與先卒之四子一女，似非一母所出，墓志未曾說明，當是有所諱避。

延康殿學士信安侯兄弟，乃指王漢之（1054—1123）及王渙之（1066—1124）。王氏兄弟原籍信安郡常山縣。祖王言，天禧三年（1019）進士，父王介，慶曆六年進士，曾作詩詆王安石。王言次子王悆，中嘉祐四年（1059）進士，悆子溈之字彥楚[13]，元豐二年（1079）進士，即江參之岳父。王氏代多名宦，為當時信安最煊赫之家族。[14]江參祖江相與王悆同為嘉祐年間進士，既同朝又同鄉，故江參之得與王氏通婚，不為無因。王氏自王介起，即移居南徐（今鎮江，當時又稱京口和潤州）。[15]漢之字彥昭，在宣和年間曾因平定方臘之亂有功，官封延康殿學士信安郡開國侯。程俱在他的行狀中說：

> 中年遇方士，授以要訣，常專氣葆神……初得九轉丹訣，煉養十有五年。[16]

大約因當時徽宗好道術，上行下效，故王漢之及大方，皆信方士之言，渙之字彥舟，少有才名，與米芾頗有唱酬。米氏《蜀素帖》並有詩《送王渙之彥舟》[17]。

---

11 開化江氏，為南朝江總後人。

12《衢州府志》卷十八“開化世科江族”。

13 王明清《玉照新志》卷一。王謂之為王介子，此從《衢州府志》。

14《衢州府志》卷二十。

15 王介墓在鎮江，見《丹徒縣志》陵墓。

16《北山集》卷三十四。

17 米芾《寶晉英光集》卷三有《太師行寄王太史彥舟》，卷四有《和王彥舟》。《蜀素帖》墨跡有《送王渙之彥舟》。

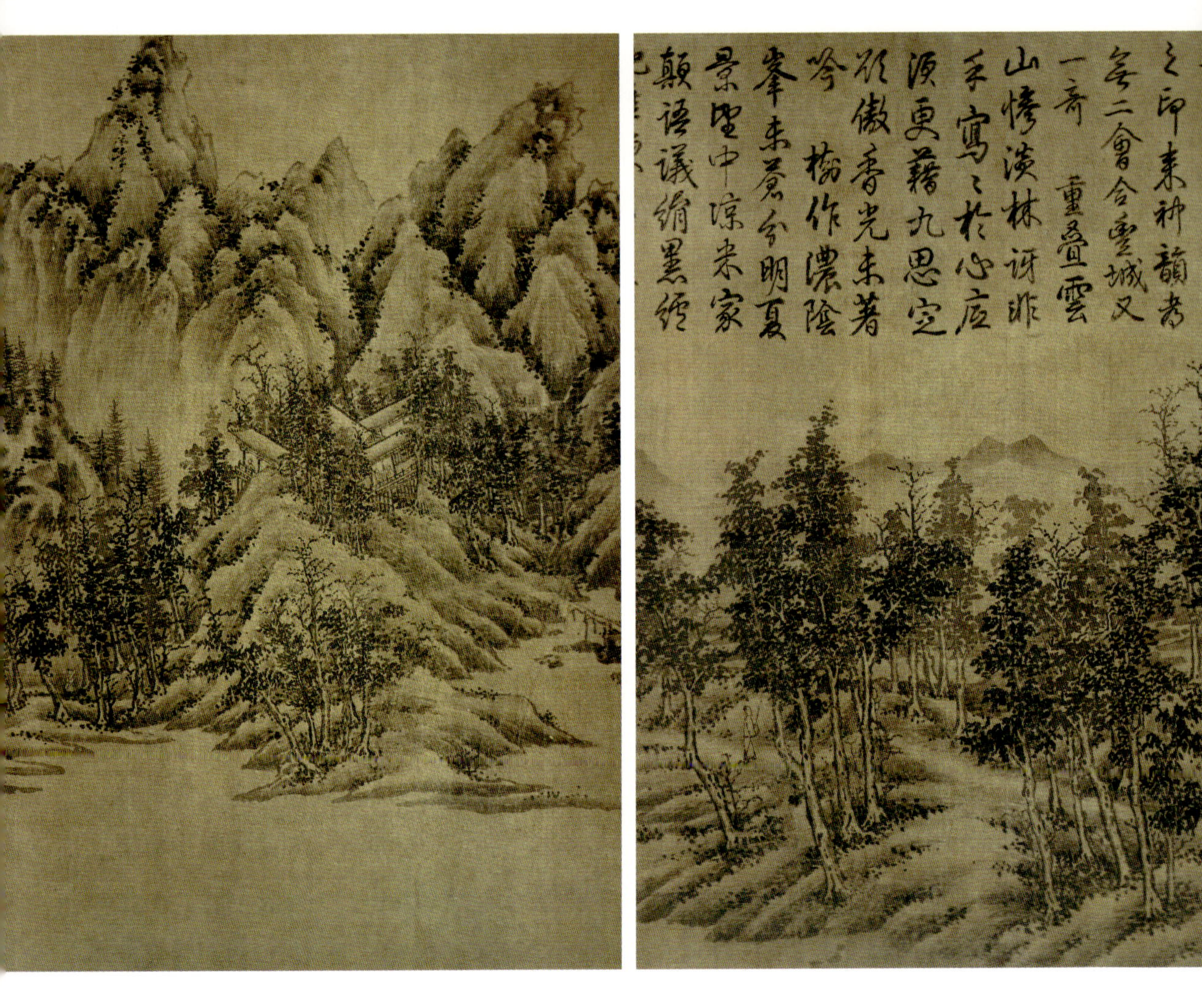

南宋 江參 林巒積翠圖 局部 美國納爾遜美術館藏

由是觀之，江參之家世雖非煊赫，但並非寒微。其父雖因不善治生而家道中落，亦不失為當代之名士，故江參得與其時鎮江之豪門王氏通婚。

（二）江參的生平

江參生平並無完整史料可據，少年時代全無可考。今試將零星資料排比，約略分為三期述之：

甲、南徐（鎮江）時期（約自1110年至1128年）

據程俱所撰其父墓志中“中年生計益落，棄所居，歸故鄉”數語，江參很可能生於開化。又因其父“浮寓去來，不能土着”，則其少年時代，或隨其父浪跡錢塘或吳中。江參之所以定居南徐，是因為與王氏通婚，其父亦因此得以“居有廬，月有饋”，安度其晚年歲月。至於江參於何年開始定居南徐，雖無明文記載，如我們同意翁同文先生所定江氏生於1090年前後，則可假定他結婚之年約在1110年，當其二十一二左右，相信不會離事實太遠。關於這點，可從同時吳則禮《北湖集》中《贈江器博》詩獲得佐證。[18] 吳詩云：

> 先生行年今七十，值杖端如孤鶴立。江天小雨作許奇，洲渚橫斜雁行濕。先生隸法老更精，未要中郎作典型。筆含鐘鼎小篆意，啓齒要須斯與冰。先生宿昔愛彈琴，不愛越琴愛雷琴。摩挲龜背蛇蚹紋，太和款識尤出倫。先生真已棄百事，舊參堯典舜典字。端有江湖著老儒，笑大耳兒長結旄。學書初不論永和，書到石鼓才不磨。不見吏部石鼓歌，往載安得數駱駝。

按江大方卒於1120年，以壽七十七推之，吳氏贈詩，當在1113年。《北湖集》

18《北湖集》卷二。

中，另有《同澄之器博飲浮玉》詩：[19]

疇昔清都步武聯，軒軒鶴骨稱癯仙……

浮玉為焦山別名。可知當時吳氏與江氏父子同居鎮江。第一首詩除了提到江大方善隸書和彈琴外，還生動地敍述其隸書風格及其對書法的意見。從他藏有唐太和款識的雷琴，反映出大方的風雅好古，可與墓志所述並參。《畫繼》謂江參“形貌清癯”，吳則禮稱江大方“值杖端如孤鶴立”及“軒軒鶴骨稱癯仙”。可知江參的體貌，大約酷肖其父。

按吳則禮為湖北興國人，卒於1121年，論年齡當是江參的父執輩。其《北湖集》中，有為江參而作之詩四首，其中二首如下。

贈江貫道[20]

即今海內丹青妙，只有南徐江貫道。孤峰疊巘真自奇，老樹滄波亦復好。扶杖時來問麴牛，戲捉毛錐吾絕倒。龍眠居士喚不應，世上從交韋偃少。一生管城良有味，彈琴寧論老會至。時調白羽臂烏號，楊葉曾穿有能事。獨憐老子踆踆歸，故遣七弦聲悽慘。老子從來知賀若，為我剩彈烏夜啼。

貫道惠其所作屏，料理為大軸，題之以詩[21]

李成既死作者誰，元豐以來唯郭熙。江郎遽出繼二老，自有三昧非毛錐。江郎挽弓要射虎，心醉霸陵石飲羽。論交一世越與秦，白眼終甘守環堵。君不見昔者崑崙方壺圖，筆墨妙好絕代無。十日五日歲月徂，豈如江郎咄嗟雲出岫，石上松老楓葉枯。

19《北湖集》卷三。

20《北湖集》卷二。

21《北湖集》卷二。

從以上兩詩來看，江參當時雖然年輕，繪事已有很高的成就，否則吳則禮即使和他交好，也不至於推崇他是李成、郭熙後一人和獨步海內。這種看法，無論後人同不同意，總算代表當時一部分人的意見。吳氏亦與米友仁相諗，《北湖集》中有《贈元暉》等詩[22]，雖然也稱讚小米善畫，其傾倒之情卻遠不如江參。在美術史上，米友仁較江參更著名，但《畫繼》的銘心絕品錄中，有江而無米，可見當時人對江氏的推重。詩中提到江參善彈琴，這是出於家學，不足為奇。令人驚訝的是，他也是一位百步穿楊的善射者。

從貫道求雙幅圖[23]

江郎平生筆五色，戲遣秀句為奇石。好絹自作凌亂光，萬里須論才咫尺。大兒小兒何足誇，右丞北苑有等差。孤舟自橫天拍水，江南江北多雲沙。

書江貫道所畫扇[24]

胸中豈止丘壑，更有洞庭瀟湘。傳語東坡居士，後來唯教江郎。

這兩首詩點出江參擅長水墨山水，咫尺有萬里之勢。可惜這種早期作品，未見流傳，證諸尚存的江氏晚年所作《千里江山》及《林巒積翠》二卷，正具有這種早期風格的微徵。

明中葉後，論畫者皆以江參是董（源）、巨（然）嫡派，但宋人多說他學李（成）、郭（熙）。除吳則禮外，林希逸在《千里江山圖》題詩中說："誰居作者，造化論功。淹總其裔，熙成是宗。"[25]甚至元末謝應芳題他的《清江泛月圖》也說："吾聞老郭之傳許與江。"[26]唯鄧椿說他的"《泉石五幅圖》一本，筆墨學董源"，卻無人

22《北湖集》卷四有《過寶晉齋贈元暉》詩並序。同書卷二有《贈元暉》詩。

23《北湖集》卷二。

24《北湖集》卷四。

25 林詩見江參《千里江山圖》卷，台北故宮博物院藏。

26《龜巢稿》卷四。

提到他學巨然，固然這或由於我淺陋，或者因資料失傳之故。我所見最早說及江參學董、巨的，是文徵明的《長江圖卷》題跋。[27] 至董其昌則謂其"專師巨然，得北苑三昧"[28]。

我以為江參早年是學李郭派的。何惠鑒先生說得好："李郭派在北宋末年幾乎可以說是如日中天，君臨中原的畫壇，無論在畫院內外都儼然被認為山水畫的正統。"[29] 吳則禮曾稱讚米友仁善學董源，[30] 則他評江畫，並非門外之論。試從江參傳世的兩卷山水來看，[31] 枯樹多用蟹爪法，松樹畫法，山石輪廓的用筆及渲染用墨頗近郭熙，而李成尤工平遠，咫尺具千里之勢，故即使江氏晚年兼學董、巨，仍不能抹殺李、郭對他的影響。

何先生在論及巨然《溪山蘭若圖》文中，引宋蘇耆說，證明巨然往汴京後，所作畫有學李成者。[32] 江參不過反其道而行之，先李、郭而後董、巨，是以巨然與江參之畫，間致混淆。如上面提到的《溪山蘭若》，有人以為可能出於江參。雖然江、巨相去不遠，其畫風仍有古今之殊。即如台北故宮博物院所藏傳為巨然的《溪山林藪圖》[33]，其畫風顯然近於江參，其山石皴法及渲染實出郭熙，而又帶有董、巨之荒率氣象而已。

江參早年可能臨摹不少五代北宋山水名家的作品。程俱有《借葉內翰畫令小江摹寫》[34] 一詩：

十年同舍今華顛，印山滿眼囊無錢。每看圖畫輒心醉，自笑說食流

---

27 吳升《大觀錄》卷十四。

28 董跋見江參《千里江山圖》卷，台北故宮博物院藏。

29 何惠鑒《李成略傳 — 李成與北宋山水畫之主流（上）》，參見《萬象自心出：中國古書畫研究》，上海書畫出版社，2022 年，第 41 頁。

30 《北湖集》卷四，三頁有《題元暉臨北苑山水》。

31 台北故宮博物院藏《千里江山圖》，《林巒積翠卷》今在美國納爾遜藝術博物館。

32 何文見《八代遺珍》（Eight Dynasties of Chinese Painting, the Collections of the Nelson Gallery, and Cleveland Museum of Art P.19）。

33《故宮名畫三百種》第一冊，第 48 幅。

34《北山集》葉夢得序。

飢涎。世間范李真幻士，斷取妙喜移山川。⋯⋯ 衢山小江新悟幻，落筆欲追祈與虔。願從公借此妙景，已具東絹和丹鉛。照中寫照供幻觀，聊用自慰銷窮年。千巖萬壑納環堵，更令一拂松風弦。

按此詩下有小注云“小江又善琴”，則此衢山小江自為江參無疑。葉內翰是葉夢得（1077 — 1148），字少蘊，號石林，吳縣人，為兩宋間著名人物。葉氏於政和三年（1113）至五年間（1115），罷官居里，時程俱亦賦閒居吳，故成至好。[35] 江參為程摹葉所藏古畫，當在其時。

此外，江參在南徐亦可能看過摹過不少古畫。王漢之、渙之兄弟，是當地有名人物，和米芾都有交情。江參可能不及見米芾，但他一定認識米友仁，進而有機會觀摩寶晉齋之收藏。江氏後來之學董、巨，顯然受米氏之影響。其實，王氏本身也是藏家，劉宰《漫塘集》[36] 曾提到王渙之曾孫王虎文，說他家傳古書畫甚多。張邦基《墨莊漫錄》亦載潤州蘇氏，家藏書畫極豐，亂後始散失。[37] 藉王家的關係，江參當能見不少當日南徐附近私人收藏。而他居南徐這一段時期，生活比較安定，故能專心學畫，奠定他日後在畫壇的地位。

江參於何時離開南徐，已無法考證。北宋欽宗靖康元年（1126）閏十一月，金人陷汴京，虜徽、欽二帝北去。次年高宗即位於南京，改元建炎。[38] 同年九月，辛道宗將趙萬叛，攻陷鎮江。[39] 隨後金人揮軍南下，高宗被迫南逃浮海。由於這一連串戰亂，相信江氏已不可能再在鎮江安居，至遲於建炎元年九月前，即已避他方。由於金兵侵略路線，是經太湖流域經杭州渡錢塘，逼紹興、寧波，而位於丘陵地帶之江氏故鄉衢州則無兵火，又知即返故鄉。

35《北山集》葉夢得序。

36《漫塘集》卷二十四跋《聽雨圖》。

37《墨莊漫錄》卷一。

38《宋史》卷二十四《高宗本紀》一。

39 趙萬陷鎮江事見《墨莊漫錄》卷四“錢塘僧”條。

乙、衢州時期（約1127年—1135年）

江參的故鄉衢州地處浙江西部，高山深谷，形勢險峻。南宋初除了苗傅、劉正彥叛亂時，曾有小規模戰爭外，[40] 境內一直平靜。當金兵渡江南侵之際，許多人都來此避難。江氏友人程俱、趙子晝等，當時也都在衢州，[41] 所以江氏自從建炎元年（1127）即已回鄉，原是很自然的。建炎四年（1130）冬，金兵北退，局勢已漸趨安定，流散四方官吏也多陸續歸朝。趙子晝也在這時被召往行在，不久程俱亦被召離衢州。紹興二年（1132）正月，高宗歸臨安。程俱官祕書少監，唯在任僅一年即落職。趙子晝歷任禮部侍郎、樞密都承旨等職，紹興四年（1134），出為秀州太守，五年移任平江知府。於同一年即辭職歸隱衢州。後趙氏在衢州南郊，築室號曰崇蘭，有池亭林圃之勝。[42] 由於上述情形，自從建炎四年（1130）以後，江參也可能曾短期離開衢州，當留待後文再討論。

約在紹興五年（1135）秋，趙子晝、程俱、陳與義、江參等六人，[43] 在崇蘭館雅集，除由江參作圖寫景之外，復令擅人物的不知名畫史繪像。崇蘭館之會雖不能與北宋之西園雅集相比，由於圖的流傳，卻是南宋藝林樂道的韻事。據胡穉的《增廣箋注簡齋詩集》卷十四《題崇蘭圖》二首注：[44]

> 趙叔問（子晝）居三衢，治園築館，取《楚辭》之言，名之曰“崇蘭”。嘗與先生（陳與義）及程致道從容其中，命江參貫道為之圖，及令畫史各繪像其上，乃賦詩焉，今留叔問子平甫家。

按胡穉箋注成書於1190年，去諸人之卒未遠，且子晝之子平甫尚存，其所言自極可靠。至於賦詩，除陳與義七絕二首外，程俱《北山集》卷十一亦載和詩四首，

---

40 苗傅犯衢州，見《宋史》卷二十五《高宗紀二》，建炎三年（1129）四月事。

41 程俱《北山集》卷三十三《趙子晝墓志銘》云趙間關南渡，竄伏信安山中。

42 趙子晝事皆得自上引之墓志銘。

43 陳與義題《崇蘭圖》二首有句云“秋風舉袂不踟”，故知雅集時為秋天。又云“照影溪頭共六人”，則與會共六人。

44 趙子晝有《崇蘭集》，見《衢州府志》卷二十九。

其小序云：

> 叔問作《崇蘭館圖》，晝叔問、去非與余相從林壑間。二公各題二絕句，余同賦四首。

據此，則趙子晝亦曾賦詩，惜其《崇蘭集》不傳於世，無從見及。

到南宋理宗景定三年（1262）是趙子晝卒後一百二十年，劉克莊在趙氏的四世孫與積處看到這張畫，並題了一跋：

> 三公始有山林共隱之約，既使江貫道圖之，又各賦詩見志。其後簡齋大用，北山入為詞臣，皆未嘗踐約，而三公相繼仙去矣。此圖流傳，跋者滿卷。如汪公彥章（藻）、辛公企李（次膺）、朱公希真（敦儒）、張公巨山（嵲）、謝公季思（伋）、劉公季高（岑），皆南渡文章宿老，筆精墨妙，照映縑素。乾、淳以後，名公卿姓字，亦班班見焉。蓋崇蘭主人沒於紹興壬戌（1142），至是甲子再周。趙氏世寶此圖，今在其四世孫與積處，出以示余……[45]

由此可見當時人對《崇蘭圖》之重視，固不下李公麟之《西園雅集圖》，也算是江參生平的傑作之一。

趙子晝好收古畫，據《北山集》，知其藏有顧德謙《入貢圖》、燕文貴《雪景圖》二幅、燕文貴《山水》等。[46] 此外，又藏有吳道子《天龍八部圖》卷。[47] 故江參居衢州日，可能常是崇蘭館的座上客。程俱《崇蘭圖》詩云“崇蘭深寄北上幽”，可惜江參這幅傑作，自劉克莊跋後即不見流傳，而劉對江所畫，亦無評述，徒令人懷古增歎而已。

---

45 《後村先生大全集》卷一〇九“崇蘭圖是跋”。

46 《題燕文貴雪景》見《北山集》卷十一，《山水》見同卷，今日本大阪美術館所藏燕文貴《江山樓觀圖》，卷末有趙子晝“崇蘭館”及“秀州管觀察使印”二印，不知是否即程俱所見之山水。

47 吳道子《天龍八部圖》，見《式古堂書畫彙考》畫卷八，上有程俱等題。乾道七年（1171），樓鑰題時，畫尚藏趙氏處。

丙、湖州時期（約 1136 年 — 1138 年）

現在可見的江參畫，雖然以描繪重巒疊嶂為主，也具有湖天平遠曠盪之景。這種景色，既非鎮江附近的江山偉觀，亦與浙西高山峻嶺之風貌有殊。這種山水，當是江氏居湖州時，觀覽其地景物，斟酌董、巨、李、郭風格，自成一家面目，後世或稱他為江雪川，即是此故。[48]

湖州濱太湖南岸，具山水之勝，尤以雪川沿岸，更稱幽美。南宋初因未遭兵火，為官僚名士樂居之地。《宋史》三百八十二《勾濤傳》有云：

> 帝（高宗）謂秦檜曰："勾濤久聞，性喜泉石，可進職與一山水近郡。" 檜對曰："永嘉有天台、雁盪之勝。" 帝曰："永嘉太遠，其以湖州命之。"

可見當時朝廷人士對湖州的嚮往。

江參之得居住湖州，相信和葉夢得很有關係。葉氏早在宣和五年（1124），即在湖州的弁山建有住宅，號曰石林。據周密《癸辛雜識》[49]：

> 左丞葉少蘊之故居在弁山之陽，萬石環之，故名，且以自號。正堂曰兼山，傍曰石林精舍，有承詔、求志、從好等堂，及淨樂庵、愛日軒、躋雲軒、碧琳池，又有巖居、真意、知止等亭……

《湖州府志》稱弁山為府治主山，高六千尺，廣百里，可見石林精舍所在，是湖州勝地之一。

江參年輕在鎮江時，即曾為程俱摹仿在葉夢得處借來之古畫。《畫繼》謂江參之館於宇文時中家，乃得葉氏之推薦。劉克莊亦云江氏之畫，因石林得名。後來江參之被召到臨安，相信和葉氏之推揚，不無關係。葉夢得早年曾任丹徒尉，與鎮江士

---

48 李綱《梁谿全集》卷十六有《次韻葉少蘊內翰丈雪川上買得弁山石林》二首，時為宣和六年（1124）。

49《癸辛雜識．前集》，引自《稗海》二。

人很有交情，畫僧梵隆即曾為葉氏門客。[50] 梵隆本住錫鎮江延慶寺，南渡後居湖州菁山無住精舍。後應高宗之召而至臨安。梵隆既出身鎮江，又與葉氏有關係，其與江參，當亦熟識無疑。梵隆除能畫外，亦善彈琴，韓元吉云：

> 梵隆大師乞詩，隆能琴阮，為鼓數行。[51]

江參父子，皆以能鼓琴名，江參之興趣，尤與梵隆近。梵隆亦曾為程俱作山水軸及山水屏，[52] 皆顯示他們之間的交情。南宋初年，不屬於畫院的重要畫家，若米友仁、江參、梵隆，皆出身鎮江，這和米芾的影響以及蘇氏的書畫收藏，當有很密切的關係，已見前文所述。

本文雖然假定 1136 年至 1138 年為江參的湖州時期，但卻相信在此之前，江參已到過湖州並曾居住過一段時間。一則如上述江氏與葉夢得的交情；二則江氏另一友人陳與義，於紹興四年（1134）九月至五年（1135）二月，曾任湖州知州。[53] 江參既無職事羈身，而衢州、湖州間，路程並非遙遠，故江參在被薦於宇文時中之前，當有暫居湖州之可能，否則在短短二年間，江氏似不易建立以湖州山水為主的晚年風格。

江參之為宇文時中門客，是據《畫繼》"初以葉少蘊左丞薦於宇文湖州季蒙" 之記載。按，時中，四川華陽人，宇文虛中弟，宣和年間曾為平陽太守。他是當時有名的藏家。《畫繼》所載銘心絕品，時中藏品佔十一件。又，同書《雜説》記時中論李成畫云：

> 宣和御府曝書，屢嘗預觀，李成大小山水無數軸。今臣庶之家，各自謂其所藏山水為李成，吾不信也。[54]

50 陸友《研北雜誌》云："梵隆為葉少蘊門僧，久居卞山。" 引自《湖州府志》卷九十三。

51《南澗甲乙稿》卷一。

52《北山集》卷十一。

53 參見《增廣箋注簡齋詩集》附《簡齋先生年譜》。

54《畫繼》卷九。

則因他曾觀宣和御府所載，故眼力應較一般藏家為高。

時中調任湖州太守為紹興六年（1136）八月，其升官與其婿張浚有關，張氏於紹興五年二月起任右僕射兼知樞密院事。當時高宗主戰，張浚等得勢，但在紹興七年（1137），淮軍數萬叛投劉豫，張氏即引咎辭職。據李心傳《建炎以來繫年要錄》周祕論張氏二十罪，其一為"監司郡守責任至重，而浚以妻父宇文時中為湖州太守"，大約因張浚去任，人言可畏之故。時中於紹興八年（1138）請求調任四川遂寧太守，故其任湖州太守[55]，僅一年零七個月。《畫繼》述江參云：

> 初以葉少蘊左丞薦於宇文湖州季蒙，今其家有《泉石五幅圖》一本，筆墨學董源，而豪放過之。季蒙欲多取其畫，而貫道忽被召去，止得此圖，居以為慊。後劉季高侍郎再寄《江居圖》一卷，作無盡景，始少慰意。當貫道被召時，尚書張如瑩知臨安，貫道既到臨安，即有旨館於府治。明當引見，是夕殂，信有命也。[56]

然則江氏在宇文家，恐怕不足一年便被徵召，否則何以僅畫了五幅一組的泉石圖而已。又按《畫繼》所記，似多得自宇文氏之轉述，鄧椿與宇文時中為四川同鄉，曾看過宇文氏的收藏。大約宇文氏對江參的家世亦不甚了解，而對其形貌、嗜好及晚年遭遇則頗詳。至劉岑贈予宇文氏的《江居圖》，應在江氏未至宇文家前所作，既是無盡景，當與傳世的《千里江山》《林巒積翠》二圖面貌相近，可證其在作客宇文家之前，應已在湖州住過了。

（三）江參卒年再檢討

關於江參之卒年，翁同文先生以為約在 1145 年前後。因《畫繼》記江參被召

55 張浚事並見《建炎以來繫年要錄》卷一一四。周祕論張浚二十罪為紹興七年七月九日事。同書卷一一八，八年三月，宇文時中移知遂寧府。

56《畫繼》卷三。

之日，“尚書張如瑩知臨安”，翁先生考出張如瑩就是張澄，當紹興八年（1138）及十四年（1144），曾先後兩任臨安知府，當第一任時，尚未有尚書銜，故認為江氏之卒在張氏第二任期間。但據上文所述宇文時中經歷，及《畫繼》“季蒙欲多取其畫，而貫道忽被召去”之記載，則江參之被召，似應在八年三月以前宇文時中尚在湖州太守之時。蓋八年三月，時中調四川遂寧府，江氏當無相從入蜀之理。何況紹興十四、十五年間，秦檜當國，正人君子，斥逐殆盡，江氏友好，如未去世，亦多掛冠而去，故鄙意以為江參卒年以紹興八年（1138）為宜。至於江參生年，翁先生定為約 1190 年前後，我無異説，故卒時年約五十左右。

江參被召未及見高宗即暴卒一事，劉克莊在《題江貫道山水》一跋中亦有提及。劉氏云：“貫道名參，衢人，其畫因石林得名。南渡召至杭，未見一夕卒。”[57] 按劉氏曾見《崇蘭圖》，故知江參為衢人。鄧椿所記似多得自宇文時中家，因此不詳江氏籍貫。

高宗好書畫，其書法亦是南宋一大家。當時米友仁、朱敦儒、王利用、吳説等，先後皆以朝廷官吏，而以書畫獨受寵遇。除書畫外，高宗亦好琴。葉紹翁曾記黃振以彈琴知遇。[58] 梵隆善畫兼能彈琴，江參對琴，更是家學。況且在紹興七、八年間，陳與義任參知政事，程俱亦在朝廷任職，《崇蘭圖》卷後題跋者，皆當時文章宿老，其事必已膾炙人口，故江參之被召，實非意外。

張元幹有《跋江貫道絕筆古松詩》云：

> 石根盤屈老蒼官，絕筆殷勤記歲寒。萬里風雲欲飛化，君家留得壁間看。[59]

既云絕筆，或是江參到臨安後卒前所作。江氏在未見高宗前突然逝世，相信當時藝林，不乏痛惜之人也。

57《後村題跋》卷四。

58《四朝聞見錄》乙集。

59《蘆川歸來集》卷九。

（四）結語

江參是一早熟的天才畫家，年約未及三十，即已馳聲藝苑，吳則禮以李成、郭熙比之，可見其成就。此期作品，想多受李郭派之影響，惜畫跡無傳。宋南渡後居衢州、湖州，尤以湖州之景物，為其晚期風格之所本。他既與葉夢得、陳與義、程俱等來往，自然沾有文人名士習氣，因之下筆頗為矜恃，作畫不多，在其去世不久，即不易得。張綱（1083—1166）有《跋江貫道畫山水》云：

> 老江畫山水造微入妙，一時好事者訪求遺墨，幾與隋珠趙璧爭價，不知明仲安所得此。宜善藏之，無使通靈之物變化而去。

> 胸中丘壑，發之毫素，居然有萬里勢。閒窗永日，鳴琴對之，便覺衆山皆響。[60]

由此可見江參的畫在當時人心目中的地位和其難得與珍貴。

原載《東吳大學中國藝術史集刊》第十一卷，1981 年 7 月

60《華陽集》卷三十三。

東坡詩注述

東坡詩隸事運古，援據賅博，上自經、史、子、集，旁及山經地志、釋典道藏、方言小說，以至嬉笑怒罵、里嫗灶婦之常談，皆能驅遣筆端，無不如志，而讀者每難索解。是以自宋以來，注蘇詩者，無慮數十家。今行世者有四，曰：王十朋集百家注、施德初注、查初白補注、馮星實合注。

宋人注蘇詩，王、施二注外，有四注、八注、十注，及唐庚、趙夔、黃學皋諸本，今皆散佚。東坡才冠當代，一篇甫出，天下爭相傳誦。崇寧間黨禁甚嚴，收東坡文詞墨跡毀之；唯士人不惜違法，私藏其集於家。政和間稍弛其禁，逮高宗孝宗朝，坡集大行於世。宋陳巖肖《庚溪詩話》謂，“皇帝（孝宗）尤愛其文。梁丞相叔子，乾道初任掖垣兼講席，一日，內中宿直召對。上因論文，問曰：‘近有趙夔等注軾詩甚詳，卿見之否？’…… 命內侍取以示之。至乾道末，上遂為軾御製文集敍贊，命有司與集同刊之”。可見南宋初年，上自帝皇，下逮士吏，皆好東坡詩文，而為之注者遂眾。

至王十朋龜齡纂輯各家注，鏟繁剔冗，會為一篇，題曰《王狀元集百家注》。其書體例為分類，蓋猶杜詩之千家注，太白詩之分類補注也。前有趙夔序，稱分五十類，而此本共七十八類，是有所增益矣。其目為紀行、述懷、詠史、懷古、古跡、時事、宮殿、省宇、陵廟、墳塋、居室、堂宇、城郭、壁塢、田圃、宗族、婦女、仙道、釋老、寺觀、塔、節序、夢、月（星河附）、雨雪、風雷、山岳、江河、湖、泉石、溪潭、池沼、舟楫、橋樑、樓閣、亭榭、園林、果實、燕飲、試選、書畫、筆墨、硯、音樂、器用、燈燭、食物、酒、茶、禽、獸、蟲、魚、竹、木、花、菜、菌蕈、投贈、簡寄、懷舊、尋訪、酬答、惠貺、送別、留別、慶賀、遊賞、射獵、題詠、醫藥、卜相、傷悼、絕句、歌、行、雜賦。分類極為繁瑣，且頗多顛舛訛謬，然由其目，亦可見東坡詩題材之廣泛。其注則集黃山谷、陳後山以次九十三人，錄其籍貫姓氏，實則其注多出於趙次公、趙堯卿、林子仁數人之手。黃、陳輩但取其名高耳。

此書薈萃諸家之說、徵引浩博，難免踳駁迭見。元明間施注不行於世，而此本孤行數百年，幾於家有其書。宋本既稀如星鳳，重刊本又經後人刪併改舛，錯誤益多，無復舊觀矣。故《四庫提要》疑其為一時書肆所為，藉十朋之名以行。唯跡《四庫提要》所收，亦元明後刪併本，非宋槧者，蓋其所論未符宋本也。清吳騫《拜經樓詩話》稱其家藏宋本王集百家注蘇詩，楮墨極精，視近刻之語多什三四，而分門別類及卷數俱夐然不同云。由此知古籍為後世庸妄人刪併，多失本真，未見祖刻，實難遽定其優劣也。

王集百家注，流傳既久且廣。明世不甚重東坡詩，是以無訂正其失。清初士大夫好東坡詩，宋犖得宋槧施注殘本，屬邵長蘅訂補之。長蘅始極論王注之失，為其所掊擊者凡三十八條。又摘其體例三失：一云分門別類失之陋。以其分類繁瑣、篇章顛倒，標目了無意義也；二曰不著書名失之疏。以王注引書泰半不標出處，或但舉書名而不著篇名；三曰增改舊文失之妄。以王注每因蘇詩句字，而改竄或割裂古籍以附會之也。今觀其書，誠如所論。然其博採諸家之說，考據亦甚精審，且邵長蘅補施注所闕十二卷，亦云參酌王注，徵引羣書以補之，則未嘗不於此注取材也。大抵翃始者難工，繼事者易密，邵注正王注之訛，查注又摘邵注之誤，而馮注又補查注之疏漏。考證之學，雖多為後來居上，然亦難執一家以廢其餘。是以王施二注，各有短長，二者固未可偏廢也。

施注蘇詩似較王集百家注尤為早出。王注則集數十人之說，施注則僅竭數人之力以竟其功。先是吳興施元之德初與吳郡顧禧景蕃合注蘇詩四十二卷，元之謝世後，其子宿又為補綴，從而推廣；且為年譜以刊行之，而屬陸放翁為序。放翁極言注蘇之難，自謂雖有意為之而未果行，而盛稱施元之絕識博學，用功深，歷歲久；又助之以顧景蕃之賅洽，則於東坡之意，庶幾可以無憾云。

施氏體宗編年，較王注分類為善，且於注題之下，務闡詩旨，推究來歷，引事徵詩，因詩存人，使讀者得以考見當日之情事。蓋施氏生南宋初，去東坡之世未遠，遺聞軼事，猶為故老所樂道也。施氏詮訂先後，頗為精審，引書亦較王注本為當。邵長蘅稱其引事徵詩，務闡詩旨，非取泛濫，間亦可補正史之闕遺，即此一端，迥非諸家可及云。

是書傳本極稀，以宋嘉泰中，施宿官餘姚，嘗以是書刊板，緣是遭論罷，故元明罕見著錄也。清宋犖官江蘇，始得宋槧殘本於藏書家，自言求之數十年矣。唯僅存三十二卷，已佚其卷一、卷二、卷五、卷六、卷八、卷九、卷二十三、卷二十六、卷三十五、卷三十六、卷三十九、卷四十，共十二卷，遂屬武進邵長蘅補其闕卷。長蘅撰王注正訛一卷，又訂定王宗稷年譜一卷，冠於集首。其注則僅補八卷，以病未能卒業，更倩高郵李必恆續成之。犖又請顧嗣立摭拾遺詩為施氏所未收者，得四百餘首，別屬錢塘馮景注之，重為刊板，施氏之書，遂得重彰於世。

施注蘇詩體例雖較王注善，考訂亦較詳審，然重複太多，有一語而前後數十見者，而其注亦未嘗無舛誤。且宋犖所收孤本，已殘十二卷，雖經邵長蘅補成之，唯邵氏非博洽之士，其所訂、補，多掇拾王氏舊說，甚或沿其謬誤，又於原注多所刊削，或失其舊，或竊為己說。查初白譏之，非無因也。然施注天壤間既無完本，即寒章蠹簡，亦宜珍同拱璧矣。施與長蘅，使數百年沉晦之笈，復見於世，壽諸不朽，其功亦不可沒也。

清查慎行初白，篤好東坡詩，著《敬業堂詩集》，有聲於世。《四庫提要》謂其詩多得力於東坡，由其罄一生心力而成《蘇詩補注》一書也。其書自序云："補注之役，權輿於癸丑，迨己未、庚申後，往還黔、楚，每以一篇自隨。己卯冬，渡淮北上，冰觸舟裂，從泥沙中檢得殘本，淹浥破爛，重加綴葺。辛巳夏，自都南還，夜泊吳門遇盜，探囊胠篋之餘，此書獨無恙也。自念頭童齒豁，半生著述，不登作者之堂，庶幾託公詩以傳後。因閉門戢影，畢力於斯。追維始事，迄今蓋三十年矣，雖蠡測管窺，何足仰佐萬一。顧視世之開局於五月，藏事於臘月，半年勤限，草促成書，淺深得失，必有能辨之者。" 蓋查氏此書，數易其稿，備歷艱險，零丁件繫，收弆篋中，積久始成，其自述具見良工之苦心。

初白既病王注之疏略駁雜，於重刊施注亦未能愜意，其寖漬蘇詩既有得，因復檃括舊編，補輯異聞而成書。凡所辨正，必求之本詩及手書真跡；又參以同時諸公文集，洎宋元名家詩話、題跋、年經、詩緯，用以審定前後，蓋自以古人於箋疏之學，各抒所得，不肯雷同剿說，其成此書，實取斯義云。

查注蘇詩之特點，一為輯逸，於集外搜得逸詩百餘，釐為三卷。二為考訂地理之詳覈，自云參攷《十道志》《元和郡縣圖志》《太平寰宇記》《輿地廣記》《九域志》

《方輿勝覽》《名勝志》等書，詳為考索古今沿革，雖未必毫髮無憾，固已十得八九矣。三為附收東坡同時諸公唱和之作，載於篇後。馮星實則謂注詩非坡門酬唱集、蘇門六君子文梓諸書比也，而譏其失之太繁。然平心而論，此舉於讀者有利無害，使讀蘇詩時，省卻檢書之麻煩，而收參照比較之功也。

清乾隆間，桐鄉馮應榴星實，網羅王、施、查三家蘇詩注，援證羣書，參稽諸舊本異同，成《蘇文忠詩合注》一書。或正諸舊注之舛訛，或補其疏略，詳審精洽，為行世蘇詩注之最善本。星實之先人馮浩，注李義山詩文，為世所稱。星實學有淵源，其注蘇詩，積三十年之力為之，自謂與坡公之靈感相感而形於夢寐。此書分五十卷，編年及卷帙皆沿查注之舊。卷端附年譜、本傳，及王、施、查、翁各書之序與凡例，而自為舊注辨訂，以校正舛漏。錢竹汀、吳錫麟為之序。竹汀謂王本長於徵引故實，施本長於臧否人倫，查本長於考證地理，而稱星實能匯三家之長。且於古典之沿訛者正之，唱酬之失考者補之、輿圖之名同實異者核之。旨哉斯言，星實可謂能紹前哲之美而後來居上者矣。

上述四家蘇詩注外，又有翁方綱《蘇詩補注》八卷，及王見大《蘇詩編注集成》一書。翁氏精金石學，生平服膺東坡，藏有宋刊蘇集及東坡真跡《天際烏雲帖》，故顏其齋曰寶蘇。翁氏又邃於小學及經學，且曾見坡公墨跡甚多，遂能援之，以正各注之誤。

王見大《蘇文忠公詩編注集成》一書最為後出。其注多據馮注，間附己見，難免迂腐之譏，唯對東坡行止事跡，及後人題識評騭，皆兼收並蓄，而編年總案四十五卷，援賅極博，可補年譜之不足，亦未可厚非也。

原刊於崇基學院《華國》1963 年第四期

論清代桐城文派

清乾隆末季，桐城姚鼐善為古文辭，推尊其鄉先輩方苞、劉大櫆，海內學者靡然從風。周書昌為之譽曰：“天下之文章，其在桐城乎？”桐城派之名，遂著於世，唯姚氏猶未敢承也。暨道光末，鼐高弟僅梅曾亮尚存，同時好為古文者，咸尊之為師，儼然為一宗派，梅氏亦居之不疑。逮曾文正敍歐陽生文集，復暢明此旨，文正之文章功業，震鑠當世，經其揄揚，天下乃皆以桐城為古文正宗，流風餘緒，迄清亡猶未替，其影響可謂深而廣矣。然好之者譽之，惡之者詬之，交相攻訐，莫窺其真。而末流徒斤斤於義法聲氣之説，才識既下於前修，文章亦空有序而言之無物，以填框為義法，浮響作聲氣，互相標榜，各詡師承，文章乃駸駸日下矣。要之桐城諸老，文辭雅潔，體氣醇厚，其義法之説，亦所以明為文之矩矱，示來學以津途耳。而繼者不悟，捨本逐末，宗派之説，尤貽誤後進。蓋淺學者每據以自便，有所作弗協於軌，乃謂吾文派別焉耳。故李審言歎其源漸涸，王先謙懼其誤後來，良有由也。是以不揣淺陋，試溯其源，沿其流，企欲明其流變，非敢妄議前賢也。

桐城派以方苞為初祖，劉大櫆年輩稍後，姚鼐則大櫆弟子也，後人稱三公為桐城三祖。方苞自期學行繼程朱，文章宗韓歐。其論文獨標義法，以為：“義即《易》之所謂言之有物；法即《易》所謂有序也。以義為經，而法緯之，然後為成體之文。”方序《古文約選》云：“古文所從來遠矣，六經、《語》《孟》，其根源也，得其枝流而義法最精者，莫如《左傳》《史記》。”又云：“退之、永叔、介甫，俱以誌銘擅長，但序事之文，義法備於《左》《史》，退之變《左》《史》之格調而陰用其義法，永叔摹《史記》之格調，而曲得其風神，介甫變退之壁壘而陰用其步伐。”又《書歸震川文後》云：“不俟修飾而情辭並得，使覽者惻然有隱，其氣韻蓋得之子長，故能取法歐、曾，而少更其形貌耳。”故其為文也，由歸氏上溯韓、歐，以接武《左》《史》為極則。而桐城諸人亦奉此為金科玉律，師師相傳，莫能背矣。劉大櫆文宗大蘇，其論文主神氣，而神氣之跡得之音節。以為義理，書卷、經濟者，行文之材料；神氣、音節者，行文之能事。厥後姚鼐因聲為氣之説，實推闡此旨。

桐城派之名至姚鼐始定，而桐城文亦由鼐而始大。至吳樹敏比之宋呂居仁，亦未為當，居仁之位次未足方黃山谷、陳後山，然鼐之聲望，殆有凌駕方、劉者。唐李習之謂文、理、義，三者兼併，乃能獨立於一時，而不泯於後代。姚氏據此謂文必具義理、考證、詞章三者，義理取宋學，考證略當於漢學，詞章則注重修辭。此與方氏之義法，皆桐城派恪守不移之鵠的也。

綜三人所論，陳義雖高，而其所詣亦未能如言。就義法言之，方、姚諸公之文，法則備矣，然繩法太嚴則遠背自然。韓昌黎所以提倡古文者，亦病六朝文雕縟過甚，失之自然耳。方氏謂古文不可入語錄中語，魏晉人藻麗俳語，漢賦中板重字法，詩歌中雋語，南北史佻巧語。加以法度森嚴，佳篇遂稀。至義則取宋明義理之學，明以八股取士，以朱熹所注經書為準，方、姚所言義理，恐亦未能出其牢籠也。方氏有言："震川之文於所謂有序者，蓋庶幾焉，而有物者則寡焉。" 此言雖評震川，其實深中桐城之病。今觀諸公文集，謀篇造句，陳義説理，類多雷同，久讀之則生厭，與高言義法，不無關係也。

先代文章，皆重聲律辭藻，所謂五色相宜，八音協暢也。海峰之神氣音節兼重，惜抱之因聲求氣，亦先達之餘沫耳。然桐城文音節不如駢文，神氣又未逮唐宋八家，奚論《左》《史》耶？姚鼐云："望溪所得，在本朝諸賢為最深，而較之古人則淺，其閱太史公書，似精神不能包括其大處、遠處、疏淡處，止以義法論文，則得其一端而已。" 曾文正則謂望溪所以不得入古人之閫奧者，以其倡言義法也。又與吳樹敏書云 "劉氏（大櫆）誠非有過絕流輩之詣"，其評姚鼐則言其為震川牢籠，蓋其名為辟漢學而未得宋儒之精密，故有序之言雖多，而有物之言則少。善乎惲子居之言曰："姚姬傳之學出於劉海峰，劉海峰之學出於方望溪，及求三人之文觀之，又未足以饜其心所欲云者。" 可謂評得其綱紀。

桐城三祖，其文短處既如上述，其長處則望溪之整飾嚴峻，海峰之馳騁雄肆，惜抱之曠遠雅醇，皆足多者。且法度謹嚴，無邪放之弊，尤以望溪敍家常文字，質樸懇至，蓋得力於震川也。要之桐城文最高境界亦陸士衡《文賦》所謂 "或清虛以婉約，每除煩而去濫。闕大羹之遺味，同朱弦之清氾。雖一唱而三歎，固既雅而不艷"。蓋自有其佳處。

姚鼐弟子以管同、梅曾亮、劉開、方東樹四人為最著，其中尤以梅曾亮最得師法，其文體潔氣清，喜敍事理，委婉有致，近於震川。王先謙稱其浸淫於古，所造獨為深遠。管同文氣寬博，無不盡之情，立論精確，頗似荊公。至方東樹、劉開則練辭稍疏，不能並駟二家。方氏有《昭昧詹言》，品評詩文頗贍悉。劉氏天才閎肆，其論文不主桐城家法，其言云："駢之與散，並派而爭流，殊途而合轍……駢中無散，則氣壅而難疏；散中無駢，則辭孤而易瘠。兩者但可相成，不能偏廢。"其見識實在師上。

清叔季文章勛業，咸稱曾文正。文正慕桐城之文，自謂私淑姚惜抱。第其才氣雄邁，識見高遠，所詣實在桐城諸老之上；加以功蓋天下，當時文士，若張裕釗、吳汝綸、薛福成、黎庶昌，皆出門下，稱四大弟子。而吳樹敏、戴鈞衡、邵懿辰、郭嵩燾輩，沆瀣一氣，鼓吹文章，蔚成風氣，桐城派由衰復振，文正之功也。其論文主博覽，於古名家求脱胎換骨，故云："若拘步一家之文，即能與之並，不能成一家言。"又謂："文之道與駢體相通，宜讀《漢書》《文選》，以日漸於腴潤。"其取徑既較廣，天資亦超邁恆流，故其文波瀾起伏，規模闊大，乃能突破桐城之藩籬，成一代大家。王先謙稱其"以雄直之氣，宏通之識，發為文章，冠絕今古"。雖有阿私，而品評略當。

文正友中以吳樹敏最傑出。吳氏於文上規秦漢，雅不欲自附桐城；而意遠辭高，佳者可上追昌黎、子厚，其餘諸子，不能及也。

文正門下傳古文者，以張裕釗、吳汝綸最著。吳汝綸論"張氏獨得《史記》之譎怪，而意思恢詭，詞句廣勁，能推廣桐城，而自成一家者"。吳汝綸則才雄，所為文章閎中肆外，而氣息醇雅，無有桐城家寒澀枯窘之病。其與友論文云："桐城諸老，氣清體潔，海內所宗，獨雄奇瑰瑋之境尚少。"蓋欲以雄奇，矯彼之陰柔也。然陳三立評其過求壯觀，稍涉矜氣，唯其思想較新，見識通達，又樂於扶植後進，其弟子馬其昶、林紓、嚴復，皆以能文名於近世。薛福成、黎庶昌，才氣較差，成就次於張、吳，然亦能紹文正之學，而不囿於桐城義法者也。

桐城文於清文壇之影響不可謂不大，當盛時，天下文士，曲折以求合桐城之轍，歸之若百川之赴海。然而好名趨利之徒，不無謬附，日中而昃，盛極轉衰，理之必然，曾文正振興絕學，矯其弊端，桐城遺緒，賴以不墜。惟清儒汪中、龔自珍、惲敬、張惠言等皆取徑兩漢、魏、晉，以文鳴於時而為後人所盛稱。錢大昕、阮元、孫詒讓諸人，雖主考據，然其文根柢經史，懿雅淵穆，反較桐城諸公為優。章太炎云：“桐城義法在今日亦為有用，何者？明季猥雜，佻脫之文霧塞一世，方氏起而廓清之。自是以後，異喙已息，可以不言流派矣。乃至今日，而明末之風復作，報章小説，人奉為宗，幸其流派未亡，粗存綱紀，學者守此，不至墮入下流，故可取也。若諦言之，文言達意，遠於鄙俗可也，有物有則，雅馴近古，是亦足矣。”章氏之論，雖以護維舊學，藉題發揮，惟深思之，桐城義法，推其本源亦未嘗不佳，要之在習者之天資耳。天資高者，得其規範，終亦能脱其牢籠，而抵於成。其下者猶能習其格律，明其禁忌，遠於鄙俗而近雅醇。故其得失，亦莫能一概而論也。

原刊於崇基學院中文系《文訊》1961 年

葉衍蘭《清代學者像磚》之姚鼐像

郭璞的遊仙詩

遊仙文學，盛於魏晉，作者頗多，其中最著名的是郭璞的遊仙詩。

郭璞，字景純，河東聞喜人。博學多才，善辭賦，好古文奇字，精陰陽曆算天文之術，曾注《爾雅》《方言》《山海經》《穆天子傳》等書。後以卦筮諷王敦被害。他生當我國歷史上一個混亂的年代。西晉剛結束三國紛爭的局面，不久就有八王之亂。同室操戈，互相傾軋，民生凋敗。於是匈奴人劉曜乘機陷洛陽，擄懷、愍二帝，是為永嘉之亂。中國北方整個淪入異族之手。士族相率渡江，在江左建立東晉王朝。郭璞與親友們，也在這時逃難到江南。此後他浮沉幕府，一直到被殺，都是鬱鬱不得志。

清談的風氣到了東晉，更是變本加厲。江南明秀的風景，富庶的物產，使士大夫耽於目前的享受，而忘了亡國之痛。玄學支配了整個社會，所以時人的文學作品，多數帶着玄學的色彩。尤其是詩，堆砌一些玄學名辭，變得平淡寡味。鍾嶸《詩品．序》說："永嘉時貴黃、老，稍尚虛談，於時篇什，理過其辭，淡乎寡味。爰及江表，微波尚傳。孫綽、許詢、桓、庾諸公，詩皆平典似道德論，建安風力盡矣。"劉勰《文心雕龍．時序篇》也說："自中朝貴玄，江左稱盛，因談餘氣，流成文體。是以世極迍邅，而辭意夷泰；詩必柱下之旨歸，賦乃漆園之義疏。故知文變染乎世情，興廢繫乎時序，原始以要終，雖百世可知也。"

詩到了這地步，建安時期的風格被斲喪盡了。郭璞的遊仙詩，雋永挺拔，奇辭逸氣，層出不窮，確是一新當時耳目。《詩品》說他"憲章潘岳，文體相輝，彪炳可玩。始變永嘉平淡之體，故稱中興第一"。《文心雕龍》說："江左篇制，溺乎玄風⋯⋯袁、孫已下，雖各有彫采，而辭趣一揆，莫與爭雄。所以景純仙篇，挺拔而為俊矣。"又說："景純艷逸，足冠中興。"皆非溢美之詞。可見當時的人對他的詩是多麼的重視。

郭璞的遊仙詩傳世只有十四首，但《詩品》所引"奈何虎豹姿""戢翼棲榛梗"

二句，不見於今集中，故其詩可能不止此數，其餘的是失傳了。《昭明文選》收他的詩只七首，其餘見《漢魏六朝百三家集》中的《郭弘農集》。東晉人的詩傳世很少，大概因為多是一些淡乎寡味的玄言詩。郭璞和另一位愛國詩人劉琨，算是那時最傑出的詩人了。

普通的遊仙詩，多是寫想像中的仙山靈域，企慕和神仙一樣遨遊太虛，過着閒適的生活。郭璞的遊仙詩卻是假神仙而自敍懷抱，辭多慷慨，憤世嫉俗之情，常流露筆端。所以鍾嶸說："遊仙之作，辭多慷慨，乖遠玄宗 …… 乃是坎壈詠懷，非列仙之趣也。"《文選》李善注《郭景純遊仙詩》亦說："凡遊仙之篇，皆所以滓穢塵網，錙銖纓紱，餐霞倒景，餌玉玄都。而璞之制，文多自敍，雖志狹中區，而辭無俗累，見非前識，良有以哉。" 由此可見郭氏的遊仙詩，和一般的遊仙之作，是大相徑庭的。沈德潛《古詩源》駁鍾氏之說，說："遊仙詩本有託而言。坎壈詠懷，其本旨也。鍾嶸貶其少列仙之趣，謬矣！"至陳祚明評選說："景純本以仙姿遊於方內，其超越恆情，乃在造語奇傑，非關命意。遊仙之作，明屬寄託之詞，如以列仙之趣求之，非其本旨矣。" 是較為中肯的批評。

清陳沆《詩比興箋》說："景純勸處仲（王敦）以勿反，知壽命之不長，遊仙之作，殆是時乎？青溪之地，正在荊州，斯明證也。" 照此說則景純的遊仙詩，作於他在荊州王敦幕府時，《晉書》本傳說："王敦之謀逆也 …… 又使璞筮。璞曰：'無成。'…… 乃問璞曰：'卿更筮吾壽幾何？' 答曰：'思向卦，明公起事，必禍不久。若往武昌，壽不可測。' 敦大怒曰：'卿壽幾何？' 曰：'命盡今日日中。'" 由此可見，郭璞是抱着一死之心了。他是忠於晉室的，眼看北方淪入胡族之手，而南方的士族抱着苟且偷生的心情，不肯勠力為國，反而互相傾軋，甚至謀逆。他既為王敦的記室參軍，不能勸阻他的上司反叛晉室。自知忠言逆耳，一死之外，別無他途。在這樣的處境下，他的心情之痛苦可見了。所以在他的遊仙詩中，有許多句子充滿了憂生憤世之情。他雖然說 "朱門何足榮，未若託蓬萊"，可是他又說，"雖欲騰丹谿，雲螭非我駕"。可知他是處於進退兩難，無由自解的境地。

在郭璞之前的名詩人如屈原、曹植、阮籍，都是有才能，志在濟世，而不見用於世的人。郭璞與他們的身世處境雖然不同，但想替國家做一番事業的目標是相同的。但當時是門第的天下，他只得依附權臣，過着俯仰隨人的生活，《晉書》本傳說他“好卜筮，縉紳多笑之”。又自以才高位卑，乃著《客傲》。屈、曹、阮三人和他一樣都是鬱鬱不得志，偃蹇窮途，坎壈詠懷，以詩來發泄他們的情感。又因人生短促，俗情險艱，雖然想與神仙翱翔六合之外；但是時光易逝，衰老逼人，求仙之志難償，就只有發為哀音了。這種感慨在這幾個人的詩中都可以見到。

屈原的《遠遊》說：“悲時俗之迫厄兮，願輕舉而遠遊；質菲薄而無因兮，焉託乘而上浮。”曹植的《五遊詠》說：“九州不足步，願得凌雲翔。逍遙八紘外，遊目歷遐荒。”《遊僊詩》說：“人生不滿百，歲歲少歡娛。意欲奮六翮，排霧陵紫虛。”又《僊人篇》說：“四海一何局，九州安所如。…… 萬里不足步，輕舉凌太虛。”屈原以時俗迫厄，思欲遠遊，但質非神仙，不能輕舉而上浮。子建和屈子同懷抱。這幾篇詩都是以遠遊寄意的。阮籍《詠懷詩》第四十一首說：“生命無期度，朝夕有不虞。列仙停修齡，養志在沖虛。飄颻雲日間，邈與世路殊。榮名非己寶，聲色焉足娛。採藥無旋返，神仙志不符。逼此良可惑，令我久躊躇。”又第三十五首說：“世務何繽紛，人道苦不遑。壯年以時逝，朝露待太陽。願攬羲和轡，白日不移光。天階路殊絕，雲漢邈無梁。濯髮暘谷濱，遠遊崑岳傍。”又第三十二首說：“人生若塵露，天道邈悠悠。…… 願登太華山，上與松子遊。”這些詩都是有難言之苦，而託之於遊仙的。他們既不願苟合於世俗，生當亂世，只有求仙一法，而神仙又不可見。景純的《遊仙詩》，所表達的情感，和他們是一致的。

何義門說：“景純之《遊仙》，即屈子之《遠遊》也。”其實曹子建、阮嗣宗的遊仙思想，也是由屈子而來的。下列的一首遊仙詩，簡直就是嗣宗的《詠懷》：

> 六龍安可頓，運流有代謝。時變感人思，已秋復願夏。淮海變微禽，吾生獨不化。雖欲騰丹溪，雲螭非我駕。愧無魯陽德，回日向三舍。臨川哀年邁，撫心獨悲咤。

這首詩和嗣宗《詠懷》第三十五首，都是感慨國祚遷移，而又回天無力。真是心中憂傷達到極點了。鍾嶸說他是坎壈詠懷，一點也沒有錯。又如“京華游俠窟，山林隱遁栖。朱門何足榮，未若託蓬萊”“四瀆流如泪，五岳羅若垤。尋我青雲友，永與時人絕”“靜歎亦何念，悲此妙齡逝。在世無千月，命如秋葉蒂”都是感歎時俗迫阨，生命短促的。

因此他對生命看得很輕，《晉書》本傳說他性輕易，不修威儀，嗜酒色，時或過度。著作郎干寶常誡之曰：“此非適性之道也。” 璞曰：“吾所受有本限，用之恆恐不得盡，卿乃憂酒色之為患乎？” 他所以敢抗言逆王敦，不是無因的。敦的逆跡已昭，非璞的卜筮吉凶，所能阻止的。敦知他忠於晉室，就首先把他殺掉。

《遊仙詩》中的“逸翮思拂霄，迅足羨遠游。清源無增瀾，安得運呑舟。珪璋雖特達，明月難暗投。潛穎怨青陽，陵苕哀素秋。悲來惻丹心，零淚緣纓流”是自歎淺瀾不能呑舟，高才非卑位可展。明珠暗投，所託非人，故悲悼而淚下不能禁了。

景純是了悟人生的，生命一瞬，死得其所，名與天地不朽，才是永生。他以“借問蜉蝣輩，寧知龜鶴年”“燕昭無靈氣，漢武非仙才”“蕣榮不終朝，蜉蝣豈見夕”來譏諷王敦等人，不知進退，貪慕世間名利，死亡在旦夕間，而不知覺悟。他自己卻抱着一死之心，正如他所說的“永偕帝鄉侶，千齡共逍遙”吧！

郭璞的遊仙詩，在東晉談玄說理的詩歌裏，是值得珍視的。他和劉琨都能以詩歌來寫自己的衷情，故足以領袖東晉，垂之不朽。劉師培《南北文學不同論》說：“唯劉琨之作，善為悽戾之音，而出以清剛；郭璞之作，佐以彪炳之詞，而出以挺拔。北方之文，賴以不墜。” 郭璞的詩，的確有建安風骨，真可稱為嗣響。

原刊於崇基學院《華國》1960 年 6 月，第三期

酈道元《水經注》

提起山水遊記作者，大家最熟悉的當然是柳宗元，他的《永州八記》，為尊崇唐宋古文的人推為古今絕作，其中《始得西山宴遊記》和《鈷鉧潭記》，更是中學生所必讀的名篇。起初我也絕不懷疑，後來書看多了，覺得一般人所謂著名的作品多都是口耳相傳，人云亦云，從不仔細研究就盲從附和。譬如五言古詩，唐人是遠不逮六朝的，但震於唐詩之名，只好將六朝抹殺。庾信的《哀江南賦》是駢文千古絕作，在桐城文家眼中，卻成為毫不足取的淫濫文字。我們要訓練好閱讀古典文學的技能，眼看清楚，腦想清楚，才不致受騙。

看了柳宗元《永州八記》，你是不會感到饜足的，唐以後山水名勝遊記及亭台樓閣記，發展成為大宗。比他好的作品不是沒有，不過柳宗元既和韓愈齊名，文章也寫得峻潔，後人又多取法甚至因襲他，故遊記一門，只好讓他獨步。但如果讀過酈道元《水經注》，會驚訝這才是山水文學的淵藪，柳宗元的《永州八記》與其並觀，就顯得無足道了。至於文章的清雅、造語的巧妙，視柳記簡直判若仙凡。這或者說得太過分吧，不過，我覺得文學一定要有是非，好則好，壞則壞，不能做鄉願，怕人家罵而不敢直言。

《水經》是地理著作，記載我國江河分佈情形，《唐書》題為漢桑欽著。《四庫總目提要》辨其非，斷為三國時人所作。東晉時郭璞曾注，杜佑《通典》猶引其文，現在則只有酈道元所注行世了。

酈道元，字善長，後魏范陽人，官至御史中尉，他為官素有嚴猛之稱，為豪權所畏憚，結果全家皆遭殺害。他是個好學的人，歷覽奇書，故他注《水經》所引書多至三百七十餘種。《水經》只詳記水道之分佈，本文枯燥無味，道元將各水所經之山水、人物、城郭、名勝古跡、風俗、神話旁徵博引，身所耳聞目睹則自執筆為文，否則引書，結果竟把一本無味的地理著作，變成內容充實、文學價值極高的偉大作品。

《水經注》的文章並非完美無缺，如果單看那些什麼水流注什麼地方，又滙合什麼水的文字，相信誰都會感到不耐煩。讀《水經注》最好是一段段讀，則每段都是一篇極美的散文，有時簡直是詩，只是沒有韻罷了。如《江水注》描寫長江三峽的一段文字，久已膾炙人口，現把原文錄下：

> 自三峽七百里中，兩岸連山，略無闕處。重巖叠嶂，隱天蔽日，自非停午（中午）夜分，不見曦（日）月。至於夏水襄陵，沿溯阻絕。或王命急宣，有時朝發白帝，暮到江陵，其間千二百里，雖乘奔御風，不以疾也。春冬之時，則素湍綠潭，回清倒影，絕巘多生怪柏，懸泉瀑布，飛漱其間，清榮峻茂，良多趣味。每至晴初霜旦，林寒澗肅，常有高猿長嘯，屬引凄異，空谷傳響，哀轉久絕。故漁者歌曰："巴東三峽巫峽長，猿鳴三聲泪沾裳。"

這段是酈道元自作，並非引書，文辭之美，讀之如夏日飲冰，煩渴頓消。李白詩："朝辭白帝彩雲間，千里江陵一日還。兩岸猿聲啼不住，輕舟已過萬重山。"意思全套此文。一則如吳道子畫嘉陵江，三百里山水，一日而畢，意筆草草；一則如李思訓所畫，窮一月之功，極精工之能事。然李白雖能囊括其意，究竟有因襲之嫌。李詩傳誦極廣，酈文則知者不多，真是有幸有不幸了。又"夷水"條云：

> 夷水又徑宜都北 …… 所經皆石山，略無土岸，其水虛映，俯視游魚，如乘空也。淺處多五色石。冬夏激素飛清；傍多茂木空岫，靜夜聽之，恆有清響。百鳥翔禽，哀鳴相和，巡頹浪者，不覺疲而忘歸矣。

不過短短數十字，所記有山有水，有游魚、瀑布、樹林、飛鳥，連旅者的心境也表露無遺，可謂能以簡馭繁，而用字清漪秀美，更耐人咀嚼。柳宗元《永州八記》之《至小丘西小石潭記》，其中寫景最美的一段就取法於此。柳文云："從小丘西行二十步 …… 下見小潭，水尤清冽，全石以為底。近岸卷石底以出，為坻為嶼，為嵁為巖。青樹翠蔓，蒙絡搖綴，參差披拂。潭中魚可百許頭，皆若空游無所依，日光下澈，影布石上。怡然不動，俶爾遠逝，往來翕忽，似與遊者相樂。”當然，游魚似與遊者相樂的意思，本之莊子《秋水篇》，但寫魚空游無所依，無疑學自《水經注》。而林琴南卻說其一小小題目，至於窮形盡相，物無遁情，體物直到精微地步。若讀過《水經注》，就會覺得這篇文其實沒有什麼特別了不起之處。

又記歷史掌故如“易水”條：“易水又東逕易縣故城南…… 燕丹子稱荊軻入秦，太子與知謀者，皆素衣冠送之於易水之上。荊軻起為壽，歌曰：風蕭蕭兮易水寒，壯士一去兮不復還。高漸離擊筑，宋如意和之，為壯聲，士髮皆衝冠，為哀聲，士皆流涕。”“江水”條：“江水又東逕石門灘，灘北岸有山，山上合下開，洞達東西，緣江步路所由。劉備為陸遜所破，走徑此門，追者甚急，備乃燒鎧斷道。孫桓為遜前驅，奮不顧命，斬上夔道，截其要徑。備逾山越險，僅乃得免，忿恚而歎曰：‘吾昔至京，桓尚小兒，而今迫孤，乃至於此。’遂發憤而薨矣。”皆能要言不煩，寫出歷史人物的感情。

我說過《水經注》造語巧妙，如描寫巫山之高，三峽之險，皆極不尋常。三峽已見前，寫巫山云：“其下十餘里有大巫山，非唯三峽所無，乃當抗峰岷、峨（岷山、峨眉在四川），偕嶺衡、疑（衡山、九嶷山在湖南）。其翼附羣山，並概青雲，更就霄漢，辨其優劣耳。”寫山高的文字甚多，像他這樣遒煉俊拔，使人有一唱三歎的恐怕極少吧。又記西陵峽云：“常聞峽中水疾，書記及口傳，悉以臨懼相戒，曾無稱有山水之美也。及余來踐躋此境，既至欣然，始信耳聞之不如親見矣。其疊崿秀峰，奇構異形，固難以辭敍。林木蕭森，離離蔚蔚，乃在霞氣之表。仰矚俯映，彌習彌佳，流連信宿，不覺忘返。目所履歷，未嘗有也。既自欣得此奇觀，山水有靈，亦當驚知己於千古矣。”這雖是引袁山松的話，由此亦可知六朝人對山水之愛好。

《水經注》明朝以前所傳，訛脱極多，絕無善本。清乾隆朝編《四庫全書》，戴震等始用古今書校勘，補其缺漏，刪其妄增，正其臆改，然後此書才有佳本，信為酈氏之功臣。清末楊守敬纂《水經注疏》，則更為詳明縝密，但作為普通讀本，用戴震等校本就很夠了。

《中國學生周報》1965 年 10 月 29 日

略談魏晉南北朝文

不知是受了韓愈“其下魏晉氏，嗚者不及於古”和蘇軾“文起八代之衰”的理論，還是桐城派方苞、姚鼐等人論文的影響，提起魏晉六朝，一般人以為在中國文學史上，並不是一個光輝耀眼的時代，有的只是不值一顧，單單描寫風花月露，內容空泛，重典故、尚辭藻的駢體文。好像由方、姚、歸（有光）、唐宋八家，再上溯太史公的所謂古文，才是文章正宗，試看中學課本所選的文言文，就多屬此系統。我們既然耳濡日染，逐漸便成為一種錯覺，這是不可不加以澄清的。

要知道每體文章，作品必定有優有劣。這固然由於作者才氣的高下，但即使同一人，也不是每作必佳，那麼魏晉六朝駢文有其缺點，唐宋以後文也有其糟粕，是不言而喻的了。不過有個普通的原則，就是時代愈遠，所傳的文章愈少，精華亦愈多。欽定《全唐文》的篇幅，比嚴可均所輯的《全上古三代秦漢三國六朝文》多，可是在文學上言，後者就比前者價值大。呂祖謙《宋文鑒》、蘇天爵《元文類》、薛熙《明文在》、徐世昌《清文匯》等書只從專集中選錄一些文章，已可教我們花許多年工夫也看不完。而這些文章的源頭都在六朝以前，從源向流，總比沿流溯源來得容易。

魏晉六朝（應包括北朝）的駢文，其聲情之美，和唐詩宋詞有着密切的關係。就文章本身來看，其遣詞造句的巧麗、聲律的諧合、氣韻的超妙，亦不能一筆抹殺。梁以前好的駢文，多已收在蕭統的《昭明文選》中，梁以後的作家，尤其是庾信，可以說是達到駢文的巔峰，如果你讀過他的《哀江南賦》《小園賦》《枯樹賦》，將會覺得這一體是不可能被廢棄的。五四運動時的議論只是一時憤激的口號，那些高喊打倒駢文的人根本還未好好細心讀過這些書。文章的形式是死的，內容卻是活的，我們怪駢文、詩律、詞曲格律的束縛，自由無拘的新詩又有何偉大的作品堪與《哀江南賦》媲美？我們不能要求古人所寫的事物與今世合，但欣賞甚至學習古人的方法，和取法外國的文學作品並無二致，怎可輕己而重他人。當然，食古不化與掉書袋是大毛病，然不必因噎廢食，把古書都束之高閣。

魏晉南北朝的散文更是我國文學的瑰寶，零片斷簡，做文學的人皆不宜忽視。其優點一是文字淺易而不流於庸俗。許多人以為唐宋後的文章較六朝以前易讀。其實韓愈的文章遠比《世説新語》、酈道元《水經注》古奧。至於宋人語錄，雖為口語，但平庸酸腐，一點靈氣也沒有，真應“抛到茅廁去”。優點之二則是無多餘字句，每字每句皆如晉唐人寫字，筆筆送到，覺得其筋力彌滿。三是長篇短章，皆極自然，無八家後文之作態。這些文章，除了散見於嚴可均《全上古三代秦漢三國六朝文》外，裴松之注陳壽《三國志》、劉孝標注劉義慶《世説新語》、酈道元《水經注》、楊衒之《洛陽伽藍記》、顏之推《顏氏家訓》等書，皆其淵藪。都是值得一讀再讀。

南宋以後，文章不出唐宋八大家藩籬，思想與道德觀深受朱熹的影響，因此除了一些被正統文人看不起的雜劇、小説外，根本沒有什麼了不起的作品出現。桐城派的文章更是八家文發了霉的產物。試看魏晉南北朝的散文，也許可以把厭惡古典文學的心理改變哩。

《中國學生周報》1965 年 8 月 27 日

讀《文心雕龍·通變篇》

政有隆汙，文有盛衰，時運交移，理所然也。是以窮則變，變則通，謝朝花於已披，啓夕秀於未振；紹前賢之懿思，示來學以津途；故能接武千載，流聲百世，沾漑翰苑，輝光文囿者矣。然所謂變者，非棄舊務新，逐奇失正，乃參伍以相變，因革以為功。蓋詩賦之體，名理相因，詩以言志，賦以諷喻，郛郭無踰，千古同符，體必資於故實；若文辭氣力，時代既殊，作者亦異，譬人之聲音笑貌，難得雷同，故數必酌於新聲。惟襲古較易，變古惟艱，文理之數無窮，通變之術難蹤。何則？異才不世出，時勢鮮相契也。若夫周秦之世，百家爭鳴；建安之際，七子競爽；開元則李杜稱尊，元祐則蘇黃聯鑣，推盪騷雅，蔚成風氣，並名家輩出，俊才雲蒸，異代相望，莫與之京，實時運之際會，非力強所能致也。

然文以少而盛，以多而衰，時代愈後，通變愈難。蓋上古質簡，文采未彰，風謠篇什，體制粗備，述情寫志，莫非自然，直舉胸臆，無傍詩史。爰及後世，人事日繁，文士蜂起，篇章遂富，摛文飾藻，炫奇鬥麗，為文造情，佳篇日稀。於是雅頌之聲闃聞，訛謬之勢遂濫。自近代以來，文貴語體，詩賦書記，體制淆亂，與小說俗言，途轍靡別。易簡為繁，捨本逐末，競今疏古，空言創造，棄禹域之鴻寶，收殊方之瓦石，而欲以會通適變，不亦謬哉。是故通變之數，必在法古，先博覽以精閱，總綱紀而攝契，然後參之以泰西，擷其精華，棄其糟粕，憑情以會通，負氣以適變，遭時制宜，質文迭用，始可啓迪後昆，垂之來葉也。

原刊於《崇基學生》1961 年 7 月，第十期

我看《溪岸圖》

最近《紐約客》雜誌刊登了一篇文章，説王己千先生收藏過、現進入美國紐約大都會藝術博物館的董源《溪岸圖》是張大千仿作的，引起中國書畫鑒定界很大的反響。傅申先生已撰文反駁，認為此畫絕非出自張大千之手。許多朋友詢問我的看法，我藉這個機會，也提出一些個人的意見。

我首次看到這幅畫，遠在 1970 年，當時我在日本東京，協助程伯奮先生編撰《萱暉堂書畫錄》。王己千先生從張大千手上購得此畫後，因畫面黯黑，攜往東京，由程先生介紹，交目黑三次重裱。目黑三次是日本當代最負盛名的裝裱師，此畫經他盡心修理，花了一年多時間，果然如雲開見月，現出本來面目。我看到時已經是裱好了。以後住在紐約，也看了許多次，覺得這是件了不起的中國古代山水畫，足可與范寬《溪山行旅圖》、郭熙《早春圖》媲美。高居翰先生認為它筆觸粗糙、結構凌亂，難以辨識，不知何所據而云。

首先在構圖方面，因寫的是江南山水，與北方崇山峻嶺有別，圖中層叠的山石、搖曳的樹木、瀟灑的人物和流動的水波，變化多姿又不覺其堆砌，顯示出畫家細心觀察大自然，而又能精密處理。中國的山水畫發展到郭熙後，已具較多自我表現的成分，《溪岸圖》則仍以表現大自然的結構為主，明顯是五代及北宋初期的風格。

筆墨方面，此圖更是古樸秀潤，勾染得宜，樹木水波尤其細膩。如此水準，絕非張大千先生所能措手。我既不同意高居翰先生所謂“筆觸粗糙”，亦不贊同傅申先生“該畫中的屋樹、人物及水紋的筆墨品質尚不及大千”之論，而對傅申先生認為此圖“不可能出自現代的張大千之手”，我則是完全同意的。

我認為這幅《溪岸圖》的確是 10 世紀時期的作品，至於是否出於董源之手，則見仁見智。因為董源傳世的畫作呈現多種面目。如故宮博物院收藏的《瀟湘圖》、遼寧省博物館藏《夏景山口待渡圖》及上海博物館藏《夏山圖》，都多用點子皴，用墨柔潤。日本黑川美術館的《寒林重汀圖》及日本小川家藏的《溪山行旅圖》半幅則多用披麻皴，筆法較為粗壯，氣勢雄偉。此幅《溪岸圖》則細膩圓潤，結構亦較為綿密。這些作品雖不必一定出於同一人之手，但均屬五代北宋時江南畫派的傑作。現存台北故宮博物院由董源學生趙幹所作的《江行初雪圖》，樹木的組織排列就與《溪岸圖》接近，而南唐待詔衛賢所繪的《高士圖》（故宮博物院藏）及《閘口盤車圖》（上海博物館藏），其人物及山水用筆的精細圓潤，亦與《溪岸圖》非常近似。我們倒不必拘泥於《溪岸圖》上的款識，五代北宋時官銜式的簽款並無先例，亦曾聽老前輩提過此款可能為後加的。雖然元代趙孟頫《松雪齋集》內有《題董源溪岸圖》詩，卻無法證明所題的就是這幅作品。我認為畫家是否為董源尚待考證，但作品年代不會晚於公元 10 世紀，則是毋庸置疑的。

高居翰先生把一幅 10 世紀的作品看成張大千的筆墨，相差一千年，證明他對中國早期書畫鑒定力的不足。雖然有不少外國學者，對中國畫的研究及鑒賞有頗多精辟的見解，但由於文化背景的差異，看法不易全面，這情形就如中國人看外國畫，無論如何高明，總是隔着一層。如果有中國專家自認精於鑒定意大利文藝復興時的畫作，恐怕意大利人也是不會買賬的。我們又何必妄自菲薄。而錯把美術史家當作書畫鑒定家，則是近年常見的通病。鑒定家必須是美術史家，但美術史家卻不一定是鑒定家，其界定必須澄清。

中國書畫歷史悠久，其中亦確有不少未能解決的問題，需要我們客觀地分析研究。如果只有大膽假設，而缺乏小心求證，甚至指鹿為馬，既非學術研究的態度，亦只會在無知的人羣中引起一陣慌亂罷了。

原刊於台灣《藝術新聞》1997 年 10 月號

董源 溪岸圖 絹本淺設色
220.3 厘米 ×109.2 厘米
美國紐約大都會藝術博物館藏

舊緣

史克門與顧洛阜

藝術史家史克門

美國納爾遜 — 阿特金斯藝術博物館（Nelson-Atkins Museum of Art）位於堪薩斯城，是美國最重要的博物館之一。館中所藏的東方藝術品，數量之多、質量之精，可與紐約大都會藝術博物館、波士頓美術館、克利夫蘭藝術博物館、佛利爾美術館相媲美。中國藏品中有極高質量的青銅器、古玉、漆器和明朝家具，佛像和墓雕尤其精美。古書畫則以許道寧的《漁父圖》為第一，另有李成的《晴巒蕭寺圖》、周昉《聽琴圖》、馬遠《春遊賦詩圖》、夏圭《山水十二景卷》及喬仲常的白描《後赤壁賦圖》等，均為稀世之寶。該館能夠收藏如此豐富精美的中國藝術品，應歸功於著名的東方藝術史家羅倫斯．史克門（Laurence Sickman，1906 — 1988，圖 1）。

史克門出生於美國的丹佛市，哈佛大學畢業，1930 年取得哈佛燕京研究基金來到中國，逗留至 1935 年。當時納爾遜博物館東方部的主持人名叫 Langdon Warner，他曾是史克門在哈佛大學修讀藝術史時的導師，對年輕有為的史克門一直都極為欣賞。1931 年，史克門成為 Langdon Warner 的私人助理，在中國為納爾遜藝術博物館蒐集藝術品。當年的北京堪稱收藏家的樂園，大量出土文物和清宮舊藏充斥於琉璃廠及私人藏家手中，而全世界對中國藝術品虎視眈眈的商人、收藏家和藝術史家亦多雲集於此，包括後來寫成《中國繪畫》一書的喜龍仁（Osvald Siren）。史克門的母親也來到了北京，在一所教會學校教授英文，著名的收藏家王世襄少年時曾是她的學生。聰穎的史克門很快學會了中文，並師從溥儒習畫。他曾給我看過兩幅當年所作的山水小品，疏淡自然，筆下無塵俗氣，頗為難得。他對中國藝術的認識相當全面，於明清家具、古建築和佛教雕塑方面用力尤深。他一生著作甚多，資料豐富、

圖 1 1976 年，黃君實在納爾遜藝術博物館舉辦書畫個展，與史克門在展場內合照

文辭優美，是美國藝術史系學生的必選讀物。

史克門在中國有不少奇遇，他最引以為傲的是購得許道寧《漁父圖》的經過。當時他居於北平，某個深夜，小院子外突然一陣急促的敲門聲。門外站的是個扈從打扮的瘦子，懷中揣着一個長圓包卷兒，說有某貴人急需五百美元，要即時套現。20 世紀 30 年代，五百美元可是令人咋舌的天價。史克門把布包打開，卻是一幅山水卷，構圖之奇，運筆用墨之妙，如寶玉明珠，令人目眩神駭。他立刻決定無論如何不可錯過，乃盡傾家中所有，又連夜奔走，向幾家朋友湊足整數，在迷蒙的晨曦中把畫卷寶貝般捧回家。這畫卷便是許道寧的《漁父圖》，於 1933 年入庋納爾遜藝術博物館，成為鎮館之寶。

圖 2　北宋　許道寧　秋江漁艇圖（漁父圖）絹本水墨　48.9 厘米 ×209.6 厘米
美國納爾遜 — 阿特金斯藝術博物館藏

《漁父圖》（圖 2）為絹本手卷，水墨淺設色，高 48.9 厘米，長 209.6 厘米，無款識題跋，傳為許道寧作。許道寧是北宋時期的山水畫家，長安人。畫史上有關他的記載頗為簡略，夏文彥在《圖繪寶鑒》中説他“初賣藥都門，畫山水以聚觀者，故早年所畫俗惡”。米芾的《畫史》更把當時傳是李成的人物畫中所有“醜怪賭博村野如伶人者”，全都算是許道寧仿李成之作，又説“許道寧不可用，模人畫太俗也”，指的大約都是他早年的作品。他的畫風在中年時有極大的改變，《圖繪寶鑒》稱讚他“至中年脱去舊學，稍自檢束，行筆簡易，風度益著。峰頭直皴而下，林木勁硬，自成一家。至細微處，始入妙理”。他的畫名漸著，遂遊於公卿之門，為相國張文懿作居壁及屏風，張文懿深加愛賞，作歌贈之曰：“李成謝世范寬死，唯有長安許道寧。”《聖朝名畫錄》亦把他列入妙品，説他所繪的林木、平原和野水，“皆造其妙，而又命意狂逸，自成一家，頗有氣焰”。《宣和畫譜》記載當時御府所藏許道寧的畫作達一百三十八幅之多，由畫題所見，內容大都是遠山江渚，雜以漁樵行旅，是北宋繪畫的熱門題材。可惜這一百多張作品，至今只餘下兩三件，這幅《漁父圖》在美國納爾遜藝術博物館，《秋山蕭寺圖》在日本有鄰館，兩卷的風格相近，都被公認為許道寧的傳世真跡。台北故宮博物院則藏有《關山密雪圖》軸，水準卻比不上這兩卷。

許道寧性格狂逸而好飲，往往醉後揮毫，筆墨淋浪。黃庭堅的父親黃庶與之相

交，說他“以水墨名於時”，黃庭堅亦在《答王道濟寺丞觀許道寧山水圖》一詩中，把他作畫時的癲狂癡態描寫得活靈活現：

> 往逢醉許在長安，蠻溪大硯磨松煙。忽呼絹素翻硯水，久不下筆或經年。異時踏門闖白首，巾冠攲斜更索酒。舉杯意氣欲翻盆，倒臥虛樽將八九。醉拈枯筆墨淋浪，勢若山崩不停手。數尺江山萬里遙，滿堂風物冷蕭蕭。山僧歸寺童子後，漁伯欲渡行人招。……

自 1975 年至 1980 年初，我受聘為美國納爾遜藝術博物館的研究員，常有機會把此圖拿出來欣賞把玩。它的絹質潔密而晶潤，墨色燦然，而構圖之奇、筆法之妙，尤令人歎為觀止。一個接一個的山峰連綿不斷，自高處悠然斜落，滑成美麗的弧度向坡下匯集，溪流輕淺，漫入平川。圖中央用飽含水分的大筆掃出兩個峭立的山峰，那是太華山陡峭的雄姿，從江面上嵬然升起，像振翅的大鵬正欲破空飛去。山石的皴法以簡潔的拖染為主，柔美溫潤，似是微風中滑落的絲緞，這獨特的筆法應是郭熙《早春圖》等作品的前驅。人物、樹木則以粗筆為之，筆鋒出力，意氣連貫，與李成的畫法最為接近。全圖結構嚴謹，剛柔並濟，許道寧即使只剩下這一件作品傳世，也已是孤篇橫絕，足以在畫史上垂名不朽。

1980 年，納爾遜藝術博物館和克利夫蘭藝術博物館聯合舉辦了一個名為“八代遺珍”（Eight Dynasties of Chinese Painting）的繪畫展，在展前的兩年多就開始籌備撰寫圖錄。我適逢其會，參與展品的研究及資料蒐集。清代吳升《大觀錄》卷十二有關於許道寧《雪溪漁父圖》軸的記載，順帶提到了這個《漁父圖》卷：

> 又高頭漁父卷，淡黃絹本，質硬色佳，高一尺四寸，長七尺。遠山筆勢蒼茫，近山皴烘秀潤，樹高五寸許，極寒林颯爽之致，漁舟人物，水墨點染俱古雅。惜無款印，亦無前人題識。後得耿都尉收藏，始緋印奕奕。

吳升説卷中收藏印以耿信公（1640 — 1686）為最早，但我在圖的左下角發現了宋高宗“紹興”印的半方殘印，這令史克門及當時任職該館東方部主管的武麗生（Marc Wilson）大為興奮。卷上另有耿昭忠、耿嘉祚、安岐、安元忠及怡親王的藏印。我又在《湖社月刊》第五十二期查到這卷《漁父圖》的影印出版。《湖社月刊》由北平名畫家金城在民國十五年（1926）主持創刊，以影印公私收藏的名跡為主，也有簡短的藝文評述。第五十二期應是創刊之後四年多，約為 1930 年中至 1931 年底。《漁父圖》影印本旁有文字注明“周大文藏”。這位周大文是個傳奇人物，出生於 1893 年（一説為 1896 年），1971 年卒，號華章，祖籍江蘇。他與張學良是兒時玩伴，後來出任張作霖大帥府的密電處長，也做過電報局長、東北三省的電政總監督，1931 年至 1932 年任北平市長。他在市長任期上派扈從夜半叩門把《漁父圖》急售給史克門，有傳是因豪賭所累。周大文喜京戲，尤擅烹調，“七七事變”後，經營西菜館新月食堂，張大千、張學銘、荀慧生等都是座上常客。一位京城父母官竟下海成為名厨，其原因及過程皆耐人尋味。1949 年後，他仍經營飯館，在 1958 年以周華章署名出版過一本《烹調與健康》，在北京飲食界頗有聲譽。《漁父圖》後來由日本二玄社重新拍照，按原大印刷出版，效果良好。我也買了一卷，並以草書抄錄了黃庭堅的《答王道濟寺丞觀許道寧山水圖》全詩，附以跋文，合裱於畫卷之後，作為我摩挲《漁父圖》長達五年的紀念。

圖 3　南宋　馬遠　春遊賦詩圖（局部）絹本淺設色
美國納爾遜—阿特金斯藝術博物館藏

對史克門而言，《漁父圖》更是他生命中的彩虹。他由中國返美後，於 1945 年成為納爾遜藝術博物館副館長，1953 年升任館長，1977 年退休。在他長逾三十年的工作中，不斷為博物館增添收藏，其中有不少他津津樂道的舊事，例如以極低的價錢為該館購入宋代馬遠的《春遊賦詩圖》卷（圖 3）。當他還旅居北京之時，曾受一位美國藏家之託搜求中國古畫，史克門替他買入一個畫卷，絹本著色，外簽題為“馬遠春遊賦詩圖”，此圖描寫貴族及文人在湖畔園林中宴聚的情景，或據案而書，或林間閒步。畫上無作者款印，但筆墨高古厚潤，純屬宋人韻味，樹石人物與馬遠的風格尤其一致，歷經梁清標、安岐、怡親王等遞藏，鈐印也都很好。畫卷帶回美國後，藝術史家們卻都認為只是明人無款之作，以高價購入是吃虧了。這當然令買家對史克門非常不滿，大大傷害了兩人的交情。1968 年史克門到紐約出差，赫然看到這畫卷被丟在蘇富比的小拍裏，簽條上“馬遠”兩字已被圈塗，估價只有幾百美元。他立即改變行程，留在紐約親自參與拍賣，結果僅以約 1500 美元把畫卷捧回博物館。在這方面，我真佩服史克門，他對書畫鑒定其實懂得不多，但藝術的敏感度卻

圖 4　金　太古遺民　江山行旅圖　紙本水墨　40 厘米 ×449 厘米
美國納爾遜 — 阿特金斯藝術博物館藏

遠超常人，能夠如此大膽地購入《漁父圖》和《春遊賦詩圖》，足見他能呼吸到古畫的氣息，而且充滿自信和魄力。

《春遊賦詩圖》現已被承認為馬遠的真跡，謝稚柳先生編輯《唐五代宋元名跡》一書，把它定名為馬遠《西園雅集圖》。我完全同意它是馬遠的作品，但題為“西園雅集”卻並不貼切，圖中人物與米芾《西園雅集圖記》不能配對，而且姬人、童僕之外，還有稚齡兒童，也不純是文人雅集。我翻查宋人詩文集，在張鎡《南湖集》中找到他曾有詩贈馬遠，詩前附一小序，稱讚馬遠所繪“人物山水，皆極其能，余嘗令圖寫林下景”。張鎡（1153 — 1211）為南宋循王張俊曾孫，歷任大理司直、婺州通判，遷司農寺丞。他能詩擅詞，又能繪竹石古木，家住西湖邊。南宋周密在著作中多次記載他風雅的園林生活，《齊東野語》謂“其園池、聲妓、服玩之麗甲天下”，《武林舊事》更說他一年十二個月都要巧立名目，或賞花、或試茶，常設家宴，每月

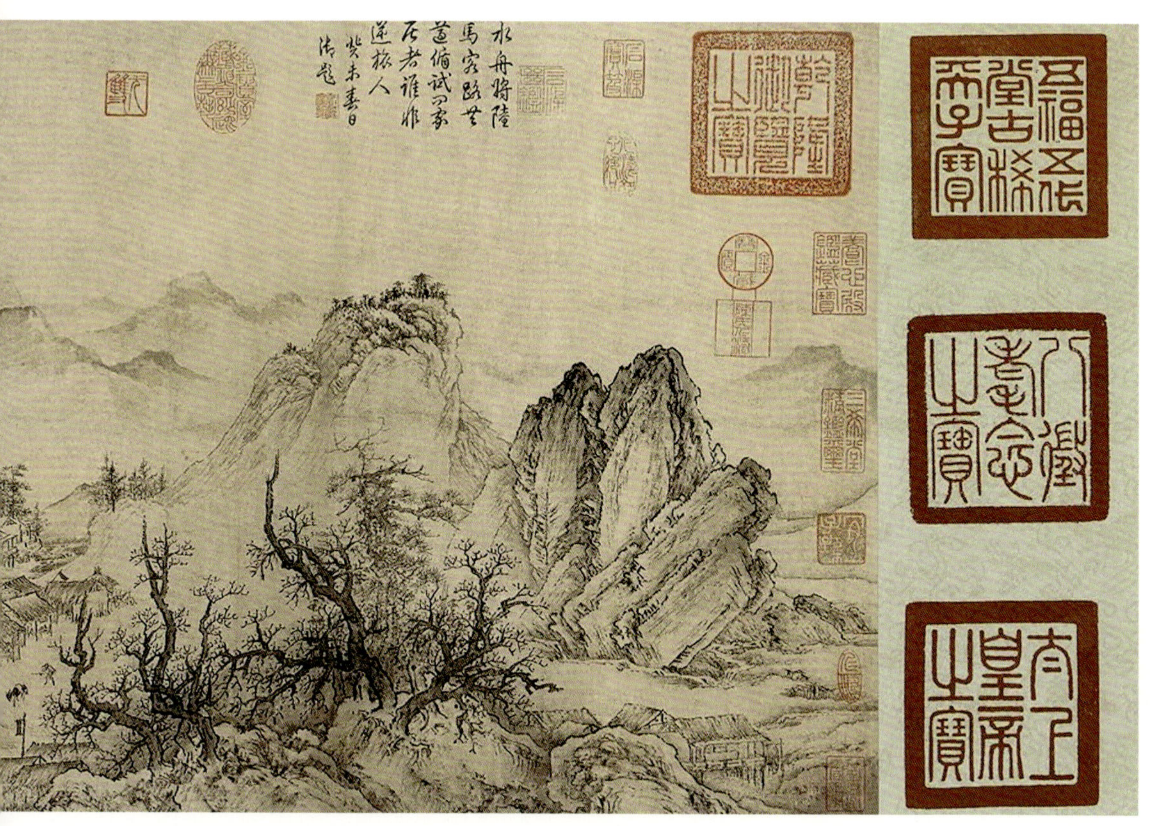

在園中有大小宴聚十餘次，“引客攜觴，嘯歌往來”“一旦相逢，不為生客”。而楊萬里、樓鑰、姜白石等皆與之游，南湖宴聚在當時的杭州是遠近知名的盛事。這幅畫卷起首處一段長堤，半灣清水，正是西湖最明顯的特徵，園中小橋淺溪，楊柳依依配以古梅修木，也是江南景色。張鎡既然明確地指出馬遠曾為他繪“林下景”，則畫中所記，恐怕不是王詵的西園，而是張家在西湖邊的園池。何況畫卷的原簽是“春遊賦詩圖”，在該館的收藏清單中，此畫名為 Composing Poetry on a Spring Outing，亦正是“春遊賦詩”之意，這是博物館所用的正式畫題，不能與《西園雅集圖》相混亂。

納爾遜藝術博物館藏品中的另一件名跡，署款為“太古遺民”的《江山行旅圖》（圖 4），其購藏的經過也頗值一記。它原是陳仁濤的舊藏，陳氏在 1949 年前是上海永興地產公司的老闆，經營房地產及銀樓等生意，家財巨富。他收藏古物極多，以古錢幣最為著名，也收藏唐宋名畫。1949 年前夕，陳仁濤攜大部分藏品南遷香港，所藏的古錢幣後來由鄭振鐸主持購回大陸，書畫則由中國香港運往美國。但當時美國海關的法例嚴禁中華人民共和國的物品赴美，包括由中國香港運入的物品，都必須證明是 1949 年前已運到中國境外的。陳仁濤這批書畫就被美國海關扣留了，幾經波折，終於在 20 世紀 70 年代初期發還，當時陳仁濤已經去世，由他居於倫敦的女兒接收，才公開尋找買家。結果旅居日本的萱暉堂主人程伯奮先生購得宋徽宗《金英秋禽圖》和董源《溪山雪霽圖》，後來他為這兩件名跡撰寫的題跋都是由我抄錄在畫卷上的。納爾遜藝術博物館則找到熱心支持藝術活動的史賓沙夫婦捐贈了二十多萬美元，在 1974 年買入《江山行旅圖》。

當時我在美國堪薩斯州立大學預備博士論文，經常耗在博物館裏，所以未正式購買時就已經看過了。因為畫上有“太古遺民”的署款，吳寬在卷末的題跋就把它的作者定為孫之微，《式古堂書畫匯考》及《石渠寶笈初編》皆沿用此說。孫之微是五代宋初的畫家，字太古，四川人。但此圖的風格絕不到五代，納爾遜藝術博物館決定買下時，也根本沒把它看成五代或宋初的作品。我當時對史克門及武麗生指出，此畫以硬筆短皴寫北方雄峻的山水，源出荊浩、關同，卻又不似他們的蒼厚高古，它亦不是南宋的風格，更不會晚至元初，它的畫風與金朝其他畫家傳世的作品非常接近，如李山的《風雪杉松圖》（佛利爾美術館藏）及台北故宮博物院藏武元直的《赤壁圖》，所以我把它的時代定於統治了中國北方領土的金朝。武麗生在 1980 年的英文原版《八代遺珍》展覽圖錄中就採用了這些意見，作了一篇長文，分析頗為詳細。楊仁愷先生則是遲至 1985 年到美國訪問時才看到這個畫卷的，國內學者周積寅先生介紹這卷《江山行旅圖》時，說是楊先生把它定為金朝畫作的，這是不熟識外國資料所引致的舛誤。我亦認為“太古遺民”與“字太古”根本是兩回事，而且署款上鈐有“東皋”一印，“東皋”二字在中國文學中一直都別具深意。阮籍《辭蔣太尉辟命奏記》就說：“方將耕於東皋之陽，輸黍稷之稅，以避當途者之路”；陶淵明《歸去來辭》有“登東皋以舒嘯”；詩人王績自隋入唐，後棄官還鄉，自號東皋子，著《東皋子集》，所作《野望》一詩起句即云“東皋薄暮望，徙倚欲何依”，結句更說“相顧無相識，長歌懷採薇”，他們都是在政治動盪或朝代更替的環境下，無奈地選擇了退隱歸耕。這個“太古遺民”經歷了靖康之恥，生活在被金朝統治下的中原，似乎連姓名都不願再提起了。

史克門為博物館購入的藏品並不僅限於東方藝術品，在他的主持下，該館陸續買到莫奈的巨幅《荷花》、羅丹的雕塑《亞當》，還有大量當代藝術名家之作。在中國書畫藏品上，他把目標鎖定了顧洛阜（John M. Crawford，Jr., 1913 — 1988，圖 5）的收藏。史克門和顧洛阜均不婚不娶，在人生的選擇上非常接近，兩人深厚的情誼維繫了數十年，據説顧洛阜連遺囑都預備好了，身後會把藏品都贈送給納爾遜藝術博物館，以彰顯史克門為博物館奉獻一生的功勞。但顧洛阜晚年遭遇突變，所藏書畫最終落入紐約大都會藝術博物館，此一結果大約令史克門九泉含恨。

圖 5　顧洛阜

大收藏家顧洛阜

顧洛阜的家族早年由愛爾蘭移民美國，他的父親經營石油生意，是一名成功的企業家，他死後由顧洛阜承繼了大筆遺產。顧洛阜運用這筆巨款投資生利，其中便涉及文物收藏。他的收藏由英文善本書籍開始，也有中國的古玉器物，但最重要而且能令他在收藏界名垂千古的，則是他那超過二百件的中國書畫，其中大部分曾是張大千大風堂的珍品。

在 20 世紀 50 年代初，張大千經中國香港移居南美，最終選擇定居於巴西。他在 1953 年以一萬美元的低價購下聖保羅郊外二百七十畝田園，那是四面丘陵環抱中的一個小平原，滿滿種了幾千株柿子樹。唐人段成式《酉陽雜俎》謂柿有七德：“長壽、多陰、無巢鳥、無蟲害、霜葉嫣紅可玩、果實可奉賓客、葉子肥大可以書寫。”

張大千又在醫書上得知柿葉煎水能治胃疾，合為八德，因名之為“八德園”。張大千心懷故國，又極注重生活享受，不惜花巨資大造中國式園林，單說由遠東運來的大批梅樹、古松及奇石已所費不菲，其後又不斷擴充修建，所耗驚人，只好把一批大風堂的舊藏書畫出售。當年日本對外匯管制極嚴，財閥即使能夠出價，款項也不易運往巴西，中國香港、中國台灣地區也都沒有這樣大的買家。而戰後，歐美兩地的收藏家，可以說還沒一個懂得中國書畫，願意花大價錢買一批陌生文物的藏家真正難尋。在紐約開店的日裔古董商瀨尾梅雄（Joseph Umeo Seo，1911 — 1998）與顧洛阜相識已久，便向他推介。顧洛阜於中文及中國書畫一竅不通，但他極為好學，對神祕的東方古代文化非常傾慕，亦很信任瀨尾梅雄。顧洛阜後來在閒談中告訴我，一開始時張大千只賣給他幾件普通之作，他就對大千說：“張先生，你要我付大價錢，就得給我最好的作品。”張大千對收藏書畫自有一種瀟灑的風度，無論多麼難得的珍品，擁有過，欣賞過，值得學習的地方都已摸得通通透透，就可以南北東西永別離。約在 1958 年，他把收藏中的一批精品，包括宋徽宗的《竹禽圖》卷、郭熙《樹石平遠圖》卷、李結《西塞漁舍圖》卷，另有趙孟頫、趙孟堅、倪瓚、沈周、唐寅等的書畫，以六十八萬美元即時兌現，讓給顧洛阜。瀨尾梅雄後來又再為顧洛阜買得米芾《吳江舟中詩》、黃庭堅《廉頗藺相如列傳卷》、耶律楚材《送劉滿詩卷》等手卷，洋洋大觀。顧洛阜幸運地少走了許多歧路，迅速成為歐美最大的中國書畫私人藏家。

當時在美國大學的美術史教授大多為外國人，對中國文字所知非常膚淺，古文更是他們的死穴，比如簡簡單單的一句“師許道寧”，他們可以譯成“許道寧之師”（the teacher of Xu Daoning），所有由此引申的論點便全盤錯誤。評論中國畫，也只能在結構和造型上作分析，論的是構圖上的風格，看不懂畫家在筆墨中表現的獨特風神。但他們寫論文自有一套方法，條理清楚，邏輯性強，頗有威嚇作用。他們又認為張大千是造假巨手，凡是張大千收藏過的書畫都有疑問，對於高古的宋元畫更沒有信心。所以顧洛阜這批藏品，並非一開始就獲得學者們的承認。1962 年，史克門要為顧洛阜籌備一個中國書畫珍藏展，請了羅樾（Max Loehr）、班宗華（Richard Barnhart）、高居翰（James Cahill）等著名美術史家聯名撰寫展覽目錄。但在書畫鑒定上，往往是幾個諸葛亮，反合成一個四不像。這些專家們討論的結果令顧洛阜勃

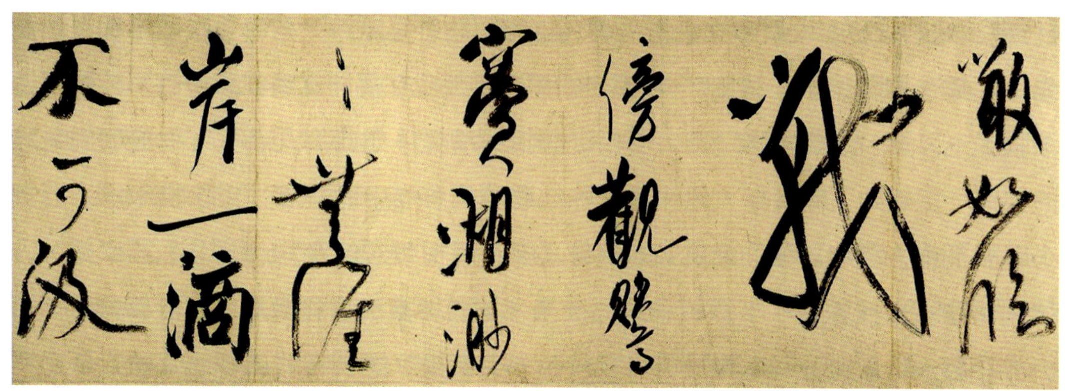

圖 6 北宋 米芾 吳江舟中詩（局部）紙本 31.3 厘米 ×557 厘米
美國紐約大都會藝術博物館藏

然大怒，要向瀨尾梅雄追回全部款項。經過史克門的大力周旋，展覽總算如期在紐約的摩根圖書館（Pierpont Morgan Library）舉行，也印製了一本令顧洛阜滿意的圖錄。這段瓜葛在高居翰的著作中敍述頗詳。

我認識顧洛阜是在展覽會事件發生十年之後。1972 年初，美國的李鑄晉教授給我一份獎學金，到美國堪薩斯州立大學修讀東方美術史的碩士課程，並作他的研究助手。李教授把我介紹給當時美國的中國書畫收藏家，觀賞或為他們整理藏品，其中最重要的當然是顧洛阜。三月中，學校放春假，我奔赴芝加哥看望闊別二十年的父母，然後轉往紐約，單人匹馬往訪顧洛阜。

顧洛阜的家是一幢三層高的老式房子，在紐約城東第八十二街近第五大道處，離紐約大都會藝術博物館只有一街之遙。房子的木樓梯已非常古舊，我踏着吱咯吱咯的樓板上到二樓，顧洛阜帶着親切的笑容接待我。他當時年近六十，身形圓胖，精神奕奕。樓層內有一個會客室和小飯廳，會客室牆邊都擺滿櫃子，我後來知道他的藏品就隨隨便便放在櫃子裏，從不上鎖，三樓則是他的臥房。他把我帶到三樓去，靠壁也是一排長櫃，他拉開其中一個抽屜讓我隨便挑看。我略瞄一下包首的簽條，立刻抽出了米芾的《吳江舟中詩》卷（圖 6）。

我在學習書法的過程中，於虞世南及米芾兩家用功最多。所有米芾作品的搨本和影印本我都熟記於胸，亦曾在展覽會中看過日本東京博物館所藏的《虹縣詩》卷、

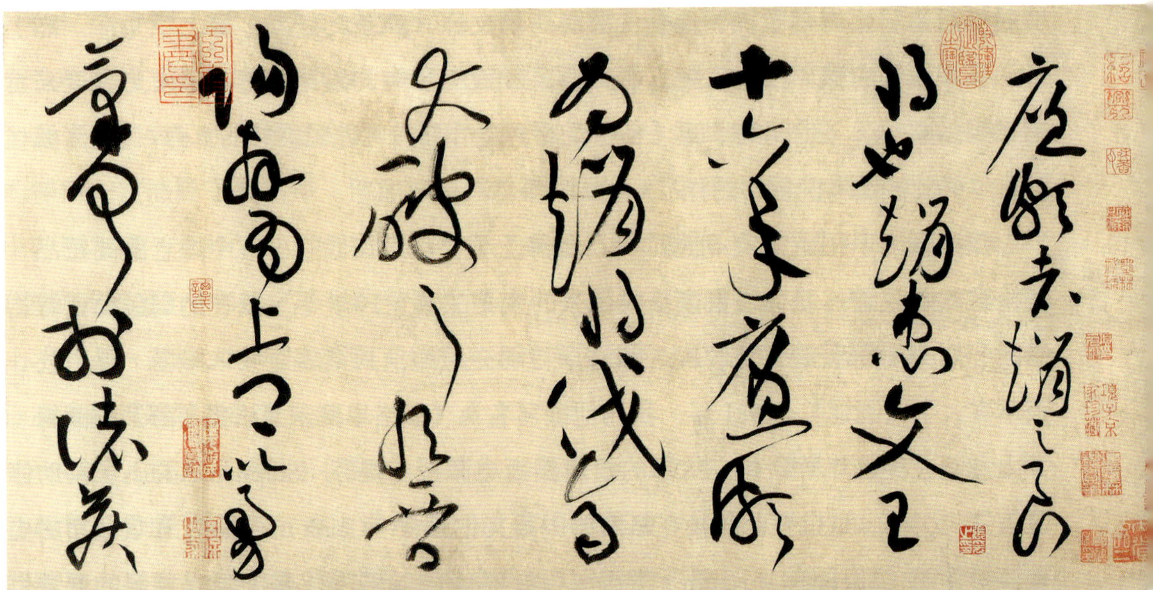

圖 7　北宋　黃庭堅　廉頗藺相如列傳卷（局部）紙本 33.7 厘米 ×1840.2 厘米
美國紐約大都會藝術博物館藏

圖 8　北宋　郭熙　樹色平遠圖　絹本淺設色　35 厘米 ×104.8 厘米
美國紐約大都會藝術博物館藏

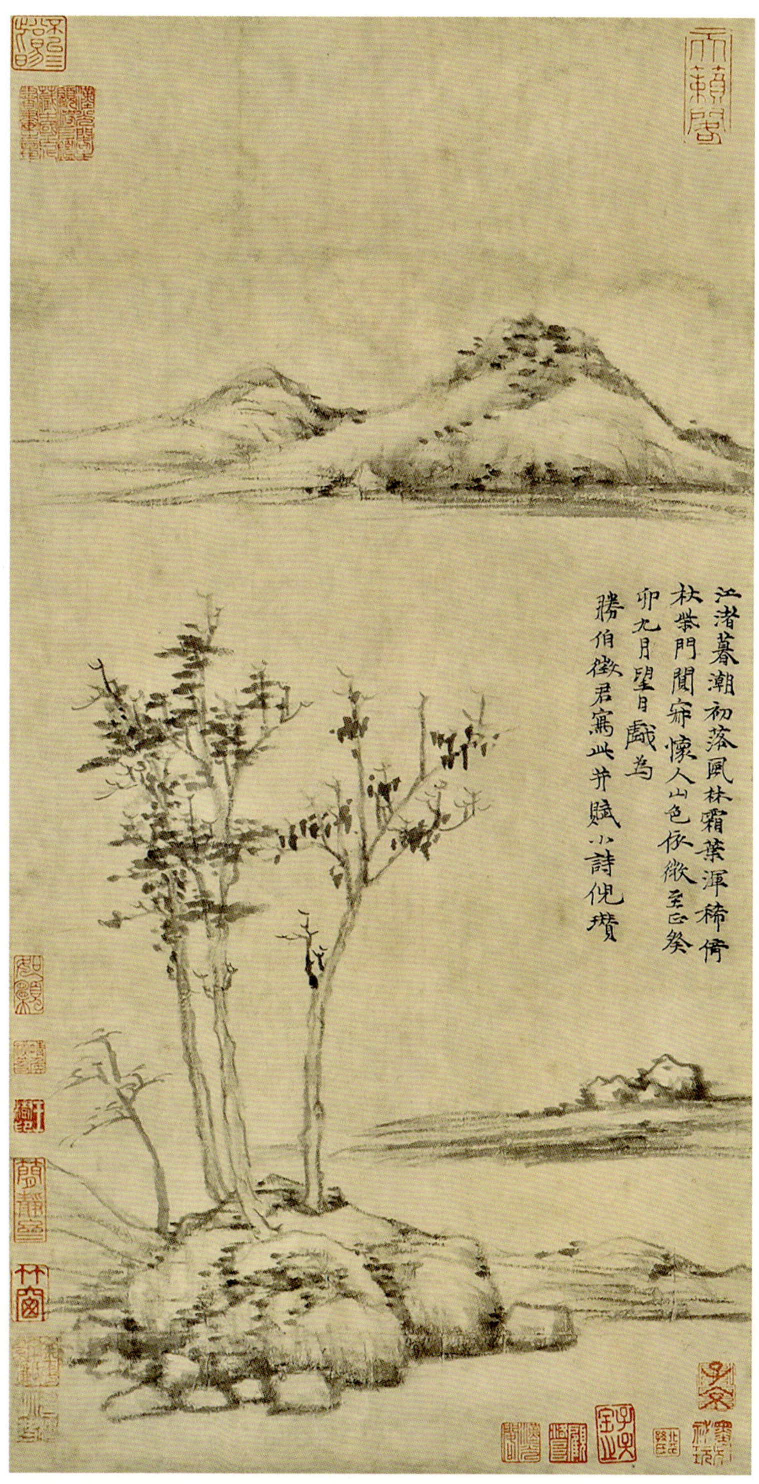

圖 9　元 倪瓚 江渚風林圖 紙本水墨 60.1 厘米 ×31 厘米
美國紐約大都會藝術博物館藏

會。宋徽宗《竹禽圖》就是第一次交易的作品之一。

《竹禽圖》（圖 10）橫不及 46 厘米，縱只有 27.9 厘米，絹本設色，有宋徽宗“天下一人”押，鈐“御書”印及“宣和”半印。畫上兩竿翠竹自石壁間斜斜伸出，竹枝上各站着一頭毛色清艷的彩鳥，一鳥向上凝望，一鳥側身回顧，神情柔美溫馨，鳥眼用黑漆圓點，微凸於絹素之上。南宋鄧椿的《畫繼》說宋徽宗繪畫翎毛，“多以生漆點睛，隱然豆許，高出紙素”，正與此圖吻合。卷後有趙孟頫、宋犖、項元汴等題跋，畫上也都鈐有他們的鑒藏印，又有明太祖第三子朱棡的“晉府書畫之印”及“晉府圖書”二印。張大千早年在日本購入此圖時花了七千美元，再以約一萬二千美元賣給了顧洛阜。這次美國紐約大都會博物館付出的價錢也許破天荒，但其實可以說是向顧洛阜預購整批書畫的訂金。

日漸衰老的顧洛阜後來與我談起這件事時，也只是隱約其詞，我亦不願介入別

圖 10　北宋 趙佶 竹禽圖 絹本設色 27.9 厘米 ×45.7 厘米 美國紐約大都會藝術博物館藏

人的私隱。但他說，決定把書畫送到紐約大都會博物館其實也經過深思熟慮。紐約是全世界的金融中心，也是文化、藝術和時尚的領航地，吸引的人流絕非地處偏僻的納爾遜藝術博物館可比，藏品也可以給更多人去欣賞。而且他的居所與大都會藝術博物館只有一街之隔。當他老了，寂寞了，可以慢慢踱過對街，探訪他一生的心血所聚。他說這些話時，雙目迷茫地望着窗外，那邊微露着博物館宏偉建築的一尖小角，在冬日的夕陽下，反照着一抹幽幽寒光。

但顧洛阜並沒有忘記他的老朋友，他讓史克門在納爾遜藝術博物館能力可及的範圍內，先選購一件藏品。史克門選擇了喬仲常的《後赤壁賦圖》（圖 11），這是喬仲常作品的存世孤本，曾入清內府珍藏，著錄於《石渠寶笈初編》，畫卷上鈐有宋徽宗寵臣梁師成（？— 1126）的藏印，又有梁清標（1620 — 1691）的收藏印章。喬仲常是李公麟的外甥，繪畫風格亦深受他的影響。全圖以連貫敍事的方式，把蘇軾的《後赤壁賦》一段段鋪陳出來，用筆朗逸，線條流暢而有力，是宋代山水與人物畫結合的精品。顧洛阜又在藏畫中選出仇英的《滄浪漁笛圖》掛軸，用敬贈史克門的名義送給納爾遜藝術博物館，以彰顯史克門為博物館的辛勞，也為兩人的交情留一個紀念。《滄浪漁笛圖》是張大千心愛之物，他先後臨摹過幾次，其中一幅曾出現在香港蘇富比的拍賣場中，但仇英雅麗，大千穠艷，用筆設色都有很大的分別。

1985 年，美國紐約大都會藝術博物館終於接收了顧洛阜所藏的書畫，並特別舉辦了一個名為“文字與影像”（Words and Images）的展覽向顧洛阜致意，但體力已衰的顧洛阜有點意興闌珊，心底深處，也許只剩下繁華落盡的寂寞。此後，他幾乎不願在公眾場合出現，我偶爾和他通個電話，也感受到他的疲累，那是一種深沉的無力感。我和史克門也沒有聯繫，只知他退休後孑然一身，把所有個人收藏都捐給了美國納爾遜藝術博物館。我有時會想起他們，想起因這一批中國書畫而相連在一起的許多人，無論多麼富貴輝煌，竟不及一紙作品可以流傳久遠。我亦寧願相信顧洛阜和史克門之間的情誼並沒有因暮年的波折而淡去，因為上天甚至安排他們結伴向人間告別 —— 兩人均歿於 1988 年。

黃君實憶述，龐志英整理 原載《中國書畫》2011 年 8 月號

圖 11　北宋 喬仲常 後赤壁賦圖（局部）紙本水墨
美國納爾遜 — 阿特金斯藝術博物館藏

萱暉堂主程伯奮

我幸運地常常獲得老前輩的關注，在書畫藝術和文史研究上得到他們的支持和鼓勵。有幾位老先生，如張伯駒先生、張大千先生和張學良先生，我拜謁他們時，他們已屆垂暮之年，交情非常短暫。尤其是張伯駒先生，在拜識之後的幾個月他就離世了，沒能好好地向他請益，是我畢生遺憾。也有好幾位老前輩，一直和我保持著親厚的交誼，其中提攜我最早、關愛最多的是程伯奮先生，我們的交情維繫逾三十年，我敬他如師如父，他對我亦厚如子侄。但我與程伯奮先生結緣，卻是由王己千先生引薦的。

我於香港中文大學畢業後，留校當了四年助教。1966 年秋，我申請到日本外務省的研究獎金，前往京都大學研究六朝文學。日本明治維新以前，受中國文化的影響最深，博物館大量收藏中國藝術品，而且經常公開展出，私人收藏的古書畫亦多而精。每有假期，我就往東京、大阪、名古屋等地跑，博物館和古書畫店是我終日流連之地，因此也結識了不少文史界和藝術界的朋友。1969 年，王己千先生和夫人暫居東京，租住在六本木附近的一個公寓。我常去拜訪他，一起吃飯聊天，他也間或到京都來，跟我一起逛古董店。王先生個性隨和，尤其樂意提攜後輩。他說有個老朋友叫程琦（圖 1），住在東京，要找一個懂書畫的人幫忙撰寫收藏目錄，王先生向他推薦了我。我那時為了要獲得學位，在京都大學由研究員轉讀碩士課程，還有一年多才可完成，只好待畢業後再說。

1970 年，世界博覽會在日本大阪舉辦，會場內設有中國香港館，京都、大阪一帶的中國香港留學生都去做臨時工，我也每星期抽兩三天在館中兼職。一天中午，正忙得不可開交，工作人員說有人找我，我循着他的指引望去，看到角落的小圓桌旁坐着一位清癯的老先生，正微笑着向我眺望。午後的陽光從窗外斜照在天花板上，把一盞玻璃吊燈映燦得如鑽石如水晶，射向他炯炯的一雙眸子。

我就這樣認識了程伯奮先生。

圖1 與程琦及二玄社同人合影

到了年底，我在京都大學完成了中國六朝文學的研究課程，碩士論文《謝朓研究》也已完成，就搬往東京，開始替程先生工作。直至1972年1月，獲得美國堪薩斯州立大學的獎學金，去當李鑄晉教授的研究助手，才匆匆離開日本。我為程先生工作不足兩年，但那是愉快的兩年，也是我學問豐收、眼光躍進的兩年。而此後我與程先生的聯繫亦從未中斷。

先生原名琦，字伯奮，常用的別號有可庵、二石老人。他生於1911辛亥革命之年，安徽新安人，其父程秉泉是大古董商，與清末大藏家裴景福（1854—1924）相交，兩家的兒輩亦來往密切。由於自幼在骨董器物中兜轉，伯奮先生順理成章地走進這個充滿挑戰的行業。程父悉心栽培他，年未及二十，就給他數萬銀圓，要他獨自訓練眼力。伯奮先生跑到廣東，購得五幅古畫，不料其中兩件卻是贋品。年輕人初受挫折，極為難受，程父卻安慰他說："能有三件真品也很不錯了，學習過程總得交學費，有膽買進，才能學會分辨真偽。" 挫折可以訓練眼力，父親的鼓勵增加了他的膽色，而且他的運氣又好得出奇，五件作品中竟然有一卷曠世名跡 —— 武宗元的《朝元仙仗圖》。

《朝元仙仗圖》（圖 2）為絹本白描畫，長 790 厘米，高 58 厘米，是真正的高頭大卷。武宗元（？—1050）是北宋著名的人物畫家，畫法學曹不興和吳道子，《宣和畫譜》說他“筆法備曹吳之妙”，尤精於佛道鬼神。此卷上鈐有宋徽宗藏印四方，應是宣和內府舊物，惜無作者款印。卷上最早的是署為張子顒（此字無法確認）在南宋乾道八年（1172）的題跋，相傳為吳道子所作。又有趙孟頫在大德甲辰年（1304）的題跋，說經過考證之後，他認為這是武宗元真跡，即《宣和畫譜》著錄的《朝元仙仗圖》。後世普遍認同趙孟頫的說法，此卷也是現今所存武宗元畫作的孤本。圖中繪帝君、神將、金童、玉女等仙道人物共八十七名，人物身旁還以楷書注明其神職名稱。這數十名人物在玉階上逶迤而行，階前雲氣氤氳，蓮花綻放。人物的面部以淡墨寫成，修眉秀目，端雅而高古，配以華美的裝飾，珠絡寶釵，珊珊環珮。衣裙袍帶則用濃墨描出，線條遒勁而綿長，宛轉飄翻，表現出“吳帶當風”之美。他們手持珠幡香篆、奇花異寶，還有一隊龜茲樂人，奏弄着琵琶、笙、笛等各式樂器，神態雍容而妙曼。全圖雖無設色，卻令人覺得滿紙流光艷彩。

難度最高的是這八十多人的位置安排，以及衣裙飄漾時的交互穿插，畫家都能處理得自然妥帖、婉約流麗。卷前引首為羅振玉所書，畫末絹素有張子顒、趙孟頫兩跋，梁啓超則題在拖尾裱紙上。另有張大千長題及謝稚柳觀款，年代均較晚，題時已是王己千購藏之後。畫幅除鈐有宋徽宗的四方藏印外，還有柯九思、劉珏等的收藏鈐記，又有黎簡和梁啓超的收藏印章，大約在清中葉時已流傳到廣東。它與現存美國紐約大都會藝術博物館錢選《梨花圖》卷，以及中國香港私人收藏的羅聘《鬼趣圖》冊，在清末並稱為“廣東三寶”。

程先生初試啼聲，即購得此重寶，喜不自勝。他後來在《朝元仙仗圖》卷上鈐了多方印記，卷首有“伯奮審定”“可庵祕玩”“臨河程琦收藏金石書畫之印”，卷末則有“可庵所得銘心絕品”“程可庵書畫記”和“雙宋樓”。此卷在 20 世紀 70 年代輾轉落入美國古董商侯士泰之手，王己千先生與侯士泰商議後，各以一批藏品交換，王先生得到《朝元仙仗圖》和倪瓚的《虞山林壑圖》。20 世紀 80 年代，他把《虞山林壑圖》賣給紐約大都會藝術博物館，《朝元仙仗圖》則一直寶愛不放，並自署“寶

圖2　北宋 武宗元 朝元仙仗圖（局部）絹本水墨 58 厘米 ×790 厘米 私人收藏

武堂”，寶的就是武宗元。程伯奮先生晚年談及這段往事時，仍有點洋洋自得，因為他購入這國寶級的北宋繪卷時只是個二十出頭的青年，比他年長四歲的己千先生，那時卻只在清初四王的繪畫中打轉。王己千先生後來醉心宋元繪畫，並大有心得，那是另外一段故事了。

我自 1970 年秋天開始為程先生整理藏品，幾乎每天都到程公館，那是位於東京四谷三丁目的一所日式獨立房子，書房很大，外面對着一個種植花草的中庭。我通常是午後一時左右到，工作至傍晚，陪他吃過晚飯才回家。當時我三十餘歲，精力充沛，而且在日本居留近四年，公私收藏的古書畫幾乎都在腦中，識見也遠比在香港時廣闊。程先生的話題我都可以輕鬆接上。我們的談話基本上離不開書畫，對着真跡來討論固然使我獲益良多，也令他非常愜意。我的意見他不一定接受，而我對很有把握的事也會堅持，但這都無損相互交流的喜悅。伯奮先生的古董經營範圍非常廣泛，包括青銅器、瓷器、玉器、雕塑和古書畫。他對每件經手的藝術品都有感情，但古書畫和名人尺牘卻是他的最愛，認為那是人文所萃。我也只負責這方面的工作，其一是協助他查找資料，其二是充當他的寫手，用毛筆在書畫的原跡上抄錄他撰寫的題跋。

原來程先生在多年前便已開始編寫書畫收藏目錄，他要依照古代書畫錄的傳統，全以文字記載，不刊圖片。當時圖版印刷已很流行，他捨易取難，其實是心理因素。他一心追慕古人，想依古代著錄的形式，而且他喜歡查證，要把鈐在作品上的歷代收藏印章和題跋諸家的資料都儘量翻查出來，然後洋洋灑灑寫成文章。他是傅增湘先生（1872 — 1950）的學生，學問底子甚佳，古文寫得簡潔明暢，治學態度也非常嚴謹，務求精確詳盡，識見遠非一般骨董商可比。他自信這本收藏目錄能夠依傳統法度，而精細縝密則超越一般書畫筆記之上。他又為重要的書畫卷撰寫題跋，耗盡心血，反覆查證，一改再改，最後才讓我用小楷或行楷書恭恭敬敬抄錄在書畫原跡上。這工作真令我暢心，他收藏的歷代書畫至為豐富，由董源、巨然、燕文貴、宋徽宗、蘇軾、趙孟頫一直下來，到明四家、清四僧，這許多曠世名跡上，大部分都留下我的墨痕。雖然只是抄手，落款仍是程琦、程伯奮或二石老人，但一個後生小子，書跡能附驥尾而流傳於後世，是我莫大的榮幸。其實程先生一手瘦長工整的書體並不失禮，這樣鄭重其事，正出於他對古書畫的珍愛，對古代名家的尊重，不使作品在他手上出現一點瑕疵。程先生後來也對人明言那是我的書法，我替他代書也就成為公開的祕密。

費時多年，書畫錄終於成稿，程先生名之為《萱暉堂書畫錄》，以寄對母親的懷念。他又希望全部由我以小楷手抄，再影印成書。但這工作豈可與書畫題跋相比，不但細碎耗時，又缺乏挑戰，令我深以為苦。幸而程先生很明白我的個性，最後只找了香港一個名叫潘阜民的書手抄錄，在 1972 年影印出版。書成之後，程先生在 20 世紀 70 年代至 90 年代初，又陸續買入好些極重要的藏品，如蘇軾的《昆陽城賦》卷、趙孟頫的《玄妙觀重修三清殿記》、宋徽宗的《金英秋禽圖》等，都不列入《萱暉堂書畫錄》內。他也想過添寫續錄，卻始終沒有成事。當時我已移居紐約，但程先生仍要求我在這批新購得的名跡上代書籤條和題跋，有時是他把撰成的文章連裁好的宣紙寄給我，由我寫好後寄回東京，才裝裱在畫卷上。有時則趁我途經日本時抄寫，如他在 20 世紀 70 年代中期由陳仁濤的女公子手上購得的宋徽宗《金英秋禽圖》和董源的《溪山雪霽圖》，都是我旅經東京時替他錄寫題跋的。我雖事務繁忙，對老先生這些要求卻從不敢怠慢。

現在許多所謂收藏家以求利為目標，買了書畫就束之高閣，一兩年後再拿出來圖個暴利，這種人其實只是投機商人，玷辱了收藏家的雅號。程先生一生都是古董商，卻是個真正的書畫收藏家，對每件經手的作品都小心呵護，修補重裱從不吝惜。當時日本最著名的裱畫師目黑三次，修裱一件古畫往往耗時經年，收費亦為全球之冠，程先生卻是他的大客戶。由裱綾和包首的顏色、用料，裱紙的厚薄，到簽條的玉質，程先生都要參與挑選，畫卷外再包以絲帛，藏入木匣，每次拿出來都珍而重之。重要的作品要等到風和日麗之時才會取出，更不輕易示人。許多人慕名而來，求觀他的藏品，但老先生自有一股孤矜脾氣，若認為你不夠資格，便會婉言拒絕。而且他喜歡研究，為作品翻書撰文成為主要的生活情趣，忙碌整日而不疲。

中國傳統的收藏家並不以財富驕人，他們重視作品的來源與承傳，要親自考證，自撰題記，在收藏的過程中不斷豐富自己的學問和見識，成為碩學之士，由此進入一個高雅深厚的文化層面，而且跨越了時空，與幾百年前的書畫家結成知己。財富只不過是橋樑，讓世人可以擁有藏品，但只有精神上能與原創者交流的收藏家，才配稱作藏品真正的主人。在這方面，程伯奮先生可作為現代藏家的典範，他對傳統文化的尊重虔敬之心遠遠超過買賣求利，令我敬服。

程先生收藏的書法精品極多，如米芾《膩白帖》(圖3)、蘇軾《昆陽城賦卷》和《書方干詩卷》、趙孟頫《玄妙觀重修三清殿記》及《臨蘭亭序》等。《膩白帖》只有兩頁，共二十八字，下筆隨意而英姿勃發，是米芾晚年的標準之作。此帖原與《逃暑帖》《歲豐帖》《留簡帖》《春和帖》共為一冊，經韓逢禧(約1578—1653)、安儀周(1683—1742)等遞藏，民國初年為溥心畬所得。溥心畬留下了《膩白帖》和《春和帖》，把其餘三帖出讓，稍後又把《膩白帖》和《春和帖》轉售給許漢卿。

許漢卿是清末至民國初年的銀行家和企業家，先後任大清銀行稽核委員、天津造幣廠總收支，又任南京、天津等地的銀行總理，所藏青銅器、書畫、碑帖等多而精。1949年前後，許氏將藏品陸續散賣，《膩白帖》和《春和帖》流至香港，被程伯奮先生在1958年購得。其後程先生以《春和帖》與朋友交換一方殷代玉鳥珮，只留

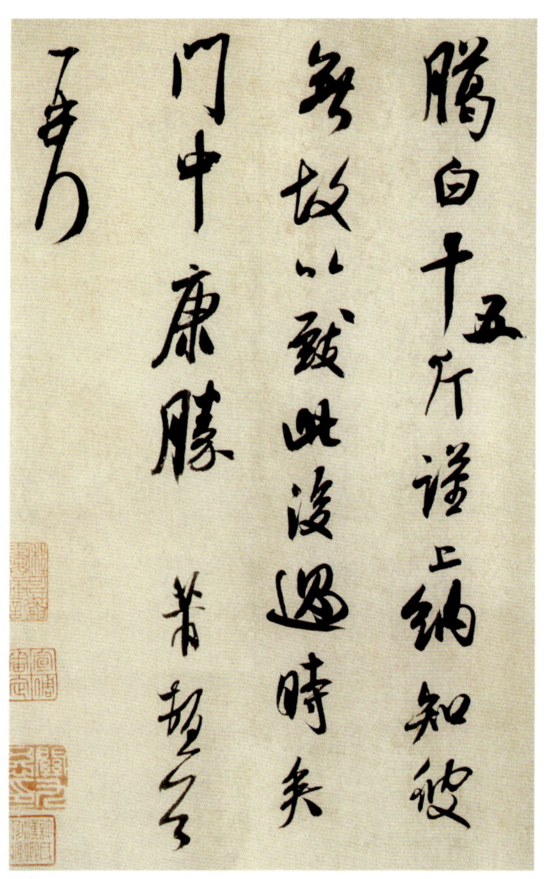

圖3　米芾《膩白帖》

着最精的《臈白帖》。他在晚年回憶，仍覺耿耿不捨。至於五帖中的其餘三帖《逃暑帖》《歲豐帖》和《留簡帖》，則自溥心畬手中售出後，又經多次轉易，現在歸美國普林斯頓大學藝術博物館珍藏。

伯奮先生非常看重歷代書畫家的信札，因為其中不乏有關他們的生平、交遊等資料，尤能直接表現出他們的喜惡和個性，亦可作款識題字的佐證。萱暉堂藏品中除米芾的《臈白帖》外，還有劉摯、歐陽修、陸游、張即之等的詩帖和書札，又有一套《宋元書簡》，收集了吳琚、吳説、范成大、葉夢得等十一位宋代名人的尺牘，包括周邦彥的《特辱帖》。周邦彥天縱風流，所填詞婉約清麗，無與倫比。此帖是他唯一傳世的墨跡，曾刻入《三希堂法帖》。帖中所見，其筆法應得力於二王，綿裹藏針，飄逸流轉。冊內又有趙孟頫、趙雍、揭傒斯、倪瓚、楊維楨等元代名家的詩書簡。

這套《宋元書簡》冊在 1983 年紐約蘇富比拍賣，是圖錄的封面，估價似是十萬美元左右。如此稀世之寶，令我輾轉反側，數夜難眠。但當時一介寒生，只好悵歎力所不逮，立刻打電話通知遠在東京的伯奮先生。程先生立即趕到紐約來，親自觀展，並由家人代舉牌拍賣。那是一場令人興奮的拍賣會，逐價者包括王己千先生和香港利氏家族的利榮森。結果程先生以二十七萬美元的落槌價擊敗利公，還得加上百分之十的佣金，在當時真是驚人的高價。與利家相比，程先生遠遠稱不上富豪，只為心之所鍾，無法放棄。聽説他後來為了應付這筆款項，也頗費了一番周折。

萱暉堂還藏有大批明清尺牘，自沈周、文徵明、祝允明、陳淳等，直至清末的伊秉綬、趙之謙，洋洋大觀，幾乎把上下八百年的名家全都包羅其中，令人歎為觀止。其中更不乏傳世孤本，如周臣的《厚幣帖》和仇英的《致大內翰川翁書札》。周臣和仇英都以畫名，書跡卻是鳳毛麟角。世人都説仇英不善書，但不善書卻不等於文盲，作為一個職業畫家，他只是忙於應付那些喜愛工筆細緻、設色穠麗畫風的買家，沒有分出時間去研習書法。

這封《致大內翰川翁書札》共兩紙，上款“大內翰川翁大人”，據程先生當時所查得的資料，認為是陳霽（1465 — 1539），字子雨，號葦川，吳縣人。家道豐裕，收藏甚富，明弘治九年（1496）登進士，改庶吉士，授編修。因見罪於劉瑾，貶歸鄉。至劉瑾被誅，復起用。正德九年（1514），升南京翰林院侍講學士，充經筵講官，仕終國子監祭酒。著有《葦川集》及《宋遼金史》。

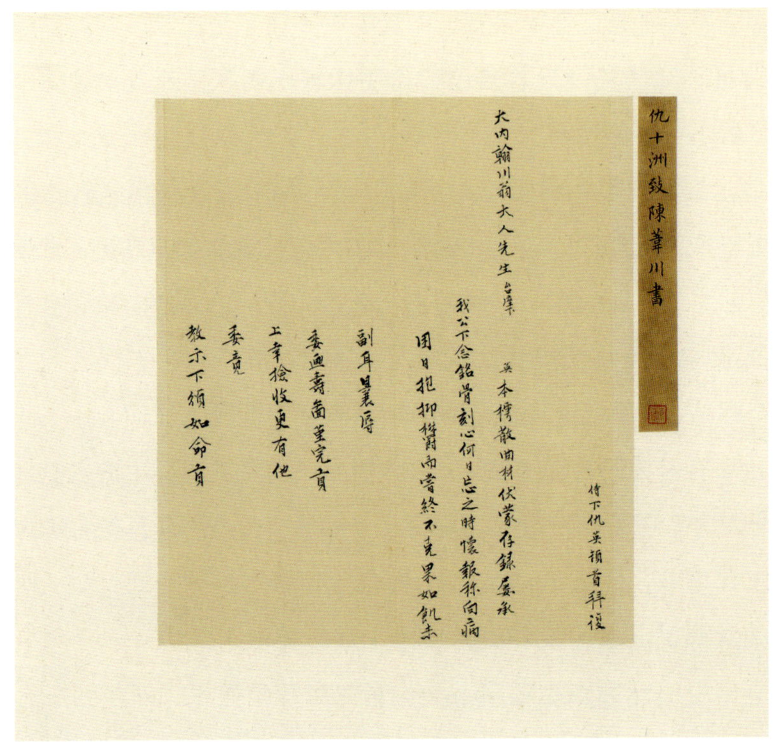

仇英信札

但近年國內學者蔡春旭搜集更多資料，指出此函的收受人應為顧從禮，[1] 字小川，明嘉靖年間歷中書舍人、大僕寺丞、光祿寺少卿等職。其弟顧從德號方壺山人，亦與仇英書扎中「又蒙方壺令弟惠銀」之句吻合。顧從禮的父親顧定芳以醫名，仇英向顧家求藥也就非常合理。程先生久居海外，工具書不易齊備。而 1980 年代亦無網上索查之便，時有錯舛，可以理解。就書法而言，仇英的筆法拘謹稚嫩，顯然沒有下過多少工夫，但他一絲不苟，非常用心，而且這是他傳世的唯一書跡，在藝術史上具有非凡意義。

這兩封簡牘連同祝枝山、王穀祥、陸治、徐渭的書札共六通，在乾隆時為陸紹曾所藏，20 世紀初為許漢卿所得。陸紹曾名貫夫，工篆籀八分，尤以精鑒賞馳譽於時。許漢卿是清末民初的大藏家，他庋中這幾件周臣、仇英和徐渭的信札，在收藏界中早已馳名，張珩先生亦對之神往已久。

1949 年前，許氏藏品開始逸出，張珩聞知這批書信也在求售，急忙星夜由上海趕赴北京，可惜已遲了一步，被法國古董商杜博思捷足先登，其後張珩多次託人搜求而不可得。杜博思是著名古董商盧芹齋的女婿，約在 20 世紀 60 年代把這套書札轉賣給程先生。先生謝世後數年，程氏後人把珍藏的古書畫全賣給某富商，原是希望能把它整批保存，不致星散。豈料不足一年，約半數的書畫便開始賤價擲往北京嘉德的小拍，這六封明人信札亦在其中。我看到拍賣圖錄的一剎那，直覺血沖上腦，悲憤莫名。這些文物凝聚了歷代收藏家多少心血，接手人竟不願稍花時間去研究，便匆匆否定，實非學術研究者應有的態度。

萱暉堂所藏古代繪畫以宋徽宗的《金英秋禽圖》及《四禽圖》最為知名，既是帝皇手澤，又是清宮舊藏，品相、題材都討人歡喜。但程先生自己卻更鍾情於山水，他藏有巨然《山居圖》和燕文貴《溪風圖》，遂以“巨燕軒”為齋號。元代繪畫則以趙孟頫的《瀟菊圖》和王蒙的《南村草堂圖》最為難得。

萱暉堂藏品的新主人在 2008 年把《瀟菊圖》交由香港蘇富比拍賣，《南村草堂圖》則早在 2004 年便被擲往嘉德小拍，估價是極可憐的六萬元人民幣，結果在多名

---

1 2020 年 5 月 13 日《文匯報》刊出蔡春旭《面目模糊、偽作氾濫，是什麼遮蔽了真實的仇英》一文，其中指出此信札的收件人應為顧從禮而非陳霽。

圖4　元 王蒙 南村草堂圖 紙本設色 27厘米 ×88.5厘米 私人收藏

書諸生慣識(解悶揚雄字)予雲宅使者空求顏闔
居(推窗山在)牛羊散漫夕陽野(掃逕柳垂)鸛鷺浮沉春
水渠卜隣若得遂吾願日日抱琴無
日虛
吳郡張洙

南村草堂記

南村草堂者陶君九成先生隱居之所也先生性沖澹不樂仕進厭囂塵湫隘遂徙家南村爲村之俗悉事農桑溝洫浚正禾麻横從鷄犬駁相聞桑梓之陰蔽野當古蹊水曲喬木童童若車蓋而秀鬱者又不可以名狀也俗尚淳厖詭行異服者屏不與處而田更埜老知古今非法言不道率子弟之趨事赴功者弗後期暇則相與飲勞歲時伏臘有加焉以故先生樂其里俗之美願爲終老也鉉齒少且賤承交於先生者有年矣不自意終歲竟坐浮湛而所謂南村草堂者嘗一接於夢寐間也衰老荒落焉能以文爲哉竊惟尔祖陶處士爲晉一代偉人方其居南村也必曰

王蒙 南村草堂圖 元人題跋（局部）

嘗怪天下材德士之往往自放於窮寥荒虛之野嶄焉無一豪當世意用以獨善其身斯可矣槩之以不仕無義之說則亦豈得為盡善乎昔夫子周流於齊魯宋衛之間其志未嘗不欲仕也士而不法乎孔氏尚誰法耶此沮溺丈人之徒所以不免乎後世之譏也易之文言曰知進退存亡而不失其正者其惟聖人乎詩三百篇皆夫子所定而考槃衡門皆述賢者隱居自樂之意而孟子亦曰可以仕則仕可以止則止由是觀之則士之生斯世也又未必皆仕若此者何也嘗反覆思之沮溺賢者耳度此料彼知其不可而不敢强為者也夫子聖人也視天下無不可為之時亦無不可為之事故用之於魯則侵地歸公室强教化大行四方則之公山之召又欲興周道於東方其設施注措猶天地鬼神之不可知沮溺雖賢未及乎此其所以滔滔不返者豈果於忘世哉彼亦有所見焉耳故嘗譬諸涉海夫子之舟檝足恃也故能履風濤觸蛟鱷不僨不讋自非聖人猶以江湖陋舟跨東海之難其不十里而返則百里而溺耳豈有能濟之理乎然則南村草堂其志亦可知矣嗚呼微哉是豈可與俗人言哉予雖未獲升斯堂而雅敬先生之為人因為楚人之歌遺之使歌以自樂歌曰南村兮幽幽路晻曖兮對相繚山巃嵸而旁峙水瀰洄而交流支流兮洋洋漑吾田兮多稌与秔叶堂之人兮奚事吟六籍兮徜徉徜徉兮何為指前哲兮永為期遠囂雰而不入終消搖兮無災叶并書

競投者的爭奪下，以近一百八十萬元落槌，現在看來，簡直是撿破爛般的便宜價。

《南村草堂圖》卷是王蒙為元初學者陶宗儀（1329 — 約 1412）所作。陶宗儀字九成，號南村，也是趙孟頫的外孫，與王蒙是中表兄弟。他著作等身，是著名的文史學家，整理元代的典章制度、藝文逸事、詩詞戲曲、風俗民情等，寫成《輟耕錄》，集歷代金石碑刻、書法理論成《書史會要》，輯漢魏至宋元諸名家之作成《説郛》，又集所作詩成《南村詩集》。他與王蒙感情極好，按歷代著錄資料，王蒙曾以南村草堂為題材，為陶九成寫過三幅畫，即《南村真逸圖》卷，《南村草堂圖》軸，及此《南村草堂圖》卷。前兩圖現已不存，僅見於著錄，其中《南村草堂圖》軸有文嘉臨本，20 世紀 80 年代曾在紐約佳士得拍賣。畫史所載王蒙以南村草堂為題材的三幅作品中，現只剩下這卷《南村草堂圖》傳世。

《南村草堂圖》（圖 4）畫幅縱 27 厘米，橫 88.5 厘米，紙本設色。起首處鈐“王蒙之印”，圖末楷書署款“黃鶴山中人王蒙寫”。陶九成在洪武癸丑年（1373）歸隱南村，王蒙則在 1385 年死於獄，故《南村草堂圖》卷的創作年份，應在 1373 年至 1385 年之間，為王蒙晚年的作品。畫幅以遠山近渚開卷，水平如鏡，水畔有小小茅亭，木拱橋通往竹籬茅舍。紅衣小童在清掃庭中的落葉，一頭白鶴俯啄於旁，鶴頂上以快筆綴出一小點極亮麗的嬌紅色。另一丫角小童正捧着茶盤走出內庭，堂上悠然而坐的應是南村先生，他半倚着大紅色的几案，頭髮在角巾下隨意飄落，眉目鬚鬢黑漆烏亮。全圖以細筆為主，寫茅檐竹籬，精細遒勁如書小篆，寫樹木、峰巒和渚邊的蘆葦，則篆書草意並用，遠山近石的皴法以解索皴、牛毛皴、披麻皴交替而成，隨意所之，不拘一格，卻又筆筆飽滿，神采奕然。墨法和設色都經過多重敷染，所以墨色黝濃厚重，顏色在棕赭之間變化多端，遠山在夕陽下的棕紅尤其雅淨。這種多層次的敷染使樹木和山色融成一體，表現出大自然的渾厚滋潤，這是王蒙晚年的風格，與現藏於遼寧省博物館的《太白山圖》卷的技法接近，只是《南村草堂圖》卷筆下的草書意趣更多，也表現得更為隨意奔放。

畫卷後有元末明初人題跋十則，包括張樞、袁凱、王逢、林右等，他們都是當時的名士，又都是陶九成之摯友。元人書法運筆厚重，墨色端凝，更為此卷生色不少。畫上朱印纍纍，鈐項元汴、項聖謨祖孫收藏印鑒共二十方。此圖先後著錄於《珊瑚網》《清河書畫舫》及《式古堂書畫匯考》，無論在藝術成就或文物價值上，都是非常重要的作品。

萱暉堂收藏的楊維翰《蘭花竹石三秀圖》亦是稀世之珍。楊維翰（1294—1351）為楊維楨之兄，字子固，號方塘，暨陽人。他長於文史，議論高古，氣焰咄咄迫人，人皆以為可畏。他是著名的教育家，曾任慈溪教官、雙溪書院山長，又精於繪藝，尤以墨竹稱能，有“方塘竹”之譽。

但他傳世的畫作，除此軸外，尚未發現其他作品。此圖作於元統二年（1334），楊維翰約四十歲。圖中寫一塊奇峭的古石，石後修竹一枝，石旁幽蘭盛開，竹葉和蘭花在風中飄轉，娟如處子，雅若高士，筆墨極為精美。寫竹石在草書中有篆意，蘭葉之用墨更深得墨分五彩之妙，款字亦沉厚高古。畫幅有張益（約1300—1368）及滕用亨（1336—？）兩跋。張益是元朝泰定元年（1324）進士第一名，累官至國子監司業。滕用亨則是書法名家，博學多才，參與修撰《永樂大典》。詩塘上有文掞（1641—1701）題詩，他是文徵明後裔，文楠之子，雅有家風，善書畫。此畫著錄於陸心源《穰梨館過眼續錄》卷三，畫幅上鈐有陸心源第三子陸樹聲鑒賞章，又劉恕收藏印多方。程先生對這件作品珍愛逾常，認為是收藏中的銘心絕品。

1982年，我開始在紐約佳士得拍賣行工作，那時佳士得還沒有書畫部，所有亞洲藝術品，包括中國、日本、韓國的書畫、家具、瓷器、雜項全混在一起拍賣，印制薄薄一本黑白圖錄，公司的名氣也不及對手蘇富比。我這頭開荒牛着實吃了不少苦頭。有一年，倫敦佳士得總公司轉來一批照片，尋求我的意見，赫然是趙孟頫的楷書《玄妙觀重修三清殿記》。我在古代著錄中知道這件名作，想不到原跡竟然出現，連忙打電話給倫敦總部，要他們儘快聯絡物主。不料回電卻説賣家居於巴黎，而紐約蘇富比書畫部的張洪剛好在歐洲，作品已被他拿去了，我為之悵悵不已。後來專程到蘇富比的辦公室去，請張洪拿出來看。卷子一打開，即令我為之屏息，宋箋烏絲欄格子，字大如錢，運筆爽朗遒勁，墨色晶然奪目。卷上鈐有“晉國奎章”“晉府圖書之印”，那是明太祖第三子朱棡（？—1398）的印章，又有程正揆、梁清標、安儀周的收藏印，乾隆八璽俱全，《石渠寶笈續編》著錄。我不禁讚歎再三，更羡慕張洪的好運。但張洪卻告訴我，一位在美國佛利爾美術館工作的中國專家認為它是贋品，王己千先生看過後也不置可否，所以他不敢拿出來拍賣，我聽後不勝詫異。結果這件作品在蘇富比的倉庫中憩睡了一年多，後來物主聲言若再不上拍，就得給送回去。迫得緊了，在 1985 年終於拿出來拍賣，估價約三萬美元，我連忙通知程伯奮先生。想不到王己千先生原來亦大有興趣，結果兩人你來我往的競爭，最後由程先生以七萬美元落槌。王己千先生後來對我說：“君實呀，你不要把好東西介紹給人，我給你佣金好了。”我說，我沒拿別人的佣金，也不會拿你的佣金。其實我非常尊敬王先生，事前也不知道他想競投，而且他的興趣主要在繪畫，程先生的書法收藏卻很有系統。在個人感情上，我比較偏向程先生多一點。

除了《萱暉堂書畫錄》外，程先生晚年又印製了《宋元明清四朝翰墨》。早在 20 世紀 60 年代，我已結識了東京二玄社的總編輯西島慎一和他的助手高島義彥，其中高島義彥與我最為投契，每次到東京都要找他吃飯聊天。二玄社已替台北故宮博物院印過不少書畫複製品，大受歡迎，其水平在當年可稱天下第一。高島想再印一些海外名跡，比較有新鮮感，我便向他介紹了美國納爾遜 — 阿特金斯藝術博物館的收藏，結果二玄社印製了許道寧的《漁父圖》和李成的《晴巒蕭寺圖》。我又與程伯奮先生商量，請他把所藏的書法精品交由二玄社出版。程先生欣然同意，選出一批歷代書法，由北宋的蘇軾、米芾，到清末的伊秉綬、趙之謙，可謂包羅萬象，包括周邦彥、仇英等書札的傳世孤本。程先生這批作品皆存於美國，二玄社特別組成一支由技術指導、燈光師和攝影師組成的五人團隊，由高島義彥領頭，扛着大批上佳的攝影器材，浩浩蕩蕩來到新澤西，在酒店裏住了頗長一段日子，直至全部拍攝完畢，所有出版及前後期的製作費用都由二玄社支付。此書由我編輯，中日多名學者作釋文及校對，前後耗時近三年，共分八卷，附別卷一冊，線裝包盒，印製極為精美。可惜當時的彩色印刷費用高昂，所以並非全套彩印，算是美中不足。它在 1990 年出版，還未推出就幾乎全被定購一空。出版時程先生將滿八十歲，他一生的興趣與心血、鑒定的功力和魄力，都可見於書中，真是最好的生日禮物。

程先生有幾個常用的齋號，別致而有寄意。“巨燕軒”取意於所藏的巨然和燕文貴山水巨作，“雙宋樓”是指所藏的宋版《前漢書》和《後漢書》。他另一個齋名“絳雪簃”也與這兩套宋版書有關，因兩書都曾為趙孟頫松雪齋所藏，又都是錢謙益絳雲樓的舊物，“絳雪簃”就是由絳雲樓和松雪齋兩個名字中擷取而來的，景中有色，音調清美。程先生豐富的學識和靈巧的心思，每每見於此等微細之處，而且他孜孜不倦，至晚年仍手不釋卷。但他自己不習繪事，亦少執筆作書法，這在書畫鑒定上不無遺憾。如果能把程伯奮與王己千兩位老先生的長處結合在一起，筆下典章故實洋洋灑灑，又能山川丘壑精熟運筆用墨的玄妙，以學識文才融入書畫技法之中，那應該就是董其昌、文徵明、張大千一般，成為書畫鑒定家中的頂尖人物吧。

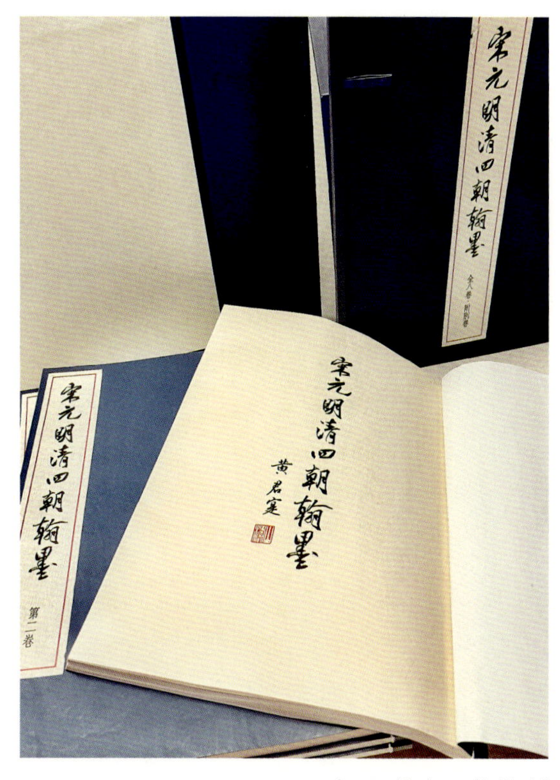

宋元明清四朝翰墨

晚年的伯奮先生移居舊金山，我途經美國西岸時會給他一個電話，遇上天氣和暖的日子，他也會約我到廣東茶樓吃飯飲茶，但拍賣或一般的藝術活動都不再參加。千禧年過後不久，我生了一場大病，意殊寂寥，很少再約昔日師友。到 2002 年，我病漸癒，程先生卻仙去了！修短隨化，原是生命的正常軌跡，但仍不免令人神傷。在日本的幾年，生計雖然艱苦，卻是青春美好的日子，而程先生則是這美麗記憶中重要的部分。他和程太太為我們初生的女兒送來小牀，備齊所有嬰兒需用的衣物奶粉，生病時把她抱到程家，照顧得無微不至。在舉目無親的異鄉，這份關愛令人銘記於心。但我從程先生處的得益遠不止此，他做研究時的細心嚴謹直接影響了我，使我疏懶狂放的性格稍為收斂。而我們深厚的情誼，起源於古書畫，植根於古書畫，在古墨馥鬱的天地中追尋着前人的蹤跡。每當我幸運地在小拍場撿拾到萱暉堂舊藏的精品，總覺得那是老先生在冥冥中的特意安排，把它們託付給我。歷史的長河偶然讓古人的心血落入我手中，我就成了它的保護神。我一冊一卷地展閱着它們，數百年前的書畫家彷彿都能與我對話，而程先生就坐在身旁，微笑着，從來沒有離開過。

黃君實憶述，龐志英整理 原載《中國書畫》2013 年 1 月號

克恭為
景遠作

書畫漫談

書法漫談

《書法漫談》是我以深廬為筆名，在 1965 年為香港《中國學生周報》撰寫的一個專欄。由於讀者對象是中學生，所以內容都是書畫的基礎知識，但其中也有不少個人的見解，故一併收集於此，聊記舊痕而已。

書法向來被認為是我國的國粹之一。俗語有所謂“字為人之衣冠”，既然社會一般人多是“先敬羅衣後敬人”，那麼字寫得好，便受人稱讚。其實寫字只要筆劃清楚，別人看得懂就夠了。文章好壞，與字毫無關係，許多博學的人，字就寫得很拙劣。如果只為裝點門面去寫字，這工夫卻是花得冤枉。

那麼談書法豈非多餘？我的意見，書法和繪畫一樣，都是藝術，有興趣的不妨學習。因為中國的文字是方塊字，由象形演變而來，跟繪畫很接近，故線條的組織別具趣味，加之數千年來國人不斷的提倡與研究，變成為我國的特有藝術了。

中西畫都講究筆觸、構圖、用色等。書法同樣注重線條的節奏和結構的變化。現在普通人認為的好字，是一些筆劃勻淨、大小相稱，排列整齊如算子的。但真正懂得欣賞書法的人，卻不會看得起這些只具軀殼而沒有精神的字。書匠寫字是描，只顧字的結構；書家寫字是寫，各有自己的精神面目。我們看古代名書家的作品，猶想見他們揮毫落紙的神態。這種有不朽生命的字，才配稱書法。如書聖王羲之的字，梁武帝稱他如“龍跳天門，虎臥鳳閣”。唐太宗説他“煙霏露結，狀若斷而還連；鳳翥龍蟠，勢如斜而反直”。這些話雖然説得很抽象，但卻可見他書法的成就。

簡單來説書法，就是寫字的方法。寫字跟寫畫、打球一樣，皆需要實踐的，只談不寫，不會有進步。書法的用筆和結構，當面講比較清楚，紙上談兵，得益不大，若無圖片舉例，則更難了解。因此，在這裏談書法，是有一定的條件限制的。

學書法最重要的方法，不外“寫”和“看”。“寫”是實踐，“看”是欣賞。方法當然有對有不對，方法錯了，後來縱使知道，也走了不少的冤枉路。因此學寫字首先要懂得欣賞，分辨得出哪些字好，哪些字壞，才有目標可循，所以我們要取法乎上。我們叫那些懂欣賞而寫得不夠水準的人做“眼高手低”，但“眼高手低”，只要肯用功練習，還是會有進步。若果眼低，手是永遠不會高起來的。

好壞的標準是怎樣呢？單憑主觀的好惡，難免流於偏見。偏見而說不出道理，誰也不會相信。我則是以古人書法為標準。因為近人書法，優劣還未有定評；古人則經歷史考驗，傳世的不中亦不遠。而且書法已有幾千年歷史，前人累積的經驗，許多已成為不易的原則，離開古人，就無書法可談。因此，我打算先談歷代各種書體，對其源流演變、欣賞與寫法，作簡略的敍述。各體的代表書家與書跡，當逐一介紹。附帶談及如何書寫，但仍以欣賞為主，所舉例的雖然都是名跡，各人的口味卻不必強同，咀嚼玩味還要靠讀者本身。以上的話就當是開場白吧。

1965 年 6 月 4 日

書體流變

金文

夏、商、周三代是銅器製作的極盛時期，所鑄造的器皿種類繁多。炊烹之器如鼎、鬲；盛食之器如敦、簠（音甫）；盛酒之器如尊、彝等；不勝枚舉。這些青銅器大約都是當時帝王、諸侯和貴族所用，而且也非隨便鑄造。因此，在這些器皿上多刻有銘文，或歌頌德政，或讚美戰功，或策勵自身，或勸勉子孫。後世稱這些銘文為金文或吉金文，而鐘鼎既為重器，鑄造又最多，故鐘鼎上的銘文又叫鐘鼎文。

相傳夏禹即帝位而鑄九鼎，將當時天下九州的山川形勢刻在鼎上，成為國家的重器。商滅夏，遷之商邑；周滅商，遷之洛邑。到周顯王時，九鼎沉沒於泗水。後來，秦始皇派數千人潛水撈取，不可復得，這是古籍中記載最古的金器。周代鼎彝鑄造最盛，秦以後極少。北宋以後，鐘鼎出土日多，據歐陽修《集古錄》、趙明誠《金石錄》著錄，有六百餘件。到清末羅振玉記載，已有二千餘件，想以後陸續出土，數量定不止此。

甲骨文是卜辭，目的在求實用；金文刻在器皿上，目的在求裝飾。因此金文的字體都經過鑄造者的用心設計，力求美觀。縱觀傳世的金文，書體的結構變化極多，用筆有方有圓。有些筆力雄強，如巨象蹣跚；有些點畫瘦勁，如劍戟縱橫；有些婀娜含剛健，如神龍矯首，姿態萬千，較後世李斯創的小篆，藝術價值尤高。因為李斯創製小篆的目的是求“天下同文”。當時列國紛爭，各國字體不同，實在太混亂了，所以他制定一個統一的寫法。金文的鐫鑄雖然出於工匠之手，但既然要求美觀，則往往會增減字的筆劃，以求整篇字的統一調和，在金文中可能找出幾十種寫法。對藝術欣賞上來說，應該如此，變化多才不致呆板，然而在實用方面來說，就不大方便了。

學習金文的方法和學習其他書體並沒有很大的差別，只是它是幾千年前用的字體，要查《古籀彙編》等書才知是什麼字，但用筆還是應該一筆筆去寫，不可描和

金文

改，而且還要體會其韻味，如氣象渾穆的，或清麗瀟灑的，臨寫時就不要失去這種味道。其次，要留意整篇的佈白。什麼叫佈白？白就是沒有點畫的地方。一個字有一個字的佈白，如點畫間的距離、長短、高低，所謂“密處不容通風，疏處可容走馬”。而整篇的佈白，就是每個字之間位置的安排。有些字很大，有些字很小，整篇排列得錯落有致。後代王羲之等大書家的楷行草書，佈白的方法還是一致的。唐朝書家孫過庭論書法的輕重佈白說：“或重若崩雲，或輕如蟬翼 …… 纖纖乎似初月之出天涯，落落乎猶眾星之列河漢。” 可見書法的佈白不是貴整齊，而是要求有變化和錯落有致。

石鼓文

石鼓文是刻在十個鼓形的石上，文辭與《詩經》的體裁相同，四字一句，內容主要敍述貴族的畋獵遊樂生活，是我國極珍貴的文物。唐朝初年在陝西省陳倉縣的郊野發現，鄭餘慶移置於鳳翔府孔廟中。唐詩人韋應物、韓愈，宋詩人蘇軾，先後作詩讚美之。韓、蘇的石鼓詩更是千古傳誦的佳作。當初發現時只得九個，宋皇祐年間，向傳師找到一個已做了米臼短了一截的，才湊足十個。

相傳周宣王時，太史籀著大篆十五篇以教學童，所以大篆又叫作籀書。石鼓文的字體是大篆的代表作。韋、韓、蘇三人皆認為是史籀所書。宋鄭樵根據字體和書法，定為秦惠文王後秦始皇前的獵碣。近人馬衡著《石鼓為秦刻石考》論之甚詳，石鼓為秦人刻石已成不刊之論了。拿石鼓的書法與秦公敦、虢季子白盤等所刻銘文比較，其用筆和結字幾乎一致，不過石鼓文較為完美整齊而已。

石鼓文的書法文質彬彬，用筆圓勁，已開小篆先河。結構尤為美觀，較傳世李斯的刻石，更富姿態。韓愈《石鼓歌》云"鸞翔鳳翥眾仙下，珊瑚碧樹交枝柯"，形容得多麼美。因為它年代久遠，殘缺太多，故蘇軾《石鼓歌》另是一種描寫："模糊半已似瘢胝，詰曲猶能辨跟肘。娟娟缺月隱雲霧，濯濯嘉禾秀稂莠。"大約唐宋以來的大書家，許多都學過石鼓文。米芾自敍學書法經歷中就提到它，清末吳昌碩更以寫石鼓文名世。

元代大書家趙孟頫說得好："書法以用筆為上，而結字亦須用功，蓋結字因時相傳，用筆千古不易。"這是說明字的結構因時代或個人而有不同，但用筆的方法則篆、隸、楷、行、草都是一致，不能違背用筆的法則。一般來說，篆書線條圓，隸書線條方，但《石門頌》是隸書而用圓筆，《天發神讖碑》是篆書而用方筆。只要是寫而不是描，用筆或方或圓，或方圓並用都無不可。石鼓文和小篆一樣，宜用圓筆書寫。篆、隸書和行、草、楷書寫法最大的分別在於：篆、隸每一筆每一畫，自起自收；行、楷書則筆劃常常相連。從書法上來說，篆書是比較易學的，因為其線條變化不如行草之複雜，而一般人以為難學的原因是篆書畢竟是我國上古的文字，字體的組織和現在通行的楷書有別，我們認字也要費一番工夫，故覺得困難。學者若花半年時間，相信就可以將石鼓文的字形默熟了，再參以金文小篆的結字，篆書是不難寫好的。

石鼓文

石鼓原石

草書

許慎説，“漢興有草書”，則草書的創製是在楷、行書之前了。大約隸書雖然寫來已比篆書快捷，但筆劃繁多，又不能一筆寫成，有時為了應急的公文和尺牘，只好把隸書寫快些，將點畫略作簡化及連接起來，草書就這樣出現了，所以草書又叫草稿。昔人謂：“匆匆不暇，草書。”這説明草書是應付急務用的。

草書可分為章草、今草、狂草三種。漢初的草書，我們已無法看到，流傳最古的只有章草。相傳西漢元帝時，黃門令史游解散隸體，作《急就章》，因取其“章”字，故名章草。另一説是東漢章帝時，杜度善作草書，章帝喜歡他的字，命他上奏章用之，後人就叫他的字“章草”。兩種説法都與“章”字有關，究竟誰是創始者，實在很難考證了。不過章草定然是東漢時的書體，因當時八分書最流行。章草的筆意，特別是“捺”的末筆，純是八分的“雁尾法”。章草雖然在每一個字的筆劃中，已有縈帶的筆法，但仍筆筆有起止，字字獨立，不相連接。這是它和後世草書相異的地方。章草由漢至元明，都有人學習。史游、張芝、皇象、索靖、王羲之、蕭子雲、趙孟頫、宋克等，皆是善寫章草的名家。其中索靖最負盛名，他的《月儀帖》和《出師頌》，更是臨習章草的主要範本。可惜字數太少，故皇象、趙孟頫、宋克所書的《急就章》，也須要注重。

今草據説創自張芝。他是東漢人，有草聖之稱。唐張懷瓘説：“章草之書，字字區別，張芝變為今草，加其流速，上下牽連，或借上字之終，而為下字之始。”自此，今草流行起來，到東晉王羲之父子更發揚光大，成為歷代的楷模。今草每字多一筆書成，上下筆勢或斷或續，氣息相通。可是我們現在見到的王羲之、王獻之的書跡，都是傳刻失真，只能見其字形，看不到那“飄若游雲，矯若驚龍”的筆意了。今草最好的範本是唐孫過庭的《書譜序》，因為是真跡，可以清楚見到用筆的方法。而且他學王羲之，已達到亂真的地步，因此我們何必再去學那些面目全非的“二王”草書。

王獻之稍變父法，他的草書往往一行一筆書成，特別顯得縱逸有姿態。發展下去，到唐朝的張旭和懷素，就成為淋漓盡致的狂草了。張旭外號“張顛”，如果讀過杜甫的《飲中八仙歌》，對他定有印象。杜詩説：“張旭三杯草聖傳，脱帽露頂王公前，揮毫落紙如雲煙。”懷素，人稱之為狂僧。他的《自敍帖》引別人稱讚他的詩

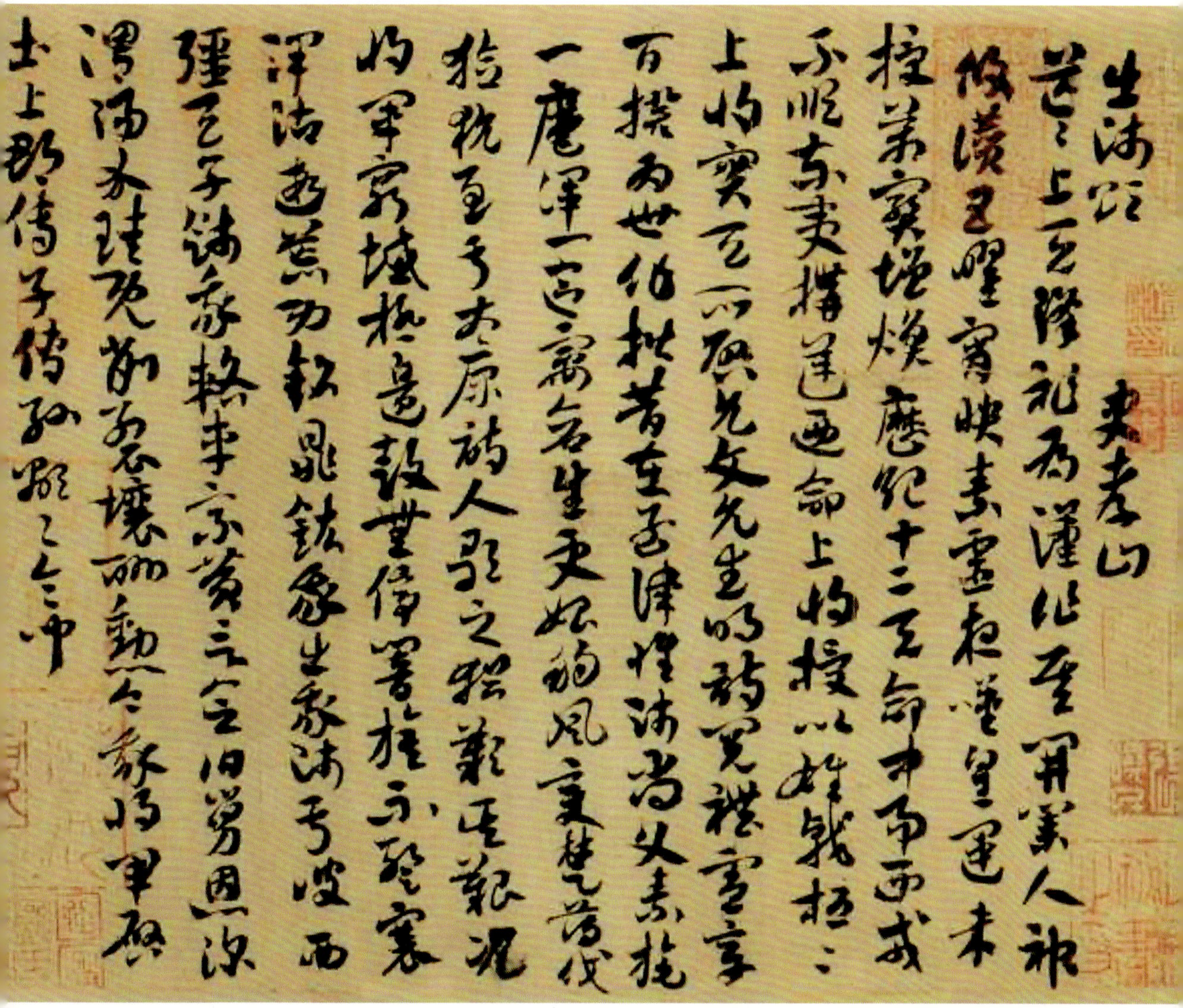

索靖章草 書出師頌

說："驚蛇走虺勢入戶，驟雨旋風聲滿堂""忽然絕叫三五聲，滿壁縱橫千萬字"，由此可見他的造詣。寫狂草很難，第一要講氣勢，全篇須一氣呵成。第二要講布白，因為筆意連綿不絕，其間字之輕重大小，宜出乎自然。第三點畫要精。張旭以狂草名家，他的楷書也寫得極好。點畫工夫不佳，如春蚓秋蛇，就毫無生氣了。書法發展到狂草，可謂盡變化之極。沒有經過訓練是看不懂的。一幅好的狂草，如果你懂得欣賞其線條的節奏，就好比聽一首動人的樂章或看一幅超妙的抽象畫呢。

王珣《伯遠帖》

前人論書法說："晉人尚韻。" 東晉雖然是偏安江左，但由於好老莊學說和崇尚清談的影響，他們的談吐及所表現的翩翩風度皆使後人仰慕而不可追攀。其韻事和名言雋語，《世說新語》記載得最詳。晉人的書法與他們灑脫自然的風度也是極為配合的。除了王羲之、王獻之享名最盛，字跡傳世較多外，其餘如王導、王廙、王洽、王珉、王珣、謝安、郗愔等，並有遺墨流傳。可惜他們的真跡，宋朝尚多能見到，今世則除了王珣《伯遠帖》，其餘只好從宋人刻帖中去追想其風神了。

《伯遠帖》為《宣和書譜》著錄，是王珣僅存之跡。有人說是唐人摹搨，未見真跡，不敢臆斷。可是晉人風韻，卻以此帖表現得最完美。細看他每個字的結構，巧妙比不上《蘭亭序》，但用筆峻拔剛斷，方寸有尋丈之勢，而又毫不費力，一點鼓努作態都沒有，瀟灑而豪邁，美是美極，卻無媚態，真是"晉人尚韻"的代表作。明董其昌《畫禪室隨筆》內題王珣的真跡，說："王珣書瀟灑古淡，東晉風流，宛然在眼"，誠為至言。

此帖舊藏清內府，乾隆三希堂墨寶之一。實則王羲之《快雪時晴帖》，勾描失真，雖有趙孟頫題，總覺得不大愜意，風神用筆，皆下於《奉橘帖》及《喪亂帖》《孔侍中帖》等帖。王獻之《中秋帖》，提頓不足，更不如《快雪時晴帖》，獨《伯遠帖》盡善盡美，觀之惟有讚歎，不能置一詞。

王珣是王導的兒子，書名遠不如"二王"大。他有文武才，與謝玄同在桓溫幕下做事，桓溫很賞識和敬重他們。當時桓溫有志收復中原，軍中機務多委託王珣去辦。桓玄說他："神情朗悟，經史明徹，風流之美，公私所寄。" 拿這批評和他的字跡參看，真可想見其為人了。

這帖極難臨學，即使點畫位置學得很像，風神始終相去很遠。只有常常參看，慢慢體味，真積力久則入，到自己寫字時，那種古淡自然的趣味或可以在筆端流露幾分出來。

1965 年 9 月 10 日

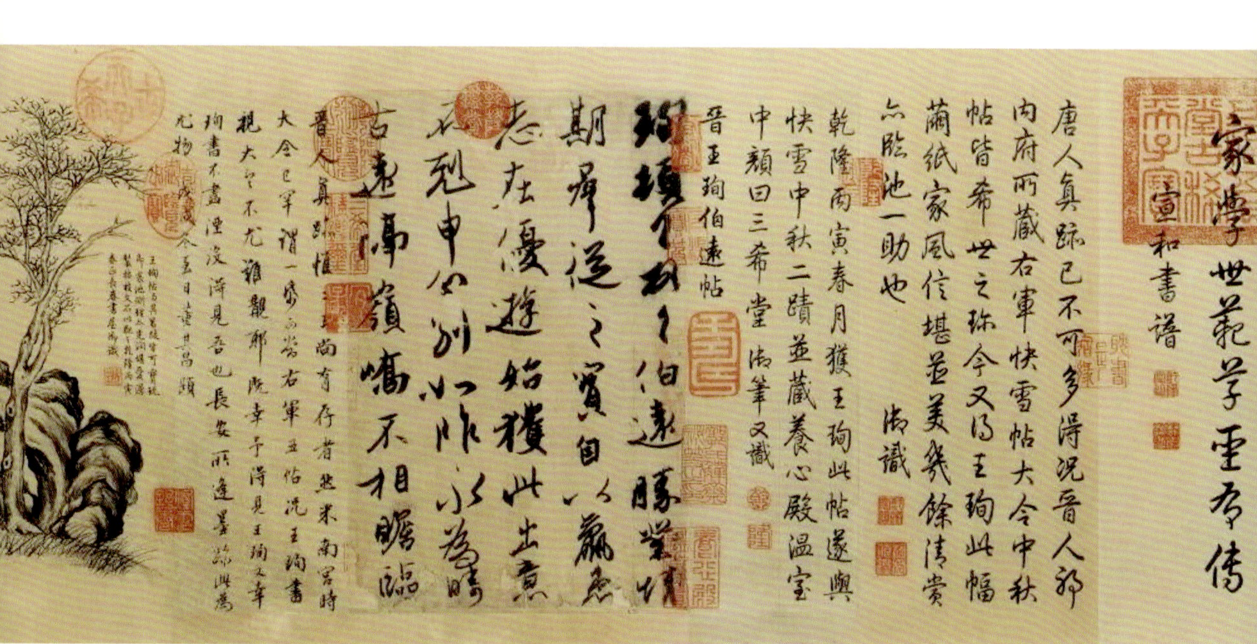

晉 王珣 伯遠帖 紙本 25.1 厘米 ×17.2 厘米 故宮博物院藏

王羲之《喪亂帖》

書法最高的境界，是能夠利用字形和線條表現出書者的個性。例如我們看到虞世南的《夫子廟堂碑》，便可以想見他是一位文質彬彬的儒者。李北海的字剛勁雋拔，而他正是一個鋒芒畢露，不避權貴的人。顏真卿為唐朝的忠臣，他的正楷端勁，毫無媚態。杜牧雖非有名書家，但傳世的《張好好詩帖》真跡，令人感到他風流瀟灑的風度與慷慨磊落的襟懷。還有蘇東坡、黃山谷、米南宮等，把他們的生平和字跡印證，無不覺得其精神活躍紙上，書法之可貴處就在於此。

王羲之寫字，不但可以傳達出他那種超邁不羣的性格，更能就所書文章喜怒哀樂的感情一一表現到字裏來。唐孫過庭說："右軍寫《樂毅》則情多怫鬱，書《畫贊》則意涉瑰奇，《黃庭經》則怡懌虛無，《太師箴》又縱橫爭折，暨乎蘭亭興集，思逸神超，私門誡誓，情拘志慘，所謂涉樂方笑，言哀已歎。"《樂毅論》是西晉夏侯湛的作品，文中對燕國未能盡用樂毅之才而抱有無限的惋惜。王羲之體會此意，這帖的字也和這種怫鬱之情相應。東方朔是一個不羈的奇士，書他的畫像贊時則意涉瑰奇，正配合其性格。《黃庭經》敍述道家修煉吐納之法，故宜有怡懌虛無之趣。書法只是由簡單的線條構成，竟能表達這麼複雜的情感，王羲之有書聖之譽，真足當之無愧了。

《喪亂帖》是王羲之的尺牘，內容敍述他祖先的墳墓因戰亂頻仍遭受毀壞。他身在江南，無法北歸省親，故感到無限的哀痛。全文為：

> 羲之頓首，喪亂之極。先墓再離（罹）荼毒，追惟酷甚，號慕摧絕，痛貫心肝。痛當奈何！奈何！雖即修復，未獲奔馳，哀毒益深，奈何！奈何！臨紙感哽，不知何言。羲之頓首、頓首。

自五胡亂華，晉室南遷，那些北來的豪門大族常存恢復中原之心，雖力有不

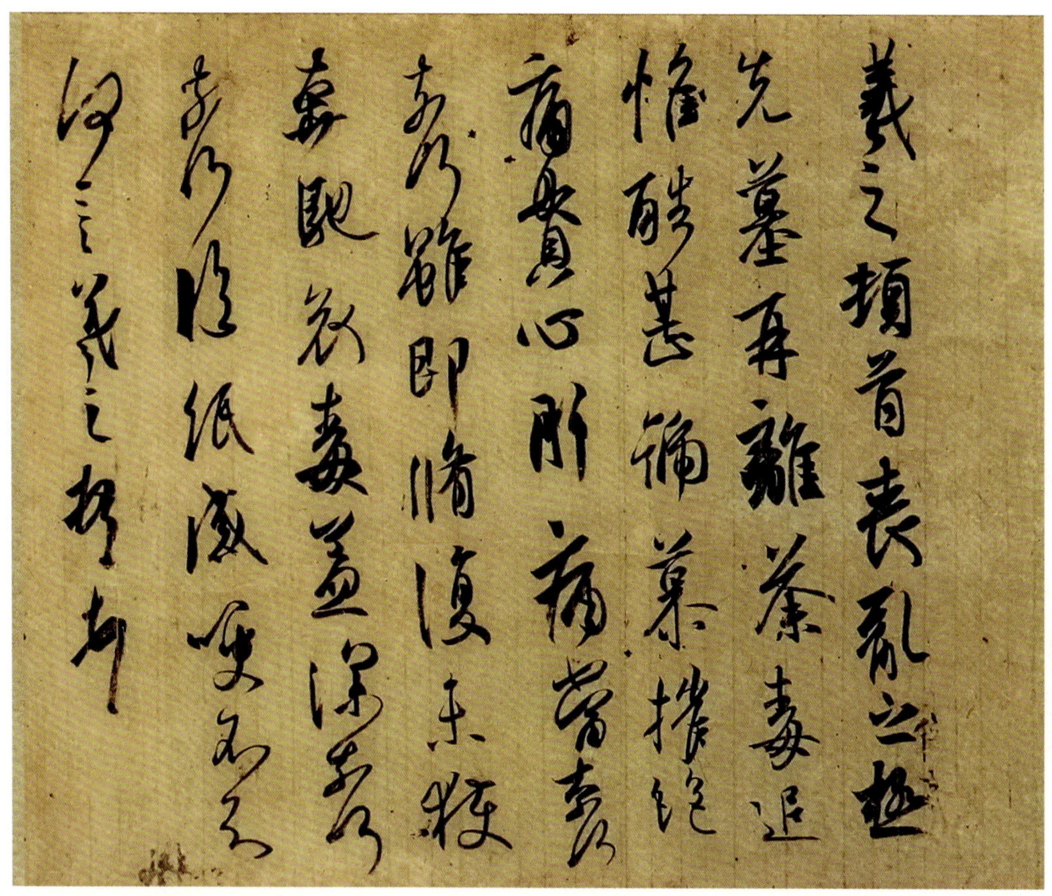

晉 王羲之 喪亂帖（唐摹本）紙本 28.7 厘米 ×30 厘米 日本宮內廳三之丸尚藏館藏

逮，但對那祖先墳墓存在的故鄉，卻是無法忘懷。所以當時王、謝等名族子弟死後多草草葬殮，希望有歸骨故土的一天。

此帖是日本御府的寶藏，為唐朝人的摹搨本。因為摹搨的技術極佳，大約與真跡相去不遠，因為唐摹《蘭亭》《奉橘》等帖還稍有滯機，而這摹本卻把原帖那種鬱勃哀痛之情，表露無遺。

古人評羲之的字如“龍跳天門，虎臥鳳閣”，又說他“字勢雄強”，都可在這帖中找到證據。若那些翻刻叢帖的王羲之字，多數軟媚甜熟，只存外形大概，什麼精神都喪盡了。我們學書要取法乎上，對這帖的筆劃字形，不可不細心玩味。

1965 年 8 月 20 日

王羲之《遠宦帖》

凡學過草書的人，相信都知道王羲之《十七帖》。《十七帖》共有二十七帖，《遠宦帖》是其中之一。這些帖大半為王羲之寫給益州刺史周撫的尺牘，因為帖首有“十七”二字，故以命名。王羲之草書傳世遠比行楷為多。唐太宗酷愛右軍書，刻意搜羅其跡，當時御府僅草書就藏有二千多紙。太宗命褚遂良鑒定真贗，以一丈二尺為一卷。《十七帖》在這些卷中聲名最是煊赫，宋黃伯思稱之為“書中之龍”，也是後世學草必習的範本。

《十七帖》真跡在唐朝已散失，而臨、摹、刻本極多，尤其是刻本始於唐，宋後續有翻刻，數量雖不如《蘭亭》，且優劣雜陳，真贗莫辨了。大書法家虞世南、米芾、趙孟頫等都有臨本，趙臨本今世尚可見，虞、米所臨則唯見著錄而已。趙雖仍存規模，筆力氣象卻遠不逮了。刻本即宋刻已不大高明，朱熹跋《十七帖》說：“官本法帖（即宋太宗所刻《淳化閣帖》及宋徽宗《大觀帖》），號為佳玩，然其真僞已混淆矣。如劉次莊有能書名，其所刻本，亦有中分一字，半居前行之底，半處後行之顛者，極為可笑。”宋刻帖素稱精良，尚且如此，元明以後的刻本可觀的恐怕更少。

傳世《十七帖》最佳刻本，首推明吳寬藏張正蒙跋本。此雖然號稱北宋拓本，但由於刻本須經摹、刻、拓三重手續（即在真跡上摹出字形，再刻到石上或木上，然後用墨拓出），筆劃的輕重、起收、使轉等多數不大分明，和真跡當然有很大的距離。摹本比較可靠，不過完整的《十七帖》唐摹本於宋代已無，只有十餘帖單行流傳。到現在，除了《遠宦帖》及《遊目帖》外，大概找不出第三個了。

《遠宦帖》是摹在唐硬黃紙（一種塗上黃藥的紙，可防蟲蛀）上，宋徽宗《宣和書譜》著錄，帖上瘦金書題籤尚在，故他是當為真跡的，現藏台北故宮博物院。此帖雖為摹本，但王羲之草書用筆之妙，猶可想見。我們試較以《十七帖》刻本，則刻本點畫變化及提頓牽絲的地方都看不清楚，有些字連位置也走了樣。書法的好壞，若非多看名家真跡，是不能分辨的。有些人把刻壞的地方視以為妙，因此走錯

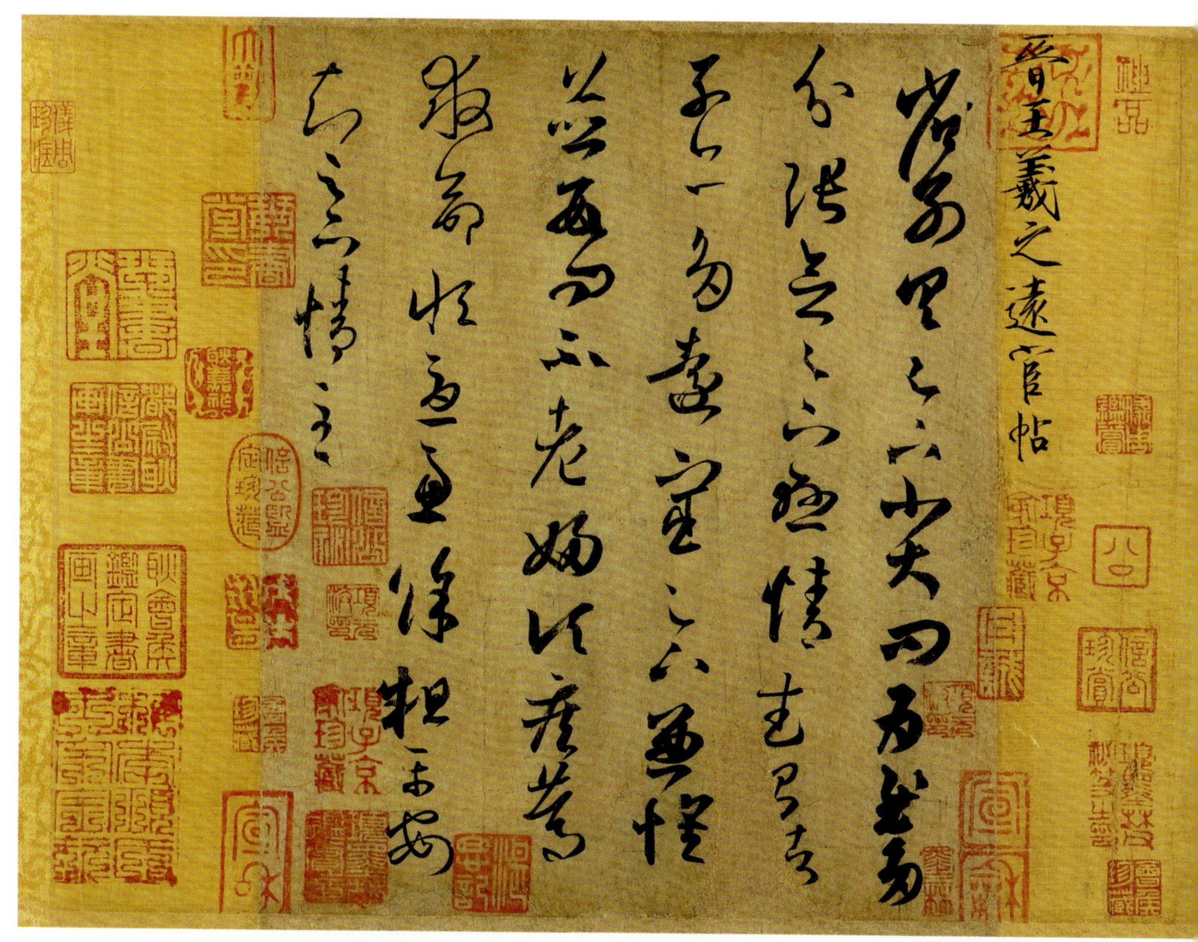

晉 王羲之 遠宧帖（唐摹本）紙本 24.8 厘米 ×21.5 厘米 台北故宮博物院藏

路，雖窮數十年之功，亦難窺其堂奧。“差之毫厘，謬以千里”，學者不可不知。

孫過庭的《書譜序》是學習草書最好的範本，因為它是真跡，用筆之妙可睹，必由此入手，始不為刻本所誤。但《書譜》行筆太快，比《遠宧帖》終少含蓄之趣。因此，《十七帖》也很重要，因為王羲之結字變化佈白，終非孫過庭可及，惟用筆須以《書譜》及《遠宧帖》為標準始可。

1965 年 10 月 1 日

王獻之《鴨頭丸帖》

書法的用筆大致有內斂和外拓之分。內斂多用藏鋒，筆意比較含蓄；外拓多用出鋒，比較挺拔。古人云“右軍靈和，大令神駿”，就是把羲、獻父子的書風作一大概的區別，實則造詣高的書家，往往兼有二者。例如王羲之的《喪亂帖》，挺拔豪邁，與《奉橘帖》的矜莊雅淡，截然兩種氣味。王獻之的《舍內帖》和《鴨頭丸帖》，一閒適，一鬱勃，境界亦不同。不過王羲之用筆內斂較多，王獻之則以外拓為長。書法既能表現作者性格，王羲之的慎重寡欲與獻之的縱任不羈，畢竟在字中透露些消息來。

王獻之，字子敬，官至中書令，故又稱大令，是王羲之的第七子，書與父齊名。他少有盛名，恃才傲物。謝安是他的父執輩，請他為太極殿題榜，被他嚴詞拒絕。有一次謝安問他：“君書何如君家尊？”他答：“故當勝。”謝安云：“物論殊不爾。”他說：“時人哪得知。”他自稱勝父，其狂傲可見。

王獻之傳世的書跡很少，可靠的真跡一個也舉不出。赫赫有名的乾隆三希堂所藏《中秋帖》，是後人的臨本。（乾隆刻有《三希堂法帖》，他因藏有王羲之《快雪時晴帖》、王珣《伯遠帖》和王獻之《中秋帖》三件稀世名跡，遂有“三希堂”之名）。《舍內帖》是唐摹，《東山帖》傳為米芾所臨。現在介紹的《鴨頭丸帖》雖然是宋徽宗宣和內府舊藏，又經宋高宗、柯九思諸人鑒定，亦未敢信為真跡。不過在王獻之墨跡中，這算是最好的一件了。

米芾《書史》說王獻之的《十二月帖》（即《中秋帖》的底本，見宋拓《寶晉齋帖》，結字、用筆皆有差異，故知《中秋帖》為贗），運筆如火筯畫灰，連屬無端末，若不經意，米氏推為天下王子敬第一帖。《鴨頭丸帖》雖比不上該帖，但運筆頗有火筯畫灰的味道，而且行氣極佳，舒卷自如，亦合乎米氏所評。

唐太宗不喜歡王獻之書，說他雖有父風，殊非新巧，甚至謂其字勢，疏瘦如隆冬之枯樹。可是稱讚他的，則說他“神韻獨超，天資特秀”。米芾更說：“子敬天真

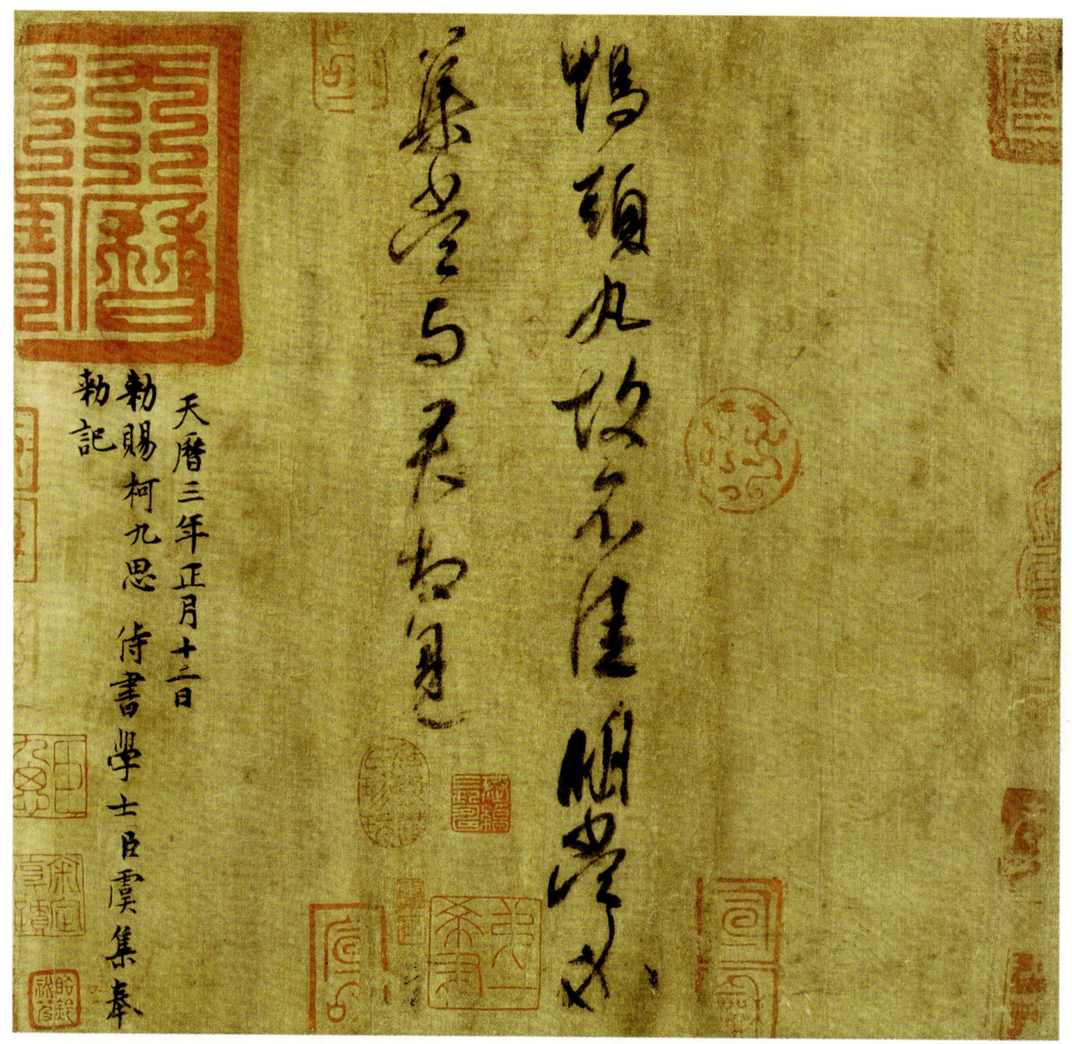

晉 王獻之 鴨頭丸帖（唐摹本）絹本 26.1 厘米 ×26.9 厘米 上海博物館藏

超逸，豈父可比。”米學王獻之書，故有此言。平心而論，王獻之天真爛漫，神駿過其父。尤其是他的草書，上承張芝，下開張旭、懷素。王羲之猶守古法，王獻之卻變為一筆書成，連屬無端末的狂草了。所以初唐人論書，王獻之草書在古來書家中，僅次於張芝，而王羲之只名列第八而已。

王獻之卒年不過四十。據說王羲之書晚年方妙，使天假獻之以年，其成就恐不止此，因為他在書才方面，的確優於其父。

1965 年 9 月 3 日

晉人書《度尚〈曹娥誄辭〉》

小楷最難寫得好，因為用筆固然須和大、中楷一樣，具有轉折輕重；神態又要雍容自然，這境界實在不容易達到。此體素來推尊鍾繇、王羲之、王獻之三人。可惜他們的名跡，如鍾繇的《宣示表》《戎路帖》《薦季直表》，大王的《樂毅論》《東方朔畫像贊》《黃庭經》，小王的《洛神賦》，真本都已湮沒，有的只是刻本。但小楷的筆劃、字形小，摹刻困難，即使拓搨佳帖，往往亦僅存字形，筆意全失。唐宋大書家的小楷，墨跡又極罕傳。傳世最多的小楷名家，首推元趙孟頫。他是影響數百年的大書家，可是不論何種書體，比起唐宋大家，用筆就顯得提頓不夠。他的小楷，風神秀逸，字形整齊而漂亮，缺點是用筆太平滑，欠抑揚頓挫。到了明朝祝允明、文徵明、王寵等，字形取法鍾、王，較為古雅，用筆還是脱不出其藩籬。

《曹娥誄辭》墨跡舊傳王羲之書，因為梁陶弘景與梁武帝論書曾提到王羲之有此名跡。書寫的年代是晉穆帝升平二年，當時王羲之五十七歲，兩年後便去世了。假使是他所書，正是晚年的得意作。但宋高宗以為並無確據，故定為晉人書。東晉距今一千六百年，零片斷簡，亦珍若拱璧，何況洋洋數百字，又寫得那麼好。

此帖是絹本，因為歷年久遠，已殘破不堪，墨色亦很暗淡，用筆還保留許多隸書（八分書）筆意，結字的變化雖不如《蘭亭》，已極其能事。一點一畫皆如鐵鑄成，運墨透入絹素，顯得古雅而渾穆。現傳在世的小楷無一可及，即使説是王羲之真跡，也不為過。

根據帖上梁時鑒書人徐僧權等題名，知是梁武帝內府舊藏。若不是佳品，梁武帝怎會看得上眼，尤其是東晉離開梁不過短短二百年。帖的上端有唐韓愈題，韓愈的字很少見，寫得很古樸。中有僧懷素小草書一行，極見其草書用筆之妙。帖後有宋高宗跋，稱此帖清勁纖麗。宋高宗的楷書全取法於此，只是宋高宗結字用筆變化較少，相去還有一段距離。

元朝時，此帖成大鑒藏家兼書畫家柯九思的祕寶，有趙孟頫、虞集諸名公題

晉 佚名 曹娥誄辭 絹本 32.3 厘米 ×54.3 厘米 遼寧省博物館藏

跋。趙氏的小楷雖著名，但相較之下，遜色遠甚。趙氏雖藏有王獻之《洛神賦》墨跡九行，但所書《洛神賦》又不如此《曹娥誄辭》。書法自宋後走向下坡，是無可諱言的事實。

清朝為內府所藏，有康熙一跋。乾隆刻《三希堂法帖》，這帖亦曾入石。《三希堂法帖》的刻手算是很精，但刻這帖也無所施其技，字形也走了樣，更不必說用筆了。如果沒有見到真跡，簡直不會相信是這麼好。

有志學小楷的宜先臨學此帖，不但高書、金書等坊間俗書不可看，連元明人也不要學。由此入手，才是取法乎上。

1965 年 9 月 17 日

僧智永《真草千字文》

智永是王羲之的七世孫，也是隋唐間的書法宗師，因他上傳王氏家法，下開虞（世南）、陸（柬之），而初唐書家，間接和直接受其影響亦很多。在僧人書家中，他和唐朝的懷素是最有名的了。

他學書異常用功，居於吳興永欣寺，四十年不下樓。寫禿了筆頭，都放置在大竹簏中，簏的容量有一石餘，五簏皆滿。他還親自把這些退筆都葬埋，為之撰銘稱為退筆塚。由於他書名大，求其書者如市，所居門限為之穿穴。他只好另用鐵皮包裹之，時人謂之鐵門限。而索書人的紙和絹，堆滿几案，塵為之生。從中可以見到當時人對書法的愛好，也可知智永書法造詣之深。

雖然他生時極享盛名，但在初唐書評家的眼中卻算不上是第一流的書家，甚至還比不上他的弟子虞世南。李嗣真把歐、虞、褚列入上品下，而智永卻為中品中，並批評説："智永精熟過人，惜無奇態。"張懷瓘《書斷》也説他氣韻不如歐、虞。就現傳世的《真草千字文》來看，所評並不過苛。他最愛書《千字文》（就是我們熟知的"天地玄黃"為起句的，梁朝周興嗣所編寫，因千字無一雷同，故適宜學書），曾寫真草《千字文》八百本，東南方諸寺，各施一本。可惜現在除了日本所藏的一本，其餘都散亡了。

日本的智永《千字文》，既不見於著錄，又無題跋，近人羅振玉才斷為真跡，因此很多人懷疑這是贋鼎，但日本所藏的《喪亂帖》《孔侍中帖》等帖，清朝以前也是名不見經傳，現在我們卻靠它來認識王羲之高超的造詣了。明朝以前，智永《千字文》傳者尚有數本。今國內則僅有西安碑林的宋朝刻石，這就是著名的關中本智永《千字文》。我們試把兩者比較，用筆和結構皆極相近，真跡較為豐腴，猶可見筆法的頓挫轉折；刻本則因經摹、刻兩重手續，又長期為風雨剝蝕，只能去想像真跡的風華了。由此，我敢信日本所藏者就是傳世八百本中的一本。

智永書法的功力雖深，天分卻不算高，看他的《千字文》，不論真跡、刻本或古

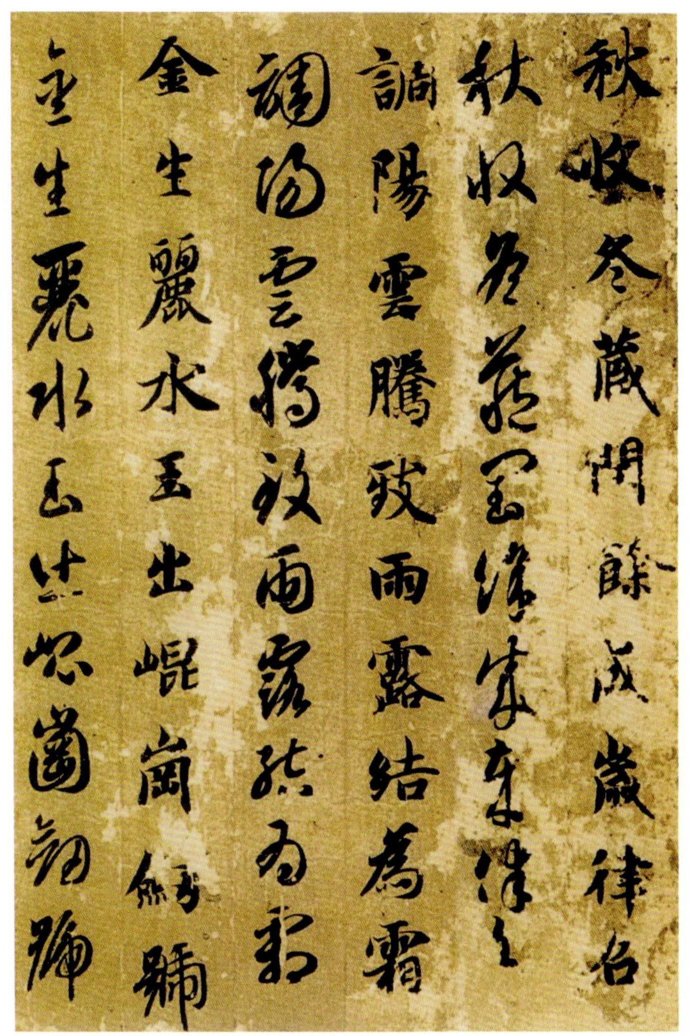

隋 智永
真草千字文冊（局部）紙本
各 29.3 厘米 ×14.2 厘米
日本私人收藏

人臨本（趙孟頫、揭傒斯都有臨本）結字皆相去不遠，可謂一字萬同，和他先祖王羲之的字字悉異，是大相徑庭的。但他的字還有一種秀潤之氣，否則與唐經生所書無異，配不上書法宗師的稱號。他用筆的確精熟過人，尤其是草書，更顯得沉着有氣勢。楷書略帶行意，結字近《蘭亭》，變化雖不足，下筆仍能鎮紙，這比取法於趙孟頫和董其昌又高明多了。若欲學虞世南《孔子廟堂碑》，應先臨此書，比較容易入手。

此書號稱行書第一，如享有大名的《蘭亭序》就經智永收藏。但唐初人評書，只說他善楷書與草書，傳世字跡，也無行書，這可算是奇怪的事。

1965 年 11 月 5 日

唐太宗《溫泉銘》

提起了唐太宗的武功及“貞觀之治”，相信稍讀過歷史的人都知道，但他的書法高踞歷代帝王之首，如非細心觀摩過他的遺跡，是不可能知道的。他的字傳世太罕了，《溫泉銘》是否為其代表作，是很難説的，至少這是他流傳書跡中最好的。即使拿初唐三大書家歐陽詢、虞世南、褚遂良的作品與之比較，也毫不遜色。

《溫泉銘》是行書，原石早已失傳。《絳州帖》曾刻有其銘，清書家吳榮光曾收入所刻《筠清館法帖》。不過既經翻刻多次，已變得鋒禿穎鈍，筆意風神全無了。數十年前，敦煌千佛洞發現一個唐拓本，雖然上半已殘缺，僅存後面四十八行，可是由於刻和拓的技術較佳，幾乎與真跡無別。看到這件墨寶，對唐太宗書法的造詣，不由得大為驚歎。

碑字用筆幾全為中鋒，瀟灑飄逸而又豪邁凝重，沒有一點一畫不精。此書結字極巧，姿態橫生，又毫不做作。他批評王羲之的字：“觀其點曳之工，裁成之妙，煙霏露結，狀若斷而還連；鳳翥龍蟠，勢如斜而反正”，正可移用來形容此銘。史載他對王羲之最為傾服，搜購遺跡不遺餘力，又親為《晉書》王羲之本傳作論。羲之成為家喻戶曉的人物，和他的提倡大有關係。而他亦説：“詳察古今，研精篆素盡善盡美，其唯王逸少乎！……心慕手追，此人而已。”可見他對羲之書法下過極深工夫，因此能夠登堂入室。

唐以前立碑刻銘，都用篆、隸、楷書，以示敬慎。行、草書多用於簡牘。太宗書碑，則皆用行書，如《晉祠銘》《溫泉銘》皆是，實開後世以行書書碑之先河。被杜甫譽為“碑版照四裔”的李北海，所書碑十之九為行書，就是受唐太宗影響，這可以説是碑學上的一個大改革。

歷代善書的帝王很多，如晉武帝、梁武帝等，刻本字跡還可以見到。唐玄宗的八分和行書，造詣亦高。至於宋徽宗瘦金書自成一家，宋高宗功力深湛，都可置於第一流書家之列。但較之《溫泉銘》，他們畢竟隔了一塵。由此可知大智慧的人，是

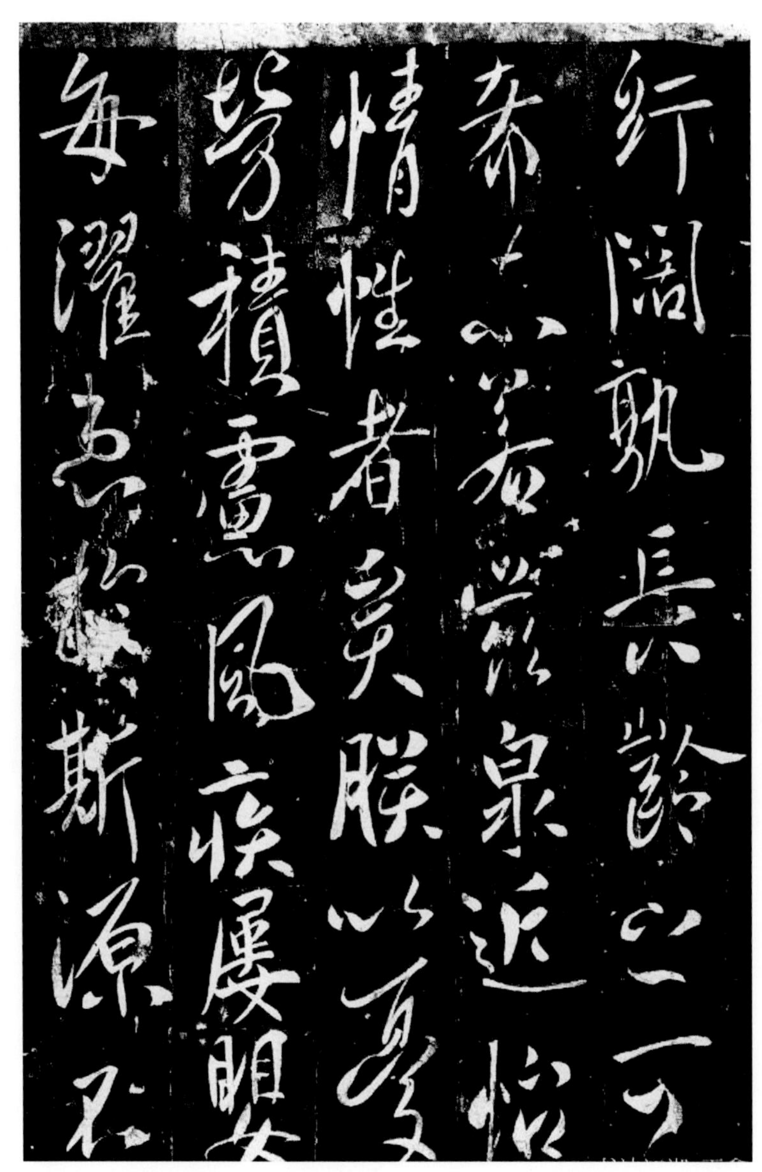

唐 李世民 溫泉銘
紙本（唐拓本）27 厘米 ×143 厘米 法國國家圖書館藏

無所不能的。

除《溫泉銘》外，尚有《晉祠銘》《屏風書》等字跡傳世，可惜都經翻刻。若無此唐拓《溫泉銘》，我們對太宗書，是不可能有此評價的。

1965 年 9 月 24 日

歐陽詢《九成宮醴泉銘》

年幼時學書，最熟悉的書家是顏（真卿）、柳（公權）、歐陽（詢）、蘇（軾）。歐陽氏的《九成宮》、顏氏的《多寶塔》、柳氏的《玄祕塔》，更是一般人啓蒙學書的範本。人多謂歐字如鳳，是極漂亮的字體，學他的人也最多。

歐陽詢字信本，是唐初名臣，官至太子率更令，世稱歐陽率更。他是在陳中書令江統家裏長大的，江統是著名的文學家，家裏藏書很富。歐陽詢聰穎絕人，博覽羣書，所以學問很好，唐代最有名的類書《藝文類聚》就是他纂輯的。他較虞世南年長，書法則齊名，虞世南也很佩服他，説他不擇紙筆，皆得如意。當時高麗王愛他的字，遣使來求取。唐高祖讚歎説："不意詢之書名，遠播夷狄。""價重雞林"便成一時美談。他各體書法都極精妙，張懷瓘説："詢八體盡能，筆力勁險，篆體尤精，飛白冠絕。"現在可以見到的則以楷書為多，行草只是一鱗半爪，篆、隸、飛白都是隻字無傳了。

他的楷書有《皇甫誕碑》《九成宮醴泉銘》《虞恭公碑》《化度寺碑》《房彥謙碑》傳世，小楷有《九歌》《心經》等，其中以《九成宮》最有名，是他晚年的得意之作。《化度寺碑》亦好，只可惜除了敦煌石室發現的幾頁唐拓外，當世已無佳本。《皇甫誕碑》險勁峻利，所謂有傷清雅之致，遠遜《九成宮》之含蓄安雅，但初學歐書，由此入手，比較容易。正如學褚遂良，多先學《伊闕佛龕碑》。《房彥謙碑》則猶存隸書筆意。

《九成宮醴泉銘》，唐太宗貞觀六年立，魏徵撰文。這碑自宋以來即煊赫人寰。在清代，若得一宋拓唐石真本，價值千金。原石今已不知在何處，重刻者卻無慮數十百本。最著名的有南宋榷場本、明余氏本、萬曆內府本、清無錫秦氏刻本，而宋代已多翻刻，因此真贋雜陳，很難鑒別。商務印書館從前出版的號稱海內第一可信本，是原石宋拓本，肥瘦適中，鋒穎如新，現日本清雅堂及二玄社皆有翻印。

歐字雖然方整，用筆卻很圓潤，"體方筆圓"是學歐的要訣。一點一畫必須斂

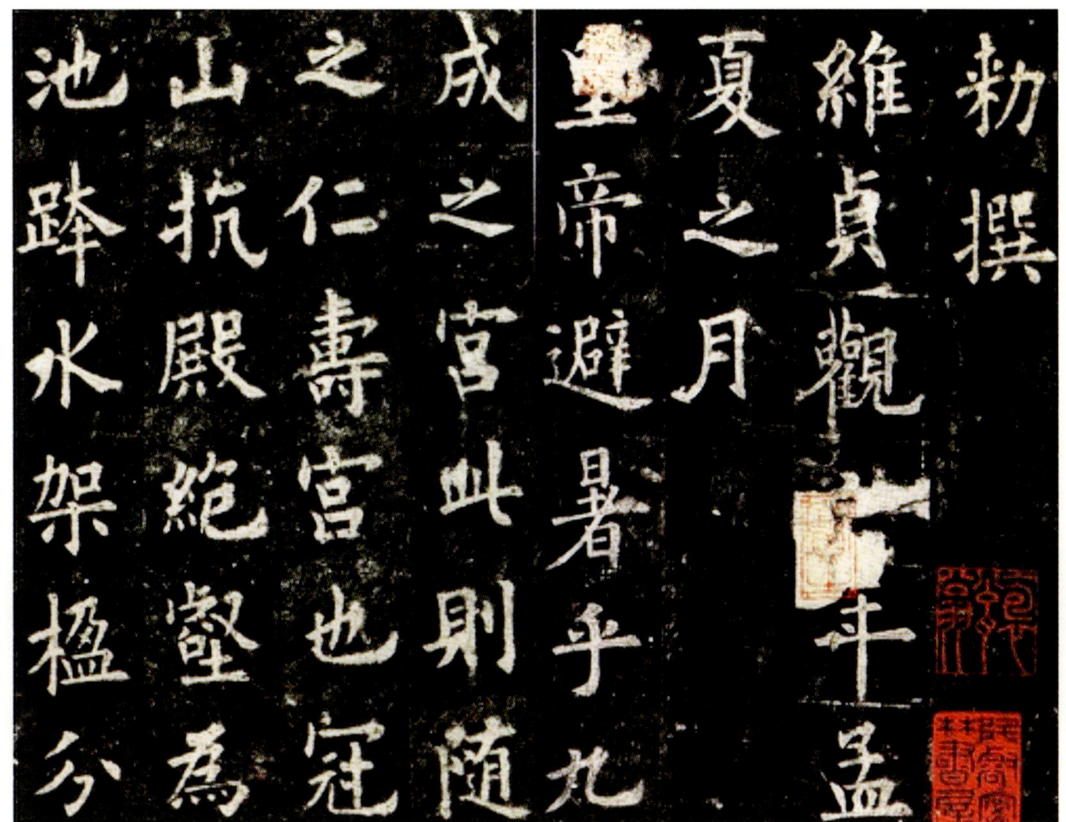

唐 歐陽詢 九成宮醴泉銘（南宋拓本 之一）各 37 厘米 ×42.8 厘米 故宮博物院藏

鋒入紙，若不能做到，就變成黃自元了。清朝中葉以後，科舉考試以歐字為標準字體，但由於學不得法，大約多是排列如算子，方整均勻，毫無靈氣，我們稱之為臺閣體。一沾染了這種習氣，就算能洗涮，也要費不少冤枉的工夫，故不學歐則已，要學則宜取最佳的本子，不可貪便宜，隨便在書攤買那些翻刻《九成宮》或黃自元等所臨的《九成宮》，更不可購買香港地區某些招牌書匠所臨，因為他們甚至連形似也做不到，莫論筆法了。試把原碑比較來看，他們騙人的伎倆就無所遁形了。

1965 年 10 月 29 日

褚遂良《雁塔聖教序》

初唐書家，歐陽詢、虞世南、褚遂良三家並稱。褚遂良的父親褚亮，與歐、虞等並為太宗文學侍從，褚遂良則是後輩。虞世南死，太宗歎無人可以論書，於是魏徵薦之說："遂良下筆遒勁，甚得王逸少體。" 遂良進用後，貞觀內府所藏的歷代名賢法書，都經他鑒定的。魏徵推薦褚遂良，並非全因他的字寫得好，而是他賦性耿直。後來他雖貴為宰相，但忤犯武后，終於貶死廣西。

歐陽詢書名最大，可是由於清中葉後，考殿試以他的字為標準，末流至黃自元等，成為毫無靈氣的臺閣體，而且他的字極難學得好，容易變成刻板。虞世南書跡太罕，碑刻只有《夫子廟堂碑》，可惜拓的人太多，五代時已殘，只好另刻一碑。黃山谷說："孔廟虞書貞觀刻，千兩黃金那購得。" 北宋已如此名貴，則今日之唐拓，亦宜存疑了。只有褚遂良書跡傳世最多，唐以後書家，幾都受其影響。盛唐書碑，多是他的風格，顏真卿的楷書出於褚，黃山谷有一碑字全學他。米芾與他的淵源更深，其餘不勝枚舉，因此劉熙載說他是廣大教化主。

《雁塔聖教序》是他的代表作，唐高宗永徽四年立，由於刻手精良，石質堅潤，近代所拓，還可見其用筆結字之精妙。褚氏的字素來以漂亮著，試舉二則唐人評語：張懷瓘《書斷》說："（遂良）真書甚得媚趣，若瑤台青瑣，窗映春林。美人嬋娟，似不任乎羅綺，鉛華綽約，甚有餘態。"唐人書評說："褚遂良字裏金生，行間玉潤，法則溫雅，美麗多方。" 他的字姿態之美，可謂古今第一，他的缺點就是缺乏晉人自然率意之趣。故唐李嗣真《書後品》就批評他："豐艷雕刻，盛為當今所尚，但恨乏自然。"

他的字體雖有媚趣，所謂美女嬋娟，不勝羅綺，但用筆極遒勁，雖最幼之點畫，非以全身氣力赴之，不能為功。每一筆都力透紙背，不如後世宋徽宗、趙孟頫之帶有脂粉氣。清人說他的字有隸法，是屬於北派。但唐人都說他學王羲之，可惜羲之楷書真跡無傳，不能參證。不過觀晉人《曹娥》墨跡，用筆與他的《聖教序》

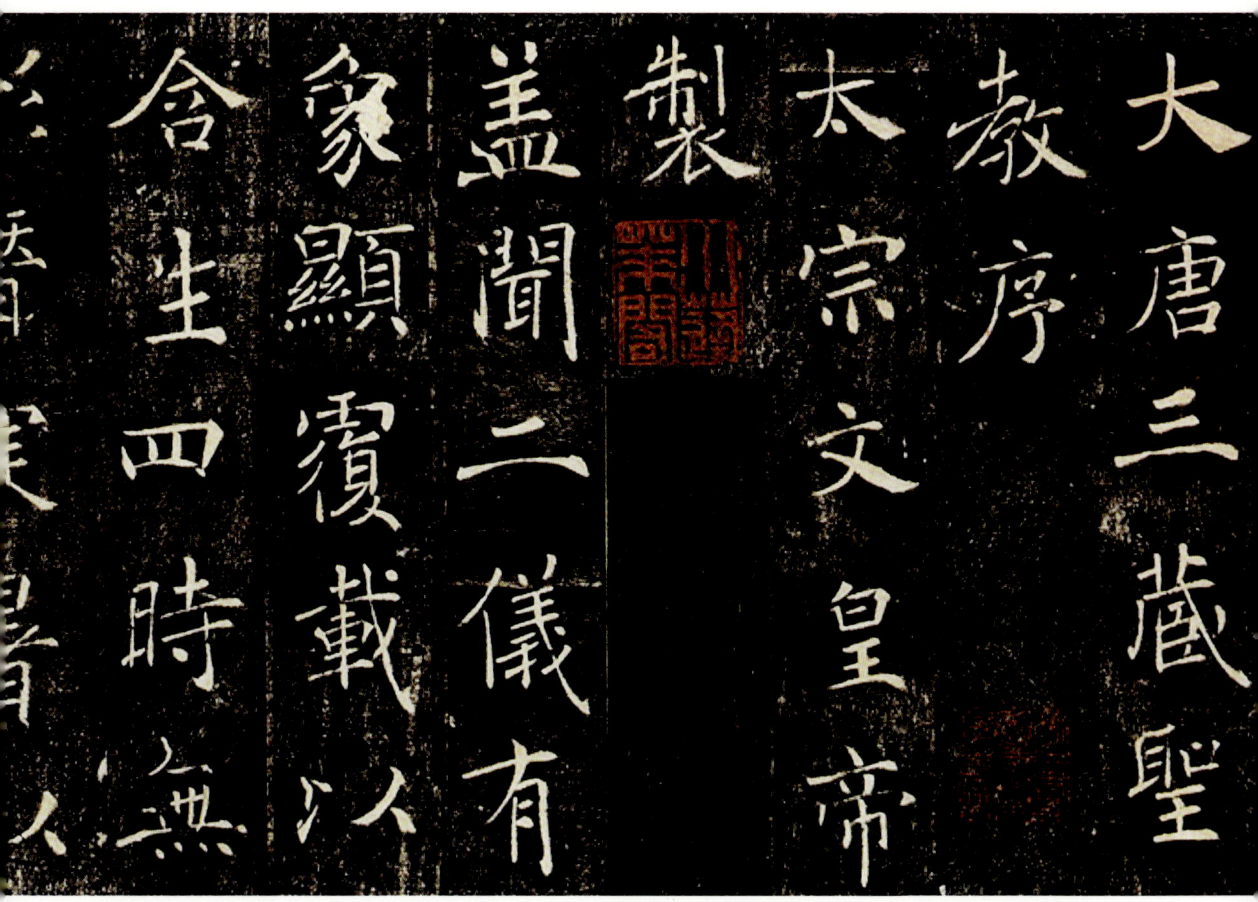

唐 褚遂良 雁塔聖教序（局部）宋拓本 24.5 厘米 ×1400 厘米 東京國立博物館藏

實為一致。其結字之變化多端，遠出魏碑之上，又是全得力於羲之了。

寫楷書要筆筆提得起，懸臂而書為先決條件，點畫皆須回鋒，自然圓勁。學歐、虞學得不好，易成俗字；學褚不到，猶具雅形。雖初學亦無關係，不必信現今一般俗師之瞽說。

除了懷仁《集王聖教序》《雁塔聖教序》《同州聖教序》外，還有王行滿所書亦佳，但出不了虞、褚二家的藩籬，故不想介紹。

1965 年 10 月 15 日

虞世南的書法

虞世南和歐陽詢，在初唐書家中，年齒最尊，造詣最高，當時已負盛名，遠非褚遂良等可能比擬。虞世南生於陳代，隋朝已出仕，入唐朝年已古稀。他不但書法好，詩文亦是一時之大手筆。唐太宗稱他有五絕：一曰德行，二曰忠直，三曰博學，四曰文辭，五曰書翰。只因書名太大，其餘皆為所掩而已。

虞世南，字伯施，封永興公故亦稱虞永興，曾從僧智永學書，智永為王羲之的七世孫，也可說是王派嫡系。其溫潤的風格，閒雅的態度，與歐陽詢的險勁猛銳，完全相反，因此《宣和書譜》品評二人書法說“虞則內含剛柔，歐則外露筋骨，君子藏器，以虞為優”。他們一則文采風流，一則戈戟森列，一則用筆多內斂，一則多外拓，秀潤和險勁，文士和武夫，實難較其優劣，但歐字雖然方整，用筆依然很圓。虞字不露鋒芒，用筆卻極堅勁。所以中唐書家徐浩說：“歐虞為鷹隼。”可見虞字雖秀美，並非媚弱，其沉厚搏擊之勢，不是內行人就看不出來罷了。

虞氏的書跡傳世最少，宋元人已不容易見到。他所書的《孔子廟堂碑》最著名，據說碑書成，太宗賜他會稽史黃銀印，表示他可比王羲之。時人既重他的書法，拓碑的人絡繹不絕，所以到了中唐碑已殘損。五代時大約已漫滅不能讀，故王節度據原石拓本重刻一碑，稱為陝本。另有城武本，也是後人重摹，兩本舊拓，今亦很難買到了。原石所拓，宋時已極罕，黃山谷詩說“孔廟虞書貞觀刻，千兩黃銀那購得”，山谷題跋又云：“頃見摹刻虞永興《孔子廟碑》，甚不饜人意，意亦疑石工太遠；今觀舊刻，雖姿媚而造筆之勢甚遒，固知名下無虛也。”海內孤本的臨川四寶之首的唐拓《廟堂碑》，為清臨川李宗瀚所藏，經翁方綱詳加考訂。雖然有四分一字是湊補，但虞書面貌，不得不由此求之了。其特點是字畫妍媚而又凝重，一撇一鈎，皆具千鈞之力，捺特別長，真如玉樹臨風，瀟灑儒雅。《述書賦》說的字如“層台緩步，高謝風塵”的確是很好的比喻。翻刻本則刻板無韻致，精神十不傳一二，是不足取法的。

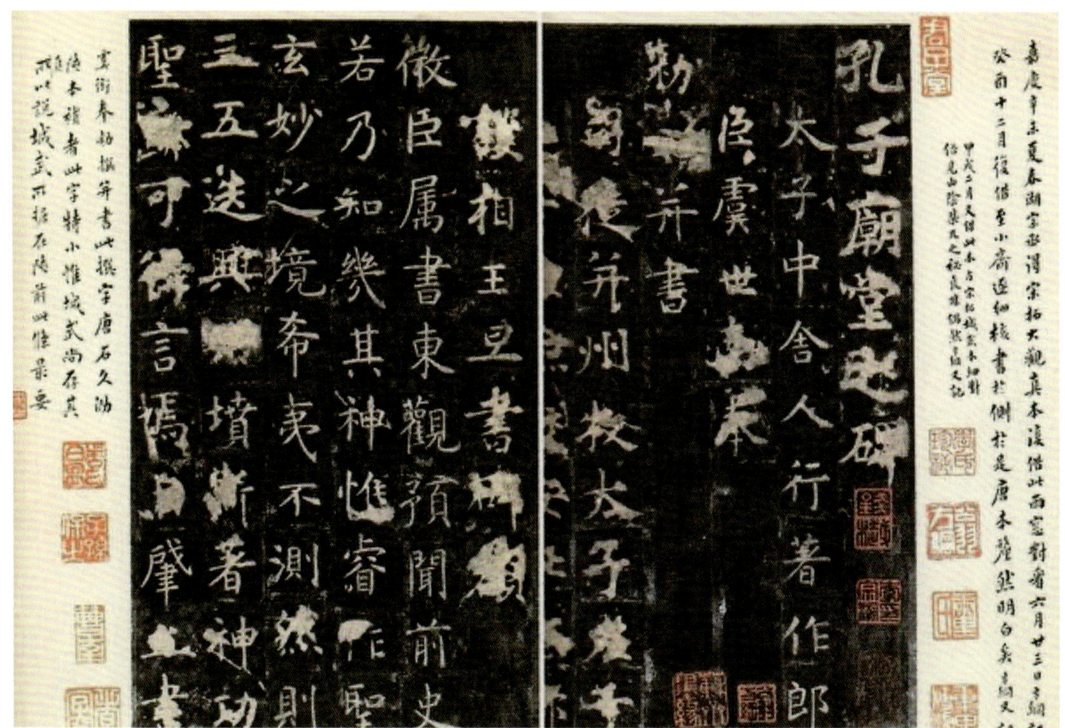

唐 虞世南 孔子廟堂碑（宋拓本 之一）紙本 各28.5厘米 ×16.3厘米 故宮博物院藏

這碑極難學，就算字形筆意都得到了，風韻總是去之很遠，先習智永《千文》墨跡，再寫此碑，比較容易着手，若單得其字形，則變成勻稱美觀的俗書而已。

此外，《淳化閣》有其一二書簡，小楷則有《破邪論序》，因字小難刻，大約面目全非了。《汝南公主墓志》草稿是唯一墨跡，貴重本應在《廟堂碑》上，但米南宮所見本和今世不同，故前人有疑為米臨者。字為行書，頗近《蘭亭》，與《廟堂碑》亦有相通之處。

1965年10月22日

孫過庭《書譜序》

在草書的範本中，孫過庭《書譜》無疑是極重要的，二王（王羲之、王獻之父子）的所謂草書真跡，都是唐人摹搨，精的摹手，字形可以絕似，神氣得其一二已很不容易，何況這些摹本，也寥落如晨星呢。智永《草書千文》，用筆變化少，千字雷同，不能令人滿意。而孫過庭一生專學二王草書，得其神髓，《書譜序》真跡，神妙絕倫，用筆結字，可供取資的地方極多，不獨草書，對我們學行書，也很有幫助。

孫過庭《書譜》有上下二卷，大約上卷是序，下卷是譜，今譜已失傳，所見唯序了。孫過庭字虔禮，吳郡人，《唐書》無傳，因此生卒年月不清楚。他寫《書譜序》時是武后稱制的垂拱三年，他自言人書俱老，《陳子昂集》有其墓志銘，因而知他的生活年代是在初唐。張懷瓘《書斷》說："過庭博雅有文章，草書憲章（取法）二王，工於用筆，雋拔剛斷，尚異好奇，凌越險阻。功用雖少，而天材有餘。" 評價並不高，只入能品，聲價不及歐、虞、褚、薛，《述書賦》甚至說他"千紙一類，一字萬同"，無形中說他變化少。不過照《書譜》真跡來看，有重字多構別體。說他少功用有天材也不對，他自己說："余志學之年，留心翰墨，味鍾張之餘烈，挹羲獻之前規，極慮專精，時逾二紀。" 字跡所表現，則他不但天資高，也精熟異世，才學相濟，是名下無虛之士的。

孫過庭善寫文章，《書譜序》之文是駢體文，蓋是初唐的遺風，劉知幾的《史通》，文體亦相近，推到遠一點，都是仿效劉彥和的《文心雕龍》。他論書法的古今不同而主張，"古不乖時，今不同弊"。至於論用筆之變化，佈白的輕重，見解甚為精闢。如云："觀夫懸針垂露之異，奔雷墜石之奇，鴻飛獸駭之資，鸞舞蛇驚之態，絕岸頹峰之勢，臨危據槁之形；或重若崩雲，或輕如蟬翼……纖纖乎似初月之出天涯，落落乎猶眾星之列河漢；……一畫之間，變起伏於鋒杪；一點之內，殊衄挫於毫芒。""懸針垂露"是"直"的變化，"奔雷墜石"是"點"的寫法。"鴻飛獸駭"

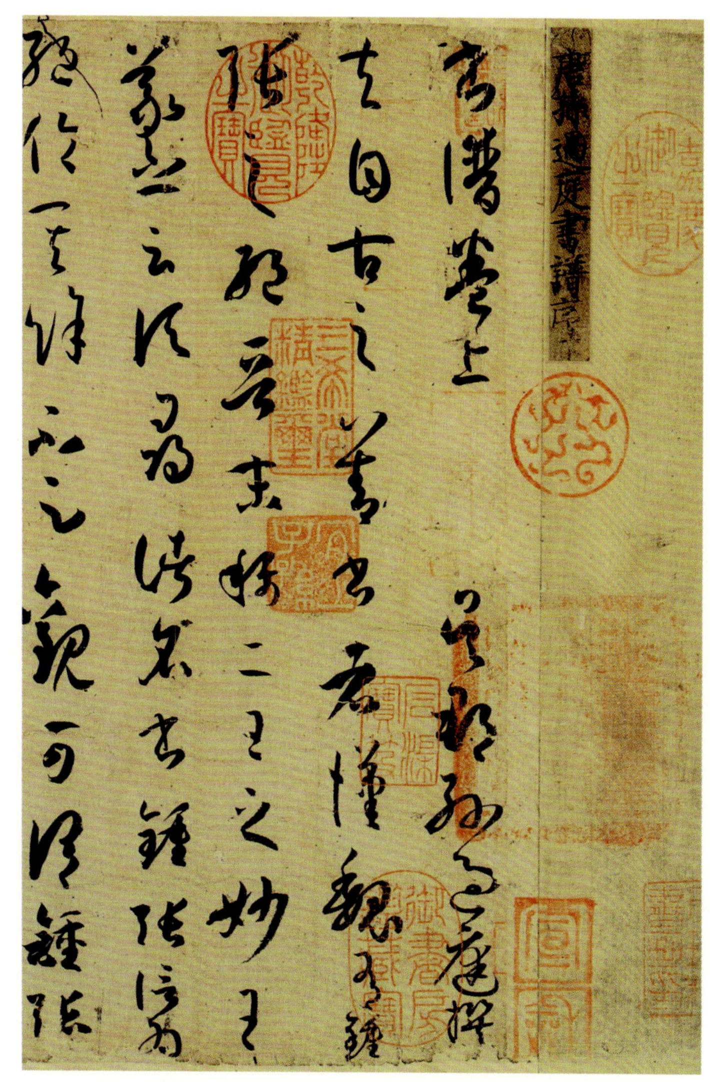

唐 孫過庭 書譜（局部）
紙本 26.5 厘米 ×900.8 厘米
台北故宮博物院藏

四句總論用筆的快慢而生的姿態，“重若崩雲”四句言字須要“輕重”，分佈參差錯落；“一畫之間”二句說寫一畫一點，不可一筆為之，宜有轉折，便不流於滑。以上所舉，不過是管中窺豹。至於論“楷”“草”“篆”“章”的寫法，寫字的五種適合及不適合環境，及“執、使、轉、用”的方法，都是書法的至理名言，限於篇幅，不一一介紹了。孫過庭《書譜》既可學其草書，又可體味其理論，學書者固宜人手一本的。

1965 年 11 月 26 日

陸柬之的《文賦》與《蘭亭詩》

唐初的書家除了虞、歐、褚外，便數薛稷和陸柬之。薛學褚書形神俱肖，傳世無真跡，只有《信行禪師碑》及《昇仙太子碑》陰題詩刻石。陸柬之則是虞世南的外甥，字學舅氏可以亂真，尤其是草書更有青出於藍之譽，唐呂總《續書評》説："柬之草書，如偃蓋之松，節節加勁。"米芾説："柬之草書如喬松倚壑，野鶴盤空。"但他的草書，如今卻片紙無傳，獨《大觀帖》有一尺牘，觀其用筆沉厚飛動，信非虛譽，而真跡之神妙可想見了。

他的行書以《蘭亭五言詩》及《文賦》最著名。《文賦》是墨跡，《蘭亭詩》的宋刻宋拓亦極精妙。張丑評其"筆法飄縱，妍媚動人，品在李北海、顏平原上"。《蘭亭詩》是永和禊飲時王羲之、謝安、孫倬等所作，後人書者頗多，要以陸柬之及柳公權寫的為最佳。

《文賦》為西晉文學家陸機著名作品，論文學創作的見解極精闢，劉勰的《文心雕龍》，雖曰體大思精，受他啓發的地方頗多。王羲之曾書《文賦》，可惜僅見記錄。米芾、趙孟頫寫的，今亦不知流落何方。獨陸柬之所書傳下來，初唐人劇跡，此與孫過庭《書譜》，可算是隋珠和璧了。

《文賦》無陸柬之署名，又不見宋人題跋及著錄，元代為趙孟頫的枕中祕，帖後有他的題字，定為陸柬之書。元明人的題跋卻甚多，著名的有揭傒斯、危素、宋濂、劉伯溫等。揭傒斯題云："唐人法書，結體遒勁，有晉人風格者，惟見此卷。雖若隋僧智永，猶恨嫵媚太多，齊整太過。"揭曾臨智永《真草千文》，他的批評是很中肯的。

《文賦》書法全學《蘭亭》，拿唐摹神龍本《蘭亭》與之比較，則陸柬之無論用筆結字，皆遜《蘭亭》，《蘭亭》結構每字轉變悉異，筆筆如凌空下墜，盤旋有勢。《文賦》則沉着清勁，只是提頓不足，線條的變化不多，不但與王羲之《奉橘》《喪亂》等帖，相去很遠，比諸唐太宗《溫泉銘》，亦判若仙凡。不過儘管此書未能令人

唐 陸柬之 文賦卷（局部）紙本 26.6 厘米 ×370 厘米 台北故宮博物院藏

愜意，較之趙孟頫，他又淳厚古雅得多。趙氏的行書無疑受他的影響很大，以書品論，趙氏的流媚潤澤，更為趨時，氣味薄而不耐久觀，真是江河日下了。

陸柬之書還有《頭陀寺碑》，見米芾《書史》及《宣和書譜》。歐陽玄說："近代米元章書，矯亢跌宕，世咸稱其自創一法，乃不知其全學柬之《頭陀寺碑》耳。元章祕而不言，以陸書少傳於世也。"《頭陀寺碑》既已失傳，無法印證，假使不見《文賦》，我們也不知趙孟頫字全得力於陸柬之《文賦》呢。

1965 年 11 月 12 日

李邕及其《四言古詩》墨跡

李邕，字泰和，曾官北海太守，世多以李北海稱之。其父李善，以注《昭明文選》負盛譽。他少時聰慧過人，博覽羣書，文名甚著，尤長於碑頌。由於生性耿直，不避權貴，官途卻極不得志，常遭貶逐，結果以七十高年，還不免被李林甫誣害，杖死獄中。他的朋友盧藏用說他“如干將、莫邪，難與爭鋒，但終傷缺耳”，就是覺得他鋒芒太露，而慨歎他終難善保其身。他雖然常貶職在外，但朝廷貴人及天下寺觀，出錢求他撰寫碑文的接踵其門。當時議論以為自古賣文獲財之多，無人比得上他。杜甫《八哀詩》說：“憶昔李公存，詞林有根柢。聲華當健筆，灑落富清制。風流散金石，追琢山嶽銳。情窮造化理，學貫天人際。干謁走其門，碑版照四裔。”就是他文章書法為世所重的實錄。

他生平撰寫的碑記，多至數百，傳到今日，不夠數十分之一。書體幾乎都是行書，如《麓山寺碑》《李思訓碑》《李秀碑》《法華寺碑》《娑羅樹碑》等皆是，只有《端州石室記》為楷書。這些碑多數殘損已甚，《娑羅樹碑》更是明人重摹。至於真跡，相信除了《四言古詩》，再也找不到第二件了。《四言古詩》書於天寶五載，是他晚年的作品。雜錄漢魏晉詩人束皙、張衡、曹植、嵇康、陶潛等四言詩，洋洋數百言，是北海的劇跡，《宣和書譜》所著錄十件真跡之一。

此帖墨色黯淡，因此有人疑為贋品，但細觀其用筆縱橫馳驟，厚重而空靈，唐以後書家是無此造詣的。精如米芾，比較起來，筆力就輕多了。他用逆鋒取勢，重而不滯。我們學他，就算筆力可及，總有滯機，無法像他這樣自然，不過比起王羲之，又覺得他不夠雍容，時代所限，雖英雄亦無用武之地。

李邕曾說過：“學我者病，似我者死。”因為他天才卓越，寫字奮袂低昂，全以氣行，有不可一世之慨，李陽冰說他是書中仙手，裴休說觀北海書想見其風采。因其用筆結字，面目太強，學他的人很容易得其形遺其神，陷入他的窠臼，變成平凡的俗書。在結字方面，他的變化是不夠的，但每一碑的神氣，都不雷同，《李思訓》

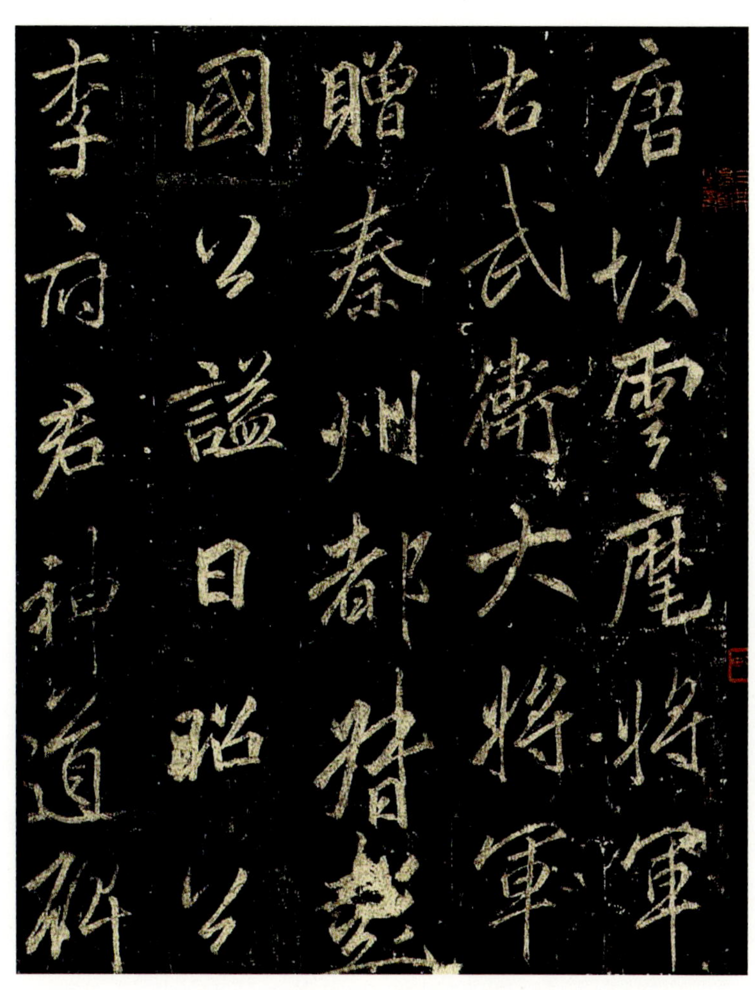
唐 李邕
雲麾將軍李思訓碑舊冊
（宋拓本 之一）紙本

瘦硬，《麓山》厚重，《李秀》蘊藉，《法華》秀逸，《四言古詩》老筆紛披，不計工拙，掩有眾長，至於端州石室楷書，全得力於褚，而厚重過之，惜殘破太多，依希可辨其神氣而已。

北海書實在學二王，尤得力於獻之，蓋其英華外發，多於外拓中見其神駿，試拿《李思訓碑》和王羲之《聖教》並觀，可以知北海的淵源所自。而何子貞説他淵源北朝，絕不依傍山陰（即羲之）是不對的。

他又擅刻石，所書碑多自刻之，而別用假名，如王仙鶴、郭卓然、伏靈芝等皆是，又自書篆額，可謂書林中的全才了。

1965 年 11 月 19 日

李白《上陽台帖》

李白的詩，相信大家讀過，他那種飄逸清新的風調，豪邁不羈的性格，活躍在字裏行間。他的字見過的人恐怕極少，時代既遠，又非書家當行，歷代著錄連石刻計，也不過寥寥數件。題上陽台的二十多個字，是他現世流傳的唯一真跡了。讀其詩想見其為人，觀其字亦如此，覺千載之下，其風采尚栩栩如生。揚雄說："言為心聲，書為心畫。"

此帖宋末歷藏於權相賈似道及書畫家趙子固處，帖上有他們的印章。題籤為瘦金書，與帖後一跋同出一人之手。有人說是宋徽宗書，入眼頗覺形神俱肖，細看則出見其筆力尚嫩，結字亦不及徽宗靈活。宋徽宗《宣和書譜》所載李白的真跡共五件，據說其中《乘興帖》的字畫尤為飄逸。《書譜》並且把帖語錄下："乘興踏月，西入酒家，不覺人物兩忘，身在世外。"帖後瘦金跋語，全錄《書譜》語，非徽宗書無疑，帖又見安儀周《墨緣彙觀錄．法書續錄》，但沒有詳細介紹。安氏在所錄歐陽詢《張翰思鱸帖》下說："又瘦金書題，字雖勁拔，然非徽宗書。"此題見乾隆刻《三希堂法帖》，字與李白此書的題籤與跋如出一轍，由此可見安氏的精鑒。

《上陽台帖》是四句四言短文，全文是："山高水長，物象千萬，非有老筆，清壯何窮。十八日上陽台書，太白。"李白不特詩好，短文亦清雋可喜，除此及《乘興帖》外，他如眉州象耳山留題："夜來月下臥醒，花影零亂，滿人襟袖，疑如濯魄於冰壺也，李白書。"又《雜帖》，"樓虛月白，秋宇物化，於斯憑闌，身勢飛動，非把酒自忘，此興何極"，皆是極好的小品文。

在書法來說，《上陽台帖》字雖然比不上李邕、顏真卿等書家之用筆精到，結字巧妙，但點畫沉着，神態飛動，又率意書成，顯得天真爛漫，這本來是書法追求的最高境界。書家的法度完足，由於書名之累，往往不敢亂寫，而為前人或自己所立的法度束縛。不以書名的人，隨意振筆直書，反多意想不到的佳趣，故書家有所謂

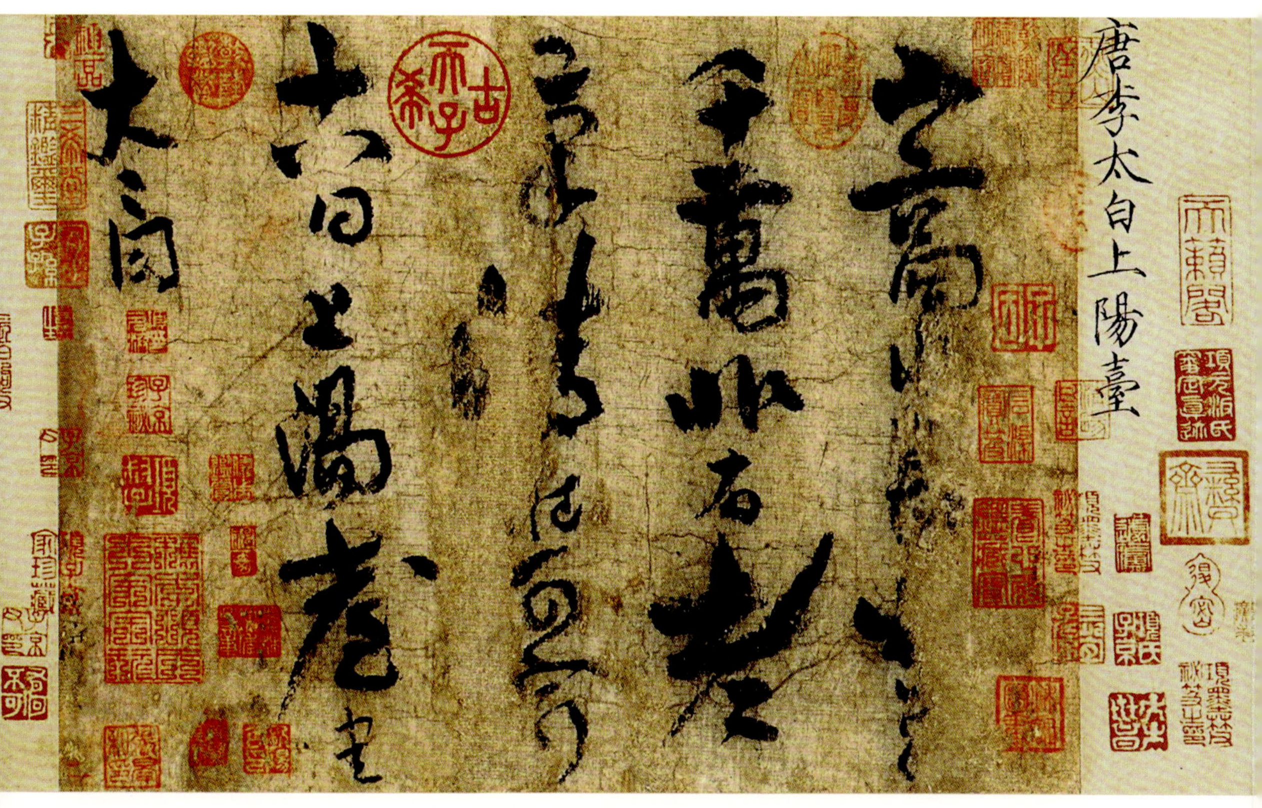

唐　李白　上陽台帖　紙本　28.5 厘米 ×38.1 厘米　故宮博物院藏

興到之作。如顏真卿的《祭姪文稿》，意不在書，特見超妙，他人不能學，自己再書亦難到。若《告身帖》，則有門路可循，可以學到的。

古來文學家善書的極多，如曹植、陸機、杜甫、韓愈、白居易、杜牧等都是。而蘇軾與黃庭堅，書法與文學俱臻極詣，至於其他書家並非不能詩文，多是因其文學未足成家，而為書名所掩而已。

1965 年 12 月 24 日

懷仁集王羲之書《聖教序》

唐玄奘西天取經，對中印文化的交流與佛教的傳播貢獻極大。唐太宗因此撰寫了一篇《大唐三藏聖教序》，唐高宗則撰了一篇《大唐皇帝述三藏聖教序記》來讚頌他的功績。此文前後共刻了三個碑，一為初唐書家褚遂良所書，因置於長安大雁塔，故稱為《雁塔聖教序》；一在同州，傳為褚遂良書，但其時褚遂良已不在世，當為他人所書或翻刻；另一則是本文介紹的僧懷仁集王羲之書《聖教序》。

以前談過唐太宗最賞愛羲之書，尤其是《蘭亭序》，更不惜千方百計求得之。當時王羲之書法既風靡一時，故集其書而成碑，也是一件很自然的事了。懷仁集王《聖教序》，基本以《蘭亭序》的字為主，再加以王羲之傳世字跡以草書為多，行書在初唐時，內府所藏不過二百餘件，民間雖有，多祕不示人。《聖教序》全文有一千九百餘字，需要的字，王的遺跡中未必可以找到。而且王羲之字變化萬端，要做到字形、點畫無一雷同，才符合他的原則。懷仁當然了解，但由於可用的字少，有些字只好重出，或將點畫略為改動。這樣由集字到碑刻，竟費了二十五年時間，在刻碑史上，真可算空前絕後了。

初唐碑的刻手極工，《聖教序》更是其中之表表者。字畫之提頓牽絲，轉折及迴鋒出鋒之處，皆纖毫悉現，若得北宋佳拓，直可當真跡觀。今世王羲之行書，摹本亦僅有數帖流傳，賴此碑猶可知其面目大略，故自元明以後，即為學王書之津梁，其一帖沾溉甚廣。

《蘭亭序》雖是王羲之行書的代表作，王書真跡入昭陵後，刻本多失真，反不如《聖教序》中所選用的《蘭亭》字。試以初搨本之神龍版《蘭亭序》與之比較，風神自是神龍本較優，但若論筆劃之勁健，則以《聖教》為上。古人說，《蘭亭序》多圓筆而《聖教序》多方筆，同是一帖所出，歧異如此。故後人懷疑《聖教序》字皆經懷仁潤色，董其昌甚至說是懷仁自書，這些當然只是懷疑而已，因為懷仁既然奉敕所集，他又豈能違旨。又以唐摹王羲之《奉橘帖》字比較之，其中“百”“霜”“降”

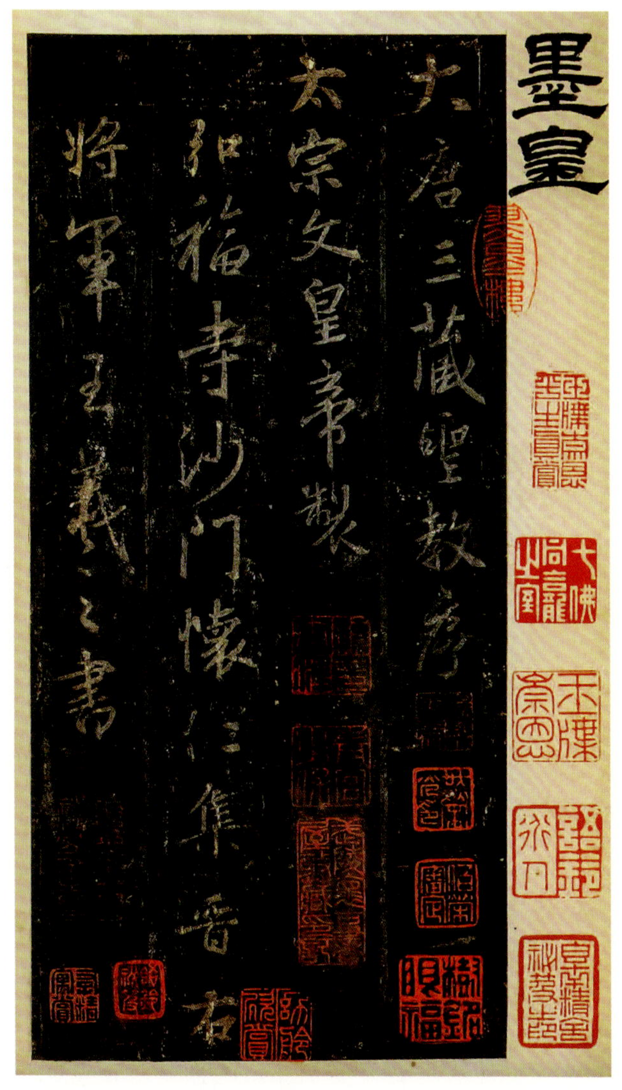

唐 懷仁
集王聖教序宋拓墨皇本（局部）
天津市藝術博物館藏

等字皆為懷仁所採用，字形神氣，相去不遠，可知懷仁集書忠於原跡。至於字不夠用，偶有邊旁部首湊合，這是很難避免的。

《聖教序》既是集書，缺點自然也很多。首先是此書的行氣遠不如《蘭亭》，甚至比不上王羲之刻本的簡牘。其次是雷同的字多，無法符合王羲之字字悉異的原則。第三是字的配搭太勻，輕重不夠。其優點則是每字的結構皆極巧妙，字既美觀，筆畫又遒勁，真得婀娜剛健之旨，故學《聖教序》，宜將每個字的結構及用筆記熟，參以唐宋人真跡的行氣，則雖不中亦不遠了。

1965 年 10 月 8 日

顏真卿《自書告身帖》

顏真卿是家喻戶曉的書聖。王羲之雖稱書聖，但格調高，書跡罕，不易為初學者接受。顏書則雅俗共賞，普通人寫招牌、名片，喜歡寫顏體。據説因為它筆劃肥厚，夠福氣。至於能欣賞書法的人，看到他那如錐畫沙的線條、端莊奇偉的結構，亦不禁為之肅然起敬。

顏真卿，字清臣，官至太子太師，封魯國公，世稱顏魯公。他的先人顏之推、顏師古都是有名的學者，他自己的詩文亦負盛名，為盛唐的大作手，並非單以書法名世的。尤其是他忠貞不屈的行為，千載下誦其文，觀其書，想其人，尚覺其凜凜然飛躍於紙上。唐玄宗末年，安祿山反，河北各地望風而降，獨他所守的平原城奮起抵禦。他的哥哥常山太守顏杲卿也是唐室的大忠臣，為安祿山所擒，不屈而死。而顏真卿生性耿直，也不容於權臣，終於遭陷害，被叛賊李希烈所殺。

顏氏的書法在當時是革新派。初唐以來，楷書被虞、歐、褚所籠罩，行書則是《蘭亭》的天下，超拔如李北海，亦難出此窠臼。顏氏的楷書亦學褚，不過他把褚氏那種婀娜多姿、丰神絕世的書體大加變化，參以篆書筆意，成為端直剛勁，可謂青出於藍、冰寒於水了。蘇東坡説，“魯公書雄秀獨出，一變古法，如杜子美詩，格力天縱，奄有漢、魏、晉、宋以來風流，後之作者，殆難復措手”，又説，“顏公變法出新意，細筋入骨如秋鷹”，皆推崇他能變古而獨闢門戶。

《自書告身帖》是現傳顏書唯一的楷書墨跡（告身是唐代的授官符，相當今世之委任狀）因為此書是真跡，故特別可貴。顏氏的楷書傳世頗多，最著名的有《顏家廟碑》《顏勤禮碑》《麻姑仙壇記》《中興頌》《多寶塔碑》等。《多寶塔碑》及《麻姑仙壇記》更是人所常習，但不先學《自書告身帖》是不得其法的。《多寶塔碑》是早年書，未算成熟，學之不善，易變庸俗。《麻姑仙壇記》結字勻稱，《顏家廟碑》為翻刻，《顏勤禮碑》出土不久，最佳，可以和《自書告身帖》相輔而學之。《中興頌》幾乎是盈尺大字，最奇偉，是顏書的上品。不過都宜參考墨跡，始明用筆之法。

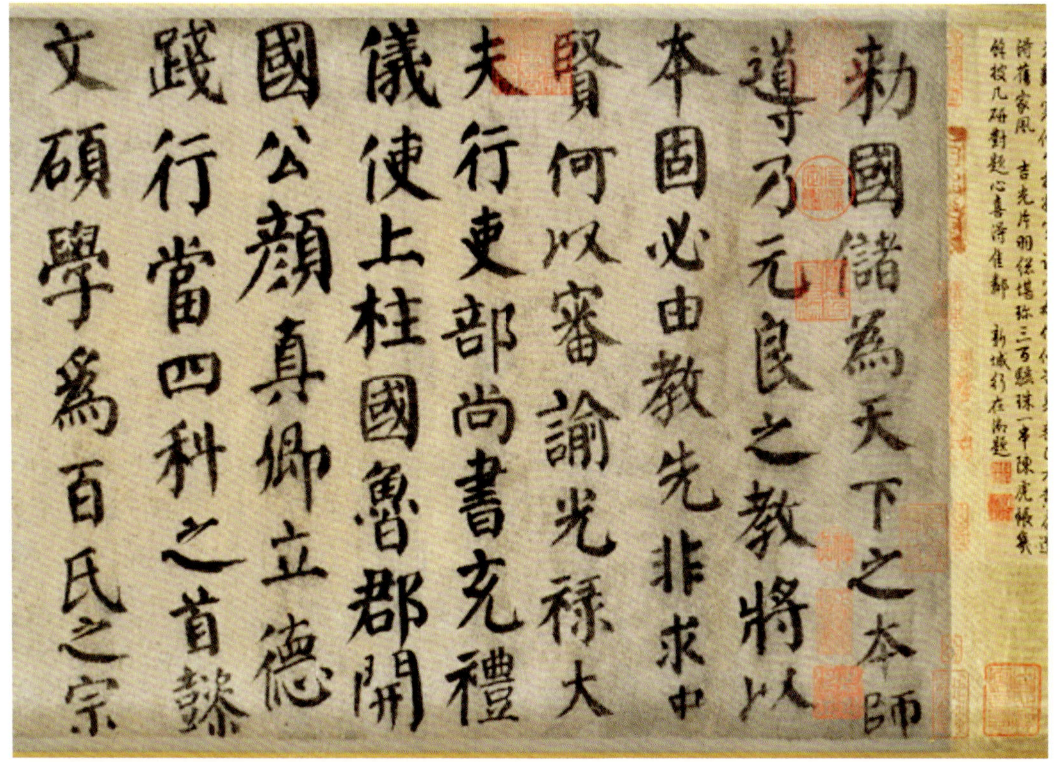

唐 顏真卿 自書告身帖（局部）紙本 29.9 厘米 ×220 厘米
日本中村不折氏書道博物館藏

顏書的結字用筆，亦有輕重疏密，而且他結字有一個特徵，是上密下疏（《顏勤禮碑》亦然），筆劃並不太肥。但近人學顏，多取法錢南園、譚延闓，把他們那種臃腫呆板的惡札稱為顏體正宗，實為魯公的罪人。其實，即使是《麻姑仙壇記》，亦甚清勁，只因錢南園、譚延闓學壞了，變得癡肥不堪的俗書而已。試看他們所書的《正氣歌》，和此《自書告身帖》的氣韻真有霄壤之隔。故學顏當學其書跡，不宜取法乎下。學其他人的書法何獨不然，師王羲之而從趙孟頫入，恐終身亦不能窺其門牆。

1965 年 12 月 3 日

顏真卿《祭姪文稿》

《祭姪文稿》是顏真卿傳世赫赫有名之跡，因為它不只發揮顏書最大的優點，也是一件歷史文獻。史載顏真卿兄顏杲卿守常山郡，安祿山圍之，矢盡糧絕，六日而城陷，顏杲卿和其少子顏季明皆成俘虜。當時，安祿山部將把刀架在顏季明頭上，說："降，當活你子。" 杲卿不答，遂殺季明。而杲卿被送到洛陽，瞋目罵祿山而被害。顏真卿哀姪季明慘死，作了這篇祭文祭他，文辭極沉痛。大約由於他書時的心情激動，書法亦顯得沉鬱頓挫，把這種憤慨的心情在書間透露出來，比之王羲之《喪亂帖》，是毫不遜色的。

顏真卿的楷書雖負盛譽，但非議者亦不少，如李後主說："顏書有楷法而無佳處，正如叉手並腳田舍漢。" 米南宮評得更不堪，說："真卿學褚遂良既成，自以挑踢名家，作用太多，無平淡天成之趣…… 大抵顏柳挑踢，為後世醜怪惡札之祖。" 這都是說他的楷書踢挑處太過，變得不自然而近俗。平心而論，顏柳的楷書，古雅的確是不及鍾繇、王羲之，以及歐、虞、褚等人的，而後人專學他們的挑踢，以此為顏柳的特徵，遂陷入其窠臼而不能自拔。譚延闓的呆板自不必說，即使功力深如何紹基，也只覺得他異常作態，一點閒雅雍容的氣度也沒有。顏氏的楷書面目太強，學他是很難脱出其藩籬的。

顏氏的行書就不同了，傳世的真跡如《祭姪文稿》《劉中使帖》，刻本如《爭座位帖》，都是信筆所書，天真爛漫。加以筆意飛動，點畫如錐畫沙，結字亦變化無窮，輕重得宜，學書的人是可以取之不盡的。即米南宮也說："顏行書可觀，真便入俗品。" 又說："《爭座位帖》有篆籀氣，為顏書第一。字相連屬，詭異飛動，得於意外"，"(《送劉太沖序》) 神采艷發，龍蛇生動，睹之驚人"。以上所舉的都是行書，因為這是他平時的書札或文稿，寫時意不在字，隨隨便便，比他平時書碑的矜持，自然天真超逸得多。顏書的佳處是筆筆正鋒，真能做到如錐畫沙，如屋漏痕的境界。就這《祭姪文稿》來看，線條皆如屈鐵，筆力曲折，無不如意。筆力軟媚的

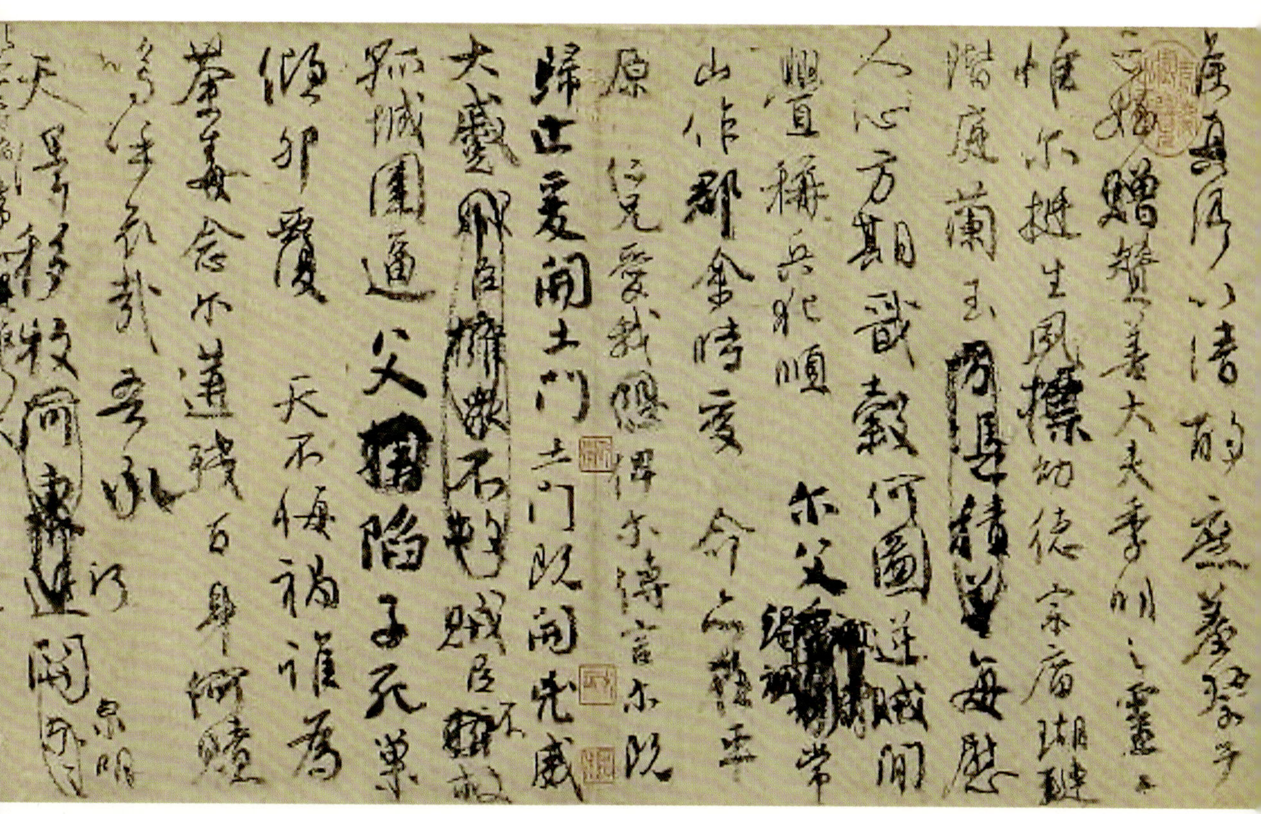

唐 顏真卿 祭姪文稿（局部）紙本 台北故宮博物院藏

人臨習數遍，當可矯其弊端。

我們寫字，刻意求工，往往效果不佳，有時信手塗抹，卻有意想不到的佳趣。寫字能泯去名利心，用以自娛，不求入俗眼，書品自高，所以有時成名書家的作品，氣味反不如偶一執筆的文人。

1965 年 12 月 17 日

柳公權的楷書

俗諺說：“顏筋柳骨”因為柳公權的書法端勁有骨力，所以一般人初學書，多從柳入手，以為學過柳書，筆劃就不會軟弱。故顏、柳二家，最為世人所熟悉，其影響力遠在王羲之、歐陽詢之上。

柳公權字誠懸，中晚唐間人。他不但書法為當世之冠，學問、文章也都很好，可惜唐穆宗、唐敬宗、唐文宗皆非英主，不能用其才，只給他做侍書學士的閒官。唐穆宗有一次問他用筆的方法。他說：“用筆在心，心正則筆正。”這就是有名的“筆諫”，穆宗也悟到柳公權是勸諫他。

他的字在當時非常值錢，有一字百金之稱。公卿大臣家的碑銘，假使非公權的手筆，人就罵這家子孫不孝。甚至是外國人，也常遣使帶了珍寶來買他的書法，比歐陽詢之價重雞林，可謂有過之而無不及。

《舊唐書》柳公權本傳說：“公權初學王書，遍閱近代筆法，體勢勁媚，自成一家。”唐朝有名的書家無不學王羲之書，他初學王是絕無疑問的，傳世的行書《蘭亭詩》墨跡，可以看出他對《蘭亭序》下過一番苦功。至於他的楷書，其結字的緊密學歐陽詢，用筆圓勁則得力於顏真卿，是取二家之長而成自己的面目。許多人以為把顏書寫得瘦一點就是柳書，其實大謬，因顏書筆劃有些亦很清瘦，癡肥只是後人學不得法的結果。兩人最大不同的地方在於顏書寬綽，而柳書緊密，只是因為大家都用圓筆，故大致相近，學柳書時對這一點應特別注意。

柳公權楷書最著名而又普及的書跡是《大達法師玄祕塔碑》，學柳書的人幾乎都學過它，但坊間所售多是一些翻刻或印刷粗劣的本子，柳書的精神完全失掉，容易變成刻板。應該購買宋拓及印刷精良的，才不致畫虎類犬。《玄祕塔碑》的結字極富變化，點畫的輕重、長短、疏密皆有很巧妙的安排。當然，每一個名書家都懂得這一套，但他對王獻之《洛神賦》的結字有很深的體會卻是事實。

除了《玄祕塔碑》，柳氏的楷書尚有《神策軍紀功碑》、小楷《金剛經》等，都

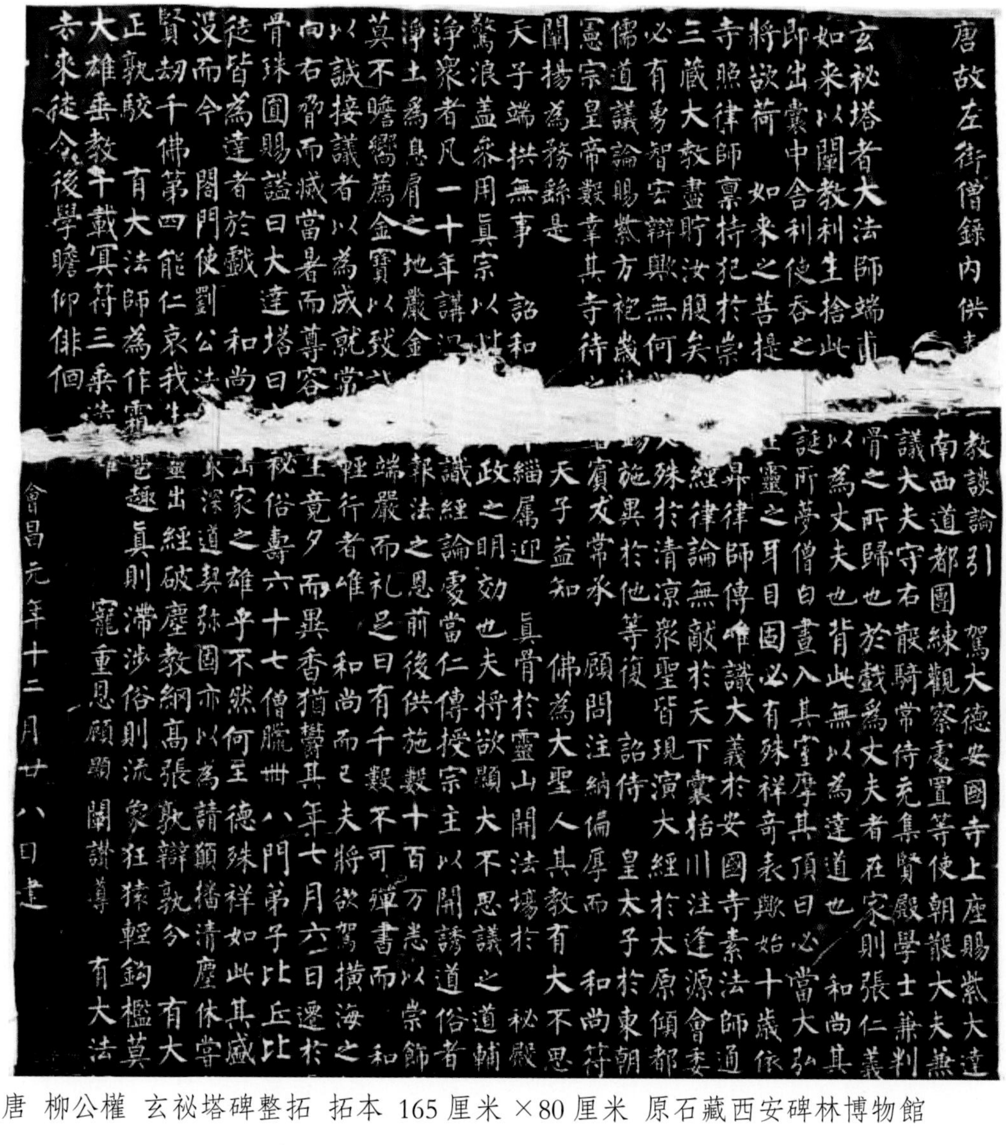

唐 柳公權 玄祕塔碑整拓 拓本 165 厘米 ×80 厘米 原石藏西安碑林博物館

是楷書極佳的範本。真跡則只有王獻之《送梨帖》後的幾行跋尾，寫得異常古雅，所以米芾說："公權如深山道士，修養已成，神氣清健，無一點塵俗。"董其昌亦謂"自學柳書，方悟用筆古淡處"。柳書的形易摹，至於古淡的氣味則非功力深，神閒氣穩，是很難達到此境界的。李後主說："柳公權得其（右軍）骨而失於生獷。"我們學柳，宜去其生獷，取其古淡，最忌劍拔弩張，鼓努為力。即顏書何嘗不然，試觀顏之《告身帖》，不是一片靜穆的氣象嗎？

1965 年 12 月 10 日

國畫欣賞前言

畫得好國畫固難，懂得欣賞也不易，因創作與欣賞互為因果，能創作的人，欣賞始可以深入。當然，文藝是有專門言而不行的評論家，但他們對此道必定浸淫有年，博通古今，且常和作者互相研究，其評論才有分量，才令人信服。這種人在西洋屢見不鮮，在中國古代，卻百分之九十九是作者。一些人以為欣賞藝術，應訴之欣賞者自己的感覺，不宜定有標準。只是人人的好惡既不同，欣賞能力亦有高低之別，假使沒有一些真正懂得的人為之解說，豈非標準分歧，致真偽混淆，黑白不辨？藝術風氣怎可以提高？

由近來每日幾乎都有畫展來看，香港的藝術氣氛似乎很濃，不過嚴格地說，談得上夠水準的國畫展卻寥若晨星，而且還多半來自外地。香港的畫家，有些久負盛名的前輩，作品還是成名時的老樣子，甚至開倒車；新進的多是朝學執筆，暮已誇能，基礎未打好，就忙着開展覽了。守舊的拿古人畫稿抄抄，連古人的皮毛也未摸着，便自稱大師。更不肖的是拿外國人的標準，來炫耀自己的成就（如說某國博物館為其主持個展，或誇口學生多至數十國籍之類）。或所畫千篇一律，徒子徒孫的作品皆如印印泥；或對西洋現代繪畫一知半解，而國畫的傳統精神和技法還是門外漢，便滿紙塗鴉，自詡為新派國畫。於是學者盲從，趨之若鶩，許多天分高而有志於從事國畫的青年，為其所誤，徒浪費寶貴的時光。有人會問：“若不好，怎能這樣出名？”這是報紙宣傳之功，不但寫文章捧場的人大多不懂，即使有些見地的人也礙於情面，不得不代為吹噓，而一般人都是以耳代目，不能辨別是非，至於附庸風雅，以不懂為懂的比比皆是。在這種情形下，國畫的風氣只有愈來愈衰頹。本來誰都清楚，本地文藝多少帶點商業色彩，畫家掙扎着求生存，出些手段招攬生意原也無可厚非；惟不知自量，工夫實在不行，便鄙薄古人，妄稱創新，以欺世盜名，貽誤後學，則有可議之處了。

那麼，我的國畫欣賞標準又如何呢？和書法一樣，仍以古代為主，讀者也許會怪我貴遠賤近吧。西洋畫今世不斷在蛻變，成就是否超過古代我不知道，但國畫則古勝於今，是絕無疑問的。國畫各門在內容與技法的完美，使我們不能不景仰宋人的偉大，這並非空言立論，而是有畫跡尚存，可資比較的。近百年來，中西文化溝通的影響，文學、科學、哲學、音樂及各門知識，多少皆有進步。繪畫卻不曾吸收到什麼，無疑的，西洋畫在國內已流行很久，過去政府注重且在國畫之上，不過能採取西畫的長處而保持傳統國畫優點的卻未之見。徐悲鴻的國畫基礎不好，他把西洋透視、用色等技法，皮毛般地運用到國畫上，這樣的通變太容易了，如將西洋十四行詩的形式套上一些中國名物、語調，就説是新詩成嗎？高劍父等將日本式的中國畫偷回來，美其名曰創新，亦貽笑大方而已；溥心畬傳統的技法部分掌握到了，但缺乏創造能力；吳昌碩、齊白石的花鳥，黃賓虹的山水，算有成就，但若放在宋、元、明大家中，光輝又顯得暗淡了。觀宋人的團扇小幅，你會讚歎其構想及技法的巧妙；看范寬的《溪山行旅圖》及郭熙的《早春圖》，你會震驚於他們表現大自然的深刻。反觀現代的國畫展，作品裏那些樹石人物，你在古人的畫幅早已看慣看厭，況且筆墨拙劣，連形也未似。或者老師的作品，在他的學生中亦出現過千百遍了。今世的國畫家好像很懶得思考，他們用慣了師傅或自己練熟的幾下手法，更現成地抄古人今人的畫稿，粗制濫造，缺乏“十日畫一水，五日畫一石”的精神，也沒有“搜盡奇峰打草稿”的興致。也許將來國畫的發展，可以超唐邁宋，但目前卻談不到。我們如不去欣賞古代名作，認識其精神技法精微處，正如自己都不了解，又怎能領會別人，而通變創新呢！

困難的是，欣賞畫最理想是看真跡，而國畫的有名之跡多數藏在世界各大博物館，或是一些達官貴人、富商巨賈之手，其中以台北故宮博物院所藏最富且精，這是前清故宮藏品精華的大部份。大陸，乃至國外美、英、法等國的博物館，都藏有大量我國古畫名跡。我們通常可以欣賞到的是印刷品，這比古代已幸運多了，從前的書畫名跡，都祕藏在帝王富豪之手，普通人連夢也夢不見。現在的印刷術已極精良，小幅的作品印得幾乎能夠亂真。大的也有複製品，雖然味道遠遜，但對學畫與欣賞來説，皆有莫大幫助。又文藝批評，各師成心，難免有偏見，而錯誤之處，恐更難避免，還望通識之士，不吝賜正。

1965 年 12 月 31 日

國畫發展的回顧

一

人類的美術天才是與生俱來的，遠在文字沒有出現以前，就有圖畫了。先民把見到的自然界事物用簡單的圖形記錄下來，這便是文字的雛形，這也是中外皆然的事實。

中國文字是象形文字，可是從初造文字至楷書確立，經過幾千年不斷的演變，絕大部分已蛻變成抽象的符號，形似的痕跡消失了，僅有一些依稀還可辨認。不過中國字體和圖畫都以線條為骨幹，“書畫同源”一直就是不易的原則。藉着線條與字形巧妙的變化，書法便和國畫等價，成為我國獨有的藝術；而畫家將書法方圓、輕重、使轉等筆法運用到繪畫上。例如古人畫竹，有以篆書的筆法寫幹，八分書寫葉，草書寫枝的論調。以線條去表現自然界的所有事物，是國畫獨具的形式。

據古籍記載，國畫的創始似乎很早。相傳黃帝畫蚩尤像以弭亂；圖神荼、鬱壘（神名）以禦鬼，又畫五嶽之真形。這等畫既已湮沒，技術的優劣便不得而知，但人物、山水畫的原則是具備了。這些傳説並不是荒誕的，因為在這段時期出土的陶器中，那些精緻的圖案、和諧的色調，證明那時生活的不是茹毛飲血的原始人，而是已有相當程度的文化，與“（黃）帝作冕。垂旒充纊。為玄衣黃裳……旁觀翬翟草木之華，染五采為文章，以表貴賤”的記載相吻合。

經歷唐虞到了夏、商、周三代，圖畫人物以為鑒戒的記載逐漸增多。桀、紂壯麗的宮殿建築或許是後人的誇大其辭，但留存到現在的青銅器皿，其形制的奇古使人不敢相信是古代無名藝術家的創作，而是出於當代西方巨匠之手。人類文化已走了數千年的路程，可是把這些古器放在現代的製品中，你會驚訝古人的圖樣比今人來得更豐富，製作也更為精巧。我們試看《詩經》在文學上所表現的高度技巧，以及先秦諸子富贍的想像力，最少在這方面，我們不禁有今不如古之歎。雖然周室的畫跡腐朽了，屈原寫《天問》的楚國祠廟的壁畫也傾毀了，但也可知我們祖先超人的智慧是如何了不起。

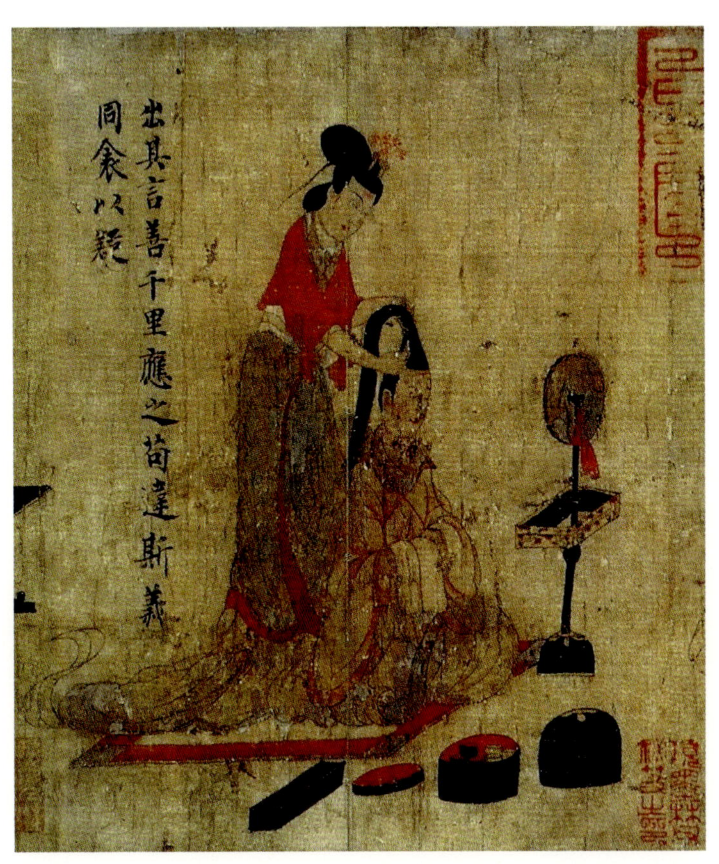

唐摹 顧愷之
《女史箴圖》（局部）
大英博物館藏

漢代繪畫的應用範圍更廣闊了，由毛延壽畫王昭君像的記錄可知，這時的人像畫，已達到唯妙唯肖的地步。王延壽《魯靈光殿賦》寫道："圖畫天地，品類羣生，雜物奇怪，山神、海靈，寫載其狀，託之丹青。" 亦證明宮殿壁畫多彩多姿。至於東漢畫家畫的雲台二十八將，孔子及七十二弟子像等，都是宏偉的創作。

在古墓壁和墓磚上，尚窺見到東漢甚至西漢一些畫跡，所畫的人物及器皿，線條樸實簡練，寥寥數筆，就把人物的各種神態表現出來，有些像漫畫，可是由於線條能配合書法的用筆，趣味卻濃厚多了。武梁祠與孝堂山石刻，也是東漢著名的藝術作品。狹義來說，當然不算是繪畫，但那拙樸簡練的風格和古墓中的壁畫並無二致。這些石刻多以古代的神話或故事為題材，例如：周穆王見西王母，秦始皇泗水撈禹鼎之類，另外還有一些漢人生活的片段，像射獵、出遊的車馬儀仗等。骨幹仍是線條，人物、禽獸的造型卻很突出，且又並非僅有形似，而是注重神情的提煉。

東漢三國，許多名人都兼是畫家。張衡、蔡邕、楊修、諸葛亮這些第一等的天

敦煌壁畫之《張議潮統軍出行圖》

才不足為奇，關鍵是那有萬夫不當之勇的張飛，竟是喜畫美人的畫家，這真令人感到詫異了。在畫家羣中，吳曹不興的名字最響亮，他擅長畫人物、龍等，“誤墨成蠅”更是千古流傳的佳話。相信此時的寫生技術，已有頗高的水平了。

五胡亂華在中國是一個極動盪的時代，佛教漸漸流行，印度及西域的繪畫技術也漸次傳入，舉世聞名的敦煌壁畫就是在前秦建元二年（366）開始繪製的。這個連接起來約有二十五公里，經歷一千多年陸續增修的藝術寶庫，雖是國畫的一條支流，但也足以令後人驚歎了。

被謝安稱為自蒼生以來所未有的顧愷之，是東晉最出色的畫家。他以前的畫家，畫跡盡湮沒了，只可從記錄去推想他們的成就。顧愷之卻不同，他的風格，我們還能在唐宋人的摹本中體會到；他的畫論，現在讀起來仍感到很新鮮。他所說的“遷想妙得”，更是國畫的精神核心。

南北朝對峙，文學和繪畫的發展也截然不同。南朝文采風流，隨着山水及宮體文學的興盛，除人物畫外，山水、宮室、花鳥也逐漸蓬勃起來。北朝崇尚樸實，美術以宗教題材居多，如雲岡石窟的佛像，魄力之雄偉、工程之浩大，南朝實難企及。當然，藝術不能以大小作比較，可惜南朝的畫跡絕少傳世，相信其文秀之氣，應在北朝之上。

南朝的畫家中，宋陸探微、梁張僧繇是與顧愷之齊名的大家。唐張彥遠批評他們説：“象人之美，張得其肉，陸得其骨，顧得其神，神妙無方，以顧為最。”他們勝於北朝那些無名畫家的地方，是能把文學和繪畫結合起來。以氣韻而言，北朝是遠遜的。譬如北魏書法雖很樸厚，但比之王羲之、王珣等清氣襲人，變化無窮的簡牘，韻味又相去很遠。

特別要一提南齊謝赫，他將顧愷之、宗炳、王微等人的畫論作了具體而有條理的總結，成為六種繪畫的法則，稱“六法”。一曰氣韻生動，二曰骨法用筆，三曰應物象形，四曰隨類賦彩，五曰經營位置，六曰傳移模寫。氣韻生動是創作的目標，其餘五項是手段。骨法用筆和隨類賦彩是線條及顏色的運用，後世又稱為用筆用墨；應物象形相當於寫生；經營位置是構圖；傳移模寫即臨摹古人或同時代畫家的作品，是學習的階梯。六法差不多把國畫由學習至創作的環節都包括了，因此後世畫家奉之如金科玉律。善畫的人，便謂之精通六法。

二

隋朝國祚雖短，但由於全國統一，局面安定，南北方的畫家聚在一起，名家輩出。其中以展子虔、董伯仁、鄭法士最著名。董伯仁的畫跡今已無，展子虔則有《遊春圖》傳世。這幀畫是青綠山水，技法極純熟，由此可知青綠山水並非創自李思訓，而是展子虔已導其先路了。

唐初的繪畫，是隋畫發展的延續，代表畫家如閻立德、閻立本兄弟。他們是隋名畫家閻毗的兒子，幼承家學，入唐技術已屆成熟，正如歐陽詢、虞世南的書法並不是仕唐後才訓練出來的。閻立本長於人物，曾圖秦府十八學士、凌煙閣功臣等，從他的《歷代帝王圖》《職貢圖》《步輦圖》來看，當時的人物畫，無論造型、造意，表現得都很完美，不過仍然是顧陸遺風的發展，到吳道子出來，才能另闢一境界。

但吳氏也非憑空創造的，近年出土唐中宗時的永泰公主墓壁畫，人物的神采飛揚，線條如行雲流水，飛動而沉着，與顧愷之、閻立本等的作風完全不同，或者就是吳道子的淵源所自了。

唐玄宗開元之世，是唐代文藝最發達的時期，吳道子、李思訓、王維，鼎足而三，其他如李昭道、鄭虔、盧同、曹霸、韓幹、盧楞伽、周昉、王宰等，皆是獨當一面的名家。就好像在詩歌方面，當時除了李白、杜甫、王維外，孟浩然、高適、岑參、李頎等亦為一時俊傑。吳道子在後世被推為畫聖，據説他畫畫時，立筆揮掃，勢若風旋，嘉陵江山水三百餘里，一日而畢，可見他的畫是逸筆草草的。他的成就足以證明“書畫同源”的理論，因為他曾跟張旭學草書，而張旭的狂草，就變化“二王”，別開戶牖，吳道子用之入畫，乃成新派。前人謂張旭雖狂，而楷書極工，草書亦無不合法度。吳道子畫奇觀壁畫三百餘鋪，變相人物，奇跡異狀，無有同者，可知書畫法度足，然後可以狂。李思訓的畫，用筆雖然比展子虔更工致，設色更妍麗，實在只能算舊派，説青綠山水由他始創，是莫大的錯誤。他的兒子李昭道能傳家學，使青綠山水發展更趨成熟。以後這流派只能因循守舊，沒有開出更新的局面來。

被後人尊為南宗之祖的王維，時名遠不及吳、李。他所擅長的山水，大約亦與李思訓等風貌相去不遠，董其昌把董源、巨然上接他，是擬之不倫的。説他是文人

《歷代帝王圖》（局部）波士頓美術館藏

畫的濫觴更不對，遠的張衡、蔡邕不説，顧愷之已是典型的文人畫了。畫家起稿多用墨，吳道子的人物就多用白描，以水墨作畫亦是很自然的事。後人惑於董其昌之謬説，開口便云南北宗，這是不足為法的。

人物、獸畜、宮室畫，在唐已臻巔峰，山水則到五代、北宋，才如日之中天；花鳥雖已萌芽，題材的豐富及技法的精練，還要推宋人獨步；畢竟在唐時，各門繪畫發展的條件都已具備了。今世唐畫雖不多見，但從一鱗半爪，亦可想像神龍矯夭雲端的姿態。

兵亂相尋、四分五裂的五代，在國畫史上可不能忽視。在中原，荊浩、關同崛起，卓然為山水兩大家；在南唐，董源、巨然的山水另成風格，影響後世最大，米芾所謂“董源平淡天真多，唐無此品”也。人物畫家，南唐的周文矩、顧閎中、王齊翰，前蜀的僧貫休與後蜀的丘文播，尚可媲美盛唐。花鳥畫有後蜀黃筌、黃居寀、黃居寶父子，及南唐徐熙。黃筌體物精微，設色妍麗，徐熙始創沒骨花卉，用色以雅淡勝，並為百世楷模，宋後花鳥畫幾無不受其影響。

宋重文輕武，宋太祖初定中國，即搜羅各國畫家，授以官職，使其專心創作，以點綴昇平。當然畫官之設，可遠溯至周朝，不過大規模的畫院設立，則宋為歷代之首。北宋初的畫家亦如唐初，都是前代培養的。董源、巨然、黃居寀等不必説，那號稱山水為古今第一的李成，學荊關而青出於藍的范寬，皆可算為五代的畫家。李、范是在野畫家，以畫自娛，不受帝王約束。李成“掃千里於咫尺，寫萬趣於指下”，畫跡極罕，當時已極見寶重。北宋末米芾，所見李畫真本，百幅中不過一二，乃有“無李論”之歎。范寬善師造化，畫河朔山川，落筆雄偉，得山之骨。觀他的《溪山行旅圖》《雪山行旅圖》等圖，真是盛名之下無虛士。稍後有燕文貴，山水自成一家，纖細精密，後人稱為“燕家景致”。

真正的宋代山水大師應該是郭熙，他雖然學李成，但能自出機杼，變其秀雅為雄壯。他最善狀煙雲變滅之態、四時朝暮之景，墨法極精，由其傑構《早春圖》可知。他的畫論《林泉高致》，精理甚多，發前人所未發。蘇東坡、黃山谷都有題他畫的詩。黃詩云“熙今頭白有眼力，尚能弄筆映窗光”，可知其宋神宗時尚生存。

唐詩唐畫，到開元時才顯得光輝燦爛；宋詩宋畫，在元祐年間才大盛。唐畫堂廡廣大，但未盡精善，宋人出以巧思，在畫的題材和技術方面，擴充和補足了唐人之所未備。元祐時的畫家，如李公麟的人物和馬，王詵、米芾的山水，蘇軾、文同的枯木竹石，皆能自出機杼，別具格調。李公麟的人馬雖然是學唐人，但那種秀雅的氣韻，又在閻立本、韓幹之上。王詵的山水學李成，李成的畫跡雖不可靠，就其流派觀之，王詵的勝處亦在有書卷氣。米芾從董源得法，誇張了煙雲的表現，別立一門戶。蘇、文的竹石更純以意行，不受古法束縛。蘇有詩說：“論畫以形似，見與兒童鄰……詩畫本一律，天工與清新。”又：“與可（文同）畫竹時，見竹不見人……其身與竹化，無窮出清新。”又：“空腸得酒芒角出，肝肺槎牙生竹石，森然欲作不可回，吐向君家雪色壁。”他們畫的特點的確是清新而又能與文學結合起來。“詩中有畫，畫中有詩”本是蘇軾讚美王維的話，如今傳世的王維畫未必真，即使真也體會不出這種意境，可是在北宋時期的畫跡中，我們卻看到這種理論與實踐的完滿成就。

宋徽宗雖是一個昏庸的皇帝，但卻是一個偉大的畫家。他的畫固然是第一流，更重要的是他提倡畫不遺餘力，也前無古人。各門繪畫在宣和年間，都發展得極為燦爛。畫院的規模擴大了，而且還舉行考試，極力搜羅和培育人才。畫家有較高的薪俸，不必擔憂衣食，故能專心創作，精思嶄新的題材，爭妍鬥巧，大至展卷數丈的《清明上河圖》《千里江山圖》；小如不盈尺幅的團扇，都澆上了畫家的心血，而令後人讚歎不已。

南宋偏安江左，由於各君主的愛好與提倡，也產生許多傑出的畫家。推為南宋畫院之冠的李唐，在宋徽宗時已經是名手了。南宋一代的山水畫幾乎都受到他的影響。不過馬遠、夏圭，卻能加以變化，另開面目，成一新派，也成為南宋山水畫的代表作品。北宋因靖康之亂，畫跡傳世稀少。現在所見的宋畫，以南宋居多，除李、馬、夏外，像李嵩、閻次平、馬麟、劉松年、梁楷等，與北宋的大畫家相比，是毫不遜色的。

三

元朝對藝術的重視程度，固不能與宋比，也不及金。金章宗對書畫的愛好，

文同《墨竹圖》台北故宮博物院藏

多少起了一些倡導作用。而元代，高潔之士都隱居山野，以書、詩、畫自娛，遂使文人畫盛極一時。畫史上，這雖是一次啓新，但以整個繪畫的發展來看，卻是走向下坡。畫家的題材狹隘，多以隱居生活為中心，畫面充滿荒涼肅殺的氣象，如倪雲林筆下的山水、草亭、寒林、荒坡外，人物也不屑添上。宋人的山水對自然體察入微，畫中人洋溢着生活的氣息；元人的山水平淡靜穆，單調得一如他們的隱居生活。

元以前的畫家很少在畫上題詩，即使以書法雄視一代的詩人蘇東坡，所作也不過簽一個名了事。有些只寫在山石樹根上，甚至索性不題。元人多數不特自己題詩，還拉了朋友來題，有時甚至連畫面空隙都塞滿了。畫家把書、詩、畫結合在一起，以為標榜。這種風氣一直影響到現在，竟成了品評國畫的標準。

錢選、趙孟頫、高克恭，仍是宋畫的餘波。錢、趙是全能畫家，人物、山水、花鳥、獸畜可與宋名家相抗，卻不能脱出其藩籬。高克恭的山水學董源及大小米（米芾、米友仁），毛病亦在因襲多於創新。黃公望、吳鎮、倪瓚、王蒙，後人稱之為元四大家。黃公望變化董源，自成一家法；吳鎮師巨然，以墨法為諸人之冠；倪瓚筆意極簡，清勁絕俗而不覺其疏；王蒙筆意極密，而鬆秀不覺其繁。這四人畫法雖從古人來，但不為古人所囿，故能標幟一代而影響了以後幾百年的畫風。明畫和其詩文一樣，被復古的風氣籠罩着，既缺乏宋人偉大的場面，亦沒有元人創新的本領。看了宋元的畫再看明畫，便覺淡乎寡味。戴進、吳偉學馬遠、夏圭，邊景昭、呂紀師宋院體，沈周、文徵明在趙孟頫和吳鎮的門庭徘徊，周臣、唐寅是李唐的翻版，仇英師趙伯駒，無一不有來歷，卻無一能自立門戶。當時的名畫家都出於蘇州，文、沈、仇、唐，所謂明四大家即為蘇州人，而文徵明的子姪學生以畫著名的很多，無形中成為明畫的重心。

董其昌是明末的大畫家，他的畫以筆精墨妙獨擅勝場。但説穿了仍是偷，不過偷得高明些，他遺貌取神，把董源、巨然、元四家用筆用墨的方法，一處偷一些，變成他那種用筆稚拙而墨氣淹潤的風格。他用墨法蒼翠欲滴，文雅而無吳鎮的粗獷，在明畫中確是一枝秀出的。可是他的構圖太單調平庸，大約是胸中丘壑，離開了古人，自運的就不夠充實，使人有一覽便盡的感覺。

國畫發展到清朝，更是江河日下。明畫已難和宋元比擬，清又為明所籠罩。作為清初山水畫家代表的“四王”（王時敏、王鑒、王翬、王原祁），都是從董其昌出

黃公望《秋山圖》
私人藏

來的，既談不到自立門戶，自己創作，即臨摹宋元明作品，亦只能做到形似而已，精神相差太遠。文、沈、仇、唐、董等多能自己創稿，四王則只有仿古，甚至如王時敏專學黃公望一家。他們只得到宋元人殘缺的軀殼。這使有清一代的畫風一蹶不振。一直到現在，許多畫家仍藉此為護身符，視抄襲古人畫稿為創作。他們不必動腦筋去辛苦經營，因為古畫就是創作的來源，因此國畫的衰微可以說是無以復加了。

另一方面，明遺民的畫在清初畫壇卻發出炫目的光輝，他們的真正價值在清中衰後始漸為人認識，其中尤以八大山人的花鳥、石濤的山水最為傑出。他們學宋元人的用筆用墨，寫自己胸中的意境，石濤固然自負“搜盡奇峰打草稿”，八大山人也能有自己特具的風格。其他如陳老蓮的人物，石溪、漸江的山水，皆非“四王”等畫家可企及。

揚州八怪的畫風可以說是繼承八大、石濤的，他們的勢力雖然比不上四王、吳歷和惲壽平，但近現代任伯年、吳昌碩、齊白石等大家都受到他們很深的影響。

近百年來，由於中西文化的交流，繪畫自然互相影響，只是西人吸取了國畫的長處，對西畫有很大的改進；而中國人把西畫的方法用到國畫來，卻不見有很好的成績。這是我們這一代的才氣不夠，還是我們祖先的成就太偉大？

國畫的不講究透視，不重視比例，向為一些無識之士所非議，可是由西方現代繪畫的發展看，不是已證明這些並不是缺點麼？又有些人以為國畫跟不上現在世界藝術潮流，故主張向西方看齊，不過西畫由立體抽象到破布剪貼，雖表示創作的蓬勃，但變新太速，也造成美術標準的混亂。國畫自是繪畫的一種，有它悠久的傳統和發展途徑，不必強使與西畫相同。

我們固然不必向人誇耀過去的光榮，祖先遺下的產業都在不肖子孫的坐食下，眼看要花光了。全盤西化只是如搶他人財物，是行不通的。我們要重振祖業，一定先把祖先創業及成功的過程了解清楚，然後才可以談繼承和創新。若連祖先的名字和特色也不知，豈非笑話？我們不要空言，要實踐從欣賞而至創作，方能使國畫發揚光大。

1966 年 2 月 18 日

唐寅《西洲話舊圖》台北故宮博物院藏

徐渭《墨葡萄圖》北京故宮博物院藏

序文題跋

學書絮語

少時習楷，以柳公權《玄祕塔碑》為範本，然僅得其構架。轉臨虞世南《孔子廟堂碑》，以筆性相近，習之最久，頗得其意。及遊學日本，得睹智永《真草千字文》墨跡，以之與虞字相參，漸識用筆之法。小楷初學王雅宜，蓋亦師虞世南故也。其後遍覽宋拓王右軍《樂毅論》《東方朔畫像贊》《黃庭經》，王大令《玉版十三行》等帖。及見晉人《曹娥碑》墨跡本，書法婉靜，用筆如屈鐵，透入絹素，乃習之，終身不敢忘。復以工作之便，中外公私庋藏多能觀賞，心眼漸開，始信董思翁所云"學書須觀古人真跡"為確論也。

行書深愛王羲之《蘭亭序》，專師唐摹神龍本。初學時力求其似，雖乏換骨金丹，於結字亦不無補益。後觀唐太宗《溫泉銘》、褚遂良《枯樹賦》、楊凝式《韭花帖》、米襄陽《蜀素帖》等，乃知繁花千樹，皆託根於《蘭亭》，遂並學此數家，尤於米書心摹手追，幾於忘食。

草書始學孫過庭《書譜》。近十餘年間，每有餘暇，即取歷代草書名跡，玩其點畫，記其章法，舟車旅宿，未嘗稍懈。於素師《自敍帖》、山谷草書諸帖，尤深慕之。或展紙揮毫，錄前人詩句，至得意處，則無古無今，無人無我，心手兩忘，恍然若醉。古人之詩思墨痕，皆為我所有，浩蕩澎湃，瀉乎胸臆。斯時之樂，未足與人言也。

2001 年 10 月

《李氏羣玉齋藏書畫精品選》序

李啓嚴先生

數十年來，香港好古博雅之士莫不知李啓嚴先生之名。李氏為廣東新會望族，先生生於 1919 年，卒於 1984 年。其尊人經商美國紐約，為其地僑領。先生資性穎異，以優等卒業於廣州中山大學農學院，校方欲聘其執教，以世變，遂避地香港從商焉。先生自幼即嗜書畫骨董，尤喜法書碑帖。其婦翁沈公簡若，亦收藏名家。先生居廣州時，每有餘暇，即流連文德路一帶之骨董肆，同好者多識之，許為後起之秀。及移居香港，益事搜羅。是時北地世家豪族避難南來，書畫劇跡，充市盈廛。先生鑒賞既精，力亦能致，法書名跡，多歸庋藏。其著者若唐陸柬之《蘭亭詩卷》，宋黃山谷《雜抄冊》、白玉蟾《尺牘卷》，元宋克《蘭亭十三跋》等，皆世所罕有。而歷代碑帖拓本之富，海外蓋無出其右，中有宋拓《羣玉堂懷素千字文》一帖，乃海內孤本，為歷朝藏家所珍，先生遂顏其室曰“羣玉齋”。

1976 年 2 月，香港中文大學文物館邀先生展出其所藏明清法書精品。展覽盛況空前，至今猶津津在人口。《書譜》雜誌曾選載其展品，並作專訪。先生言論簡賅，而卓見博識，令人敬佩。先生謝世之八年，後人始出其所藏，公諸同好。特為選印書畫及拓本百件，識者幸有所擇焉。

1992 年 12 月

東渡奇葩

“日本江戶時代中國旅日書畫家作品展”序

17 世紀中期，明王朝在內憂外患中覆亡，滿清隨之入主中原，這對漢民族是沉痛的衝擊。浙江、福建沿海一帶的住民四出避禍，東渡日本是其中一個選擇。這些人包括本來就往來於中日之間的商人，也有伯夷、叔齊式的文人學者，而更多的是出家人。當時日本幕府推崇佛教，廣建寺廟，善待僧侶，是理想的弘法之地。

日本長崎的興福寺、福濟寺和崇福寺，歷來被稱為“唐三寺”。興福寺建於 1623 年，是當時來往於南京及長崎之間的船主用以祈求平安和祀奉海難死者的寺院。其後，漳州人和福州人籌建的福濟寺、崇福寺先後落成。這三座寺院除供奉傳統的佛祖菩薩，還設有船神媽祖堂，帶有濃厚的船民色彩。寺院的主持都由中國僧人擔任，如果在日本境內找不到合適的人選，就得通過幕府的批准，到南京、漳州和福州等地的名剎，請派僧人。隱元隆琦、木庵性瑫、東臯心越等都是當時應邀而來的高僧，他們不但精熟佛教經典，而且也是能詩善書的知識分子。其中亦有精於古琴和篆刻的藝術家，還帶來一批擅長建築、雕刻、醫術的徒眾。隱元是日本黃檗禪宗的開山祖師，黃檗宗和黃檗藝術成為江戶文化重要的組成部分。

佛教以外，影響日本精神文化最大的是儒學及漢文學，朱舜水和陳元贇同被日本漢學家推為先哲。而沈南蘋、伊孚九、江稼圃等畫家，日人稱之為“來舶畫人”，即乘船舶渡海而來的畫家。他們的影響由長崎傳播至日本全國，為日本畫壇開拓全新的領域。

我在 1966 年領取日本外務省獎學金，到京都大學研究六朝文學，暇時喜穿梭於京都新門前一帶的骨董店，沉醉於卷軸與古籍之中，往往流連忘返。戰後的日本經濟未興，物價相宜。我在解決基本的生活所需之餘，間或能買到幾件自己喜歡的書畫。我注意到一些江戶時代的黃檗僧侶及來舶畫人，日本人視若神明，中國人卻對

逸然繪《隱元禪師補衲圖》(局部)
私人藏

徐璋繪《沈銓像》
沈銓補圖 高鳳翰題(局部)私人藏

之完全陌生。他們是一羣與眾不同的藝術家，在一個特殊的環境中擔負着特殊的歷史使命。這使我深感興趣，而我自己，豈不也是東渡日本的來舶分子？

當時，居於大阪高槻市的橋本末吉先生收藏明清書畫，所藏來舶畫人的作品最為著名。我每次往訪，他總會把作品拿出來共同觀賞，也常提出一些問題與我研究。對他藏品的真偽、釋文、印章、書畫家的淵源等，我都給予自認為最完善的答案。橋本先生的收藏曾在東京松濤美術館展出，我曾為他的個人收藏圖錄封面題字。我們的友誼加深了我對來舶書畫的興趣，漸漸增加了收藏的數量。其中一些作品，如獨立禪師《草書自作詩卷》、心越《山水圖》等都極為難得。尤其是徐璋所繪的《沈銓像》，技法圓熟，人物神情高雅雍容，是中國肖像畫中的精品，並由沈銓親自補景，有高鳳翰二題，恐怕是現存沈銓肖像的孤本。無論在藝術上或繪畫史上，都是件非常重要的作品。

自唐代以來，日本便不斷接受着漢文化，由文字、禮儀、宗教、藝術至日常生活的趣味，都與中華文明有着千絲萬縷的關係。但日本本土的特色卻沒有迷失，日本人把中華文明細緻化了，把它發揮得精美細膩，沒有中國的博大宏麗，卻百轉千回，另有一種自適自賞、甚至略帶自憐的韻味。當傳統的茶道、棋道、琴道、禪學都逐漸在中國本土沒落，日本文化卻以此深深地吸引世人，甚至被誤以為是日本的國粹。也許我們該自我反省，並對日本民族堅毅恆久的特性重新評價。朱舜水希望日本"與中國世世通好"，他在日本傳授儒學是為了"中國日國千年之好"。他和這些東渡日本的中國人，都無法想像中日關係會在二百多年後演變得慘烈殘酷，經歷了重重劫難。今天，重溫他們的歷史，推介他們的作品，在藝術的層面之外，希望能增加大家對中日文化深厚淵源的認知，並為兩國的和平和民族的和諧，送上摯誠的祝願。

2008 年元月於香港泛海居

綜覽古今，弘揚典雅

抗古齋藏清六家畫作展

元明以來，文人畫大盛，元末四家振其源，明代吳門挹其流。至明季董其昌崛起華亭，以超妙之姿，闡發筆墨奧祕，倡山水南北宗論，為其時畫壇祭酒。及滿清肇造，諸帝皆雅好書畫，尤重董文敏，標南宗為畫壇正統。其間名家輩出，王時敏、王鑒、王翬、王原祁、吳歷、惲南田諸人，筆墨精妙，風姿挺秀，揚華亭之清芬，接元人之雅潤，畫風影響有清一代，後世推為清初六家。

煙客與玄照之先祖，皆明季儒臣，家藏書畫極富。二公既承家學，又為董文敏之門生鄉親，賞鑒既精，畫藝亦稱於時。石谷則善於臨古，年少清才，為玄照所賞識，薦於煙客門下，得以縱覽二公家藏之古代名跡，潛心臨摹。其筆法清麗，又有別於前人，遂成一代大家。麓台為煙客之孫，天資聰穎，傳家學之妙諦，雅好黃大癡筆法，畫面結構及山石造型則別具一格。吳漁山先學繪事於煙客，後又得玄照指點，沉雄雅潤，出於天然，傳世作品極少，故益為世重。惲南田天姿秀逸，山水花卉皆臻妙境，又善詩文，世稱三絕。是以四王吳惲六家師友相承，風流不絕。石谷及麓台又曾供奉內廷，麓台編纂《佩文齋書畫譜》，繪《萬壽慶典圖》；石谷繪《康熙南巡圖》十二卷，皆以錦筆繡心，繪錄大清盛世，極一時之麗。

抗古齋收藏書畫數十年，現精選所藏清初六家作品五十幅，合成一帙，復不辭辛勞，展佈於日本京都市美術館。以一人之力，固不足比擬著名博物館之收藏，然亦可使觀者領略清初六家格調之典雅，及婁東、虞山畫風之嬗變，裨益藝林不淺。此實鍾愛繪畫者所喜見，亦畫壇之盛事也。

二千一十六年歲次丙申三月　黃君實謹序

題跋

題韓幹馬十六匹

古來畫馬稱曹韓，將軍遺跡渺無傳。韓畫世誇《照夜白》，牧馬尺幅差比肩。何如此卷十六馬，匹匹神駿如生者。奔馳飲涉各盡態，筆精墨妙誰能寫。想見開元全盛時，萬匹雲屯牧郊野。宣和搜羅有遺跡，龍眠妙手曾留真。月山窮年學不足，子昂高逸得其神。東坡題詩雖已佚，奇思秀句世所悉。況有墨林祕笈印，韓畫今應推第一。

韓幹《十六馬圖》(局部) 私人藏

跋高克恭為景遠作《雲山煙渚圖》卷

景遠為周馳之字。馳山東聊城人，善詩文，行草宗二王，婉約豐妍。至元二十二年（1285），任祕書監校書郎，遷翰林應舉、南台御史、燕南憲僉等官職。與高克恭、趙孟頫為同僚，而與趙氏交情尤厚。《松雪齋集》有和馳見寄詩云："四海多兄弟，交情子獨親"，又云"與子同客帝王州，一日不見如三秋"，其情好可知矣。克恭大德四年（1300）官翰林直學士，是馳之上司，此畫或作於其時也。

克恭此畫雖學二米，而筆意蒼勁豪邁，又自不同，故為世重。傳世之作款署極罕，所知僅此幅及北京故宮為姚式子敬作之《竹石圖》而已。二幅款書相近，皆勁健有北人傳統。本幅收藏印程青溪正揆，人所熟知。此印常鈐於其收藏書畫上。另袁戒卿一印，戒卿名泰，蘇州人，與沈周、吳寬等同時。汪砢玉《珊瑚網》載其揚補之梅詞、徐禹功畫梅、趙子固題跋一卷，為世之名跡，今存遼寧博物館。

宋仲溫正書學鍾元常，得其神趣。章草古雅，在趙子昂之上。此詩為其罕見之作，首敍米南宮畫甚詳，後始論房山此作。仲溫元末人，猶謂一紙千金重，尚寧況今日耶。珍之重之。

此兩段本為冊頁之兩開，現重裝改為卷。

丙戌（2006）冬十二月，山濤父黃君實識。

題王蒙《南村草堂圖》卷

此二跋（編者按：前有程琦二跋，皆黃君實代書者）之紀年為壬寅（1962），則為伯奮先生得此卷之年。而余為繕錄則在辛亥（1971）。去今又三十五年。先生墓有宿草，余亦年過七十。撫今追昔，不禁感慨係之。歲次丙戌（2006）十二月，黃君實識。

余於1970年庚戌識程伯奮先生於東京，遂邀余襄助其編撰《萱暉堂書畫錄》，並代繕寫題跋。先生安徽新安人，諱琦，字伯奮，世業骨董，精鑒別書畫碑帖銅瓷玉石版本等，精品經其手者不計其數，今皆散落於世界公私博物館及個人藏家手

高克恭《為景遠作山水卷》（局部）私人藏

伯奮世業皆董精鑒別書畫碑帖銅瓷玉石版本等精品經其手
者不計其數今皆散落於世界各公私博物館及個人藏家手中
先生尤鍾情書畫故秘篋所弆特多其著者法書若蘇東坡昆
陽城賦及小楷方干詩卷米元章臈白帖趙子昂三清殿記摹禊
蘭亭臨集王聖教序宋元名人翰牘等名畫如董北苑溪山雪
霽巨然山居興萬壑圖燕文貴溪風宋徽宗金英秋禽四禽圖
馬遠梅花小冊王蒙明南村草堂圖等皆歷代傳藏之稀世名
跡先生為傅沅叔先生弟子擅文辭精考證所收書畫多有題
跋考據精詳多前人之所未發題成則屬余代為繕寫余侍
先生几硯所濟晨夕以道里計而余之筆墨乃得附歷代名家
之後而傳諸來葉豈非先生之賜耶
丙戌臘月初十日　黃君寔敬識

題王蒙《南村草堂圖》私人藏

張樞字夢辰陳留人徙家華亭築室曰讀書莊與諸弟唱和爲樂兼工行楷貝瓊作林泉民傳云陳留張氏子夢辰居華亭之城東門日與子弟數十人講春秋或勸之仕不應人以是高之稱曰林泉民年八十餘乃終錢雲與興人號春窩道人倪雲林六君子畫有其題句袁凱字景文華亭人自號海叟幼孤力學少以白燕詩得名人呼爲袁白燕洪武間爲御史托疾辭歸有海叟集張泳字宗魯江陰人徙家錢塘王逢之友沈鉉字文舉雲間人世居郡外築室曰野亭楊廉夫爲之記高青丘有贈詩王逢字原吉江陰人至正中作河清頌臺臣薦之稱疾辭避亂於淞之青龍江復徙上海之烏涇築草堂以居自號最閒園丁張氏據吳大府交辟堅卧不就洪武壬戌以文學錄用有司敦迫上道子掖任通事司令以父老叩頭泣請上命吏部符止之戊辰年七十元旦自製壙銘是歲卒有梧溪詩集顧祿字謹中華亭人以太學生除太常典簿後爲蜀府教授祿少有才名嗜酒善書亦工於詩余節不詳其身世今讀其文蓋亦明初隱君子也張肸字景辰樞弟洪武初鄉舉除潞城知縣終蜀府典寶林右字公輔臨海人洪武間中書舍人進春坊大學士輔導皇太孫以事謫中都教授掛冠歸有林公輔集張泳題詩見元詩選癸之庚下唯列本已經修飾真本則潤色易註弥足珍重　是歲嘉平可菴再識

此二跋之紀年爲壬寅則爲伯奮先生得此卷之年而余爲其繕錄則在辛亥去今又卅五年先生墓有宿草余亦年過七十撫今追昔不禁感慨係之　歲次丙戌十二月黄君實識

中。先生最鍾情書畫，故祕笈所庋特多。其著者，法書若蘇東坡《昆陽城賦》及小楷《方干詩卷》、米元章《臈白帖》、趙子昂《三清殿記》《摹褚蘭亭》《臨集王聖教序》《宋元名人翰牘》等。名畫如董北苑《溪山雪霽》、巨然《山居》與《萬壑圖》、燕文貴《溪風》、宋徽宗《金英秋禽》《四禽圖》、馬遠《梅花小冊》、王叔明《南村草堂圖》等，皆歷代傳藏之稀世名跡。先生為傅沅叔先生弟子，擅文辭，精考證，所收書畫多有題跋，考據精詳，多前人之所未發。題成，則囑余代為繕寫。余侍先生几硯，所得奚只以道里計。而余之筆墨，乃得附歷代名家之後而傳諸來葉，豈非先生之賜耶。

丙戌（2006）臘月初十，黃君實敬識。

跋仇英《秋原遊騎圖》

右仇十洲《秋原遊騎圖》，上有乾隆、嘉慶、宣統等御璽，見著錄於《石渠寶笈三編》。民國初年，遜帝溥儀尚居北京故宮，藉其弟溥傑之助，將其喜愛書畫名跡數百件偷運出宮。偽滿國立，又移至長春。日本投降，溥儀為俄軍所俘，寶藏散落民間，世稱東北貨者也。此卷亦其一焉。卷後原有彭年、顧定九二跋，亂中為人裁截佚失，今不知所蹤。然朱之赤等藏印歷歷在目，皆與《石渠》所載相符。之赤別號臥庵，明末號稱精鑒，書畫有其藏章皆為真跡。十洲師周東村，而精工雅麗過之。其畫多本於唐宋而又能自成面目，蓋其館於大藏家項墨林家甚久。墨林所藏唐宋名跡，時得臨摹觀摩，其成就亦足抗行唐宋諸大家而無愧。此卷用筆秀勁如屈鐵，設色雅淡，與其習見青綠重彩不同。所畫人馬、景物，工而有韻，麗而不俗。馬出唐人，高古生動；人物學劉松年，神態各異，可謂青出於藍。無怪董玄宰稱讚之，謂為趙千里後身。玄宰素不輕許，則十洲能與沈石田、唐伯虎、文徵仲並稱為明朝四大家，當非幸至矣。丙子（1996）初秋，黃君實識。

題陳洪綬《為周櫟園作山水》卷

陳老蓮晚年寓西湖，曾作山水長卷二，以其一贈周櫟園亮工。後一年，另一卷亦歸之。老蓮有跋云，去年湖上偶寫山水長卷二，曾以其一寄櫟園周公。比蕭數青來過余，共飲於溪堂，得睹此卷，復求以遺周公，胡不使兩卷並儷。時老蓮被酒頹然，水子裁箋執管，就予率書近詩數首，樂為櫟老道老遲詩酒之情云。亮工與老蓮相交二十年，情好相得。亮工降清北上，過老蓮西湖求畫，老蓮拒不與。一月後，忽作《歸去來》卷寄之。蓋以陶淵明棄官歸田事規諷之。此山水卷或同時贈亮工也。明年辛卯，亮工赴閩任職，經西湖訪老蓮。十一日間，為其作畫大小橫直四十二幅，或另一山水卷亦其時由蕭數青傳交亮工也。此卷葉遐庵自張大千處求得，寶愛逾恆，題跋再四。另卷為吳湖帆所庋，二卷皆紙本，略設色，高闊亦相當，運筆迅疾，水墨淋漓，與平日細筆勾勒不類，蓋得法於大癡、黃鶴。老蓮暮年睹異族之橫行，感家國之淪喪，悲憤之情，發諸詩畫，借酒澆愁，醉後縱筆成此傑作。以亮工為知音，故贈之耳。

己丑（2009）中秋前一日，黃君實敬跋。

跋李研山《梅竹》卷

研翁四君子畫，以竹最多，梅頗少見。如此長卷，平生僅兩見，另一卷乃畫贈王聞善者，王商一之公子也，亦其用心之作。此卷觀其自題，知為其得意之筆無疑矣。以研翁之清雅，為梅寫照，令觀者如履孤山，親觀其芳姿也。乙未（2015）臘月，黃君實敬題。

題張弼《草書》卷

東海先生狂草繼武顛張醉素，怪偉跌宕。明成化、弘治間，名播天下，遠至外國，皆兼金購求其書。此卷書任華《懷素草書歌》，得詩意激發，尤為得心應手。筆法或重若崩雲，或輕如蟬翼，欹疑墜石，瘦似枯藤。間雜章草，婉轉舒徐，無怒張之習，真晚年合作也。卷後原有文衡山、顧華玉題跋，惜已佚失。晚清時，曾經大藏家李佐賢、戴培之所弆，足見流傳有緒。余見傳世東海書頻多，若此卷者可謂無憾矣。歲在戊子（2008）秋八月，黃君實題。

明 張弼 懷素上人草書歌卷（局部）紙本 32 厘米 ×530 厘米

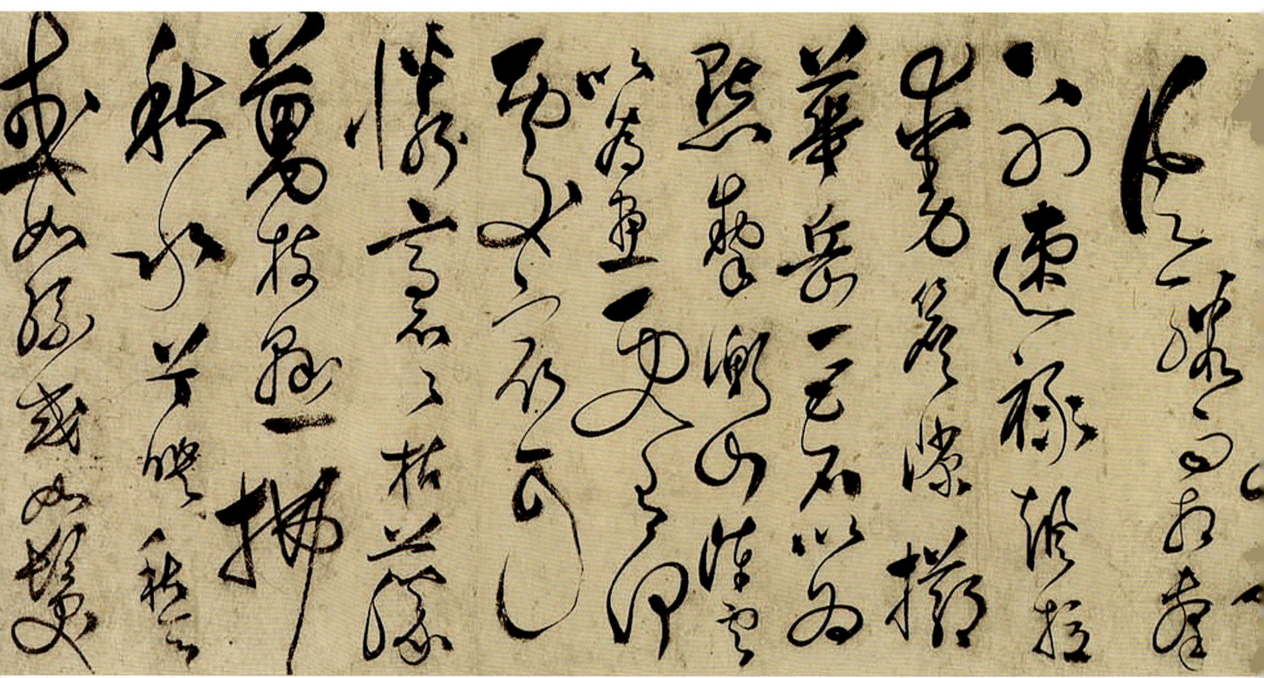

題蘇軾書《陶淵明歸園田居詩五首》卷

東坡先生以曠世之才，懷報國之志，唯身陷黨爭之困，連年貶謫，不得展其抱負，故特鍾於陶淵明之詩及其為人。自元祐七年（1092），揚州任上，始和陶飲酒詩二十一首。後貶惠州，再謫海南，乃盡和陶詩凡百有九篇。有書致其弟轍云："吾於詩人無所甚好，獨好淵明之詩。其詩質而實綺，癯而實腴，自曹、劉、鮑、謝、李、杜諸人，皆莫能及。吾於淵明，豈獨好其詩，其為人實有感焉。淵明自謂性剛才拙，與物多忤。吾早有此病，而不早自知。平生出仕，以犯世患。此所以深愧淵明，欲以晚節師其萬一也。"

此卷書陶《歸園田詩》五首，未署年月，後人題跋多以為海歸後書，則是其最晚年之作。其用筆沉着痛快，正如山谷先生所謂"挾海上風濤之氣"，乃似李北海而同妙。卷後自跋，易陶詩"紆轡誠可學，違己詎非迷"為"違己詎非逆"。所謂寧逆人而莫逆己，可見此老之強項耿直，至老不變。

蘇軾書《陶詩歸園田居》（局部）私人藏

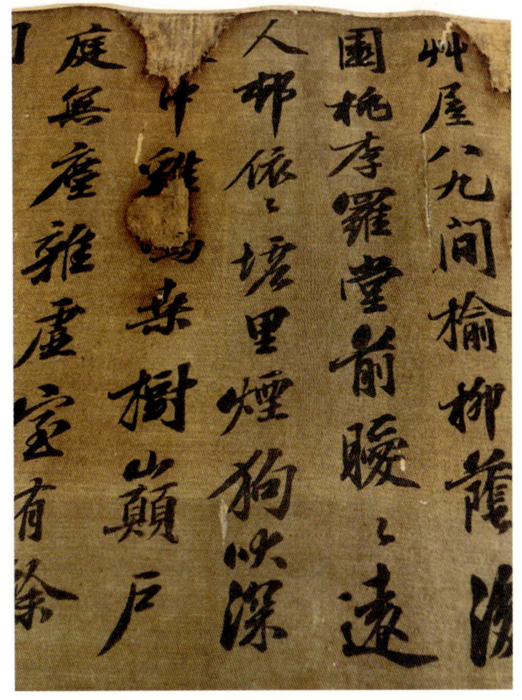

此卷元代前流傳不明，至元末始有鄭元祐、貢師泰二跋，明初有沈度一跋，皆未紀年。迄明成化四年（1468），有蕭顯、李東陽八人觀款於北京。至二十三年（1487），楊一清於鎮江見於南京來人之手，並題其後。至清道光二十五年（1845），乃有雙龍居士跋，云得於村市舊畫堆中，四百年間不知其下落。又十六年，為咸豐十一年（1861），孔廣鏞購於廣州，後歸其弟廣陶，著錄於《嶽雪樓書畫錄》卷二。

據黃景堂光緒三十三年（1907）跋，此卷孔贈其師蘇廷魁，廷魁卒後，陸梅偶得之。黃為中介，由蘇元瑞購回。元瑞為廷魁後人，另藏有東坡《太白仙詩卷》。景堂為題額曰"眉山雙寶樓"。蘇元瑞號伯賡，高要人，其生平無考。馮康侯謂其居廣州，為馮之鄰居，約卒於抗日戰爭前。因無後裔，身後收藏星散。其最著名之東坡《李白仙詩》卷，由一經營餐館之華商攜至日本，為阿部房次郎購去，現藏大阪美術館。可異者，如此劇跡，時人竟無聞知，廣東文獻亦未見提及。至使國寶流落異邦，為可惜耳。至此《陶詩卷》，自穗輾轉至香港。1972年，由馮康侯推介，為永安集團主人郭志權購得，今則為吾友楊建恆所庋藏。今為略述此卷之流傳如此。

清前題跋諸家傳略，孔廣陶已有記述。雙龍居士可能為胡準標之號，其友松岡逸叟、顧士傳生平皆不詳。賡堂，為蘇廷魁之號，廣東高要人，道光十五年（1835）進士，授翰林院編修，又任御史。性耿直，力陳時弊，鴉片戰爭時力主修築虎門炮台，又成立廣東團練總局，以抗英軍侵略。同治元年（1862），任河南布政使，管治河南山東境內水利。光緒四年（1878）卒，工詩文，尤善書法。孔廣鏞、孔廣陶兄弟之父繼勛，以經營鹽業致富，藏書極豐。兄弟承父餘蔭，藏書畫名跡極多，著《嶽雪樓書畫錄》。黃景堂，廣東台山人，父黃福為星馬著名僑商，青年時回穗求學，致力於工商業，成立粵商自治會，發展當代企業。以家族合資購芳村地區，建造店舖貨倉碼頭等，並興建芳村長堤，促進當地繁榮。能詩文，嗜書畫，著《倚劍樓詩草》。

建恆購得東坡書《陶淵明歸園田居詩卷》，囑余題跋。然適逢反修例暴亂，年初肺疫流行，遍世界閉戶不敢出門。心殊鬱悶難以下筆，置之篋中經年。恐負建恆美意，今始翻書粗查資料，雖不敢云詳盡，亦勉可不慚於後來者矣。

二千二十年歲次庚子，立秋後，八十六叟山濤黃君實識於香港。

跋董其昌書《煙江疊嶂詩畫》卷

董玄宰行書《東坡煙江疊嶂圖詩》，並仿米雲山，卷長數丈，雄奇壯麗，神骨天成，真得坡詩之韻味。考其萬曆庚戌間，自福建副使歸鄉時，舟行湘江，途中風雨，望峰巒如潑墨畫。每有所會，輒為拈筆。曾作《煙雲圖》及書東坡此詩，想其餘興未盡，復為此巨卷耳。松波先生前得董公擘窠大楷書卷，與此卷可謂雙璧。其翰墨因緣殊不淺也。

公元二千十六年，歲次丙申，山濤老叟題於香港之松雲堂。

跋陳淳《水仙花書畫》卷

水墨花鳥畫，宋人肇其端，然多以勾勒渲染成之。南宋末釋牧溪水墨大寫意，評者謂為惡俗，非藏家所賞。明初畫院，林良以墨點染，文人亦嫌其不雅。至沈周水墨畫，書法既佳，加以題詩，得文人推崇，遂成風氣。陳道復天姿超妙，以草書入畫，筆意縱逸瀟灑，水墨淋漓。稍後徐渭更超逸放縱，世稱“青藤白陽”。文人寫意花鳥乃成大宗。其後之石濤、八大，下逮揚州八怪，近代海派昌碩、白石，皆其流變也。

陳淳字道復，號白陽山人，蘇州人。祖璚，官南京左副都御史，與同鄉王鏊、吳寬、沈周等交好。父鑰，善經營，產業甚富，為文徵明摯友。故淳早歲即從文習科舉之學，兼及詩文書畫。唯道復性放縱，不理家業。中年後家道漸落，晚年遂售書畫為生，不履城市，居郊外草堂。其書畫為人喜愛，片楮尺縑，人爭購之。求請者日趨姚江，帆楫相望，可見其盛。道復性放逸，與其師文徵明之拘謹不同，其書畫取徑亦異。書學楊凝式、米芾，受祝允明影響，以草書入畫，縱橫肆意，為當時所無，聲價在文徵明之上。

此卷畫水仙花數叢，以雙勾畫花葉，用筆遒勁，亦如其書法。後錄徐有貞所作《水仙賦》。有貞為祝允明外祖，亦善草書。道復卒於嘉靖甲辰（1544）十月，此作於是年春，為其晚年佳作。字勢凝練，不作縱橫飛揚，為其人書俱老之徵。後有董玄宰一跋，謂其寄興筆墨，瀟灑不羣。又卷當為錢謙益所藏，鈐有“碧梧紅豆村莊”一藏印。旁有梁敬叔二印，梁為清中葉福建藏家梁章鉅之子。下方楊晉二印，楊為清初大畫家王翬之高弟，可見流傳有緒云。公元二千廿一年歲次辛丑六月初二，山濤老人黃君實題，時年八十有七。

題吳大澂《山水》卷

吳大澂字清卿，號恆軒，晚號愙齋，江蘇吳縣人，1835 年生，1902 年卒。同治七年即 1868 年登進士，為晚清著名政治家、軍事家，又是詩文書畫金石收藏家。著有《愙齋詩文集》《愙齋集古錄》《恆軒所見所藏吉金錄》《古玉圖考》。曾官河道總督，治黃河有功，又襄辦北洋軍務，於吉林建立邊防軍，與俄談判，爭得中國船隻在圖門江口航行權，後世稱之為愛國英雄。唯今世但知其書畫考古及收藏。其書結合小篆與金文，另成面目。畫則取法沈周、文徵明及清初四王吳惲，筆墨秀雅勁健，帶金石氣。此卷謂背臨黃易，蓋其收藏有黃之《嵩洛訪碑圖冊》。上款鄭齋為其兒女親家沈樹鏞。沈為上海人，碑帖收藏甲東南。然其署年己丑，沈已謝世十餘歲。故余以為一時筆誤，觀此卷之畫法及款字，皆可確認為吳氏之真跡無疑也。二千廿一年歲次辛丑六月，山濤叟黃君實題於香港。

題張伯駒、張大千《詩書札》卷

張伯駒與張大千先生乃近代鑒定古書畫之雙璧。二人結識於 1935 年，以興趣相投，即成莫逆。旋因戰亂，各有所赴。及二戰結束，始得相聚於京華。其後大千移居海外，伯駒則以半生所得珍藏捐獻國家，其人之高潔豁達可知矣。豈料風雲突

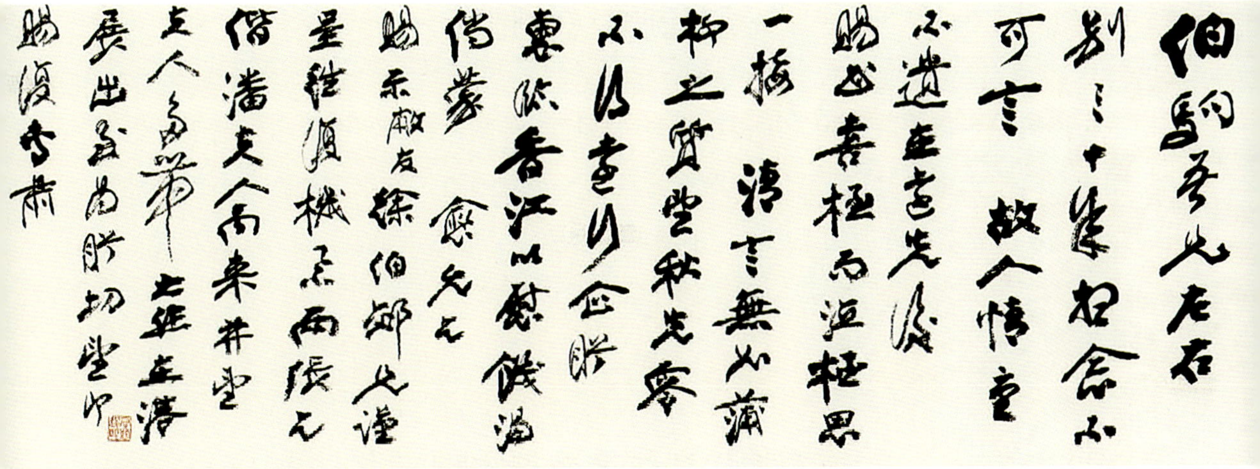

張大千《致張伯駒書札》私人藏

變，芝蘭美玉，竟溷風塵，劫後雖能苟安，而先生亦垂垂日暮。此卷有其自書《金縷曲詞》二首，乃和黃君坦賀其八十壽辰之作，並錄原韻以贈謝稚柳先生。卷中又附大千致伯駒書信一通，緣大千數得伯駒致函後，答覆故人之札。二人相別逾三十載，彼此思念彌深。大千又邀伯駒伉儷攜畫作赴香港展覽，並託徐伯郊代為安排云云。情意殷切，然竟不得成行。二公終無相見之日，亦可悲矣。黃君坦字孝平，閩之侯官人，擅詩詞，張氏詞集中多有二人唱和之作。謝稚柳亦當代名書畫家，精鑒賞，曾為國家鑒定小組組長，亦為二張摯友。徐伯郊氏乃上海文博專家徐森玉之公子，精鑒賞書畫及古籍版本，為國家購回海外流散之文物甚多。余不敏，與二張幸有一面之緣，而與謝、徐二先生更為熟稔。歲月不居，今諸先生皆作古。修短隨化，人生常理，而伯駒、大千兩先生皆以嘉名永垂青史。千載之下，應亦無憾矣。二千十八年歲次戊戌孟夏，後學黃君實敬題，時年八十有五。

題吳湖帆《竹圖》

湖帆先生畫竹取徑元人，得李息齋、顧定之神韻，近代不多見也。己千先生為湖帆高弟，書畫得其真傳，而鑒藏既富且精，蜚聲國際，當代更無倫比。昔在紐約常與過從，蒙其推許。如今思之，不勝人琴之感也。丁亥（2007）四月，黃君實。

題楊思勝《夢游天姥圖》

思勝此卷落想奇幻，其夢中所得耶？觀其用筆敷色，古今罕見。李太白《夢遊天姥》所謂“半壁見海日，空中聞天雞”“千巖萬壑路不定，迷花倚石忽已暝”。思勝昔曾為雅集之主，今雖有樂釣之地，而如前之勝會不再，感而作此圖乎？丁酉（2017）清明，君實記。

題任熊繪《大某山民詩意》冊

此任熊繪《大某山民詩意》冊，亦稱《姚大某詩意圖》冊。凡一百二十頁，分裝六冊，為現所知畫史上幅頁最多之冊頁。任熊字渭長，浙江蕭山人。畫初宗陳洪綬，後出入宋元諸大家，舉凡寺廟壁畫、石刻、風土習俗之可入畫者，皆收諸筆端。又工於寫真，神妙變化，不拘一格。此圖尤為其至精之作，山川人物、花卉翎毛、奇獸蟲魚、仙佛鬼神，盡納圖中。其想像若天馬行空，落筆如銀河瀉地，復能自創新稿，不附古人。取景或高處聚焦，構圖或排列組合，清雋新奇，有古人未到處。設色則濃淡相激發，至色彩於光影搖曳時之遞變，尤能曲盡其妙。其佳處不僅中國古代繪畫所無，亦早於西方印象派諸家。清代鑒賞家徐康譽之為驚心動魄，吳昌碩題曰天驚地怪，實未足以概全也。

任熊繪《姚大某詩意圖冊》之一 私人藏

任熊繪《姚大某詩意圖冊》之二 私人藏

圖取清代詩家姚燮詩句畫成。姚燮字梅伯，號復莊，浙江鎮海人，以署名大某山民評點《紅樓夢》最為世所知。其詩善以僻典險韻，炫博鬥奇，力掃陳腐，與任熊之藝術觀不謀而合。道光三十年庚戌（1850）冬，任熊二十八歲，寄寓於姚氏大梅山館。姚氏自擇其詩句，任熊以兩月餘之工，成此百二十圖，天縱之才，盡發揮其上。自序中云："筆墨因緣，或以斯為千古券耶！"其得意之情躍然，蓋自信必可以此冊揚名後世也。咸豐初，太平軍起事，數年間席捲江浙，姚燮舉家避亂，流離貧病，所藏先後貲。同治九年（1870），顧文彬補寧紹道台，以三百金得此冊於任內。顧氏過雲樓所藏歷代書畫名跡冠絕一時，對此百二十圖竟珍如拱璧。徐康於所著《前塵夢影錄》中，謂嘗獲顧文彬邀往怡園，展閱二次。圖分裝六大冊，其奇絕處，有觀止之歎。今圖冊封面吳昌碩書六簽條，冊首有吳氏詩跋，明示全圖分裝六冊，與徐康所記相合，可知今之裝池，即過雲樓之原貌。吳昌碩謂此冊為鹿笙所藏，鹿笙名顧榮，為顧文彬之幼子，喜收藏近世書畫，又能治印，為西泠印社早期會員。家中排行第九，故吳氏以九兄、顧麟士以九叔稱之。與吳昌碩、陸恢、費念慈等為友，所藏多有上述諸人題跋。冊中又有吳雲題跋，謂光緒丙子（1876）九月，曾借觀此圖匝月。其家畫師林福昌言，丙子年為吳雲鈎摹任熊全圖共一百二十頁，則顧文彬已預留摹本矣。名跡動人，索觀或巧取豪奪者眾，故不得不為之耶。顧文彬以原跡傳鹿笙，及顧氏分家，鹿笙後人攜此圖北遷，故蘇州過雲樓所藏，僅為供人取閱之摹本耳。今北京故宮博物院所藏一套，乃二十世紀五十年代得之於過雲樓，分裝成十冊，已非徐康所見、吳昌碩所題之六大冊矣，吳氏之題籤及詩頁亦付缺如，其筆法細碎輕滑，敷色艷而浮。此冊則落筆剛勁如篆籀，用色古雅。兩相對比，其優劣不啻天淵之別。任熊生逢戰亂之世，命途多蹇，終年僅三十五歲，卻深得姚燮、周閑、趙之謙、吳昌碩諸家稱譽，以天才視之。何今日之畫名，反不若其弟子任頤之盛？是其傳世之真跡太少，摹本過多，謬種流傳，令世人不識泰山高幾仞、滄海深幾里也。此圖為任熊之代表作，亦十九世紀中國畫之傑出作品。得是圖冊者宜珍之寶之，研讀之。真金熊火，何懼百煉。縱屈於一時，必張於後世。世間不昏不隤者當能知之。壬辰秋二千拾貳年九月，黃君實題於香港。

吳昌碩詩又見於吳氏家藏手稿中。

題鄒之麟臨黃公望《富春山居圖》卷

黃公望為元季四大家之冠，而《富春山居圖》卷又為其山水之代表作，後世推為神品，受明清以來藝壇崇拜。黃氏畫贈無用道師，着意經營，費七歲始成。師法董源、巨然，兼及米友仁、高克恭，點染自然，天真爛漫，如王羲之《蘭亭序》，不可再作。明時歷經沈周、談志伊、董其昌、吳之矩遞藏。之矩傳其子洪裕，愛之逾性命。臨終焚毀以殉，為其姪貞度救出，已燒去前段數尺。後段二丈先後歸張範我、季寓庸、安岐，而入清內府。乾隆帝先得明摹本“子明卷”，以為真跡，題跋無數，遂以“無用卷”為贋，自此祕於深宮。民國初年，故宮博物院成立，始重現人間。前段之燼餘約二尺，另裝成幅，名曰《剩山圖》，為王廷賓所得。廷賓後不知所蹤，至 1938 年始歸吳湖帆祕笈。吳氏廣為宣揚，使遺失三百年之殘段有望成合璧之美，今藏浙江省博物館。

《富春山居圖》不獨為山水第一名畫，而其摹本之多亦古今罕有。現存者最早為沈周之設色本，在北京故宮。沈顥臨本，藏香港利氏北山堂。鄒之麟臨本，今歸吾友虞松波。王濳本屢見於拍賣場。王翬摹本存二，一在遼寧省博物院，一在美國佛爾利美術館。近代有金城、吳湖帆、溥儒等臨摹本。吳氏因藏有《剩山圖》，將二者合摹為一卷。其餘見簿籍者，有董其昌、張宏、吳歷、王原祁等臨本。吁，可謂盛矣！

此卷為鄒之麟所臨，之麟字臣虎，衣白、逸老、昧庵皆其號也。江蘇武進人，約生於萬曆十年（1582），卒於順治十二年（1655）。萬曆三十四年（1606），鄒氏以第一名舉南京鄉試，三十八年成進士，弘光時官至都憲。之麟工書畫，畫學黃公望，善用中鋒，筆劃簡練，惜墨如金，自成風格，為時所稱。鄒氏先見《富春》卷於談志伊處，後與吳洪裕交好，因得數見。《富春》卷曾搨有副本，《富春》後段即有其題跋，故其所摹在諸本中最為完備。沈周本僅憑記憶成圖，卷首平沙疏樹未曾畫入。其餘所摹皆是後段。吳湖帆雖加入《剩山圖》，仍非完璧。唯鄒卷首尾無缺，雖以己意重新佈局，已使人眼目一新，復見《富春》本來面目，豈不可貴。因此卷久存嶺南，故知者不多耳。卷前後題者，其名多不甚著，僅略述之如下：

郭儀霄，字羽可，江西永豐人。嘉慶十四年（1809）舉人，官內閣中書。以畫竹名。

萬貢珍，江西宜興人，道光癸未（1823）進士。由庶常改官戶曹，充軍機章京，出守歸德府知府。以才敏稱。擢湖南布政使，後內調大理正卿，以病告歸。善書法，得二王、米芾、黃庭堅之法。

尚熔，字喬客，江西南昌人，約同治中前後在世。工詩文，尤精史學。後客河南，歷主三山、聚星、崇實書院。

陳融，字協之，號顒庵，廣東番禺人。早歲留學日本，同盟會會員，曾任廣東省祕書長。與此卷藏者黃秉章為友，故為題籤及引首。卒於1956年，年八十。

公元二千拾一年歲次辛卯，十月既望，嶺南後學黃君實拜題於北京。

與傅君約合臨《蘭亭序》卷跋

乙卯（1975）春二月，余攜此卷過傅君約二松草堂，鑒賞之餘，囑君約為臨王右軍《蘭亭》於卷後。君約謝以為不能。余乃先臨前半，而求君約書其後半。其事為古所未聞。《蘭亭》為千古書法之楷模，余等縱心摹手追，而久疏筆硯，塵事鞅掌，豈能得其神韻之萬一。蓋記一時良友聚首之樂云爾。君實書於普城之二松草堂。

題顧洛阜藏惲壽平《沒骨花卉》卷

南田先生沒骨花卉，艷而不俗，麗而逾清，如青女素娥不食人間煙火。雖遠宗徐崇嗣，而天資高逸，實千古一人焉。此卷畫羣芳競秀，活色生香，曲盡造物之妙，使觀者應接不暇，誠為其生平最得意之筆。卷末石谷子題贊，推崇備至，相得益彰。顧洛阜先生所藏名跡雖多，花卉一門，當以此為重鎮矣。1980年四月，後學黃君實敬題於紐約顧先生之漢光閣。

南田先生沒骨花卉艷而不俗麗而逾清
如青女素娥不食人間煙火雖遠宗徐
崇嗣而天資高逸實千古一人焉此卷畫
羣芳競秀活色生香曲盡造物之妙
使觀者應接不暇誠為其生平最得
意之筆卷末石谷子題贊推崇備至
相得益彰顧洛阜先生所藏名跡雖
夥花卉一門當以此為重鎮矣
一九八零年四月後學黃君寔敬題
於紐約顧先生之漢光閣

題顧洛阜藏《惲壽平花卉卷》（局部）美國大都會博物館藏

題文徵明《還家志喜詩》卷

衡山先生書學智永及《集王聖教序》，加以變化，遂自成家。其用筆結字雖不如趙松雪之婉麗茂密，而蒼勁迨有過之。此書還家志喜諸詩，體方筆圓，首尾無一懈意，信為其平生合作也。丁卯（1987）秋，黃君實敬題。

題沈周《蒲墩倡和圖》卷

古之文人才士，雅集賦詩，託物寄興，分韻次韻，甚或險韻成詩，以為娛戲，此卷是其類也。先是孫希説贈吳匏庵兩蒲墩，匏庵謝之以詩。後何元亨謂知墩之所從出，其事並未明言。而匏庵後錄前詩贈之，此成化庚子（1480）時也。元亨乃廣邀當世名流次韻倡和，有疊韻至數次者。後請沈石田作圖及書引首，吳匏庵跋於後，裝褫成卷。上自成化庚子（1480），下迄弘治乙卯（1495），前後十五年，得作者十三人，皆一時之俊彥，何其盛哉。蒲墩平常之物耳，宜置於衲僧野人藜牀竹簟之間。而勞此富貴之人，賦詩累牘，固為好事。而明成弘之世，海內晏安，諸公優遊館閣，發為閑雅之音以粉飾太平。數百載下，猶可想見其時其人，豈非幸歟。此卷石田畫雖僅為尺幅，而人物、屋宇、樹石皆極精妙，匏庵園居之景，如在目前。榻上圓團，即蒲墩也。王濟之題所謂數於匏庵京寓海月庵見之者。石田引首榜書尤為罕見，難怪朱臥庵寶之，鈐印纍纍也。歲次戊子（2008）蒲月，黃君實跋。

沈周《蒲墩倡和圖卷》龍美術館藏

古之文人才士雅集賦詩託物寄興分韻次韻甚或賡韻成詩以為娛戲此卷是其類也先是孫希說贈吳匏菴西蒲墩匏菴謝之以詩後何元朗謂知墩之所從出其事並未明言而匏菴復錄前詩贈之此成化庚子時也元朗乃廣邀當世名流次韻倡和有疊韻至數次者復請沈石田作圖及書引首吳匏菴跋於後裝裱成卷上自成化庚子下迄弘治乙卯前後十五年得作者十三人皆一時之俊彥何其盛哉蒲墩本常之物耳宜置於衲僧野人蓽廬竹簟之間而勞此富貴之人賦詩累牘圖為盛事而明成弘之世海內晏安諸公優游館閣發為閑雅之音以粉飾太平數百載下猶可想見其時其人豈非幸歟此卷石田畫頗佳為尺幅而人物屋宇樹石皆極精妙匏菴園居之景如在目前榻上圓圓即蒲墩也王濟之題所謂數於匏菴今寫海月菴見之者石田引首楷書尤為罕見難怪

題沈周《蒲墩倡和圖卷》龍美術館藏

題吳湖帆《羣玉齋校碑圖》卷

右吳湖帆先生為李啓嚴先生所作《羣玉齋校碑圖》，筆墨秀逸絕塵，吳公晚歲之佳構也。啓嚴先生，吾粵新會人，嗜法書及碑帖拓本，鑒別之精，收藏之富，海內蓋無出其右者。法書著名者若唐陸柬之《蘭亭詩卷》，宋黃山谷《雜抄冊》、白玉蟾《尺牘卷》，元宋克《蘭亭十三跋》卷。拓本若羣玉堂刻《懷素草書千文》，南宋拓《石鼓文》《黃庭經》等，皆歷代藏家所珍之劇跡。而懷素《千文》為傳世孤本，故先生遂顏其齋曰"羣玉"。先生謙厚長者，喜提攜後進，而海內外之書畫鑒賞名家亦樂與之交。觀湖帆先生尺牘，即可知其一斑矣。余識啓嚴先生甚久，然以棲居國外，無緣多請益。其所庋藏則經余而散落諸方，是不可謂無緣耳。總之世事聚散無常，皆作煙雲過眼觀。歲次乙亥（1995）四月，黃君實謹題。

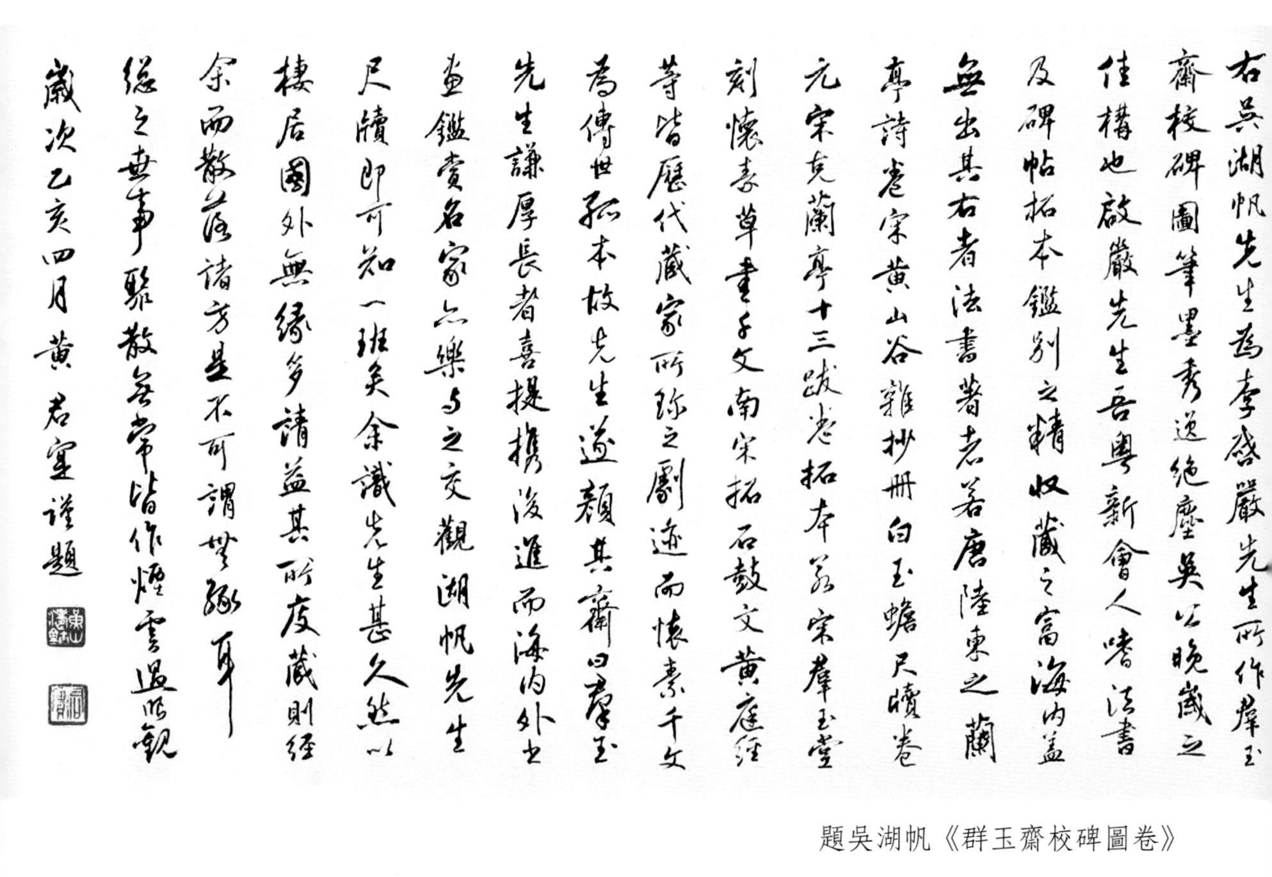

題吳湖帆《群玉齋校碑圖卷》

跋陳淳草書《前赤壁卷賦》

陳白陽書得法於米南宮，又源於顛張醉素草法，加以性情灑落，故其書風流蘊藉，超逸多姿，較之枝山、衡山，實有過焉。此卷草書東坡《前赤壁賦》，淋漓酣暢。用筆結字之精，開卷即知為白陽精品。況壓縫處猶見“道復”二字白文印，其為白陽真跡，殆無疑議。意或此卷本書前、後二賦。《後賦》或有白陽落款，為偽骨董者分為二卷。前卷則加祝氏偽印而售之耳。林霄兄喜得此卷，屬為題跋，漫而述此。戊子（2008）秋七月，黃君實書於香港。

跋溥儒《千巖萬壑圖》

溥心畬先生名儒，晚清恭親王奕訢之孫。天潢貴胄，家藏古書法名畫極多。先生天資聰穎，讀書過目不忘，詩文援筆立就如宿構。楷書學歐陽詢，得其秀勁。行書師米芾而具其俊爽。畫則山水、人物、花鳥無所不能。師古而別出心裁，其中尤以山水一門為世所稱。其家藏有傳為南宋人《山水》一卷，其丘壑筆墨，先生實師之。該卷 1937 年曾展出於東京博物館，後歸美國堪薩斯博物館。先生於此卷浸淫日久，已可背臨其構圖，或全卷或局部，常見於先生筆下，尤以數寸之袖卷為多。余前後所見不下十餘卷，皆筆墨精微，小中見大。故人謂先生山水，愈小愈精，蓋有由也。此卷寫千巖萬壑，翠巘遙峰，斜輝掩映，古寺漁舍，遊人舟子，筆法精微，設色雅淡，構圖雖出舊藏之卷，而氣韻生動，皆能自出機杼，實為其晚年力作，精妙在諸卷之上。

先生早歲即以丹青馳譽京華，張大千後起，極力與之結交，終成好友，當時有“南張北溥”之稱。大千畫技法多變，尤擅處世，故名揚四海。先生一介舊王孫，不汲汲於名利，以畫隱於市。而其筆墨之秀逸精微，以文人之氣韻寫北宗之結構，其取徑與唐伯虎相近。余雖未識先生，而師友間多有淵源，故略述先生之藝，以致景仰之忱。二千十九年歲次己亥元月，後學黃君實識於香港之松雲堂。

跋錢維城《漁浦朝煙圖》卷

右錢維城《漁浦朝煙圖》袖卷，為奉清高宗之命所畫，著錄於《石渠寶笈三編》。錢維城號稼軒，江蘇武進人，乾隆十年狀元，官至刑部侍郎。工畫山水花卉，士氣作家兼備。得乾隆帝賞識，供奉內廷，為畫苑領袖。此卷江岸遠山，漁浦舟楫出沒於朝煙夕靄間，筆墨精妙，密而不繁，秀而不薄。觀之令人有行舟江上，景物應接不暇之感，真一代之名手也。此卷出宮後為近世大藏家程琦所得。琦字伯奮，號可庵，安徽新安人，藏古代書畫名跡極多。君實四十年前在日本東京，曾佐其編撰書畫目錄，此卷亦曾寓目。而先生於七年前謝世。今再閱此卷，不勝人琴之感，故題於卷後云。己丑（2009）六月，黃君實時客京華。

錢維城《漁浦朝煙圖》卷 黃君實題跋 龍美術館藏

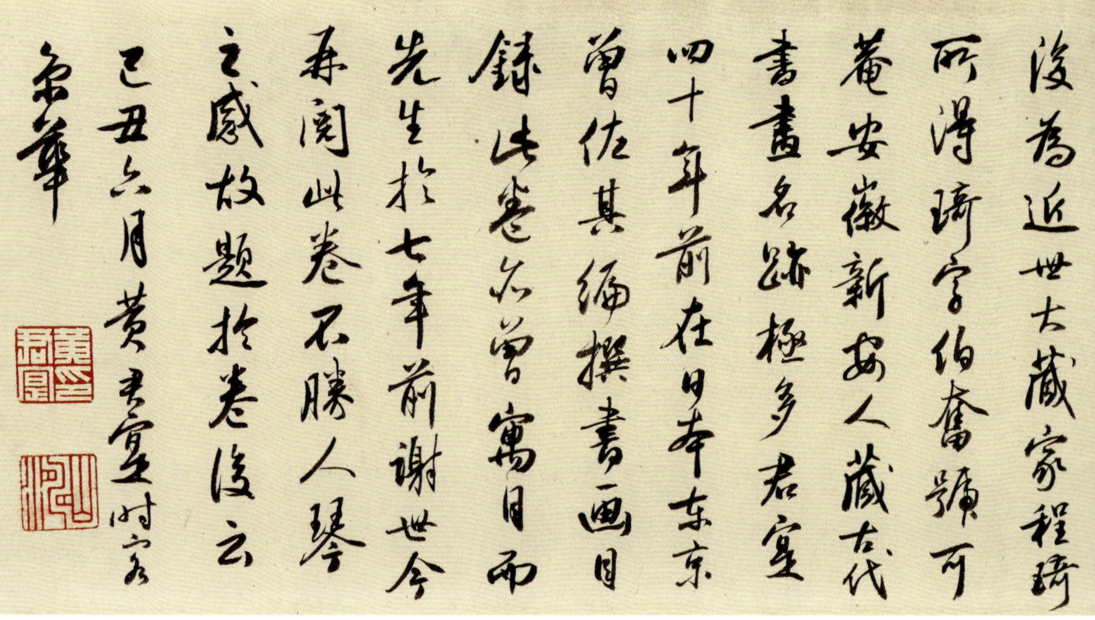

跋李研山《素園圖》卷

先師李研山先生，天姿秀逸，學古功深，其畫由文、沈上窺元四大家之藩籬，筆精墨妙，為近代所罕見，惜其體弱多病，享年不高，故作品流傳少，名亦遜於張大千等耳。一九五六年春，余得李我生老師之介，謁先生於鑽石山寓居。先生審余之習作曰：“君畫有秀氣而用筆蕪雜，乃少見古畫耳。然具秀氣，當代唯吳湖帆、溥心畬二人，雖大千亦不如。”實則先生之書畫，生具秀氣，足與吳、溥二公並駕齊驅也。先生曾為廣州市美校長，桃李遍天下。余識先生也晚，聆教之機會無多，然片言隻語亦足以畢生受用矣。此《素園圖》為先生之精品，其園林花木如睹真景，屋宇清幽、桃柳夾岸，世間何處得此境，令人思往遨遊。其用筆之簡淨，設色之明麗而不俗，深得文衡山之神理，近世畫人鮮能企及也。故友常宗豪先生，亦先生之高弟，藏師之精品甚豐。此卷珍藏於家，不輕示人。夫人曉明女史以楚男、克昭二君嗜愛甚篤，求之屢屢，乃慷慨贈之，可謂楚弓楚得，而誠為藝苑之美談也。壬辰（2012）暮春三月，弟子黃君實敬識。

跋王翬《仿黃鶴山樵山水》卷

清初四王中，石谷摹古之功最深，尤以學黃鶴山樵，可謂神形俱肖，當時畫家罕有其匹，故煙客、玄照皆稱譽之。此卷為其晚歲之作，自謂撮其用意，所得佳處、領其要者，可見自信已能融會山樵精粹為己所用，非復僅以模擬為功矣。吾粵藏家潘季彤跋中，稱其非數十年苦心孤詣，不能臻此畫境，可謂至言。此卷約在清季，由粵流轉至北，故後有無錫錢寶和題跋，及吳窓齋篆書引首，今則為吾友陳宇之所得，宇之好收古書畫，尤重四王，此卷可謂得所歸矣。庚寅（2010）六月，黃君實拜題。

跋文彭《和倪雲林江南春詞》卷

文彭字壽丞，號三橋，為明朝大書畫家文徵明之長子。彭幼承家學，善各體書法，尤以草書為工，成就出其父之上。精鑒賞，善治印，曾助大收藏家項元汴鑒定古今書畫名跡。項之收藏印章，亦為其手刻。文彭草書先學孫過庭《書譜》，後見僧懷素《自序》真跡，心摹手追，深得醉素之筆法，神韻於祝枝山、陳道復外，別樹一幟，為世所稱。此和倪雲林《江南春詞》三首，學懷素能入法出法。用筆騰躍飛動，縱橫馳騁，駸速相滿，變化萬千而出乎自然，誠三橋傳世草書第一妙品也。令人百看不厭，歎賞不置矣。壬辰（2012）秋，黃君實拜觀敬題。

倪雲林《江南春詞》載《清祕閣集》卷四，七言古詩。

汀洲夜雨生蘆筍，日出曈朧簾幕靜。驚禽蹴破杏花煙，陌上東風吹鬢影。遠江遙曙劍光寒，轆轤水咽青苔井。落紅飛燕觸衣巾，沉香火微縈紛塵。春風顛，春風急，清淚泓泓江水濕。落花辭枝悔何及，絲桐哀鳴亂朱碧。嗟胡為客去鄉邑，相如家徒四壁立。柳花入水化綠萍，江波搖盪心怔營。

此詞真跡，明時為許國用所藏，國用求文徵明作《江南春圖》，一時勝流如沈周、祝枝山、徐禎卿、唐伯虎、蔡羽、王寵等皆有和作卷，清末歸顧文彬過雲樓，今在上海博物館，余曾一寓目。又，文嘉曾畫《江南春》副卷，有袁袠、袁衮、彭年、王穀祥、文伯仁、陸師道、黃姬水、周天球、張鳳翼、陸治、錢穀、文彭等和詩，卷中文彭和詩僅得第一首，今此卷不知何在，見吳榮光《辛丑銷夏記》卷五。後十日君實又記。

題所錄汪中《漢上琴台之銘黃鶴樓銘》合卷

汪容甫此文，調清詞雅，有清一代無此筆，當求諸晉宋間。適展閱唐摹《蘭亭》佳印本，乃仿其書而錄之。自定武石刻行世，不復知《褉帖》之真面目。近且有謂智永所偽，豈不慨歎。歲壬午（2002）春月，黃君實識。

此文（《黃鶴樓銘》）與《漢上琴台之銘》皆汪容甫先生為畢秋帆尚書代作。當時傳誦一時，幾於洛陽紙貴。黃鶴樓為今代所重建，余於十年前曾登覽，不無滄桑之感。壬午（2002）清明後，歸自申江書此。筆禿殊不當意，然紙為高麗舊箋，則頗有古意耳。山濤居士識。

王懷祖《述學序》曰："容甫淡雅之才，跨越近代，其文合漢魏晉宋作者，而鑄成一家之言，淵雅醇茂，無意摩效而神與之合，蓋宋以後無此作手矣。當世最稱頌者，《哀鹽船文》《廣陵對》《黃鶴樓銘》，而他篇亦皆稱。此蓋其貫穿於經史諸子之書，而流衍於毫素，揆其所元，抑亦醞釀者厚矣。"阮芸台亦云："容甫孤秀獨出，凌轢一時，心貫九流，口敝萬卷，鴻文崇論，上擬漢唐。"章太炎先生云："今人為儷語者，以汪容甫為善，彼其修辭安雅，則異於唐，持論精審，則異於漢。起止自在，無首尾呼應之式，則異於宋以後之制科策論。而氣息調利，意度沖遠，又無迫笮蹇吃之病，斯信美也。"君實錄。

題所作小真書錄《杜甫山水詩》卷

杜工部山水詩，氣息近曹公樂府。良由世積亂離，不無危苦之辭，與大謝所作有殊。雖深秀不逮，亦自鑄偉辭。世人謂《劍門》一首，筆力雄肆，而《萬丈潭》用字瑰奇，尤所愛焉。

小真書自元明來，工者絕罕，以晉唐名跡多湮沒不傳。趙吳興結字秀美，用筆纖麗，學之不善，乏其秀而得其媚俗。祝希哲、文衡山、王雅宜，雖曰直追晉人，實不出吳興藩籬。蓋但學棗木，故字形雅而用筆無方也。米元章云“作小字當如大字”，觀其《向太后輓詞》《跋褚臨蘭亭》可知。今見《曹娥碑》墨跡，點畫皆如屈鐵，透入絹素，轉折輕重悉備，視三希堂所刻，殆若霄壤。乃知世傳之《黃庭》《樂毅》等帖，僅得貌似耳。乙巳年（1965）夏，黃君實書於崇基學院。

題文徵明自書《四季雨中感懷詩》卷

文衡山先生大字行楷師黃山谷，與其先輩沈石田取法相同，然衡山功力韻味皆能出藍。此卷書於戊午（1558）秋日，為其仙去一年前所作者。衡山壽臻九十，至老神明不衰。卷長逾三丈，隨意揮運，毫無做作，而縱橫馳驟，渾然天成，令人味之無盡。此四首七律，為四季雨中感懷，春夏兩首見《甫田集》，餘秋冬二首未查得，或其暮年所作，未及載入集中耶？雍希吾兄得此，宜珍護之。壬辰（2012）歲闌，君實題於香港。

東崖胤，原名伊藤長胤，通稱原藏，為十八世紀初日本京都著名儒者，博學多識，各地諸侯慕名招聘，皆不應。父仁齋，亦有盛名，以四書教授弟子，從學者多至三千人。長胤卒於江戶時代元文元年，即1736年，年六十七。此卷題於享保辛亥，即1731年。是此卷於雍正間即流往日本，而今又回歸國人之手，豈不幸哉。後數日山濤居士又識。

杜工部山水詩氣息近曹公樂府良由世積亂離不無危苦之辭與大謝所作有殊雖深秀不逮亦自鑄偉辭世人謂劍門一首筆力雄肆而萬丈潭用字瑰奇尤所愛為

小真書自元明来工者絕罕以晉唐名蹟多湮沒不傳趙吳興結字秀美用筆纖麗學之不善乏其秀而得其媚俗祝希哲文衡山王雅宜雖曰直追晉人實不出吳興藩籬蓋但學隶本故字形雅而用筆無方也米元章云作小字當如大字觀其向太后挽詞跋褚臨蘭亭可知今見曹娥碑墨跡點畫皆如屈鐵透入綃素轉折輕重悉備視三希堂所刻殆若霄壤乃知世傳之黃庭樂毅等帖僅得貌似耳乙巳年夏黃君寔書于崇基學院

題自書《杜甫山水詩卷》私人藏

題丁觀鵬《羅漢觀音圖》卷

乾隆初年，丁觀鵬以擅長道釋人物，甚得乾隆帝讚賞，屢在其畫上題詩，稱之為丁雲鵬後身。觀鵬工白描，摹內府所藏前代名跡極夥，皆可亂真。觀鵬畫多藏內府，民間流傳甚少，其無“臣”款者恐非真跡。此《羅漢觀音圖》卷，寫觀音、善才、龍女、韋陀與眾羅漢共五十有八，佈局奇詭，筆法精妙，眉目生動，神態各異。雖無“石渠”鑒賞章，亦可斷為真跡無疑，當時有可能為諸皇子所畫。“經訓堂珍藏”一印，為乾隆朝湖廣總督畢沅收藏章。嘉道後，歸上海鑒賞家徐渭仁，畫上鈐有其“隨軒”一印。洪、楊亂後，流入廣東。今畫上鈐有伍元蕙、何瑗玉諸藏章，即其證也。清末民初，為翁同龢、金城、龐元濟所有。加以題引首之阮元，題詩之白蕉，皆赫赫有名人物，足以見此卷之流傳有緒，為不可多得之名跡也。鑒齋其善藏之。癸巳（2013）初夏，山濤老人題於北京。

題啓功書《波羅蜜多心經》

啓元白先生一代書宗，其楷書筆畫清勁，結構精嚴，真可獨步當世。此《波羅蜜多心經》為其七十三歲時書，秀逸天成，有虞永興之風韻。憶余曾書小楷《心經》，就教先生。先生見中有一錯字，即曰：“寫經不能有錯。”既有，則不欲再看，其謹嚴如此。先生於余如師長，受其教誨極多。先生仙去，京華為之寂寞。每過其舊居，輒歎息不置也。辛卯（2011）春清明前數日，後學黃君實敬識。

題謝朓《雪賦》

往誦惠連《秋懷》《擣衣》諸詩，情韻超絕，心愛慕之，以為出靈運上。而《雪賦》清辭麗句，使事用典，後之才士當無復措手。惜其英年早逝，猶令人扼腕歎息。憶四十年前，遊學日本西京，每大雪紛飛之時，輒與諸友出遊，觀山林原野，寺廟庭園，一片皓潔，心胸為之開曠。今老矣，冬日畏寒，不敢出遊。追思前事，惟有神往而已。丙戌（2006）冬十一月，天氣驟寒，擁衾書此。山濤居士。

書畢，山妻在傍曰“君尚能作小字如是，何歎老耶”。余唯唯，並記於此。

因遇立污隨染成縱心皓然何慮何營
往誦惠連秋懷擣衣諸詩情韻超絕心愛慕之以為出靈運上
而雪賦清辭麗句使事用典後之才士當無復措手惜其英年
早逝猶令人扼腕歎息憶四十年前游學日本西京每大雪紛
飛之時輒與諸友出遊觀山林原野寺廟庭園一片皓潔心
胷為之開曠今老矣冬日畏寒不敢出遊追思前事惟有
神往而已
丙戌冬十一月天氣驟寒擁衾書此 山濤居士
書畢山妻在傍曰君尚能作小字如是何歎老耶余唯唯並記於此
洛神賦 并序 曹子建
黃初三年余朝京師還濟洛川古人有言斯水之神

題自書《雪賦》
私人藏

題《流沙遺珍》

此冊為日人中村不折舊藏，不折嗜中國書法文物，創建東京書道博物館。所藏劇跡有顏魯公《自書告身》、蔡君謨《謝賜御書卷》、宋元拓碑帖等。彼曾留學巴黎，善畫古典派油畫，以中日古事為題材。不折生於一八六六年，卒於一九四三年。黃君實識。

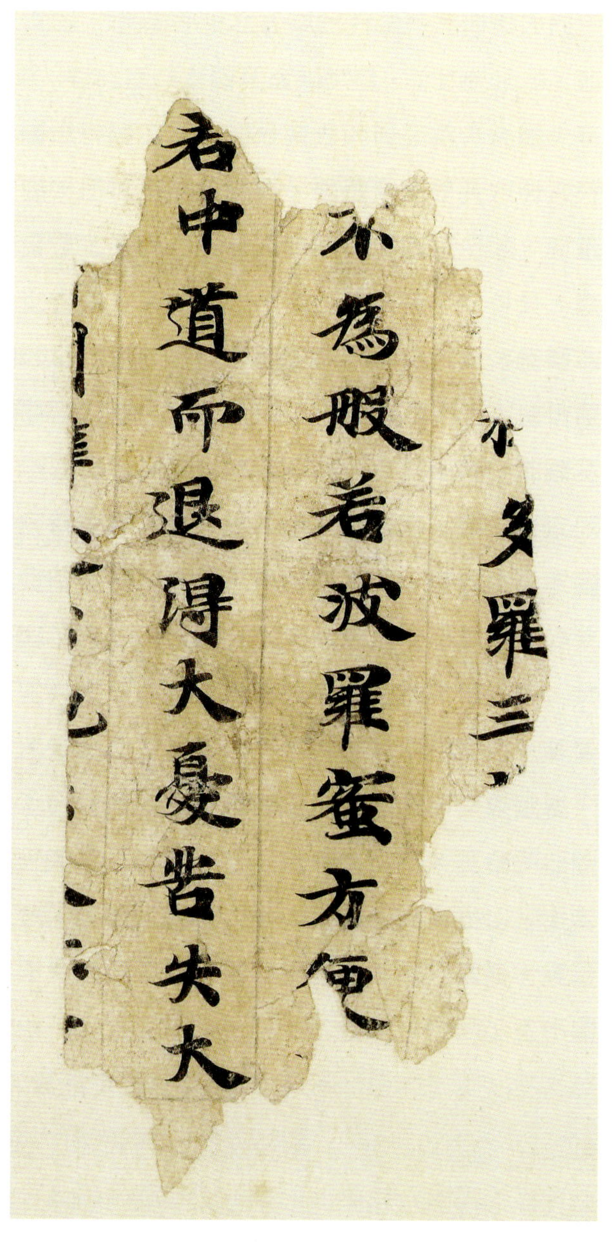
不爲般若波羅蜜方便
者中道而退得大憂苦失大

《流沙遺珍冊》（局部）私人藏

此冊為日人中村不折舊藏不折嗜中國書法
文物創建東京書道博物館所藏劇蹟有顏
魯公自書告身蔡君謨謝賜御書卷宋元拓碑帖
等彼曾留學巴黎善畫古典派油畫以中日古事
為題材不折生於一八六六年卒於一九四三年
黃君寔識

流沙遺珍黃君寔先生早歲得於紐約蘇富比有骨有肉精
光照人冊中一紙有小腸肝肺脾腎數字予見之曰射業醫也余為
黃翁料理十數年翁感荷丙申小滿後三日親詣澂診所慨然相
贈謹跋數語以誌賞會勝緣
弍零壹柒丁酉冬 何孟澂

《流沙遺珍冊》(黃君實、何孟澂題跋)私人藏

臨褚遂良《枯樹賦》卷後

河南書有北朝之勁健，有南朝之婉麗，可謂兼具其勝。顏魯公楷書亦從其得筆，後之學者不可勝數。米南宮一生服膺，真書壇之廣大教化主也。《枯樹賦》為河南早歲之作，其年不過三十二，而成就若此，令人讚歎。然其實學《蘭亭》而自具格局。餘如虞世南、李北海、楊少師，莫不師蘭亭法，而不師其形。山谷先生詩所云“世人但學蘭亭面，欲換凡骨無金丹”者也。行書以王右軍為第一，而《蘭亭》又為最得意之作。雖真跡不傳，自原跡所搨之摹本，由其筆法結字之變化，尚可想像其神妙。刻本雖定武初拓，不必論筆法，形亦失真，不若學懷仁集書之《聖教序》也。唐人行書無不學二王，蓋捨此無別徑耳。高者師其法而自成體段，李北海謂“學我者死，似我者俗”，亦以形似之不足取。趙松雪書參碑乃成別格，所以可貴。顏魯公行書氣象萬千，楊少師、蔡、蘇、米、黃皆學之，而各人皆自成面目。元人僅趙子昂、張伯雨得二王之傳，明人又等而下之，祝、文諸人皆不及宋元，唯董玄宰能得古人之意而神韻超絕。王覺斯之行書得米之十七，餘工者甚多，然皆不足成大家，安論抗行唐、宋耶。清初諸家皆難出趙、董藩籬。自碑學興，行書之佳處盡失，更無足深論矣。近世沈尹默、潘伯鷹、白蕉諸先生，皆力求振興，有志未遂，良可歎息。今古代名跡多重見於世，加以印刷精良，學者人皆可購置。夫書體各有所宜，未可偏廢。北碑南帖體用不同，筆法方圓正側各有所宜，優遊法度之內，出於天真，得乎自然，雖未必成家，亦足自樂矣。二千零三年歲次癸未七月初旬，山濤居士戲書。

余學蘭亭甚久，然不曾得其一二，形近似而失其筆法。即唐摹本於右軍真跡相去亦遠，況字之映帶而生，而又天真爛漫，觀之令人如飲醇酒，愈味愈覺其不可企及，所以為萬世行書之宗也。

行書以晉唐為佳，晉人真跡罕傳，唐人雖曰尚法，因去晉未遠，風韻猶可企及。晉人真跡賴唐摹以傳，刻碑以唐人最精，如唐太宗《溫泉銘》，下真跡一等。北海諸碑亦其尤者，懷仁集王書聖教摹刻，皆是第一等。惟其經刻石後，筆劃較剛，其集自《蘭亭》之字，韻味有差別。故學行書必觀晉唐人墨跡，如王詢《伯遠帖》、王獻之《鴨頭丸》、歐陽詢《夢奠》、虞世南《汝南公主墓志》草稿、李邕《四言古詩》、顏真卿《祭姪》、杜牧《張好好詩》、柳公權《蘭亭詩》、楊凝式《韭花》《夏熱》等。宋初尚有唐人遺風，李建中可為代表。蔡襄有唐人遺風而體段未成。至蘇軾、米芾接武晉唐，東坡風韻尤高，《寒食》一帖，置諸晉人，殆無分別。南宋多繼跡蘇、米，皆有善書者。至元趙孟頫以羲之為宗，筆法結構精妙嚴謹，風神韻致，秀媚婉麗，歷代殆無其匹。明人行書雖有文、祝、雅宜諸人，惟亦不出宋元。明末倪元璐、王鐸，行書雖工，然晉人風韻已無存矣。蓋時代風氣不同，然亦自開蹊徑。董其昌用筆結字直追晉唐，秀逸瀟灑，固為一代之雄，而筆畫輕清，氣息與晉唐自有別耳。清代篆、隸有過前人，而行草衰微，難覓大家矣。以上皆余之謬論也，觀者若有所取，則幸甚焉。

古人書多用硬毫，軟毫則自清代始風行。驗前人書跡，無不如是。若用羊毫書行草，使轉輕重皆不如紫毫或狼毫佳。所謂工欲善其事，必先利其器也。

此紙購自韓國，所謂高麗髮箋者，然現今所制，亦不如前。彼邦人喜用宣紙，蓋自寫碑流行，羊毫生宣自然風靡矣。古法漸失，為之慨歎。

山谷先生云："世人但學蘭亭面，欲換凡骨無金丹。不知洛陽楊風子，下筆已到烏絲闌。"楊少師《韭花帖》，古今之學《蘭亭》者，神韻無出其右，《盧鴻草堂圖跋》又別具面目，能者真不可測。九月杪將有杭州之行，前二日書。

癸未九月杪，君實書於香港。時天朗氣清，風和日麗，甚感快適。日間將有杭州之行。

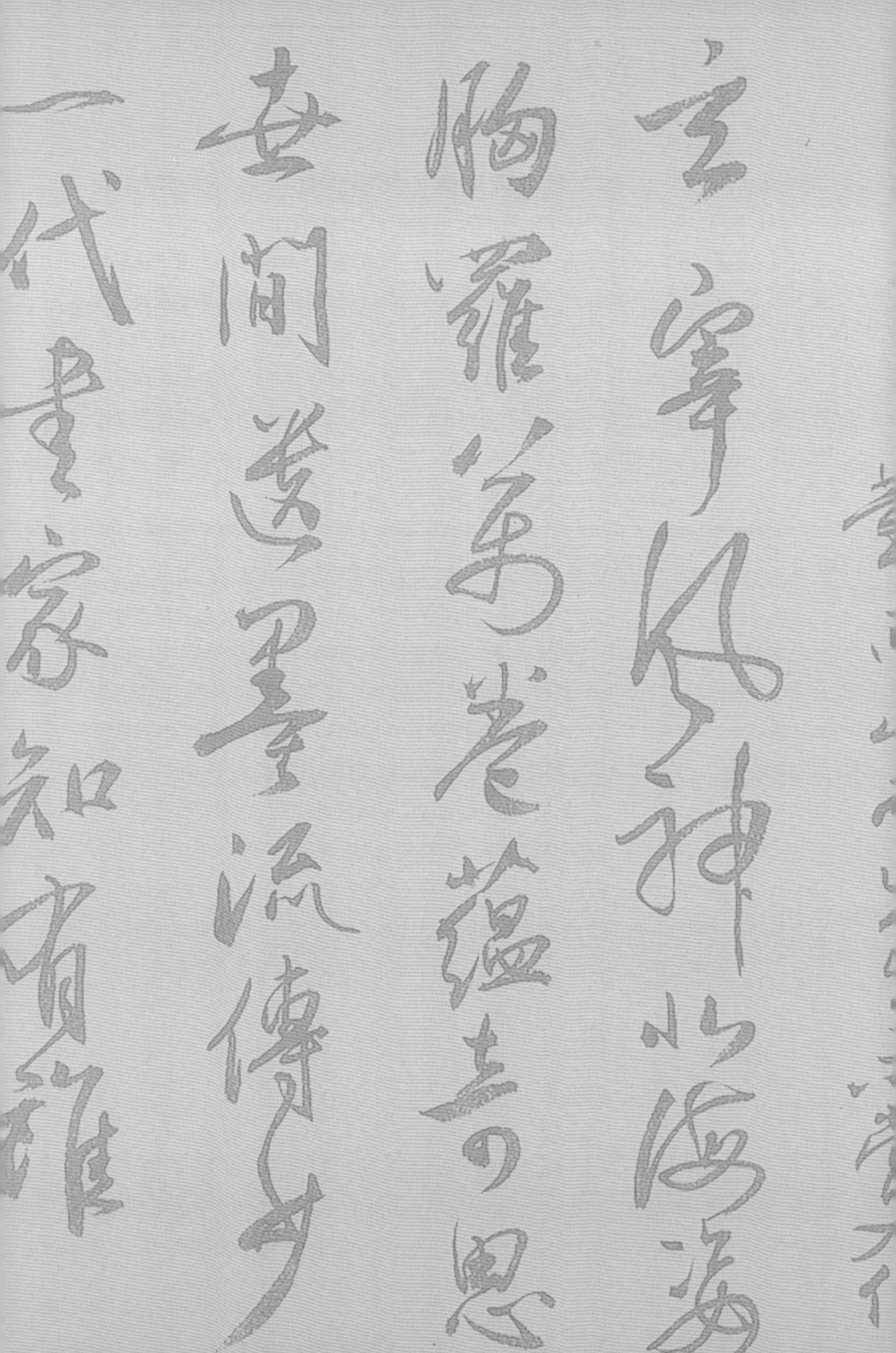

詩賦

孫中山先生頌

先生近代之偉人，生平事跡具載乎史籍，播譽於人口，芳烈未泯，楷則猶存。若乃致力革命，生遺室家之樂，關心民瘼，死無斗粟之儲。顛沛道途，四十餘年不懈，立志救國，三民主義是倡。帝制既除，翩然引退，大盜復辟，奮而再起。旋轉乾坤而不伐其功，拯救黔首則遽忘其身。德配堯舜，大聖之質存焉，功侔劉朱，儒雅之性過之。豈近代無匹，實前世罕儔者矣。

外祖李公孔敏，青年作客美洲，曾數晤先生。僕少時每聆敍其風采，則眉宇軒動，述其言論，則擊節讚歎。使先生得享遐齡，則其智足以杜外寇覬覦之患，其仁信能遏國賊傾覆之禍。遠望神州，空懷眷土之思，長念哲人，益增仰止之感。乃作頌曰：

明室運微，奸臣獻媚。導虜入關，竊我神器。文物雖存，衣冠迥異。忠臣殉軀，志士奮義。此起彼應，前俯後繼。康雍雄略，乾隆盛世。其事雖稀，其流未閉。逮乎道咸，上昏下黷。鴉片役後，國勢日蹙。戰端頻開，生靈荼毒。喪師割地，列強競逐。乃有洪楊，崛起粵中。振袂攘臂，興雲嘯風。聲震河北，席捲江東。

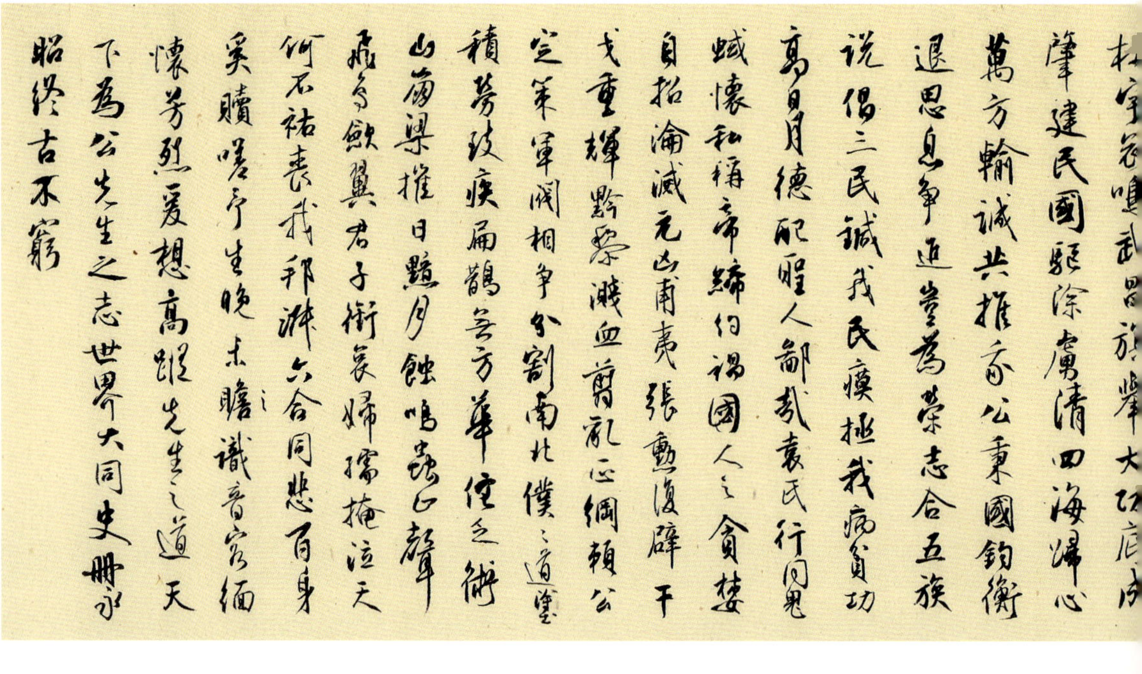

滿帝慄股，外夷動容。蕭牆禍作，不克有終。赫矣孫公，應時而生。騰譽香港，沉跡翠亨。民貧國弱，觸目驚心。志存匡世，遂集羣英。足遍歐美，會結同盟。文擅雕龍，說若奔鯨。懦鈍增氣，聾聵移情。屢逢困厄，幾歷艱辛。履險能勇，因公忘身。顛沛日本，蒙難英倫。蹶勢鎮南，敗績羊城。七十二士，同日成仁。黃花改色，杜宇哀鳴。武昌旗舉，大功底成。肇建民國，驅除虜清。四海歸心，萬方輸誠。共推我公，秉國鈞衡。退思息爭，進豈為榮。志合五族，說倡三民。針我民瘼，拯我病貧。功高日月，德配聖人。鄙哉袁氏，行同鬼域。懷私稱帝，締約禍國。人之貪婪，自招淪滅。元兇甫夷，張勛復辟。干戈重揮，黔黎濺血。剪亂正綱，賴公定策。軍閥相爭，分割南北。僕僕道途，積勞致疾。扁鵲無方，華佗乏術。山崩梁摧，日黯月蝕。鳴蟲止聲，飛鳥斂翼。君子銜哀，婦孺掩泣。天何不祐，喪我邦俶。六合同悲，百身奚贖。嗟余生晚，未識音容。緬懷芳烈，爰想高蹤。先生之道，天下為公。先生之志，世界大同。史冊永昭，終古不窮。

歲在戊申（1968）之春，君實書於日本京都東山下

黃君實自書《孫中山先生頌》（局部）

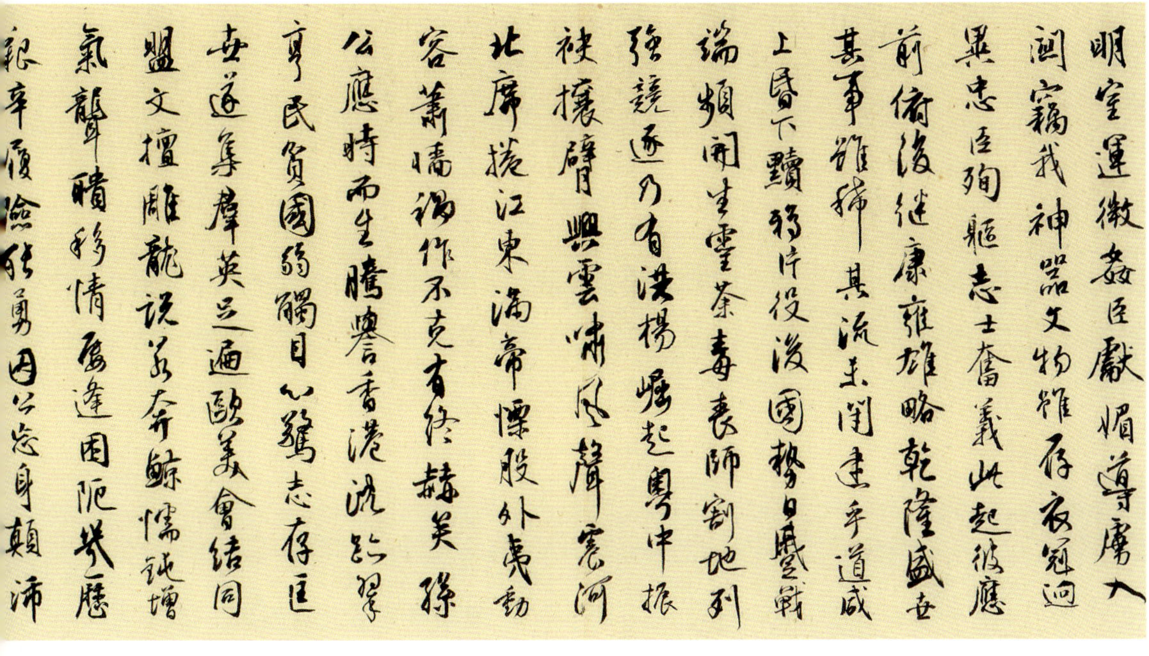

海鷗賦

接羽翮以翱翔，薄洪濤而遠逝。仰穹宇之蒼蒼，瞻浩汗而無際。

靡鴻鵠之易舉，猶千里而必詣。其為狀也，丹喙綠足，赤眼霜甲，

長翎隼擊，電目鷹眨。雖游跡於水隈，恥同伍乎鵝鴨。

於是時和氣清，天地朗融。弄清影於沙間，唼魚藻乎波中。

浮沉出沒，翻動成風。擾翰為林，遮日蔽空。

叫嘯如雷，聲動鮫宮。馴之則近，逼之則飛。

去就無失，自然是依。於茲禽之羣處，信絕慮而忘機。

彼狡童之與游，乃貌是而心非。傷人間之險巇，遂振翼而不歸。

若乃狂飆盪飀，波立山傾。霾瞠四布，白日瞑瞑。魚龍潛隱，鳧鶴神驚。

爾乃凌駭浪，迎颼飀，抗暴雨，面雷霆。乘危邁遠，聯羽長征。

思彩彩之羽毛，繫籠檻以哀鳴。寧碎身於波濤，奚願戀促以全生。

雖骸殘而翼毀，將奮迅而靡停。嗟禽鳥之微物，猶守志而不渝。

何萬類之靈長，朝立節而暮殊。悵萍蹤之飄泊，感日月之云徂。

使得時以騁志，亦豈惜乎賤驅。知邪氛之障道，紛螻蟻以競趨。

苟終身於污溷，吾寧從乎斯鳥於江湖。

1963 年作

黃君實書舊作海鷗賦（1983 年）

海鷗賦

振羽翮以翱翔，薄滄濤而遠逝。仰穹宇之蒼蒼，瞻浩汗而無際。鄙鴻鵠之易舉，翱千里而必諧。其為狀也，丹嘴綠眼，赤腳霜甲。昔翎鮮翠，雲目鷹睨。翔遊於水隈，恥同侶乎鳶鴨。於是時秋氣清，天地朗，騁其清影於沙間，接魚潦乎波中。浮沈出沒，翩翻戲風，接翰為林，遮日蔽空。叫嘯如雷，聲動滄宮。馴之則近，驅之則飛。去就無心，自然是依。伊茲禽之聲處俗繞慮而忘機，被狡童之與遊。乎乃觀是而心悲，歎人境之險巇。遂舉翅而高歸，翔乃往颺蕩滄波，立山傾，霜皚四布。白日冥冥，魚龍潛隱，鳥龍神。鷗乃迴濤駭浪，迎颱飄於暴雨而雷霆，乘危遶盪，騁翼長游。流飄萬里，踰越重溟。思柔柔之羽毛，繫艨艦以為鳴。寄存身於波濤矣，願無從以全生，雖嶽殘而羽毀，特奮迅而亭亭。嗟禽鳥之微物，猶守志而不渝，何萬類之眾生長朝立暮而暮殊，悲浮生之飄泊，感日月之云往，傷時以鴻鵠，亦空惜乎賤軀，知邪氣之浸道，終鷗賦以競趣，苟終身於瀾淪，焉寧從乎斯鳥於江湖。

退之道兄之書善畫，邂逅紐約，相談甚歡，因索拙書，乃錄舊作請正。癸亥歲 閩山濤 黃君實

《詠史》並序

余直性狹中，與物多忤，幸素乏大志，所敦詩書而已。嘗思結宅林藪，以避囂塵，農暇則讀書，或遨遊山水，慕陶令之高趣，固無取謝客之棟宇居山也。惟時移世異，野火燎原，窮谷深山，都無善土。自遷居海外，倏焉十載，鬢邊生華，而疇昔之願，殆猶夢寐。加以挫於生計，苟不屑斗筲之役，則凍飢迫人，既昧乎大道，黯於權變，夫復何言哉！間覽典籍，慨然興懷。庾信有言："窮者欲達其言，勞者須歌其事。" 倘今之情，有同於古，敢效太沖，著為《詠史》數篇，亦前賢借酒自澆之意云爾。

（一）

少小誦紀傳，慷慨思有效。常慕班定遠，絕域肆游眺。下筆驚儕輩，鄉曲稱英妙。遂懷名山志，奚識仲宣躁。荏苒日月除，夙願無一造。役形案牘間，直木竟成橈。轉喜淵明達，心契叔夜傲。高趣邈不逮，亮乏凌霜操。讀書知未精，詎辭空疏誚。折節恐已遲，華髮易童貌。覽古增嗟歎，中衷躬自悼。

（二）

漢儒治經籍，皓首窮訓故。聞有秦延君，釋書繁無度。穿鑿非聖意，蕪辭旨難諭。近人注大誥，字亦廿萬數（顧詰剛解《尚書．大誥》廿六萬字）。碎義終何補，大處乃不務。考證寖成風，斯文以沉痼。偉哉揚子雲，好學鄙章句（《漢書．揚雄傳》："雄少而好學，不為章句，訓詁通而已"）。

（三）

侏儒饜甘肥，邀幸藉佞巧。東方偉丈夫，祿薄安得飽。縱值休明世，瓌辭何足道。見遇類俳優，著論苦不早（《漢書．東方朔傳》謂其終不見用，因著論，設客難己，用位卑以自慰諭）。韓信歎噲伍，招禍身難保。避世金馬門，浩歌抒懷抱（《漢書．東方朔傳》載其歌曰：陸沉於俗，避世金馬門。宮殿中可以避世全身，何必深山之中，蒿廬之下）。賢愚豈一途，誰為別蘭鮑。

（四）

魏武分九品，意在選才雋。司馬因其資，遂用開帝運。末流寖衰弊，下逮惠懷亂。升降藉世業，無復進賢論。晉元遷江東，實賴王謝奮。郗庾為佐參，柄權成重鎮。上品異寒門，襁褓即封郡。監馬不知馬，玄談尚雅韻。濫竽居高位，英彥何由進。資歷重古今，令人生憤懣。

（五）

吾羨阮嗣宗，解作青白眼。嗜酒致佳官，越禮無遺舛。與遊嵇向輩，晉士稱冠冕。司馬雖雄猜，猶能護其短。臧否豈易言，胸中信有斷。乃悟抱玄默，始可任虛誕。

（六）

陶潛雖隱淪，盛名彰身後。由其文章佳，匪以居林藪。古來編戶民，今復知誰某。生世多迍邅，歡樂豈能久。況或抱窮獨，無酒亦無友。著述誠苦辛，厥志在不朽。傳遠信難料，湮沒長八九。貴乎自得趣，等身終何有。

1966 年作

孫位繪《高逸圖》之阮籍 上海博物館藏

海寧觀潮八首

江邊處處錦旗飄，人語車聲喧市朝。忽地海門銀線見，萬人矯首候來潮。

白練橫江鋪地來，晴天烈日響驚雷。勢如萬馬齊騰驤，摧得銀濤八面開。

（鹽官觀潮。）

錢塘江畔宰相家，庭院深深映日斜。碑匾劫餘文物散，空留植樹使人嗟。

（陳元龍歷仕康雍乾三朝，曾刻《愛日堂帖》。今僅餘殘石，庭中有手植樹。）

恩寵三朝陳閣老，乾隆駐蹕惹猜疑。一從書劍風行後，浪說胡兒是漢兒。

（金庸著《書劍恩仇錄》，人多以乾隆非滿人為口實矣。）

舊宅翻新世已更，佳人才子尚餘情。可憐墜翼空遺恨，留得千秋歎息聲。

（徐志摩故居重修開放。人皆歎英才早逝。）

新月詩篇靡當年，愛眉小札意纏綿。遊人不解文壇事，但說人間四月天。

（近以徐志摩愛情故事拍成電影。）

海寧當代盛人才，公與觀堂（王國維先生）稱博賅。校籍杭城違鄉井，西山松菊為誰栽。

（張宗祥先生故居門對西山，而先生未嘗入住。）

玄宰風神北海姿，胸羅萬卷蘊奇思。世間遺墨流傳少，一代書家知有誰。

（先生書學李北海、董思翁，得其神髓。惜其遺墨流傳不廣，故海外知者不多耳。）

黃君實書《海宁觀潮詩》之二

海外感懷二首

避禍稚川素稱賢，歸田平子識機先。人文盡盪前生劫，翰墨相知夙世緣。賡詠揮毫無俗客，種花栽柳惜殘年。齊眉幸有梁鴻樂，蔬飯能添小醉眠。

圖書過眼盡雲煙，豈欲庋藏付子孫。不羨墨林收天籟，擬從庾信賦小園。啾啾蠻語難同夢，絲絲華髮近衰年。料得餘生長作客，故山朋好幸相存。

20 世紀 80 年代作

中秋詩次陳文巖韻

普洱茶香賽酒醇，膻腥我漸厭肥豚。岐黃術擅扶危苦，弄翰高吟得此君。人間又見傅青主，世上難尋鄭廣文。偶逢佳節來相聚，更喜蟾蜍滿十分。

（附陳文巖原作：今夜休提膽固醇，人逢佳節食肥豚。行醫一世當如我，醉墨中年喜遇君。舊恙到頭無大礙，老天畢竟惜斯文。眼前肴核直須盡，管甚腰圍增幾分。）

黃山紀遊五首

老病筋疲足不前，名山舊約苦難圓。今朝喜得重登覽，不到黃山十四年。

北海賓館散花樓，歷年宿泊話名流。人間窮達尋常見，過眼榮華一笑休。

昨日狂風兼暴雨，天公今夕忽開顏。高山晴雨原無定，卻被人呼馬屁山。

年來兩上光明頂，此是黃山第二峰。蓮蕊天都相鼎峙，雲煙浩盪起天風。

黃山歸來不看嶽，霞客品鑒有定評。奇松怪石皆畫境，神工鬼斧殆難成。

2008 年作

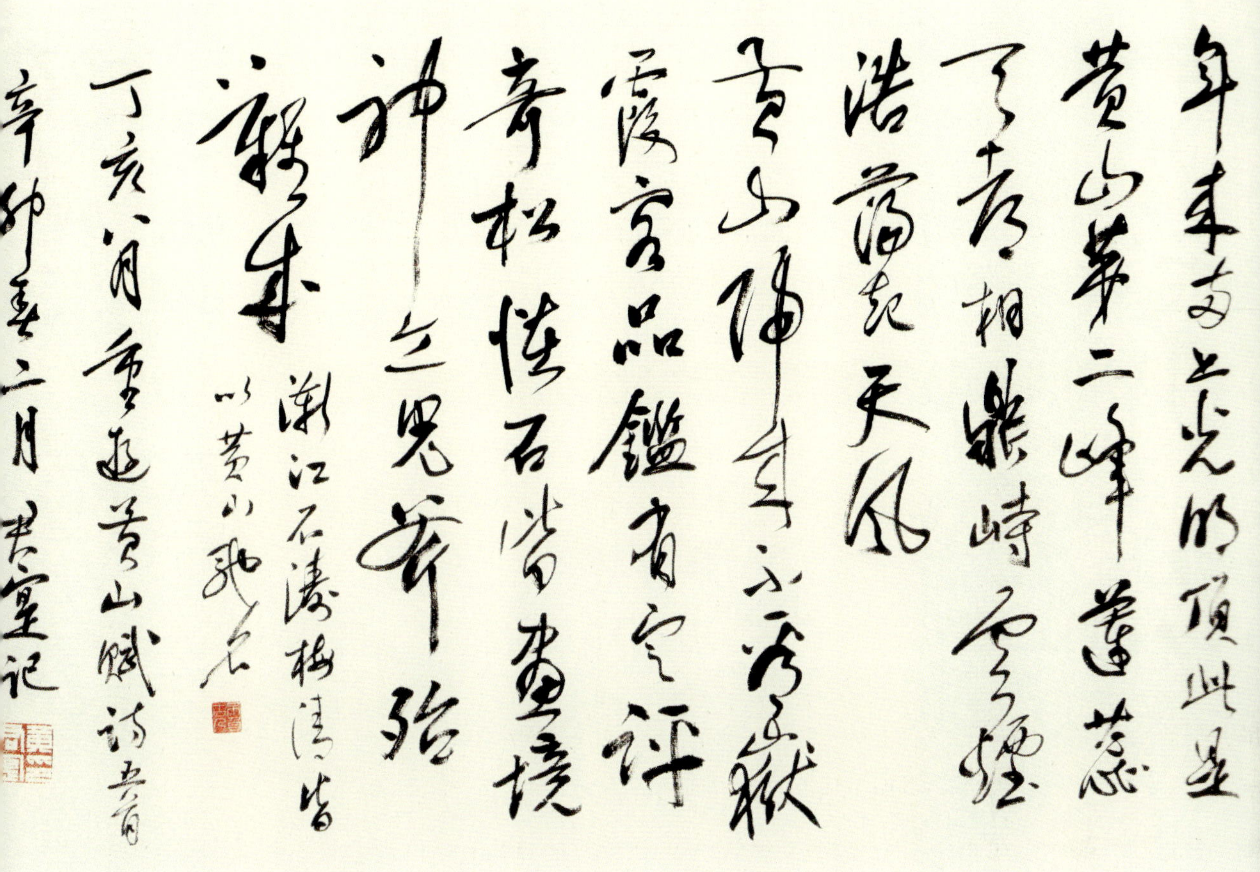

自書《黃山紀遊詩》之一

題謝稚柳《落墨荷花圖卷》

恍惚徐熙落墨痕，調黃施黛見天真。畫圖久絕江南格，妙手能開千載心。

題翁萬戈先生繪《萊溪七賢圖》卷後

十里松杉環勝地，一灣流水碧湛藍。身在異鄉忘是客，萊溪風物賽江南。

乙丑（1985）初夏，萬戈華寶伉儷招集己千、稚柳、邦達、仁愷、伯達諸公，余追末座，得附驥尾，書此志幸。

翁万戈繪《萊溪雅集圖》卷（1985 年）

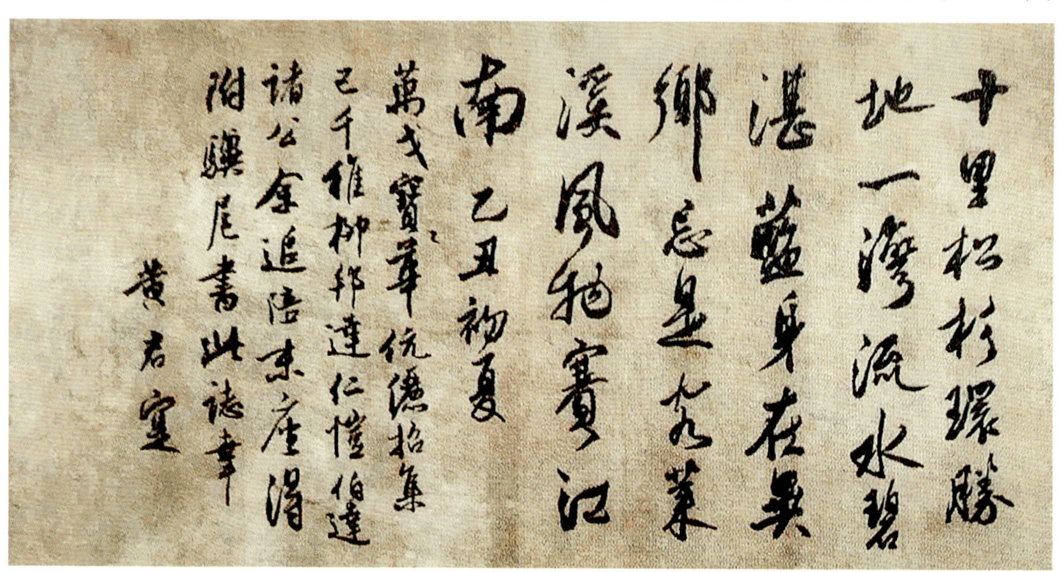

黃君實在《萊溪雅集圖》卷題詩

得張大千先生舊作二幅，乞為重題，以詩代柬

我不識張髯，髯名滿四海。胸中萬象涵，詩書彰文采。潑墨煙雲生，揮毫鬼神駭。少年好丹青，髯畫觀每再。愛之寢食忘，千金力難買。無意得二幅，廿年青眼待。秀逸邁清湘，妙意通王宰。乞題示後昆，傳諸千萬載。

聽梅日強彈琴二首

廣陵琴士藝通神，妙手揮弦六十春。中散遺音應未絕，千秋又見一傳人。

梅花三弄憶故人，古調新彈別有神。問答漁樵沙落雁，滿堂風雨響松筠。

梅日強先生彈琴

普洱茶詩四首

普洱茶

滇南祕境產珍茶，露潤雲蒸翡翠芽。歲久味醇香更好，世間名種此堪誇。

飲紅標宋聘

紅標宋聘久名揚，湯色澄明琥珀光。舌底生津香透腹，知渠無愧稱茶王。

飲紅印

紅印圓茶色味全，泡沖須用好山泉。招得高朋相品飲，暫忘塵俗即神仙。

近日普洱舊茶價格飛漲

雙獅稱后宋聘王，同興陳雲各擅場。近日價高君莫詫，只看紅酒在西方。

余八二歲朝，文巖賦詩為賀，次韻答之

普茶味好袋無錢，一技生涯只硯田。多病倖存憑護理，寶珍過眼總雲煙。摩挲卷軸聊娛樂，易米何堪夜失眠。我字君詩皆絕調，相將攜手萬千年。

（附陳文巖原作：管甚斗茶要幾錢，一壺普洱潤心田。窺毫每見窗前月，快意還看紙上煙。名畫得來常撿漏，古詩寫罷好酣眠。人云書者多長壽，我與先生期百年。）

（陳文巖又再和二首：今日洛陽紙幾錢？卞生抱璞識和田。相交君子清如菊，抬舉銜頭渺似煙。八爪潛心終有得，多回起死拚無眠。也知百歲瞬時過，唯有詩書能永年。

寫字何曾為換錢，用功信可比耕田。醫家偶作詩家夢，心底翻成筆底煙。藥石研方求永效，琴書伴榻寧無眠。長江逝水東淘去，花影月移又一年。）

畫竹壽蕊園師兩首

蕊園堂下千竿竹，歲歲殷勤手自栽。待到滿庭深淺綠，自有清風日夕來。

浪跡寧甘作絮萍，春風回首十年經。自是人如堂下竹，雪霜無改舊時青。

畫蘭

迎風浥露一枝垂，恰似吳姬試舞衣。高潔信知如屈子，湘江楚澤憶芳菲。

己亥（2019）初秋贈勤園主人

名雕古刻佈庭丘，珍木奇花映畫樓。十載經營心血注，桐城才子汝何求。

己亥（2019）六月勤園主人招遊別業三首

巖邊品茗看流瀑，樹底閒眠聽鳥聲。如此溪山何處有，勤園別業惠陽行。

惠陽山水接羅浮，飛瀑千尋向海流。綠樹叢中華宅現，清漣潭裏雁鵝浮。

池畔古亭疊石幽，親人錦鯉樂沉浮。佳肴美酒宴嘉客，醉倒何妨一宿留。

題畫竹石

怪石起煙雲，叢篁動風雨。賞音久無聞，千秋思君子。

村居

連隴新秧一片青，桃花飛盡近清明。晚來雨過餘寒薄，滿谷蛙聲倚枕聽。

遊奉化溪口詩稿四首

剡溪溪水出重巒，中有魚兒逆碧瀾。力爭上游空費勁，可憐無計避盤餐。

楊梅山上覓楊梅，樹樹紅珠處處栽。入口清甜香齒頰，雖然路遠不虛來。

奉化珍饈饜老饕，山禽魚鱉佐黃醪。芋艿雷筍皆名物，尚有鮮甜水蜜桃。

亭下湖邊水接天，梵居漁浦漫雲煙。須臾雲散山如畫，北苑瀟湘現眼前。

車上看山

列車奔馳出山洞，驟睹天光疑破夢。沙田眾山爭來朝，朝暾初上宿霧消。獅嶺嵯峨忽變態，望夫乍觀瞬已遠。細草搖風露未晞，落落村居似佈棋。馬鞍山色看有無，須臾突兀干天衢。山腰束雲斜繚繞，孤峰嶄立高縹緲。山下粼粼波萬頃，風帆點點如飛鳥。

觀故宮名畫

畫本流傳自祕府，細觀忘歸久延佇。年來夢寐今見之，珍物蒙塵我羈旅。千巖萬壑煙雲起，山川競秀羅眼底。古道盤紆向天連，飛瀑淙然聲入耳。江村流水小橋橫，漁舟隱見蒹葭裏。春山漠漠煙浮樹，山雨欲來人待渡。江行初雪風霜苦，丹楓墜葉鴉噪暮。信知采筆奪天工，著我疑在畫圖中。安得身登太華峰，曲肱臥聽古松風。

黃君實書《觀故宮名畫》一首

東京別張世彬兩首

1966 年余獲日本外務省獎學金，赴京都大學研究六朝文學。時世彬兄亦在京大，遂得與遊。兄卓犖不羣，睥睨時俗，唯好山水，遊蹤幾遍歷日本諸島。余以得識兄為幸，兄亦待之以誠，遂成莫逆。不兩年，兄受香港中文大學之聘返港，余賦詩以贈。詩稿今已不全，兄亦於 1978 年仙逝。往日情懷，僅餘碎片，然余又何忍棄之。乃盡搜心中所記，雖斷句殘章，亦聊誌舊情云爾。

其一：櫻蕊初舒梅未飛，迎春卻是送君歸。長談每恨遲為友，處俗同嗟後識機。舉世已無陶令宅，望鄉何用仲宣辭。數聲汽笛行人遠，更有紅妝泪濕衣。

其二：（前缺）侵晨賞雪平安寺，除夕聽鐘永觀堂。吾土山川稱宇內，未須惆悵憶扶桑。

次千石先生移居韻四首

百尺樓台接碧虛，杜門高臥冷車輿。囊山括海添名畫，煮茗焚香讀異書。處靜自同塵境遠，論交微恨世情疏。閒來詩酒招佳客，奚必林泉羨隱居。

年來心事怯憑欄，野馬黃埃天地間。一水繞城分楚漢，扁舟維夢隔關山。眼中十載胡塵動，域外何年逐客還。窮骨豈憂埋異壤，孤忠吾獨許殷頑。

雨過遙空弄晚晴，層樓燈火繞山明。捲簾放入星河影，隱几時聞鼓角聲。久陷兵戈忘歲月，預栽花木待承平。羨君斗室能安枕，竟日春風座上生。

生涯飄泊誤儒冠，八表同昏道路難。華髮暗從愁裏長，故交惟在夢中看。楓翻眾壑秋如醉，荷盡孤鴦雨更寒。食粥棲茅空作計，東山誰起謝家安。

十年

十年舊事從頭憶，流水光陰百感生。親老思家心萬里，愁多不寐夜三更。尋源學已無根柢，知我誰能有大名。塵跡人間皆一瞬，存亡慣見欲忘情。

觀打魚

馬鞍山頭日初出，漠漠連山煙霧失。漁翁操舟破浪來，沉鳴網榔魚躍急。提網出水銀刀現，屈強網中猶潑潑。漁民生計乃在此，朝出暮歸無稍息。終年捕取魚漸疏，江海雖闊行不得。網破衣單食不飽，風吹日炙背肩黑。憶昔我家居海濱，港口檣艫聚如雲。百人踏波拖大網，沿岸一攤百萬鱗。蜑民戶戶衣食足，晴日曬魚滿山谷。魚蝦價賤味甘鮮，阡陌綿綿水稻熟。如今世亂話當年，豐饒歲月何時續。

重過長洲有感

樹影婆娑明月夜，槳聲咿啞夕陽灘。重來往事空回首，風景依然獨自看。

過宋王台公園

海角傷心地，來遊一愴神。台空片石在，草綠舊痕湮。水接崖門遠，山銜落日昏。紛紛車馬過，城闕暗生塵。

讀陳文巖近作有感

何必艱深文淺陋，情真辭切即為工。方言番語皆能妙，詩筆縱橫八面鋒。

眼前瑣事頗關懷，信手拈來莊亦諧。詩有別才非妄語，清新又見一誠齋。

古梅

幽卉種何留此時，荊棘叢中一樹栽。老卻山村誰解賞，年年零落印莓苔。

一椽小坐

樹陰環合好花開，展卷幽階坐綠苔。隔岸青山青到眼，泉聲咽石耳邊來。

題畫

盈盈一望蒹葭水，漠漠寒林野色昏。寥落江山如此筆，扁舟何處問仙源。

浣溪沙（放棹）

放棹磯頭晚最宜，微風徐動水漣漪。凌波雙槳去如飛。
山色蒼茫明月上，何人長笛倚樓吹。夜深寒重露濕衣。

懷秋

小雨生微寒，竟日蔽陰翳。深秋候若春，草木猶蒙翠。白雲弄輕紗，四山增嫵媚。昔來榛未剪，三載景乃異。黌舍依山起，弦歌聲遍地。欣欣日臻榮，獨嗟年光逝。仲舒不窺園，墳典我疏治。感此生怊悵，凜凜懷霜志。

暴雨二首

狂飆動地起，急雨傾盆下。遙山倏不見，迷蒙失四野。跳珠亂入戶，敲擊欲碎瓦。銀瓶迸水漿，風檐搖鐵馬。蓄勢非一朝，今乃盡傾瀉。漫天暑氣消，似憐苦熱者。人稠水等金，涓滴楊枝灑。低窪成澤國，渠渠思廣廈。

天際霽色開，霏霏雨未止。溪流挾萬馬，數里聲震耳。滔滔天上來，清濁歸川尾。谷地瞬成湖，禾稻盡沉水。彈指失青蒼，隱現喻成毀。重巒翠欲流，出沒煙雲裏。安得起米顛，信筆塗一紙。

讀暮遠樓詩

浙山鍾靈秀，大謝挹其芳。遺韻流千載，曄曄發輝光。矯矯伍夫子，挺生實斯鄉。五言妙天下，異代獨鷹揚。雋語邁唐宋，文采見篇章。取則或近古，述情豈時忘。高風跨末俗，懿節若嚴霜。雅不與時競，朝市一身藏。愧無戴崇才，感激到後堂。雖得附驥尾，名聲安足彰。吟詠漱珠玉，信知吾道昌。

宿舍夜起

夢醒月光入窗戶，登樓看月雨霏霏。四野沉沉羣動息，漁燈數點明釣磯。陰霾蔽空天地暗，驚飆陡起木葉飛。黑影幢幢萬靈舞，泠然始知雨濕衣。雲收雨散羣岫出，皎皎孤月揚清輝。銀波碧巘相吞吐，妙處自覺心神怡。人生境遇有否泰，清景過眼能幾時。且樂目前莫待曙，對月弄影相娛嬉。

食哈密瓜

金風颯颯雁南翔，蜜瓜滿市來新疆。形若西瓜綠玉琢，色彩斑斕圓且長。剖之雪白鮮可嚐，齒頰生香啜瓊漿。質本嬌嫩難久貯，飆車南下挾風霜。不知天公可有意，遣此尤物生邊荒。昔日隴頭飛驛馬，新摘進貢帝先嚐。天下果瓜推第一，民無緣食其名揚。我今何幸生斯世，萬里乃得饜飢腸。遙思大漢風沙裏，蜜瓜收盡輪蹄忙。輪蹄忙，盎無糧。

除夕花市

除夕花市人如潮，摩肩接踵聲喧囂。桃花吊鐘開爛漫，芍藥玫瑰競嬌嬈。萬人爭看牡丹花，吐葩碗大疑丹霞。移根千里價豈賤，供養只宜富貴家。嶺南冬暖梅信早，踏遍四方所見少。塵俗多賞桃杏姿，孤芳合伴幽人老。凌波仙子說水仙，雪花玉葉誰見憐。霜根不欲污泥染，寒泉白石態清妍。花農苦顏對花枝，觀者雖眾買者稀。一年辛苦栽匪易，明朝便作柴薪棄。

雁歎

童稚不識雁，但知大如鵝。高秋仰天宇，細數雲中過。常思得一養，暇時聽其歌。久客香港忘鄉井，飛機多見少雁影。忽聞街上童呼賣，足繫目閉頭縮頸。斂翮無復凌霄志，似歎飢寒困此境。北來一旅高入雲，低飛覓食驚失羣。槍聲一響紛四散，日夜哀呼伴不聞。天地茫茫安所之，霜風凜冽稻粱微。飽食寧甘充庖厨，豈願孤生供子嬉。解縛驅之艱舉步，投以穀粒側不顧。家人煮水將烹之，我自無言對日暮。

鳳凰山紀遊五首

石磴循清溪，逶迤到山麓。長林出古松，精舍傍修竹。迢遞陟高巖，豁然見幽谷。山中值雨過，苔滑攀愁速。路轉大風坳，鬱勃雲生足。行行入迷茫，咫尺難窮目。暝色漸四合，困頓思投宿。山門已在望，無庸相催促。久苦圜闠喧，暫得理塵俗。

叢樾隱招提，石徑通深殿。山僧肅客進，掌燈備素飯。山蔬嫩且甘，飽食猶未饜。風雨減遊興，早寢歸客院。帳破飛蚊來，終夜頻嘬面。輾轉不成眠，時聞風樹戰。

鳳凰雙峰兀，拔地三千尺。終古窺南溟，霧氣迷朝夕。我來值天雨，束裝杖輕策。賈勇上巉巖，匍匐攀危壁。煙雲薄襟袖，四顧茫茫白。天風撼身動，俯瞰墜心魄。同遊數十子，健者凌空碧。寸步嗟難行，欲登體無翮。翹首即山顛，咫尺千里隔。

風雨撼中宵，晨興猶未歇。四望唯空濛，遙知眾山沒。搴衣盤崚嶒，指顧稱奇絕。雨過霽色開，雲收千嶂列。虹影見半規，遠島浮可掇。鳥語傳柯枝，鐘聲渡林樾。連崗經野燒，青草始半茁。吟詠憶謝公，即景自怡悅。

遊山三日凍，歸路天放霽。山雲慳一面，臨別猶蒙翳。迤邐趨山腰，依依尚回睇。我生適喪亂，五嶽無緣至。宿心在山水，常懷宏祖志。玆山雖培塿，巖壑頗幽邃。臨海觀朝日，謂可比岱泰。此願因雨阻，高秋期後會。

贈黃君璧

白雲堂上老尊宿，戲收雲煙貯胸腹。閒來盤礡一揮灑，萬里江山豁心目。

羅浮華嶽昔遨游，黃山峨眉曾淹留。阿里雲海飽觀覽，更駕飛鴻踏五洲。

尼加拉瀑稱宇內，飛流千丈鬼神愁。淋漓大筆開生面，壯觀古今無匹儔。

訓人不倦及暮齒，五十餘年樹桃李。尺紙寸縑世爭珍，高名定必垂青史。

（不才與君翁老師殆有宿緣，初見即獲青眼，年來屢蒙訓誨，得益匪淺。近自台蒞港，數接清塵，因綴蕪辭以贈。 辛未（1991）新春，黃君實識。）

與諸友同遊皖南四首

烏溪溪水檀樹皮，佳楮製成書畫宜。牌品紅星推第一，弘揚國粹久名馳。

涇縣水西寶勝寺，淩雲雙塔映斜輝。黃檗高僧何處覓，遊人寥落烏鳶飛。

李白涇川汗漫遊，汪倫一曲誦千秋。桃花潭水今猶昔，似是繁華古渡頭。

太平水接桃花潭，細雨斜風入翠嵐。湖畔幽居藏又見，山中我欲結茅庵。

賀《中國書畫》雜誌十五週年慶

中國書畫，源遠流長。漢魏初振，六朝更張。唐宋競秀，元明播芳。卷軸浩瀚，典籍繁昌。爰及近世，眾議難詳。乃有斯刊，雅作橋樑。整理推介，公私珍藏。文采奕燁，辨析毫芒。十有五載，載譽彰彰。任重道遠，初心不忘。期以永久，華夏之光。

《中國書畫》雜誌創刊十五週年，謹以蕪辭恭賀。黃君實、龐志英頓首上。

微信瑣言

董其昌《天馬賦》

董其昌大字《天馬賦》，董氏好寫米芾《天馬賦》，自謂不下數十卷，而此卷是我曾見到其中字最大的一卷。去年，佳士得拍賣預展只展出一小部分，結果我朋友以三百多萬元買到。同場的文徵明則拍了八千萬，也算是撿漏了！董其昌是書壇跨代大宗師，其書藝之成就，書論之精闢，影響當時與後世極大。王文治曾言，顏真卿後，董其昌是第一人，並非過譽。董氏與當時收藏家多有交情，人亦樂意出名跡供其欣賞及題跋，故所見極廣。至於論書，更獨具識力而又能在其作品中做到。其行草飄逸秀雅，深得晉人筆意。楷書學顏，又具王右軍結字變化，小楷出於王獻之《十三行》而得其雅淡之趣。至其大字，亦能力透紙背，因其對用筆了解之深，無人能及。似此大字《天馬賦》橫 2613 厘米，縱 40 厘米，皇皇巨制，一氣呵成。回視趙、祝、文，恐亦難及。

河東君像

這張吳焯畫的《河東君像》是傳世柳如是最準確的年輕時的容貌，把她的性格及傲視羣倫的姿態及俊秀的風神都表現出來了。畫上署款：「癸未秋華亭吳焯為河東夫人寫於拂水山莊」。拂水山莊在常熟尚湖，是錢謙益與柳如是居所。某年新春，錢謙益偕河東君過拂水山莊賞梅，作詩云：「東風吹水碧於苔，柳靨梅魂取次回。為有香車今日到，盡教玉笛一時催。萬條綽約和腰瘦，數朵芳華約鬢來。最是春人愛春節，詠花攀樹故徘徊。」劫後吳綺有《過拂水山莊有感》四首，其一云：「朱樓一帶映揉藍，曾見藏書詬玉潭。詞賦可憐蕭瑟盡，不留紅豆在江南。」此畫現藏美國哈佛大學美術館。

吳焯繪《河東君像》

趙書《汲黯傳》

1970 年春，我在東京為程伯奮先生編寫書畫目錄。有一天，他帶我到永青文庫去看書畫，如非有交情，文庫對外是不招待的。我點了兩件渴慕一見的書法 —— 黃庭堅《伏波神祠》和趙孟頫的小楷《汲黯傳》，令我大飽眼福。《伏波神祠》是黃書的名件，筆劃飛動，墨黑如漆，真是洞心駭目！趙書《汲黯傳》也是鼎鼎有名而歷經著錄，其峻拔遒勁與一般趙書有別，而運筆如飛，整篇毫無懈筆。他功力超凡，元代無人可及，俞和雖形似而神采相去甚遠，文徵明補書百餘字，更是不能相比。我不同意有些鑒評家認為是俞和所偽，而把這件名跡否定。

趙孟頫小楷書《汲黯傳》

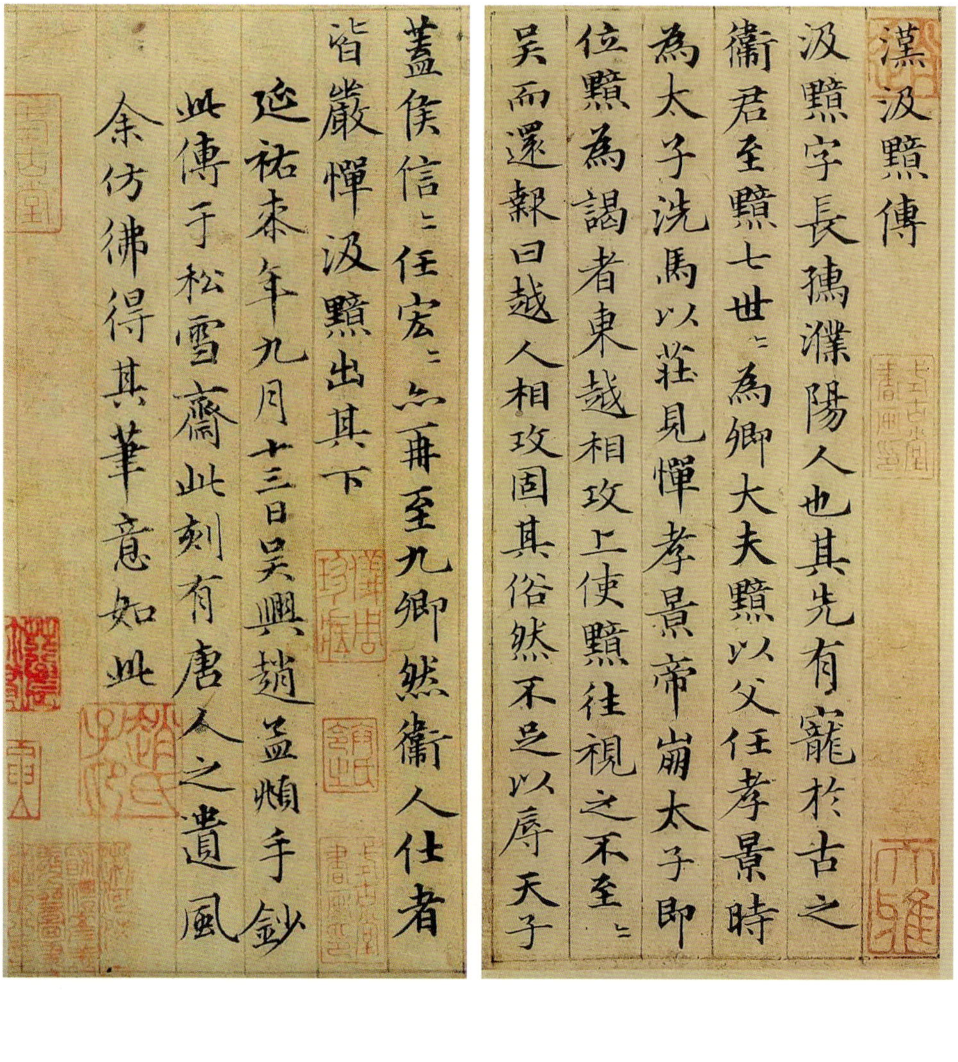
漢汲黯傳
汲黯字長孺濮陽人也其先有寵於古之
衛君至黯七世世為卿大夫黯以父任孝景時
為太子洗馬以莊見憚孝景帝崩太子即
位黯為謁者東越相攻上使黯往視之不至至
吳而還報曰越人相攻固其俗然不足以辱天子
蓋侯信信任宏宏亦再至九卿然衛人仕者
皆嚴憚汲黯出其下
延祐柒年九月十三日吳興趙孟頫手鈔
此傳于松雪齋此刻有唐人之遺風
余仿彿得其筆意如此

舊搨《天馬賦》

我找到一本舊搨的米芾《天馬賦》，前有唐人所畫馬，真跡明末應該還在，董其昌所謂大字本也。

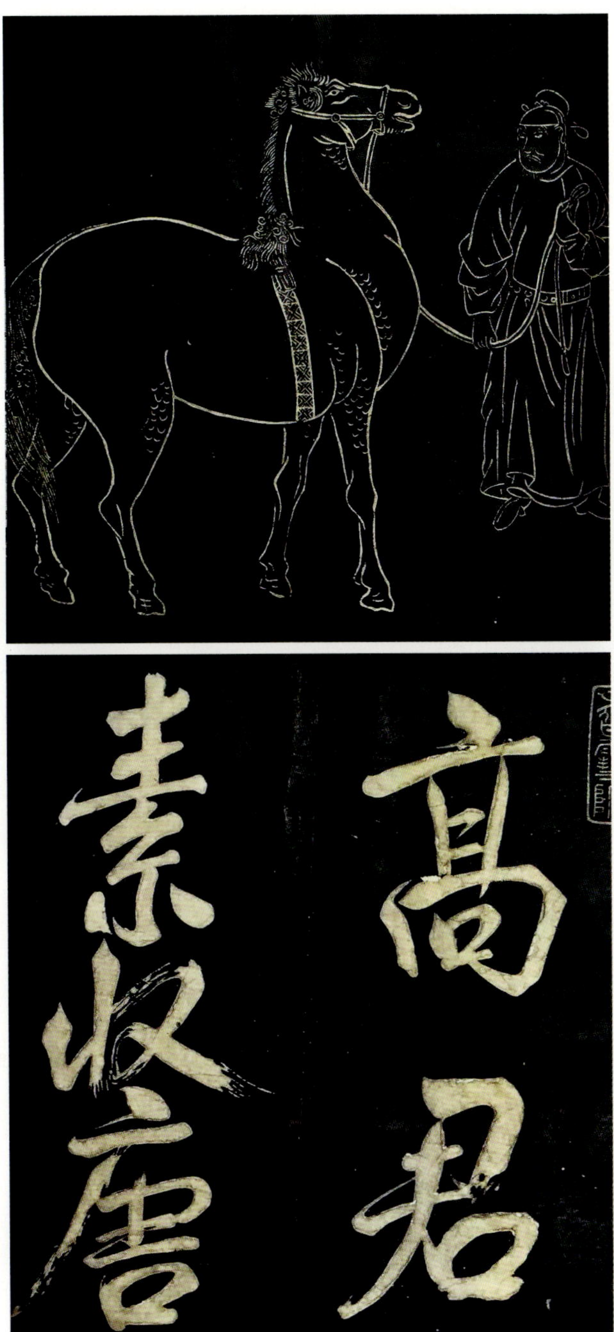

舊搨米芾《天馬賦》

仇英繪《後赤壁賦圖》卷

這是仇英按喬仲常水墨《後赤壁賦圖》結構，改用錢選設色法而成，微細處稍有改動，富有裝飾性。喬仲常原畫現藏美國納爾遜藝術博物館，已缺起首的一段雪堂景色。仇英此卷除了項元汴、項德棻藏印外，尚有謝淞洲藏印，後有萬曆年間嘉興汪挺小楷書《前後赤壁賦》。原本顏色較照片深而佳。

喬仲常繪白描《後赤壁賦圖》局部

仇英繪《後赤壁賦圖》卷，以喬仲常白描卷為藍本，而改以青綠設色，卷上項氏藏印纍纍。蘇軾以“是歲十月之望，步自雪堂”作為賦的起句，最上之圖寫的便是雪堂景。今存世之喬仲常白描本已缺此段，仇英臨摹時應仍完好。

畫蟹

秋風起，湖蟹肥矣！每年秋冬之間，江南人都能吃到肥美的大閘蟹。與朋友賞菊持螯，把酒言歡，真是人生一樂。北方人由於現代交通方便，也可有江南人一樣的享受了。但畫蟹的畫家不多見，是否因為蟹不好畫，又沾上橫行之惡譽，則不大清楚。宋代只看到一張《枯荷螃蟹》的團扇和元初人在一幅畫魚卷上的一隻蟹。明朝沈周在卷冊中畫過蟹。直到徐渭，幾乎很多畫都畫了蟹，像他的書法，筆墨飛動、意趣無窮。清揚州畫家中羅聘和邊壽民、李鱓都畫蟹，基本上不出沈周、徐渭的範疇。到了近代的齊白石才是古今最大的畫蟹專家。他一生畫蟹可能有數百張，真是洋洋大觀。但我還是喜歡徐渭筆墨飛動，令人解頤。蟹又名郭索，荀子云:“蚓無爪牙之利，筋骨之強，上食埃土，下飲黃泉，用心一也；蟹六跪而二螯，非蛇蟺之穴無可寄託者，用心躁也。”古人有詩：“且將冷眼看螃蟹，看汝橫行到幾時。”文人借其橫行諷世。對蟹之批評不佳，故甚少畫之乎！現在的大閘蟹，湖水污染，飼料又不當，影響健康，但其美味沒法擋。憶在上海時，每日最少吃兩隻。二十世紀八十年代初期，在蘇州吃過正宗陽澄湖產者，個頭不大，金毛閃閃，其味永世難忘！

徐渭繪
《江南風味》

李研山臨古

研山臨古，幾可亂真！此卷摹董北苑《溪山雪霽圖》，董氏卷為《石渠》著錄，近代先為陳仁濤收得，二十世紀七十年代歸程伯奮先生。程先生謝世後，其後人讓與林百里。研山或在陳仁濤處見之。余則在程先生香港寓所，與宋徽宗《金英秋禽圖》同日觀之，並為書跋於卷後。至於褒貶不一，蓋亦不足怪也。這是《萱暉堂目錄》出版後才買到的。我是在他香港的家中題的。

高羅佩藏茅坤書法

眠兄收到明茅坤八十八歲所書詩卷，文豪墨跡殊堪珍惜。除了他列舉世上所有的九卷，這裏尚有第十卷。此卷為茅氏八十六歲所書，初為日本大藏家山本悌二郎收得，著錄在《澄懷堂書畫錄》，後為荷蘭駐日大使高羅佩買入。高羅佩先生是一奇才，他不但精通中文，說很標準的普通話，也通曉日文。我一九六六年遊學日本時，他是荷蘭駐日大使，常與在日的中國人來往。除了《狄公案》等著作外，他還出版了一本談中國書畫古董的書。他對中國書畫很內行，收了不少中國古玩字畫。二十世紀八十年代初期，他的遺物在阿姆斯特丹的佳士得拍賣行拍賣，字畫部分的拍賣由我主持。我有一位友人認識他，本擬帶我去拜訪他，可惜當時他已患上癌症，不久便辭職回國，真是天妒英才！

陳淳早期山水

陳淳傳世最早的畫是正德二年（1507）夏五月所作，見於李佐賢《書畫鑒影》卷十三《元明人山水集冊》。是時陳淳約二十五六歲。他和文徵明雖有師生之誼，但只是學科舉之業。後來，陳淳的書畫為世推重，而兩人關係不睦。文氏否認陳為其弟子，云：“他書畫自有門徑，非吾徒也。”陳淳書學米芾、祝允明；畫山水，學米友仁、黃公望；花卉學沈周，都有出色的成就。

陳淳繪山水，
時約二十五六歲

正倉院

我於 20 世紀 60 年代去過一次正倉院，參觀要申請，但是外國人可以優先些。當時，正倉院每年只開放一次。摸着黑，每人持一小手電筒，排隊順序前進，不能停留久，如驚鴻一瞥。藏品之精美自不待言。唐代的琵琶自然多看幾眼，真不相信世上有這樣的鬼斧神工！聽説很多寶物是唐玄宗賜給日本聖武天皇的，正倉院的設計，夏天木材膨脹，可防止濕氣進入；冬天木材收縮，讓些少寒氣透進，可調節密封的熱氣，這相信也是大唐來的工匠修建的。後來，正倉院的寶物也選些在奈良、東京博物館展出，我也看過一次。正倉院的東西也有流失，如唐摹王羲之《喪亂帖》、智永《千字文》都曾是正倉院的收藏。

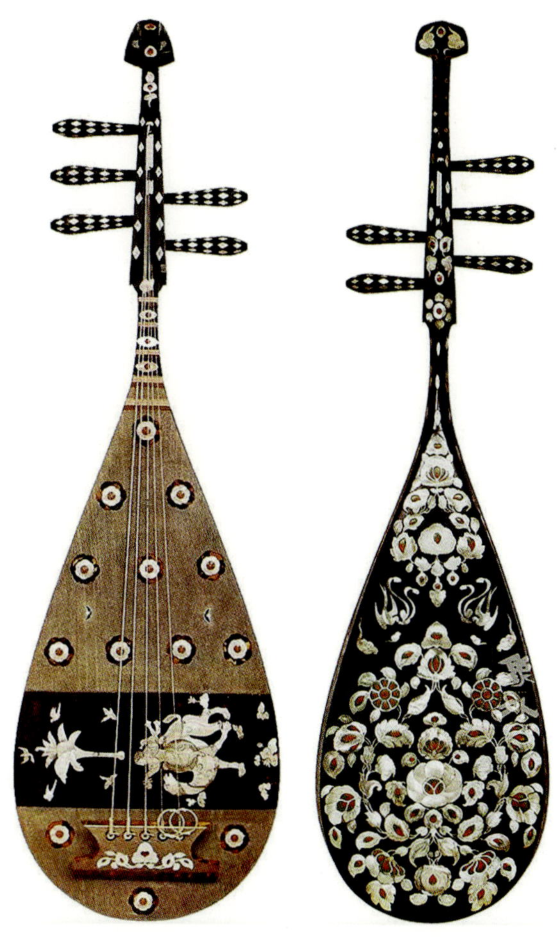

正倉院藏唐代琵琶正反面

故宮博物院觀畫

我第一次看到《清明上河圖》是 1981 年秋天，當時是劉九庵先生接待的。我選了三張畫 —— 張擇端《清明上河圖》、韓滉《五牛圖》和王詵《漁村小雪圖》。當時，《清明上河圖》剛重新裝裱好。以後再展出時，又看過兩三次。此圖無疑是一卷技巧極高的風俗畫，記錄北宋末年的繁榮。但我在故宮博物院收藏的畫卷中，更喜歡王詵的《漁村小雪圖》、王希孟的《千里江山圖》，還有李公麟的《臨韋偃放牧圖》，不會特別為《清明上河圖》去排隊。

醜書

傅山說“寧拙毋巧，寧醜毋媚”，常為近世評書人引用。這是他針對一些變節投清之臣的書法很多以趙、董為師法，以投統治者所好而提出的觀點。而他自己的字，卻並非醜書！他說“寧拙毋巧”，並不是全反巧。所謂“醜”，也不是現代醜書的醜，支離是參差錯落、轉折停頓，輕滑本來是書病；真率就是自然，孫過庭所謂：“同自然之妙有，非力運所能成。”禪宗之書就是真率。試看現今的醜書，哪裏符合傅山的標準？這種醜書只可自怡，不可提倡！

趙之謙之狂傲

趙之謙是天才書畫篆刻家，他把北碑寫活了，不像李瑞清等人，揮運自然毫不做作，真是晚清一代大家。其畫頗受任熊影響，但他書技高，又出任氏之上。他曾說過：“任渭長死，吾誰與語！”可見他之狂傲。

王希孟繪《千里江山圖》局部

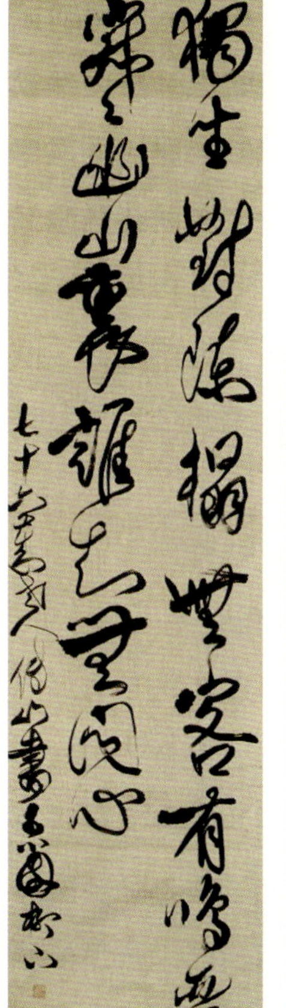

傅山《草書詩軸》，故宮博物院藏

趙之謙《花卉冊》之一頁，上海博物館藏

雪中的詩仙堂

日本京都有些小寺廟雖沒有很好的庭園，自然景色依然迷人。秋天銀杏黃金般的葉子鋪滿一地，沒有人去打掃，小扇樣的葉還可以拾起來欣賞。有一次冬天，早上下起雪來。每有雪，京都人都會跑到有名的景點賞雪，人多車多。我卻漫步到住處不遠的詩仙堂，那裏是紀念中日兩國著名詩人的小廟堂，平時來的遊客不多，雪中更寂無人跡。雪灑在古建築和空庭地上，白白的，其美真是無法形容。想起堂內供奉的杜甫，他有一句詩"潤物細無聲"，雪的神韻都出來了！後來我去了美國後，見的雪景太多，想起冬天奇寒，又要清理前後院的積雪，只有煩厭了。

王南屏與王己千爭拍夏昶《竹圖》

南屏先生平易近人，眼光很好。有一次蘇富比拍賣，有一對紙本的夏仲昭《竹圖》，《神州大觀》出版過。王己千先生已視為囊中之物，誰知南屏先生躲在閣樓一角與之競爭。最終為南屏先生購得，這真是藝壇逸事。

出門必備

我從前每次出差都帶有一些書寫工具，可沒有方先生這麼講究，如豹狼毫二號、三號各一；日本制小瓶墨汁一；日本紙冊頁一兩本，月宮殿或其他紙卷一兩卷。硯太重，就不帶了，旅舍的杯碟總是有的。此外，還帶一本唐詩或宋詞，主要在練習而已。

日本京都詩仙堂

夏昶繪
《雙竹圖軸》

靜嘉堂

我在 1969 年至 1971 年間曾在靜嘉堂做過兩年研究員。周圍綠樹環繞，環境清幽，閒雜人不得入內。每日只有一些研究者來觀書。他們在查資料看書，堂上鴉雀無聲。當時的館長叫米山寅次郎，是編《大漢和辭典》的諸橋轍次的高足，也是對漢學很有研究的專家。據他説，此館建築得非常堅固，不怕地震。藏書樓整潔乾淨，充滿樟腦的味道。古籍都不能隨便翻看，要先申請，然後由管理員拿出來，戴上白手套，慢慢細心翻看。我和館長以及他的助手關係都很好，常在一起聊天。每有對外展覽的古書、器物，我也幫忙佈置。冬天下雪，偶然也開放館旁的梅園，老梅數十株，清香撲鼻！又匾上“靜嘉”二字，乃陸心源手跡，他們用來做堂名。當時這匾，還掛在館內。

蘇、米名跡

東坡《寒食帖》曾入乾隆內府，英法聯軍之役時流落民間，輾轉由完顏景賢所得。民國初年售與顏世清，顏氏攜往日本，以六萬元售與菊池惺堂。日本關東大地震時，菊池冒死攜出，後為阿部房次郎所有。二戰後期盟軍轟炸日本，《寒食帖》幸運地度過劫難。1948 年，日本私人收藏的的名跡王羲之《地黃湯帖》、顏魯公《自書告身帖》、蘇軾《寒食帖》及米芾《樂兄帖》先後流入市場。王世杰時任民國的外交部長，通過大使館內一個高級官員得知此消息，因前兩帖已入藏日本博物館，遂以三千五百美元（有人説三千二百元）收購《寒食帖》。至 1970 年代，中國台北、中國香港及日本的多位藏家均爭相出價求售，都被王世杰斷然拒絕。王世杰病逝後，家人依其遺願，把《寒食帖》捐了給台北故宮博物院。

米芾《樂兄帖》的流傳經歷也甚為曲折，帖幅上藏印纍纍，明清兩朝的遞傳非常清晰，至宣統年間由趙爾萃購得。趙氏嗜書畫，時舉債傾囊求之，編有《傲徠山房所藏五朝墨跡》。2016 年，北京保利拍賣公司拍品中有一件《樂兄帖》的題跋，內有羅振所玉所題引首，及內藤虎、長尾甲、吳昌碩的長跋，記述日本博文堂買入《樂兄

日本東京靜嘉堂

米芾書《樂兄帖》

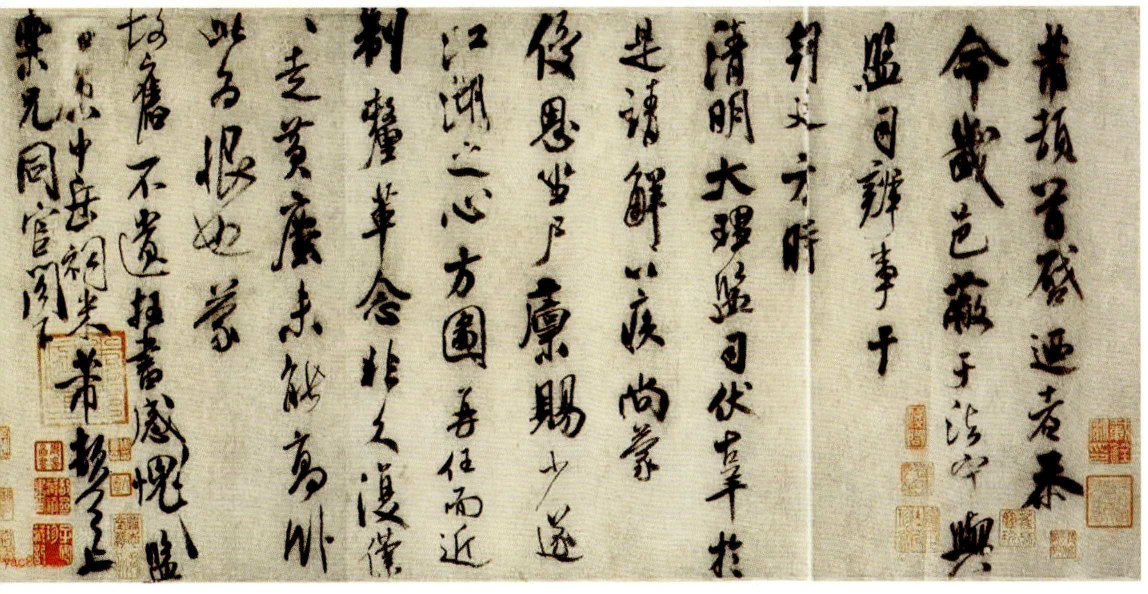

帖》並以珂羅版影印出版。山本悌二郎由博文堂處購得，後來不知何故又轉售給守屋孝藏。據張珩《木雁齋書畫鑒賞筆記》所述，他在 1936 年東游日本時，就在守屋孝藏府中得見《樂兄帖》。二次大戰後日本經濟低迷，不少書畫名跡釋出市面。當時的中國駐日代表團團長商震購得《樂兄帖》，商震退休後長居東京，直至其後人移居瑞士，《樂兄帖》始離開日本。二十世紀九十年代，商氏後人欲出售《樂兄帖》，並屬意先考慮中國藏家，以免國寶再次流入外人之手。遂由楊思勝引薦售予台商陳啓斌，陳氏倦勤齋所藏書畫以此卷最為珍貴。後來林百里收購倦勤齋，藏品亦歸林氏。

書法無美醜

書法無關美醜，這只是表面形式，看字是否端正，筆劃是否完美。古來論書之文章甚多，要合乎佳書的標準還有丰神、行氣、個性、風格等，而最重要的是自然，矯扭做作是不能稱為好書的。世有所謂“還童派”，即故作童稚狀的隨意塗抹。既然這是做作出來的，便只覺醜態可厭！王右軍之書既雄強，又美觀，自東晉以來為世人欣賞稱頌，被尊為書聖。顏真卿筆力雄健，筋骨圓勁，結字端正，也成為後世學書之楷模。趙孟頫之書秀美，傅山、王鐸則有北人之拙重。張瑞圖雖為南人，結字卻並不美，但他的字勁利雄強，氣勢磅礴，也是好書，故書法要符合古賢所定的標準，才是好書。

梁楷

梁楷《右軍書扇圖》是他的精品，近代鑒定家否定它，我很早便覺得不合理。蔡襄的法書，好的都在台北故宮博物院。此外，東京書道博物館藏《謝賜御詩書卷》也是他的精品，其字有顏真卿之結構、虞世南的秀逸。

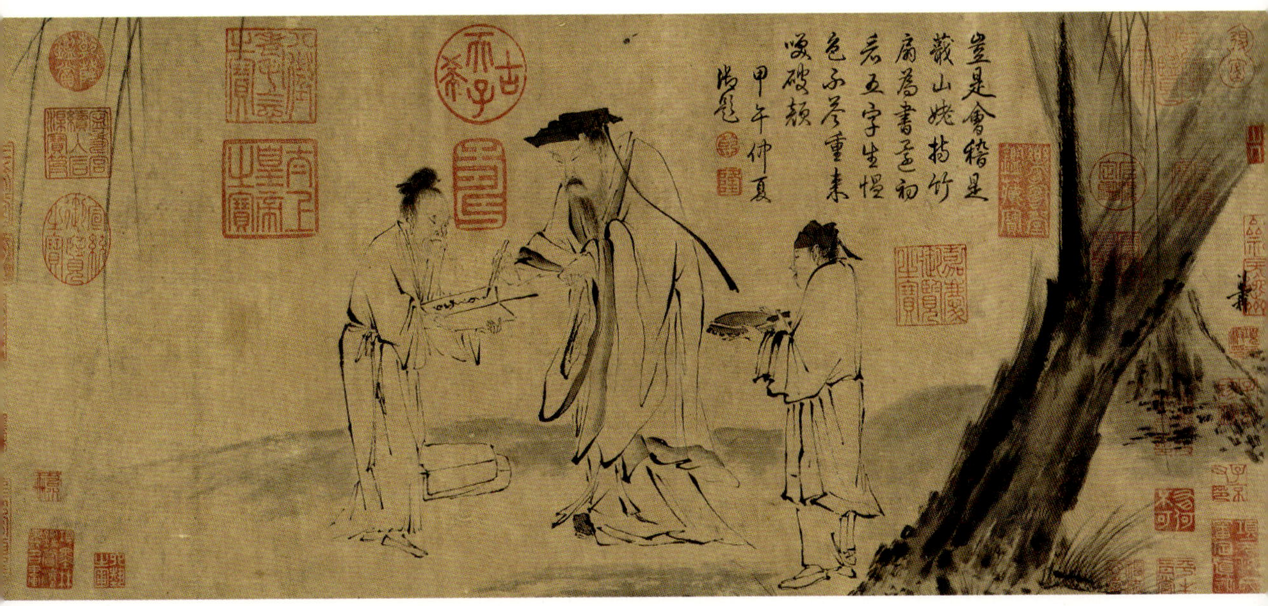

梁楷《右軍書扇圖》，故宮博物院藏

再說《汲黯傳》

惜今不見宋原刻本《汲黯傳》，若能與趙書《汲黯傳》相比對，以其有“唐人之遺風”，故書體頗與趙氏他書有異，或可解今人之惑。宋刻本書籍每多以歐陽詢字體為標準，松雪偶然戲仿之，故自為注釋，以解人疑。

臺靜農先生

臺靜農先生的溫州街住宅曾到過兩次。1988 年春，我從紐約經台北往香港，順道去拜訪他。我帶了剛寫好的《後赤壁賦》請他題，他給我題了引首。他的住宅是日式老房子，離學生書店很近。我曾在書店碰見他一兩次。他和藹親切，對後學毫無架子，在台灣大學執教數十年，桃李滿門。他的學問、書法都很受人敬佩。

《安岐像》

安岐是清初大名鼎鼎的大收藏家，他著作的《墨緣彙觀》，其中所記錄的書畫名跡現大部分都藏在國內外的博物館中。我想大家都希望看到他的肖像。這幅肖像是揚州畫師涂洛畫的，佈景由王翬補竹石，全景是王翬的大弟子楊晉畫的。此圖創作的時間是 1715 年，時安岐三十三歲，王翬八十四歲。這張畫設色，縱 121.8 厘米，橫 53.5 厘米，從前在《中國名畫集》出版過，現藏美國克利夫蘭藝術博物館。安岐是朝鮮裔，祖上已入八旗籍，居天津，是揚州的大鹽商。他能收到如此多的大名跡，開始都是王翬、楊晉師生幫助的。看到這張畫，就會明白他們的關係。

董其昌《青卞圖》

在《八代遺珍》圖錄中，我最喜歡的一張畫是董其昌的《青卞圖》。這張縱 224.5 厘米，寬 67.2 厘米的巨幅山水是董其昌的代表作，符合真、精、新的最高標準！這張畫結構似五代北宋，筆墨精妙，畫面如新，站在畫前看，其氣勢撼人，在明代山水畫中，可謂無出其右。它原是翁同龢收藏，再傳給翁萬戈。當時，克利夫蘭藝術博物館、納爾遜藝術博物館都想購入。因為納爾遜藝術博物館史克門館長是藝術界最受尊崇的前輩，故翁氏先拿到該館。當時要價五十萬美元，館方想盡辦法，但籌錢不夠，最後只好放棄！這畫留在納爾遜藝術博物館倉庫月餘，我得以日日飽覽，真是眼福不淺！

涂洛繪《安岐像》，王翬、楊晉補景

董其昌《青卞圖》

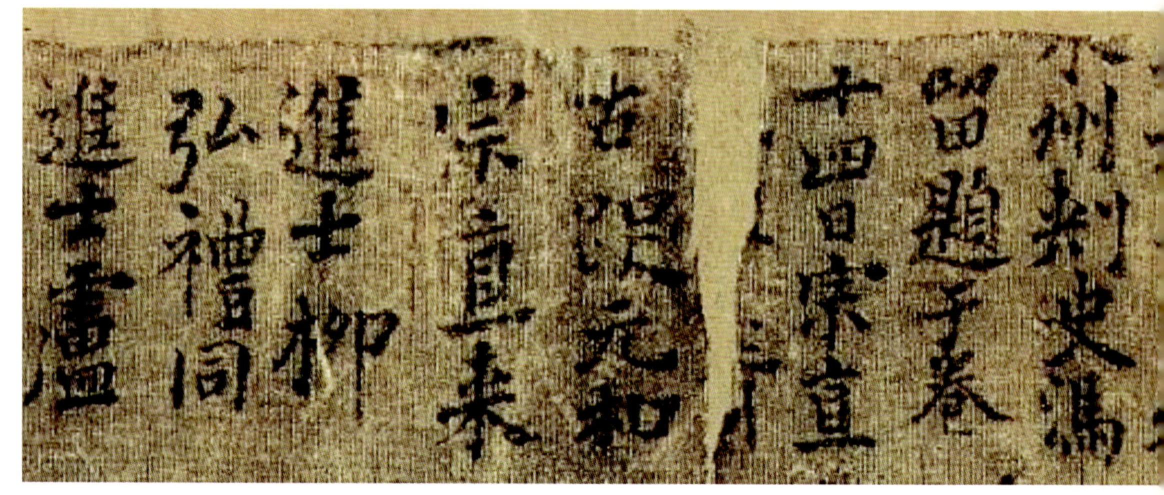

韓愈在《曹娥碑》墨蹟本上題句並款書

遼寧省博物館“唐宋八大家展”

遼寧省博物館“唐宋八大家展”，最難得的是有韓愈題在《曹娥碑》上的觀款，既說是“退之”題，當然是他的字跡。唐宋八大家中，宋六家都有真跡傳世，獨唐柳宗元無！他僅有一個拓本殘片，傳是柳宗元所書，可作參考。拓本上有清“柳州府經歷司”三大印，書法瘦勁，有元和年號。

宋刻《漢書》

宋刻兩《漢書》，為趙孟頫、錢謙益、程伯奮等遞藏。趙書《汲黯傳》跋中所謂“此刻”者也。萱暉堂後，不知今落何方。程氏齋名“雙宋樓”即取於此。

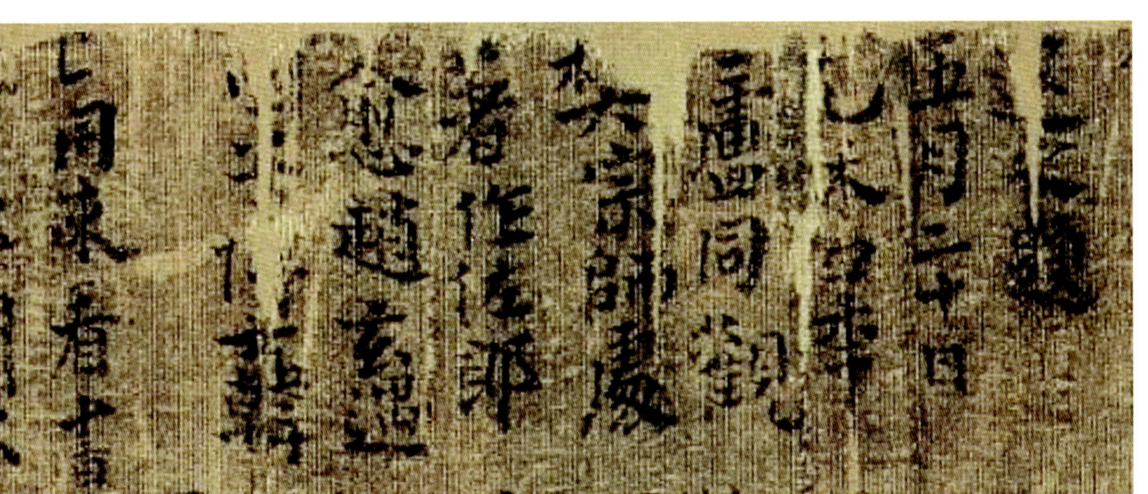

李應禎戒酒詩

李應禎戒酒詩

"少吃不濟事，多吃濟甚事。有事誤了事，無事生出事。從善以過飲致悔，思欲節之。為寫古語以助警。貞伯。" 以此贈好飲者。

歐陽修論琴

歐陽修曾問蘇軾：“琴詩孰優？” 軾答以退之（韓愈）穎師琴，歐陽公曰：“此只是琵琶耳！” 僧義海以琴名世，或以歐陽語問義海。義海曰：“歐公斯語誤矣！”“昵昵男女語” 至 “失勢一落千丈強”，皆指下絲聲，妙處唯琴則然，琵琶格上聲，安能爾耶！同時，李賀亦有《聽穎師彈琴歌》，有句曰 “古琴大軸長八尺” 之句，則穎師所彈之琴與一般三尺六寸之琴不同。我曾聽過韓國人彈奏大琴，其音或高亢雄亮、或低如悶雷，真有像琵琶曲《十面埋伏》！我非知音，想歐陽公亦然。

《史記 · 樂書》:“琴長八尺一寸，正度也。” 古尺雖與今不同，想亦較今之琴為長大。

詩人愛酒

古來詩人、書畫家多喜飲酒，陶淵明著《飲酒詩》二十篇，自稱醉人。李白是詩仙，也是酒仙，杜甫說他 “一斗詩百篇”，但杜甫自己也愛喝酒，他的《醉時歌》云 “痛飲真吾師”！又有詩云 “朝回日日典春衣，每日江頭盡醉歸”。至於以草聖著名的顛張醉素，張旭飲酒輒草書，以頭搵水墨中而書；懷素 “狂來輕世界，醉裏得真如”。歐陽修自號 “醉翁”，卻小飲輒醉；蘇東坡亦不善飲；黃山谷寫狂草，但身體不濟，要節制飲酒。明中葉時，祝枝山、唐伯虎都愛酒，枝山往往醉後作狂草；伯虎則自謂 “滿塢桃花一醉人”。陳淳不善治家，為惡僕所騙，晚年靠賣書畫為生。他的詩云 “五十年來醉未醒，自憐雙鬢已星星”。文徵明生活規矩，詩云 “晚得酒中趣，三杯時暢然”，然何良俊說：“余造衡山 …… 午飯必設酒，先生不甚飲。初上坐即連啜二杯。若坐久，客飲數酌之後，復連飲二杯，若更久亦復如是 …… 每日如此，不失尺寸！” 莫是龍信札：“連日飲酒太縱，自巔至踵，無處不痛。” 真是自討苦吃。

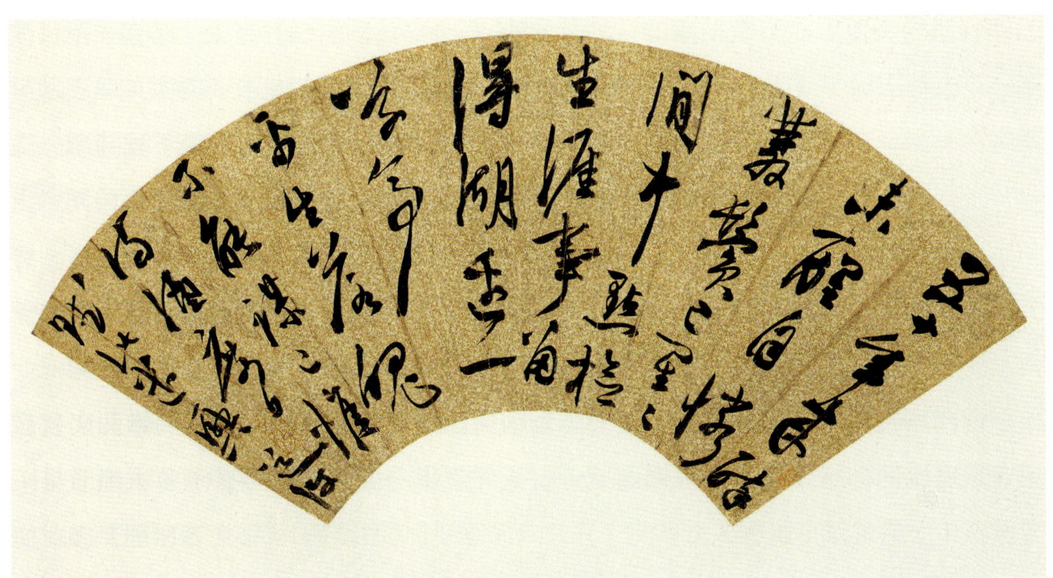

陳淳書扇：「五十年來醉未醒，自憐雙鬢已星星。閑中點檢生涯事，留得湖邊一草亭。平生落魄，不能謀已，惟詩酒度日。賦此遣興。道復。」

颱風過港

颱風韋帕過港，兩日來狂風暴雨，今午風登陸海南。千年前，蘇東坡獲赦，由海南返回大陸而作此詩："參橫斗轉欲三更，苦雨終風也解晴。雲散月明誰點綴，天容海色本澄清。空餘魯叟乘桴意，粗識軒轅奏樂聲。九死南荒吾不恨，茲游奇絕冠平生！" 東坡先貶惠州，再謫海南。七年間，吃盡苦頭，而由其心胸廣闊，化苦為樂，真非常人所及！

王鐸書法

王鐸此冊本為葉遐庵先生所藏，後傳給其姪葉公超先生。1950 年代，公超先生的藏品由中國香港送至美國，初放在銀行保險箱，後寄存美國納爾遜藝術博物館。

王鐸此冊是我用 135 相機拍攝的，底片太小，效果不大好。大約 20 世紀 70 年代後期，二玄社出版了《王鐸之書法》的一套書，其中一冊就是以此作為封面的。

台灣紙

近代寫帖書家，每苦宣紙不能表現筆法精微之處。尤其寫行草，很難像明代以前書家用筆的抑揚頓挫、輕靈飄逸。近日偶然試用一種台灣手漉紙，運筆頗順暢，含墨不化，非宣紙可能到。

王穀祥畫錢穀代筆

王穀祥請錢穀代筆送人，他的畫可能不少是錢的代筆。王氏在吏部當官，家裏又富有；錢氏則貧窮。文徵明門下多有此風，如朱朗公開造文徵明的假畫，竟傳為美談。

王建《中秋詩》

中秋詩，古今佳作多矣。余獨愛王建這首，含蓄不露，有言外之味，騷人之致也。詩云："中庭地白樹棲鴉，冷露無聲濕桂花。今夜月明人盡望，不知秋思落誰家。" 今中秋之夜，舉頭望月，鼻端聞到桂花香氣，與家人共度此佳節也。

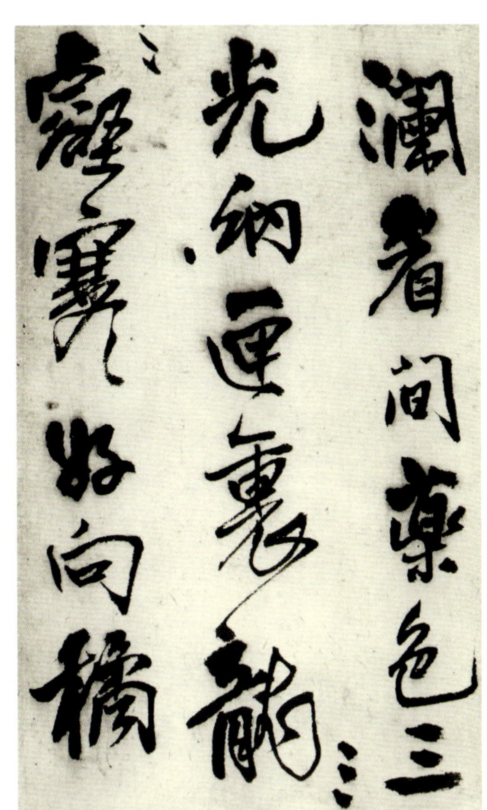

王鐸書法冊局部，
葉公綽舊藏

王穀祥請錢穀代筆作畫

文徵明信札

明嘉靖三年（1524）發生的大禮議案，在當時影響頗大。文徵明剛好在朝廷任翰林院待詔。他寫給岳父吳瑜（1443 — 1526）的一封信，詳細報告了當時發生之事。本來説好世宗要繼承孝宗（伯父）為嗣，但登位後又改為其本生父。有部分朝臣以為於禮不合，結果抗爭者有十六人被杖死，充軍、革職者十餘人。文徵明以右臂傷未上朝而倖免，他也因此事萌退意告歸。贊成嘉靖之意的張璁、席書、方鵬、桂萼則升官，石珤、喬宇、毛澄、何孟春等高官反對者，或勒令退休或貶職。這封信是當時親歷的資料。

西湖荷花

夏天的西湖是荷花的世界，泛舟湖上，漫步堤邊亭畔，處處都可見荷花倩影。周茂叔《愛蓮説》所謂“出污泥而不染，濯清漣而不妖”，只是言其性之高潔。楊萬里詩“接天蓮葉無窮碧，映日荷花別樣紅”，卻能道出西湖夏日迷人之景。南宋畫院畫家吳炳寫的《出水芙蓉圖》團扇，畫一朵盛開的紅蓮，如貴妃醉酒，美艷絕倫；另一幅《白蓮》，是稀見的重瓣，清麗絕俗，如月下仙女濯波。畫家熟悉西湖荷花，把其美艷清麗，寫上絹素，留傳後世。

朱竹

朱竹，相傳為東坡先生於試院無聊，用點評朱筆隨手塗抹而成，別具風味。有人問：“竹哪有朱色？”東坡答曰：“竹亦無墨色。”後世以朱竹為吉祥，新年每懸之。日本人亦喜懸掛朱竹。

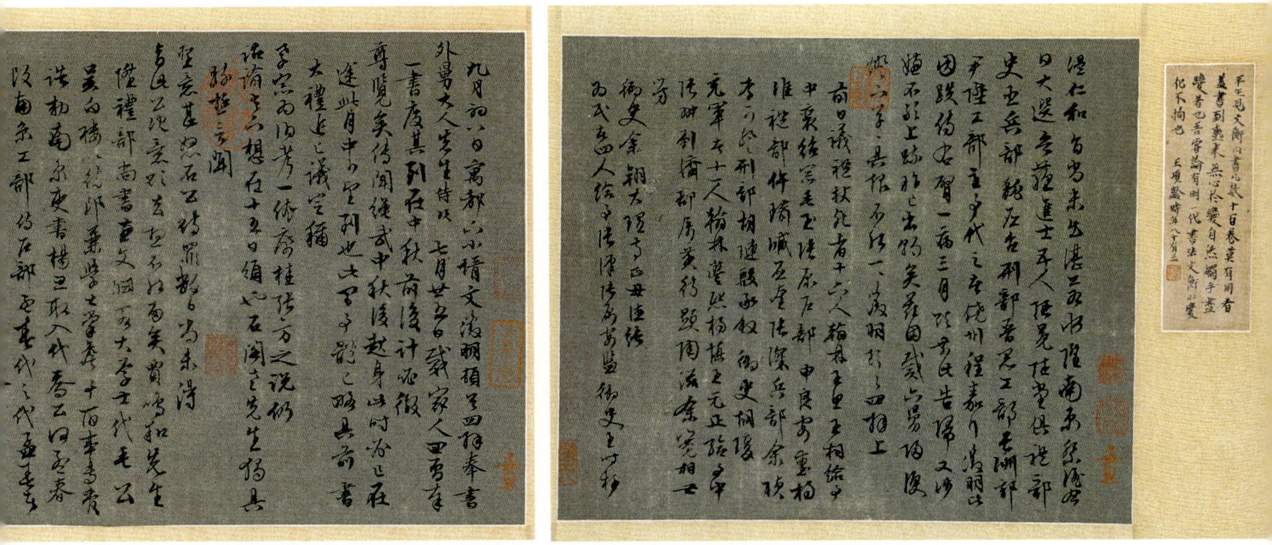

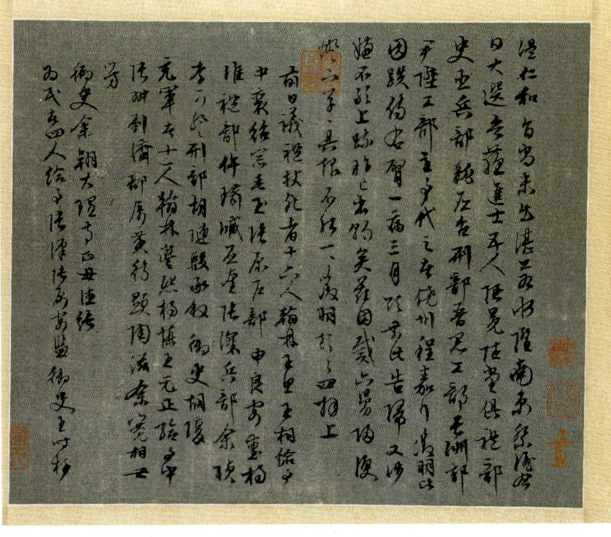

文徵明呈外舅信札，述明嘉靖三年大禮議案

南宋吳炳繪白荷，右下角署款，安儀周藏

寫字遲速

寫字遲速，不易掌握，以心控手，間或得之！《書譜》云：“心不厭精，手不忘熟。若運用盡於精熟，規矩諳於胸襟，自然容與徘徊，意先筆後……夫勁速者，超逸之機；遲留者，賞會之致。將反其速，行臻會美之方；專溺於遲，終爽絕倫之妙！”可以參考。

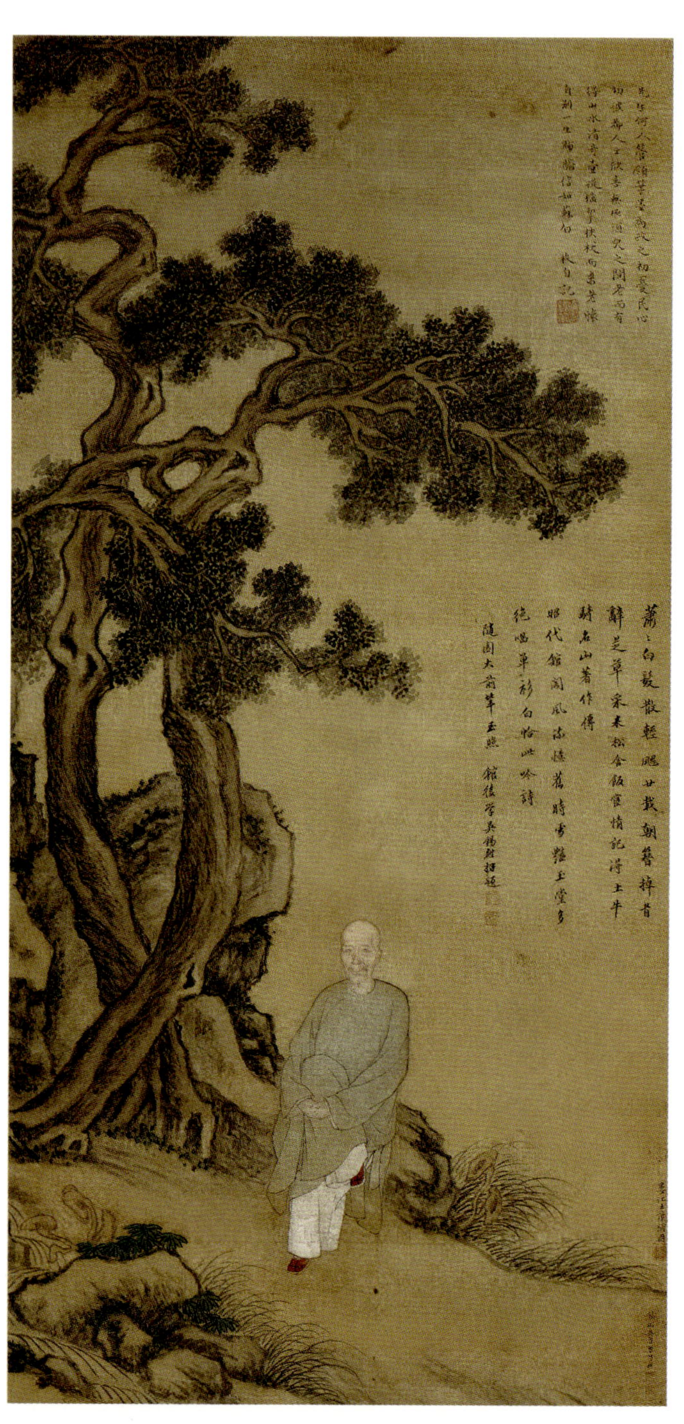

吳省曾繪《袁枚畫像》，王愫補圖

袁枚畫像

《袁枚畫像》，吳省曾寫照，王愫補圖。畫上有袁枚自題。吳省曾，無錫人，善寫真，曾為袁枚作《隨園雅集圖》。袁枚《小倉山房文集》有《吳省曾墓誌銘》，説他“用筆如勇將追敵，不獲不休。又如神巫招亡，專攝魂魄”。吳畫佳，袁文則更鮮活。補景者王愫，乃王原祁之姪，“小四王”之一也。

吳昌碩仿項聖謨青蛙

吳昌碩早歲臨古畫是很在行的，他在 1872 年臨項聖謨的青蛙，形神俱備。可知學畫第一步應該從古人的作品中汲取經驗，慢慢創出自己的風格。沒有傳統，就如無根之樹，不足為貴。

項聖謨繪青蛙一頁，
吳昌碩仿項聖謨青蛙扇

竹溪圖

眠琴兄有緣得名家所刻齋號印，誠為可喜可賀。我的弟子姚錫安曾買到我的一張舊作，是三十五年前所畫的《竹溪圖》。我自己已忘記曾畫過此圖，也不記得送給了誰。我真是非常開心重見舊作，又是我熟悉的人買到的，這算是種難得的緣分吧！

許楗

“愛畫入骨髓，揮翰凌雲煙。” 余生平之志也。此聯乃許楗所書，乃其傑作。

重九登高

去年重九，與友人登上香港最高的大帽山遠眺，今年腰背痛走不動了，一年光景就不同，可歎！杜牧《九日齊山登高》云：

江涵秋影雁初飛，與客攜壺上翠微。
塵世難逢開口笑，菊花須插滿頭歸。
但將酩酊酬佳節，不用登臨恨落暉。
古往今來只如此，牛山何必獨沾衣。

黃君實繪《竹溪圖》

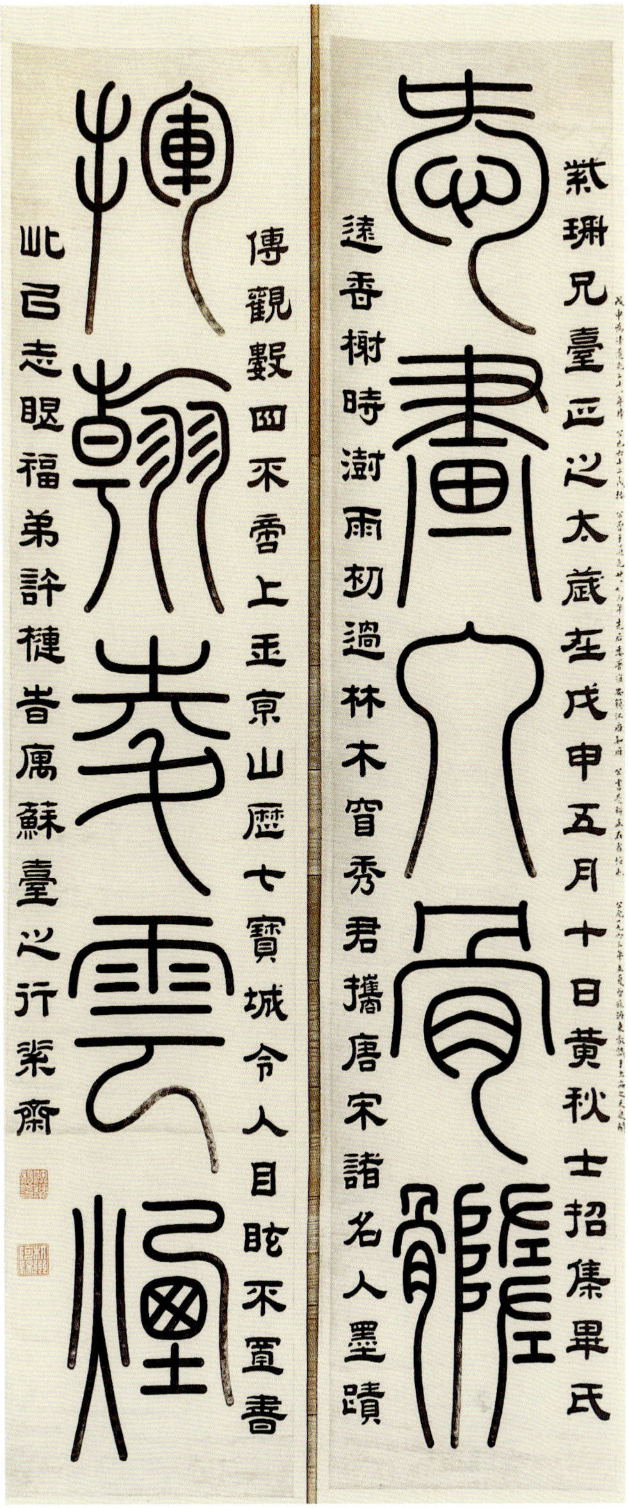

許槤篆書對聯「愛畫入骨髓，揮翰凌雲煙。」

周亮工書扇

年前得到一張金扇面，無款，寫的是一首未完的七古。字體像是周亮工的。翻看周亮工《賴古堂集》，這正是他的一首七古《還硯歌》的前半段。為了找一張空白的金扇面頗費苦心，今錄此詩之後半，雖不免續貂之誚，亦可知其時藝壇之雅事也。周亮工，人稱櫟園先生，為明末清初藝壇領袖，廣交當時的文人畫家，著《讀畫錄》《印人傳》，為世所稱。詩中的“髯翁”為宮紫玄。周亮工與友人曾雅集於其家，其贈硯而亮工不受，乃有此詩之作。

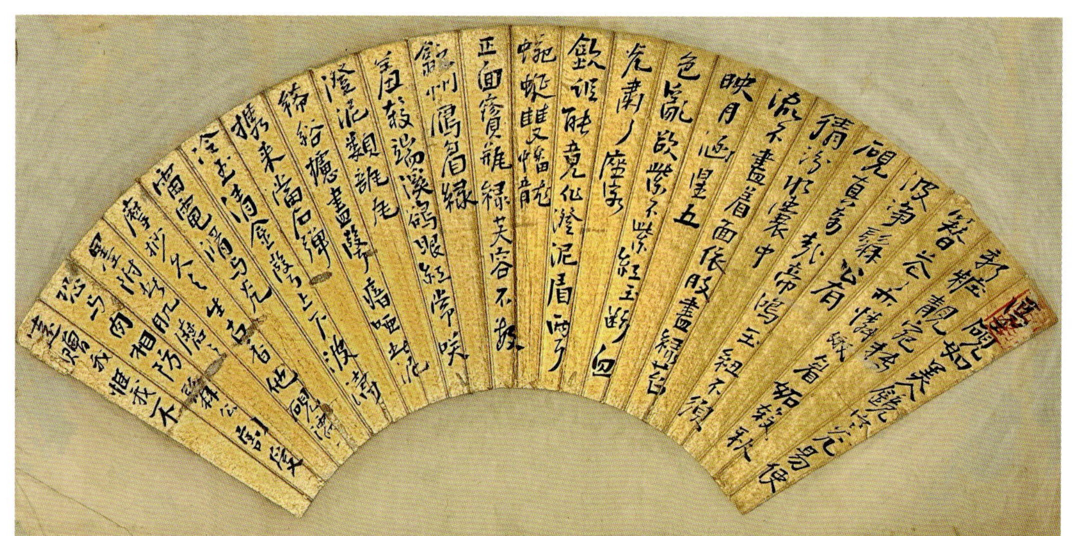

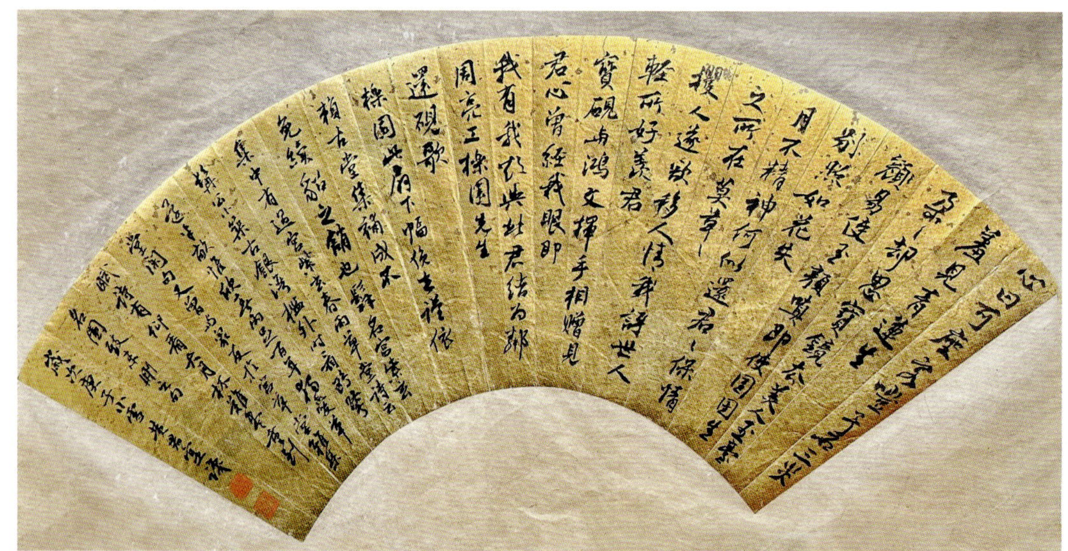

周亮工書《還硯歌》半首，黃君實補書詩後半闋

師友風華

憶述：黃君實 撰文：龐志英

伍俶教授（1897 — 1966）

先師伍俶教授，字叔儻，浙江瑞安人。北京大學國文系畢業，歷任聖約翰大學、中山大學、日本東京大學等校教授。移居香港後，在香港中文大學前身之崇基學院教授六朝詩學。我有幸得侍先生長逾十年，在學術和詩文創作上受先生教誨最多。唯我生性疏懶，中年後更是忙於生計，至今一事無成，實有違初心，更愧為先生弟子。唯對先生敬仰之心，不敢稍渝。先生仙去後，崇基校友輯錄先生已發表之詩文，編成《暮遠樓自選詩》，由我敬題籤書。先生桃李滿天下，先生之風采，必能傳之久遠。

二十世紀七十年代，我初至北京，自友人處得錢鍾書先生府中電話，遂冒昧致電錢府，並告稱是伍教授之弟子。錢老欣然答曰：“我與你同出一門也。”原來錢老考庚款留學英國時，伍教授是當時的主考官，古時稱為座師。此後我數晤錢老，亦間有書信往還。然數十年中，海內外多次遷居，舊日書札、照片散佚已多，餘者則堆積如山，老弱筋疲，無力搜閱。人生過客，況我等無名小輩耶。順及。

伍俶教授

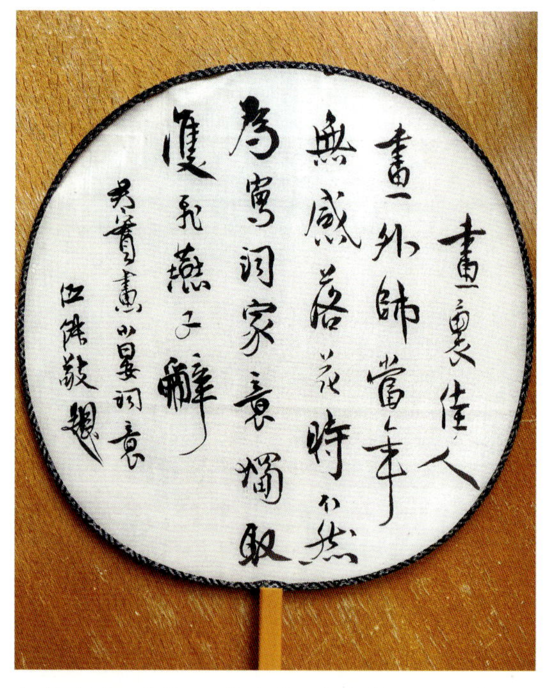

伍教授題贈黃君實所繪《落花人獨立》團扇：「畫裏佳人畫外師，當年無感落花時。不然為寫詞中意，獨取雙飛燕子辭。」

程琦（1911 — 2002）

在詩文和學術上影響我最深的是伍俶教授，而在書畫研究方面，切磋較多的則是程琦先生。先生字伯奮，號可庵、二石老人，安徽歙縣人。1968 年，我在日本留學，時在新亞藝術系任教的王己千先生間或會到日本搜求中國古代書畫。因我來日本較早，對各地的骨董店比較熟悉，又懂一點日文，便常陪王先生四處逛遊。程老與他相交多年，正要找人協助整理所藏古書畫，最好又能書寫，可以代他在卷軸上抄錄題跋。己千先生便把我推薦給了程老。這一段往事已記錄在本書《萱暉堂主程伯奮》一文中，可以參考。

我在東京為程老工作了兩年，離開日本後仍聯絡不斷。我敬他如師如父，他亦提攜我如子姪。我的筆墨賴老先生之珍藏而傳諸後世，是我莫大的榮幸。程老仙去後十餘年，其所藏書畫整批轉售某藏家，並確認不作星散。不料一年之後，已開始流入拍賣場。我驚詫之餘，只感無奈，深覺有負所託。近年來，我在拍賣場上偶爾見到萱暉堂之舊物，便盡力之所及購藏三兩件，作為我與程先生數十年情誼的紀念。

與程琦合影

鍾應梅教授（1903 — 1985）

我在崇基學院就讀時，中文系主任是鍾應梅教授。他早年在中山大學曾是伍俶教授的助教。鍾教授雅擅詩詞，尤精研《易經》，著有《論詩絕句甲乙集》《陶詩新論》《老子新詮》《易辭衍義》等，闡義探微，多有啓發。更令人佩服的是處事極為高貴大方。他對伍俶教授非常尊敬，對學生更是關懷備至。我受鍾教授恩遇甚多，至今不敢忘。

鍾應梅教授

李研山（1898 — 1961）

我在繪畫方面用功不多，也沒有老師，只對着珂羅版去臨摹。李研山先生可說是唯一在畫法上指點過我的前輩。當時，我中學的國文老師李錫余與李研山是同鄉，見我喜歡書畫，便帶我去拜訪研山先生。我呈上幾幅習作，先生竟頗為嘉許。他說我筆劃交代不清，是因為只臨摹珂羅版而未能親睹真跡的緣故，所幸筆下自帶秀逸之氣，甚為難得。我一個窮學生，怎會有目睹真跡的機會，但先生的幾句話，卻為我的一生指出了明路。可惜當時先生已在暮年，身體也欠佳，我得親炙的時間極短，但卻已是難得的福分了。

李研山先生

靜嘉堂

我在 1969 年至 1971 年間，在靜嘉堂文庫做過兩年研究員。靜嘉堂位於日本東京世田谷區，佔地甚廣，四周綠樹環繞，要穿過滿植銀杏、松樹和楓樹的過道才看得見主樓。後山還有一片梅林，微雪的冬日，山坡上花影參差，清香醉人。這一帶都是三菱商會的產業，遠在 1907 年，三菱的社長巖崎彌之助及其子小彌太派人前往中國，收購了湖州皕宋樓陸心源所藏的歷代古籍，以軍艦運回東京，建堂存貯，取名靜嘉堂。據説這座建築物可避強烈地震，全棟嚴禁煙火。館藏除了大批宋元古籍及明清手抄本外，還有南宋的天目碗和一些古書畫，也有不少重要的東洋美術品。堂內規矩甚嚴，要參觀的人都先預約，通常只接受研究人員和學者。當時的館長叫米山寅次郎，他的老師諸橋轍次是著名的漢學家，編著《大漢和辭典》。堂內掛有一個匾，上書“靜嘉”二字，乃陸心源手跡。我和館長米山寅次郎及他的助手片寄女士相處得很好，有人來參觀或佈展時也會幫忙。1971 年，我女兒出生，便取名靜嘉，以作為那段日子的紀念。

在靜嘉堂留影，左起館長米山寅次郎、黃君實、片寄女士、龐志英

顧洛阜（1913 — 1988）

1972 年，我初到美國不久，便由李鑄晉教授推介，往訪居住在離紐約大都會藝術博物館不遠的中國藝術品收藏家顧洛阜。這是一次令我畢生難忘的初見。我與他忘年相交，坦誠相處，對古書畫的愛好是我們的共同語言。我為他籌備了“顧洛阜藏宋元書法名跡展”，並編撰了展覽圖錄。展覽的作品都赫赫有名，包括米芾的《吳江舟中詩》、黃庭堅草書《廉頗藺相如列傳》、耶律楚材楷書《送劉滿詩卷》等。他本來已擬好遺囑，身後會把所有藏品贈送給美國納爾遜藝術博物館，以紀念他與館長史克門長達數十年的情誼。不料到了晚年，卻迫於經濟壓力，半賣半送，全給了紐約大都會藝術博物館。物之聚散與人的際遇，都同樣不可預知，並非早作安排便會如你所願。

王己千（1907 — 2003）

王己千先生系出名門，遠祖王鏊（1450 — 1524）是明朝正德、嘉靖年間重臣，官至戶部尚書、武英殿大學士。南京博物院藏有一幅《王鏊畫像》，己千先生的相貌與畫中人極為酷似。王先生原名季遷、季銓，但他在國際上還有一個更響亮的名號 —— C.C.Wang。他精鑒賞，書畫收藏為海外私人藏家之冠，先後把大部分藏畫賣給紐約大都會藝術博物館。二十世紀八十年代，他曾把售畫所得的款項在曼哈頓購置公寓作投資，結果一場金融風暴令他損失離場，只好笑稱自己除了畫，什麼錢都不懂得賺。

己千先生個性開朗隨和，也樂於幫助年輕一輩。當時不少由國內申請往美國的藝術界朋友，如徐雲叔、汪大文等都是由他出面擔保居留的，我與程琦先生的結緣也是由己千先生引薦的。他真是個愛畫入骨髓的人，雖然也做買賣，但卻沒有人把他看作畫商。對心愛的作品，他往往是死抱不放的。

己千先生也繪畫，晚年喜歡弄筆寫書法。他常把我邀往家中去，親自裁紙調墨，看我揮毫。他寫的大字並不刻意求工，但筆墨飽滿，氣勢開揚，旁人難以企及。

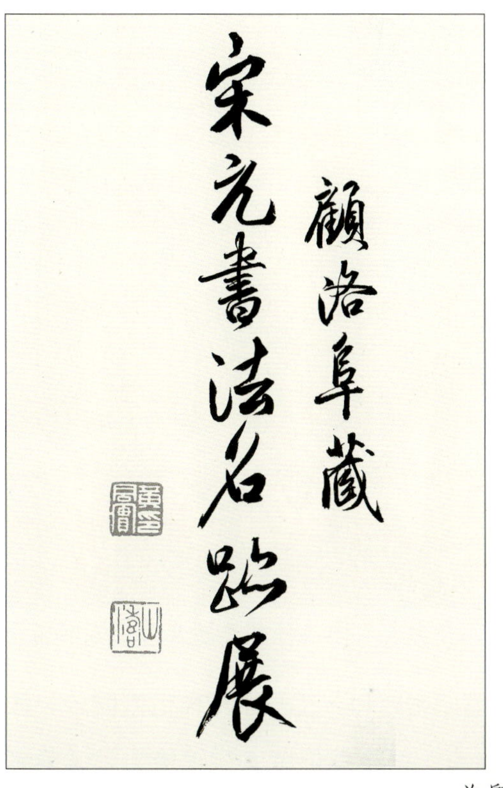

展出宋元法書目

黃庭堅草書廉頗藺相如傳卷
米芾行草書吳江舟中詩卷
宋高宗楷書漁父詩扇
宋高宗草書天山詩扇
范成大行書跋西塞漁社圖卷
楊皇后楷書薔薇詩扇
宋理宗行書西湖雪霽詩扇
宋理宗楷書韓翃詩句扇
趙孟堅行書梅竹三詩卷
耶律楚材楷書送劉滿詩卷
鮮于樞草書韓愈石鼓歌卷
趙孟頫行草書即事絕句軸
趙孟頫行草書右軍四事卷

為顧洛阜書法名跡展題字，及書寫展品中文名稱

在王己千紐約畫室中書寫書法，王先生親備紙墨

萊溪七賢

“萊溪七賢”合影、右圖為徐邦達題及各人簽名留念

1985 年，中國書畫鑒定家組團訪美，成員有謝稚柳、徐邦達、楊仁愷、楊伯達。居於美國的王己千、翁萬戈和我有時也會陪同，一共七人。訪團走遍了美國各大博物館，觀摩鑒賞各館的重要藏品，是一次豐盛的藝術之旅。其間，翁萬戈先生邀請眾人到他的田園別墅“萊溪居”遊玩，那是建在新罕布什爾州的一個桃花源。我們玩得盡興，聊得開心，拍了照片，戲稱為“萊溪七賢”，各人還即席題句。王己千和楊仁愷臨米、蘇二家帖，謝稚柳、徐邦達和我各成詩一首。後來，翁萬戈依眾人形貌繪製了《萊溪雅集圖》，合裱成卷。帶回國內後，啓功及王世襄兩位先生又在卷末各補題了一詩，可謂洋洋大觀，極一時之盛。

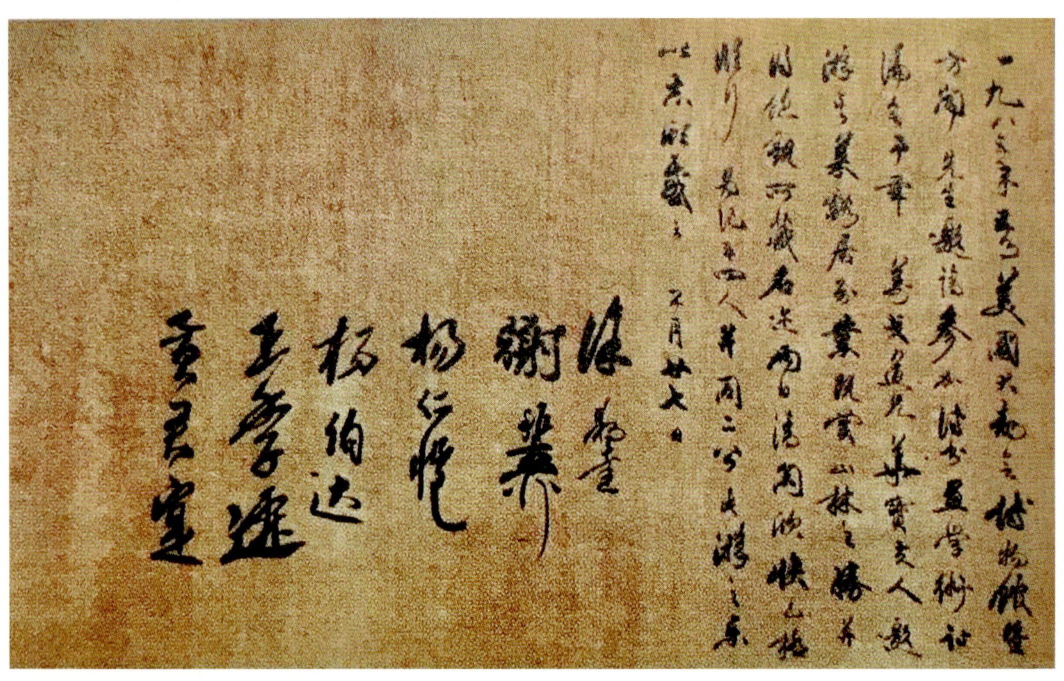

王羲之墓

我是懷着朝聖的虔敬之心去拜謁王羲之的墓地的。墓在浙江省嵊州市東面的金庭鎮，那時正是春夏之交，天朗氣清，山野眾花欲放。遙想蘭亭修禊那天，大概也是這般風景吧。

每一個學習書法的人都是王羲之的再傳又再傳，傳了數百代的弟子。只不知誰已經跨過了門檻，又有多少人被擋在了大門之外。中國古代的文人，有兩位是日本人最為崇拜的 —— 詩人白居易和書家王羲之。王羲之墓地旁種了許多櫻花，還有不少日本書法家書文的石刻，有抒發仰慕之情的，也有節錄《蘭亭序》的。這些本來都是中國人該做的事。我們什麼時候能沉澱下來，修建一些有意義的旅遊景點呢？

在王羲之墓前留影

徐伯郊、謝稚柳等合照

這是一張難得的舊照，確切的年份記不得了，應是二十世紀八十年代，我回香港開辦佳士得拍賣行分公司之後拍的。左起第一人為當時集古齋的總經理彭可兆，旁邊依次為陸炯鉀、呂樹英、謝稚柳、我和徐伯郊。地點應是舊福臨門酒家，當時呂樹英宴請訪港的謝稚柳先生，我們都是陪客。

徐伯郊的尊翁徐森玉先生，是著名的文物鑒定家和版本學家。徐伯郊秉承家學，且身居海外。中華人民共和國成立之初，他便擔負起搶救流失海外文物的重擔。《伯遠帖》《中秋帖》《韓熙載夜宴圖》等名跡都是經由他奔走斡旋，才得以重回祖國的。呂樹英，人稱“樹伯”，收藏古玉多而精，旁及書畫。又喜親自修弄盤栽，養植花草。每年歲末，必將養好的水仙花分贈好友，花蜜香清，異於凡種。樹伯在2000年仙逝，每睹水仙，常憶想故人而不自禁。

與徐伯郊等合照

故宮合照

這應該是二十世紀八十年代，專家團訪美之前後，我與王己千先生往訪故宮博物院時，與謝稚柳、徐邦達、楊伯達諸先生的合照。記得當時看了《清明上河圖》《韓熙載夜宴圖》等多件名作。其後，王己千先生點名要求看徐渭的《墨葡萄圖》，我則要求看王晉卿的《漁村小雪圖》和米友仁的《瀟湘奇觀圖》。

與王己千等在故宮博物院合影 另一圖為在故宮觀畫時攝

與劉九庵等合照

此照片大約在 1994 年或 1995 年所攝，確切的時間、地點都記不起了。左起許禮平、王己千的長公子、己千先生、劉九庵先生和我。

劉作籌、小林斗庵等合照

劉作籌（1911 — 1993）曾從黃賓虹習畫，是香港著名的書畫收藏家，藏品幾乎涵蓋了明清兩代最出色的畫家的作品。1989 年，當時香港藝術館館長朱錦鸞經多年努力，使劉先生把所藏的數千件書畫捐贈給了香港藝術館。館方特別開設了“虛白齋藏中國書畫館”，作為這批贈品長期的專屬展場。這一慷慨的捐贈引來一片讚歎聲，既佩服劉先生的胸懷，更佩服他的家教。劉先生雖任職銀行經理，在香港卻還算不得是富豪，但多名子女卻都能夠支持父親的決定，比起那些為爭產而醜態百出的家屬，真是雲泥之別。

坐在左邊的是日本著名書法家、篆刻家小林斗庵，依次是二玄社總編輯西島

與劉九庵等合影

與小林斗盦、劉作籌等合影

慎一、劉作籌。後排是楊思勝和我。1981 年，我入職紐約佳士得拍賣行的亞洲藝術部，負責中國書畫。次年，中國書畫從亞洲藝術部分拆出來，成為獨立部門。當時，這個部門只有我和一位英文女祕書。幸賴居於紐約的藝術愛好者紛紛捧場，楊思勝、鄧仕勛、馮英祥、Kit Luce 等都成為我的好友。楊思勝是特別愛玩愛熱鬧的人，經常把朋友喚到家中，大吃大喝，即席揮毫，夜半不散。照片中的我和他健康又年輕，正值美好年華，真是開心的日子。

與利榮森、王己千合影

謙謙君子利榮森（1915 — 2007）

利家是香港著名的富豪，利公熱心公益，支持發揚中國文化，藏品以“北山堂”的名義，全捐贈給香港中文大學文物館。但他相當低調，而且從不浪費，自奉甚儉，對我們這些後輩亦是關愛有加。此照片拍攝於 1997 年，我第一次在香港舉辦個人的書畫展，與利公及王己千先生合照。

啓功的第二窟

1965 年，郭沫若在《文物》雜誌第六期發表文章，力陳《蘭亭序》非王羲之所作。國內學者很快作出反應，附和者多而反對者少。反對者又大都語焉不詳。我雖是晚輩，但因個性所嗜，沉浸《蘭亭》諸本十多年，朝夕不輟。細閱眾人論辨之文，只覺如鯁在喉，不吐不快。而且身在香港，不必擔心有人會找我麻煩，於是寫了《王羲之〈蘭亭序〉真偽辨》一文，同年 11 月在《崇基學報》發表。文中一一反駁附郭者之非，對啓功先生也一點也不客氣，説他“對郭氏奉承唯恐不及”“皆諂媚之語”，所舉證據“亦是蛇足”。我當時並不認識啓老，對他的造詣亦無深解，加之年輕氣盛，罵得痛快。後來拜識之後，談及此事，啓老只是呵呵：“那是上頭交來的任務呀！”兩人相視歡笑。由此亦可見啓老之胸襟，不會難為後生小子。

此後，我每到北京，一定往訪啓老。兔子的小窟也去過。最後一次，他已在醫院，呼之亦無反應了。他一生致力於學問，造就無數後輩，是千古必傳的人物。只是此後我到北京，再也找不到這樣可以交心的人，只剩下回憶和感歎了。

訪啓功先生第二窟

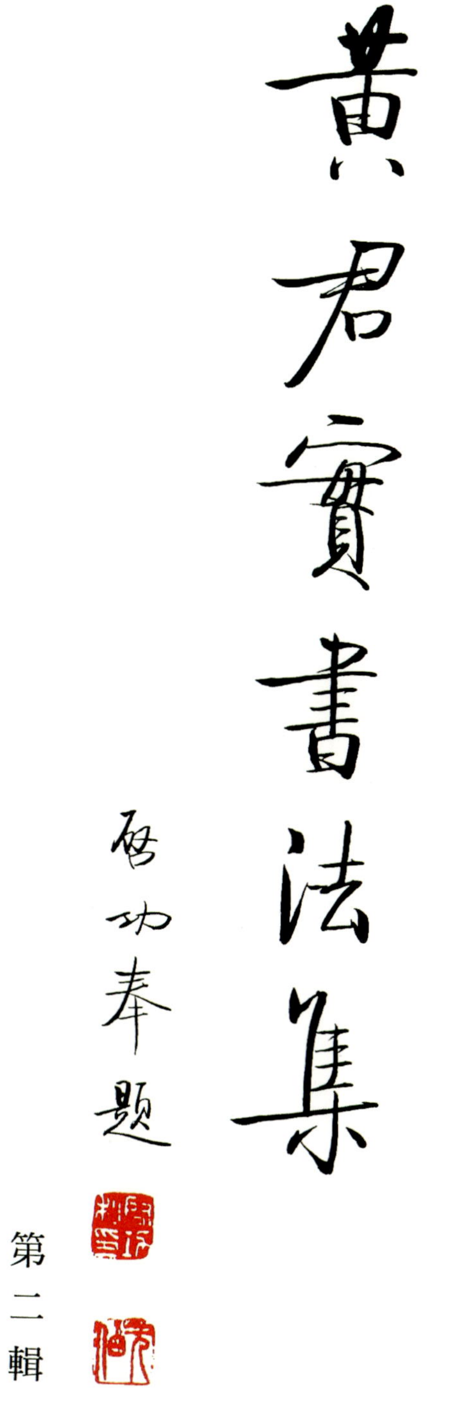

黃君實書法集

啓功奉題

第二輯

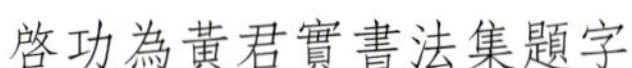

啓功為黃君實書法集題字

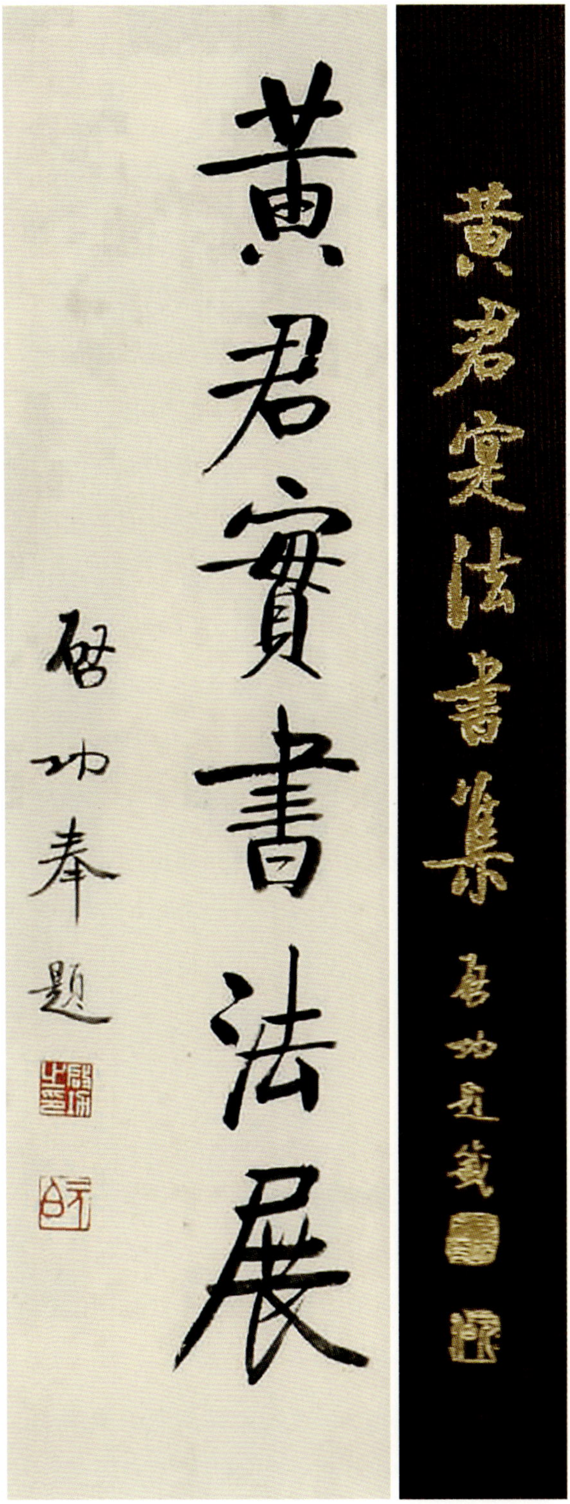

黃君實書法展

啓功奉題

黃君實書法集

啓功題簽

啓功為黃君實書法展題匾額

阪本五郎（Sakamoto Goro，1923 — 2016）

阪本五郎是個有趣的人物，他短小精悍，活潑潑，扎扎跳。他收藏的瓷器及銅器最精，而他在拍賣場上的雄風更不需要我細說了。他曾先後向日本東京國立博物館、中國國家博物館、台北故宮博物院等捐贈藏品。2002 年，他把三百多件古銅器以紀念母親的名義，捐贈予奈良國立博物館。我曾去參觀過，該批銅器每一件都宏大而精美，而且保存得極良好，真是罕見的珍品。他也收藏少量中國古代書畫，但對此認識不深。他曾多次要求我收他的孫子為徒，學習鑒定書畫，說要紮紮實實打好基礎，像傳統的日式學徒那樣住在我家，幫我跑腿提包，分擔清潔、燒煮各種雜務。嚇得我連忙拒絕，小小的香港窩居，怎容得下一個青年男子，而且年代早已改變了，年輕人誰還願意吃這種苦。這事當然也就一笑而罷。

與阪本五郎合影

馬承源（1927 — 2004）

1991 年夏天，上海博物館主辦了一次西北之旅，邀請海內外的美術史家同往敦煌、炳靈寺、麥積山等地參觀佛教藝術的遺址。團員包括杜維善、張宗憲、朱仁明、陳德曦等，也有同行的家人，我及內子和剛上大學的兒子也參加了。領隊的是馬承源和汪慶正兩位館長。因為上海博物館的旗號，我

與馬承源、王雁南合影

們每到一處都受到最好的招待。第一站是阿克蘇，謝稚柳先生也趕過來，與我們一起參觀了克孜爾石窟後便離團，因為他對敦煌已經太熟識了。我們從吐魯番、高昌古城一直前往敦煌。莫高窟的管理層特別為我們開放了好些個一般不允參觀的石窟。豐富而精美的雕塑和壁畫，令人驚歎那些無名的工匠和藝術家，竟能夠在極端惡劣的環境下傾盡心血，創造出這許多不朽的作品。

這次愉快的旅行也使我熟識了一些平日較少來往的朋友。馬館長的沉穩和汪館長的敏捷都令人留下深刻的印象。三十餘年過去，多少事欲説還休。有部動畫片叫《獅子王》，雄偉的獅王挺立山巔上，毛髮在呼呼烈風中飄揚。它眼神堅定，隨時准備奮起守衛一方。然而，獅子王的暮年卻是令人唏噓感歎的。光芒已經消失了，但一生的辛勞和功業，還是值得後人去紀念的吧。

我為這次旅行特別買了一套當時最新的尼康長鏡頭相機。相機又重又巨，像根大炮，捧着它東奔西跑，加上不熟識操作，經常是擰扭半天，才咔嚓一聲拍下一張，還來不及多咔嚓幾下，領隊已經大喊要出發了，所以竟沒留下什麼好照片。而且詩思全無，湊不成句。

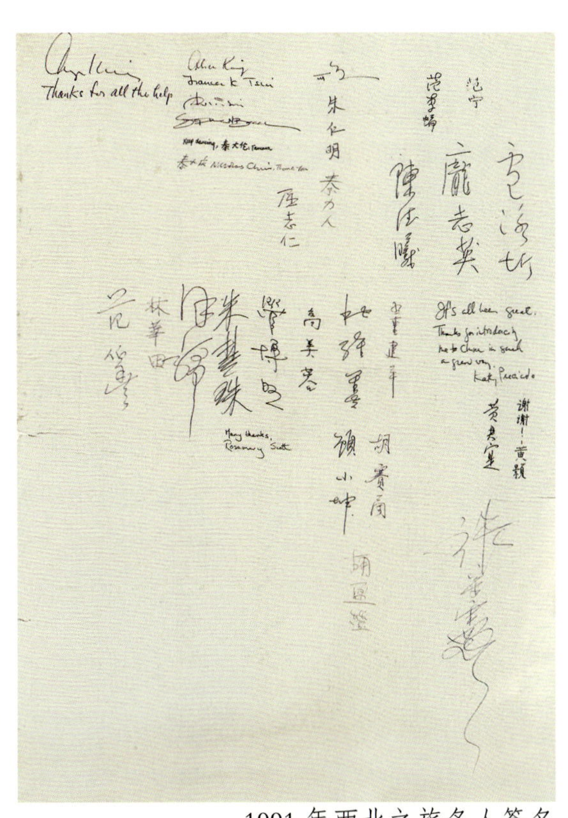

1991 年西北之旅各人簽名

顧祥虞先生
這次文物之友西北之旅得到您
盡心盡力安排使我們看到多
難得一見的中國古代藝術珍
品因為您的任勞任怨令我們
的旅途感到方便與愉快謹此
表示我們衷心的感謝
上海博物館文物之友西北之旅團員謹贈
一九九一年八月十日

黃君實代書向上博的致謝函

潘受（1911 — 1999）

潘受先生，福建人，是學者、詩人與書法家。他十九歲南渡新加坡，太平洋戰爭時一度回國。勝利後，又重返新加坡。他曾任報社編輯、中學校長，參與新加坡南洋大學的籌辦事務。1990 年，我參加在新加坡舉辦的“第一屆國際書法交流大展”，拜識了先生。1995 年，我在新加坡蟬谷畫廊舉辦了個人的書法展，潘老為我題下“唐法宋意，妙手兼之”八個大字。兩年後，我在香港大會堂舉辦個人書畫展，潘老也為展覽的圖錄題字。那時因工作需要，我每年至少兩三次飛往新加坡。潘的海外廬是我必訪之地。此照片應是 20 世紀 90 年代初所攝的，前排坐者為潘老及穿白衣的劉作籌。後排右起龐志英、我，旁邊的一位一時想不起來是誰了。

與潘受等合照

潘受為黃君實書法展題字

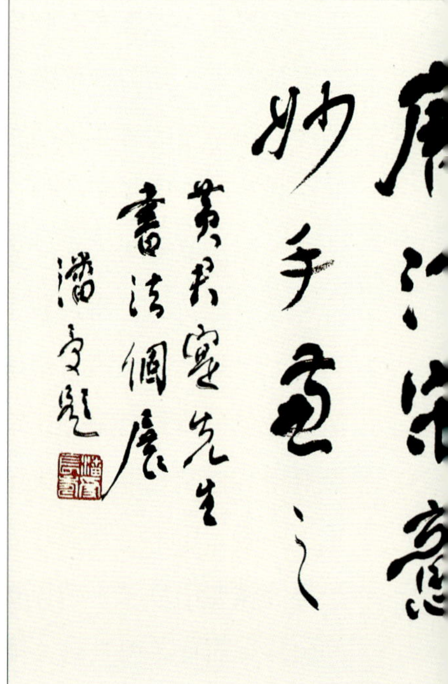

饒宗頤、王方宇等在八大山人銅像前合照

1986 年，江西南昌的八大山人紀念館舉辦了八大銅像落成慶典，銅像是廣東雕塑家唐大禧以《个山小像》為藍本創作的。八大山人的雕像形貌清逸，布衣柔柔地貼在消瘦的身體上，手執草帽，默然凝視遠方。王方宇對八大研究最深，我們當然也都要在銅像前拍照留念。左起王方宇、饒宗頤、賴恬昌和我。

與饒宗頤、王方宇、賴恬昌合照

楊仁愷（1915 — 2008）

與爽朗健談的楊老相處，總令人忘記年齡和身份的差距，有時還可以跟他開個玩笑，那是我在別的老先生面前不敢做的事。大約是二十世紀八十年代末，他隻身來美旅行，還準備順路前往歐洲。他那時應已年過七十，沒人陪伴，也不知他的外語如何，竟獨自遊玩去了。這樣瀟灑輕鬆，真令人羨慕。

與楊仁愷、王己千合影

秦公（1943 — 2000）

每看到這張照片，想起秦公，總不禁感歎生命的無常。2000 年 5 月初，我在北京中國美術館舉辦個人的書法展，邀請了幾位前輩及好友來剪彩。當時啓功先生患病，深受"纏腰龍"之苦，沒能參加，卻仍勉力為展覽會題字，令我衷心銘感。圖中是當日剪彩的嘉賓，坐在最右側的便是秦公。豈料三數日後，秦公便驟然離世，人生如朝露，誰能永久。

我在北京翰海拍賣行的第一場拍賣會上初識秦公，與一般衣冠楚楚的領導不同，他布衣短打，虎背熊腰，行動非常敏捷，言辭間顯出無比的自信和魄力。後來熟了，見他日以繼夜地操勞，身體日漸消瘦，也曾勸他多作休息。他常笑對人說："黃先生告訴我，做兩年拍賣，短十年壽命。"像他這樣拚了命地工作，損壽又何止十年。人才難得，他那些來不及完成的事業，也只能由接棒的人去完成了。

謝稚柳（1910 — 1997）

謝稚柳是我尊敬的前輩，他們那一代人，自少年時便研習經史。詩歌詞賦、翰墨丹青，無不精熟。他與張大千交誼深厚，在繪藝及書畫鑒定方面都受到大千的影響。張大千曾在謝稚柳的畫上題詩，說"天下英雄君與操"，也許帶點揄揚的成分，但也可見他對謝先生的欣賞。謝先生的夫人陳佩秋女士（1922 — 2020）更是不讓鬚眉。夫婦二人的工筆設色畫，在當代罕有其匹。

1985 年，中國書畫鑒定家組團訪美，謝稚柳與徐邦達等同行。某日在王己千家中欣賞藏畫，其中一卷文徵明山水，卷後有文氏諸弟子的題跋。謝稚柳譽為佳作，徐邦達卻說並非文徵明親筆，兩人各持己見，爭論不休。最後，連王己千先生也罕見地發了脾氣："邦達，你說這是假，我要與你決鬥！"我看着這三位前輩，只覺熱鬧得有趣。

我們也往訪翁萬戈的萊溪別業，欣賞他的收藏，拍了照片，戲稱為"萊溪七賢"。各人還即席題句留念，王己千和楊仁愷臨米、蘇二家帖，謝稚柳、徐邦達和我各成詩一首。

2000 年在北京中國美術館舉辦「黃君實書法展」時合照，最右側為秦公

黃君實夫婦與謝稚柳、陳佩秋伉儷合照

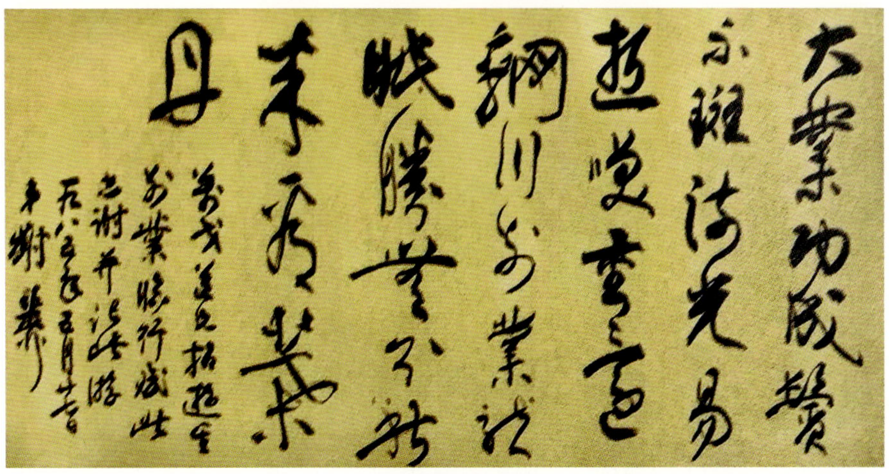

謝稚柳在翁萬戈《萊溪七賢圖》上之題詩

吳冠中（1919 — 2010）

我主持香港佳士得拍賣行時，曾多次上拍吳冠中的作品，更多次以他的繪畫作為圖錄封面。我敬佩吳先生，認為他是中國當代藝壇上一個了不起的畫家。他和他的老師林風眠一樣，真正懂得東西方藝術，又敢於創新。吳冠中衝動、堅忍、刻苦而又永不服輸的性格，令他不斷地嘗試突破自己，一次次向更高更深的層次去探索。雖然不一定每次都能夠成功，但他確實努力過了，而且成功的比率很大。他喜歡寫生，大自然千變萬化的風貌引發他的靈感，黑白的對比、色彩的衝突與調和、點線面的相反相成、虛與實的位置分佈 …… 各種理論都被他運用在畫幅裏。他的思想尖鋭、構圖新穎，每一幅作品都是真實的風景，卻比真實的風景更加美好。

章汝奭（1927 — 2017）

章汝奭先生是章太炎的姪孫，他是精通外語，兼中西之長的學者、詩人和書法家。其父章保世，早年以文名享譽大江南北，又以收藏宋版古籍及清宮散佚名畫見稱於時。現藏於上海博物館的唐寅《秋風紈扇圖》和王晉卿水墨本《煙江疊嶂圖》都曾是他庋中珍物。我有一卷錢選的《錦灰堆》，畫後亦有章保世的兩段題跋。拜識汝奭先生後，説起這段淵源，即把影印圖給先生寄去。此後，我們書信往還多年不斷，他一手小字楷書源出顏、柳，而精妙細微，世罕其匹。

與吳冠中伉儷合照

與章汝奭合影

史提芬（Stephen Addiss，1935 — 2022）

與 Stephen Addiss

1972 年，美國堪薩斯州立大學的李鑄晉教授給我一份獎學金，攻讀東方美術史碩士並作他的研究助手。史提芬當時在藝術史系教授日本美術，性格熱誠坦率的他與我很快成為好友。他喜歡書法，常磨着我一起弄墨，又在衣服上筆走龍蛇，引得我也像他一樣，每件白色內衣上都寫滿了狂草。我英文不好，好幾篇比較重要的論文都由他潤色，兩個人又合作出版了《師道》《黃檗文化》等著作。史提芬多才多藝，尤其喜歡音樂，能彈能唱能撰曲，是個出色的音樂人。

戴萍英

我在佳士得拍賣行工作時，認識了著名骨董商戴福保，常往訪他在紐約的居所。戴夫人萍英女士風度佳勝，亦成好友。戴先生收藏了一批古畫，包括顏輝《鍾馗出獵圖》、趙雍《春山遊騎圖》、唐寅《松岡圖》、仇英《春園宴樂圖》等，都是難得的精品。萍英女士辭世後，這批古畫在 2008 年由香港佳士得拍賣行推出市場。那位以九百萬港元拍得顏輝《鍾馗出獵圖》的買家，恐怕連做夢也會開心地笑醒吧。

黃君實夫婦與戴萍英合照

陳逸飛（1946 — 2005）

大約是 1990 年，經吳爾鹿的推介，我認識了當時居住在紐約曼哈頓中城的陳逸飛。那是一個笑容滿面，謙恭卻又充滿自信的青年。我久居海外，極少關注國內年輕一輩的藝術家，尤其是油畫家。看到他堆滿一室的油畫作品，已完成的或尚未完成的，只覺詫訝又驚喜。陳逸飛最難得的不是寫實技巧，而是他的靈動和秀氣。他用筆敷色有從容、輕鬆、明快的感覺，筆觸如清風、如靈蛇、如水銀瀉地、如湖畔澄明的月色，有一種游刃有餘、談笑用兵的氣度。

我挑了他的一幅《罌粟花》，圖中繪一個穿着旗袍託頭沉思的美女，手執扇子，扇面上繪着美麗的罌粟花。人物肌膚和織花緞子的質感都處理得很好，但更動人的是她的神情，也許在甜蜜地回憶，也許在惆悵地懷想，給人孤寂的無可奈何的感覺。那是一朵罌粟花，迷醉了別人，但到頭來被毒的也許是她自己。

我把這件作品放在 1991 年紐約佳士得中國近現代繪畫拍賣，那是國內年輕一代油畫家首次登上國際性的拍賣場。當時的估價我已記不起了，場內及電話的競投卻意外地熾熱，最終落槌價連佣金是十萬美元。1991 年，一美元可兑換人民幣五元三角三分，十萬美元相當於人民幣五十三萬多了。即便是在紐約或中國香港，當時願意拿出十萬美元來買藝術品的人也不多，何況作者是不為人熟識的畫家。

我後來才知道，買家是香港一位年輕漂亮的太太，這是她第一次買藝術品，而且是瞞着她的富豪丈夫去競投的。作品運回香港後，也不敢往家裏放，於是長期借給中環的中國會所，掛在會所樓層的小客廳內。她在 1997 年把《罌粟花》送回香港佳士得拍賣，獲得大約五倍的利潤。

1992 年，我在香港佳士得把中國油畫列為專場，陳逸飛以一幅《潯陽遺韻》再次引起轟動，艾軒、陳衍寧、楊飛雲、王懷慶等的作品亦廣受歡迎，老一輩的吳冠中、丁衍庸等也有極好的成績。後來蘇富比在中國台灣主攻以常玉、朱沅芷為代表的現代畫派，而中國大陸的拍賣行業也逐漸興起，新一代的油畫家開始進入市場，我反而離這一類藝術品越來越遠了。陳逸飛回國後，與我的交集也逐漸減少。我認為他是微不足道的商人，成績一般的導演，但如果專心於繪藝，他將是中國油畫史上第一流的畫家。可是每個人都有自己的選擇，走自己喜歡的路，既然他活得開心，旁人也就不必為他的早逝而覺得惋惜了。

與陳逸飛合影，左為台灣《藝術家》雜誌創辦人何恭上

陳逸飛繪油畫《罌粟花》

武夷九曲溪

大約是二十世紀九十年代初，某日，友人送來一張八尺高大宣紙，託我為武夷山九曲溪的某個大堂抄錄朱熹的《九曲棹歌》。既是朋友開口，怎可推卻。那時，我從未去過福建，也不問那是什麼大堂什麼寶地，便奮筆疾書，一口氣寫完，沒收半分酬勞，也沒浪費他半寸好紙，任由他歡天喜地托卷而去。後來不知如何，此人竟再也聯絡不到了，當然不會是因為這張書法的緣故。多年後，茶禪專家葉榮枝告訴我，他在武夷的一個鄉村看見了這幅大字。2002 年，葉榮枝帶我和一羣朋友往遊武夷山，順便往訪這個村落，字幅裝嵌在鏡框裏，掛在大堂正中，紙上已佈了不少霉點。我連忙說要出價購回，卻被推說這是公家之物，要上報政府批准的。又說曾有劇組租借此地拍武俠劇，在玻璃框上糊了大大一個“武” 字，作為武林盟主的大堂。果然玻璃上還殘留着不少紙糊的痕跡。堂堂一個書法家極難得的巨幅墨寶，卻被武林盟主嫌棄。敝帚從來只好自珍，古人的智慧和我的愚昧，真堪一笑。

為武夷山某大堂所書之《九曲棹歌》。前立者為茶專家葉榮枝及篆刻家鄒元白。

美國加州漢庭頓圖書館（Huntington Library）

美國加州漢庭頓圖書館是洛杉磯的著名景點，除圖書館外，還有美術館和花園。中式庭院加建時，中文大學的唐錦騰教授推薦我為園中的臨水小亭題對聯，又在瀑布旁的石頭上題字。對聯的句子是“延到秋光先得月，聽殘春雨不生波”，瀑布旁則刻上“留雲岫”三字。去該地觀光的親友都給我發照片，我自己倒是一次也沒有去過。

為美國加州漢庭頓圖書館內
中國花園之小亭題對聯

中國花園瀑布旁刻所題「留雲岫」三字

與友人觀所作草書大軸

張旭人稱草聖，現藏遼寧省博物館的《古詩四帖》相傳是他的作品。《全唐詩》卷一一七載有他的六首詩，語句清新，音調甚美，簡潔中別含深意。其中《春草》《詠柳》兩詩常在我心中縈繞，一直想以草法錄寫而未果。2009 年夏，在湛然軒裱畫室，馮一峰出示一段長逾兩米多的白綾，表面已經過處理，光潔且留墨。我一時興至，執筆疾書，竟似雄鷹展翅，蠶吐柔絲，又似飛流咽石，崩湍騰揚之勢一發而不可止。它是我心手兩忘的縱情之作，如有神助。此照片應是次年春節，在家中客廳向朋友展示時所攝。站在我右手旁的是李健球，左邊依次為曾廣才、葉榮枝、陳文巖及周慰如。

與友人觀所作草書大軸

高島義彥

我在日本留學時，骨董店、古書店、鳩居堂和二玄社是終日流連之地，與不少店主和店員都混熟了。其中，二玄社的高島義彥與我最為投契，我們年齡和個性相近，常約在一起吃飯聊天。我介紹他認識程琦先生，觀賞他的收藏，最終

在上海美術館舉辦書法個展時與高島義彥合影

促成二玄社將萱暉堂的書法藏品編印成書，定名《宋元明清四朝翰墨》。此書由我主編，中日多名學者參與釋文及校對，作品有北宋蘇軾、米芾、周邦彥，到清末伊秉綬和趙之謙等人的書法，可謂包羅萬象，蔚為大觀。

2000 年，我在北京中國美術館舉辦個人書法展，圖錄由深圳雅昌公司承印。雅昌公司何曼玲女士給我許多優惠，圖錄印製得非常精美。當時高島義彥剛好在中國，也來看展覽。圖錄的印刷引起了他的興趣，託我替他引薦雅昌的高層。二玄社與雅昌公司的結緣就是這樣開始的。

照片拍攝於北京中國美術館的展場，兩旁是我寫的草書大軸，每件高達 465 厘米，根本無法掛在牆上。結果是做了兩塊大木板，把作品嵌好，頂天立地豎在大廳上，效果非常理想。

張宗憲（1927-2024）

對這位人物，不必多作介紹了。我自 1981 年加入紐約佳士得拍賣行，便當然地認識了“羅拔張”。他廣結人緣，熱鬧的場合少不了他。他懂玩，懂唱，懂買，懂賣，懂得呼朋喚友地去吃，卻其實不大懂吃。

2024 年 11 月 30 日，張先生辭世，享壽九十七歲。隨著這位拍賣場上的風雲人物終結了多姿多采的一生，湊巧地，拍賣場也開始變得寂寞了。

與張宗憲合影

黃惇

不知不覺，原來我認識黃惇教授快三十年了。1996 年，黃教授應香港中文大學之邀，在香港舉辦書法篆刻展，又到甲子書學會演講。我是甲子書學會的名譽顧問。兩人初次見面，相談甚歡，對書法之道有頗多共識。此後書信往還，我亦數次往南京拜訪。黃教授溫煦儒雅，積學酌理，研閱窮照，作育英才無數，其女公子黃朋亦其一也。此照片是 2000 年，我在杭州西湖美術館舉辦書法展時，與黃教授在會場外所攝。

在杭州西湖美術館舉辦書法展時，與黃惇合影

馬世曉（1934 — 2013）、劉正成

多年來，劉正成先生致力於蒐集歷代書法名家作品的資料，並研究撰文，編印成系列圖書。他對推動書法發展所作出的貢獻，是令人佩服的。2006 年，書法家馬世曉在中國美術館舉辦個人書法展，我與劉先生在展場拍照留念，背後的草書大字便是展品之一。馬世曉的書法以線條靈動著稱，如舞者般自然舒卷。日本著名書畫家龜田鵬齋（1752 — 1826）所寫的草書亦以舒展知名，但線條較為纖秀，美妙如春柳隨風，舞姬舒袖。馬世曉則以多變的墨色，枯濕濃淡隨意施之，成為他獨特的風格。

與馬世曉合影、與劉正成合影

何國慶

在我認識的收藏家中，何國慶先生是最有計劃，目標最明確的。他鎖定一個時代，選擇一個項目，把曾在風雲變幻的歲月中勇猛地反抗着、無奈地掙扎着、屈辱地苟存着的人物留下的痕跡，珍重地保存起來。沿着這些痕跡他不斷深挖，然後向四面衍射。於是，這豐富的收藏便合成一段明末清初的文化史。

與何國慶合影

林秀槐

林秀槐真正愛好中國藝術，也是一位小心翼翼的收藏家。他最信任的顧問是何惠鑒先生，買入每一件古畫，都必待何先生的首肯。他和夫人都熱心公益，也常邀請朋友在府中小聚，品嘗美食及欣賞他的收藏。友儕中也有不少都精於書畫者，興致一來，也會各自揮毫。這張照片應是當時隨意所拍，背景是林府的後園。

與林秀槐合影

黃仲方（1943 — 2023）與張洪

1996 年，精藝軒籌辦了“鑒賞家作品展”，邀請了黃仲方、張洪和我作為第一個系列的出展人。作品先在中國香港展出，然後移至加拿大溫哥華。兩地的展覽都很成功，當時還請了謝稚柳先生為圖錄撰寫序言。此圖拍攝於溫哥華展覽現場，我們三人一起合照，是難得的紀念。

右起張洪、黃仲方、黃君實

張五常

若簡單地說“張教授”，大部分人都知道説的是張五常。名頭弄得這樣大，恐怕李耼會不以為然。我一輩子鍾情古書畫，也影響了好幾個人，本來一點不懂的人後來竟成為古書畫的大藏家，張五常就是其中最突出的一個。20 世紀末，我叫他買趙孟頫、朱敦儒。趙孟頫的名字他聽過，朱敦儒卻不知是何許人。難得的是，他竟能完全相信我。張五常腦子轉得快，對事物、知識的吸收就像海綿，而且清晰明確，是個十分難得的人才。他常對人說：“若我有黃君實的眼光，一年可以賺一個億！”但他卻不反過來想想，如果我有他那樣的經濟條件，市面上的好東西還會落在他手裏嗎？

在張五常西雅圖書齋內揮毫

陳德曦（1936 — 2012）

陳德曦是個老好人，他、張五常和我，年齡剛好一年一年地分成三級，他最年輕，三人常聚在一起吃飯聊天。2012 年，我往上海，在桂林公館吃晚飯，也邀請了陳德曦。他吃了許多，精神極好。不料過不幾天，卻聽到他去世的消息。我在驚詫悲悼之餘，更興人生無常之感。這張照片拍攝於香港佳士得拍賣預展的會場，陳德曦、張五常、龐志英和羅仲榮，背後鏡框中是張大千的青綠畫作。人壽幾十年，還不如一張薄薄的宣紙，只要繪上好的作品，便能傳之久遠。

陳德曦、張五常、龐志英、羅仲榮合影

張應流

“文章者，經國之大業，不朽之盛事。” 在香港，只要是喜歡藝術，又愛逛書店的人，沒一個不知道大業書店，不認識張應流的。一家書店能經營至海內外都知名，除了精明的頭腦，還需要豐富的內涵。張應流就是個才子。

張家三位女性都是美人，牆上的油畫乃陳衍寧所繪。我和太太曾在張家度過許多個除夕，品嚐張應流親手泡製的魚翅和鮑魚，打牌聊天，直至迎來新歲。這張照片就是某年除夕夜的留念。

黃君實夫婦與張應流伉儷合影

傅申（1937 — 2024）

1969 年，傅申攜新婚夫人王妙蓮赴美，途經日本。他與我們約好在京都見面。京都的夏天熱得可怕，傅申脱下外衣，王妙蓮忙替他拿着，一面高舉着傘子在傅申後面小跑，勉力替他遮陽。半個世紀過去了，是否還有人惆悵地憶念，那些玫瑰花盛開的歲月。

黃君實夫婦與傅申、王妙蓮攝於日本京都

洛陽白馬寺觀音殿

洛陽白馬寺創建於東漢永平十一年（公元 68 年）。相傳漢明帝夜夢金人飛翔入殿，乃遣使赴西域求佛法。高僧攝摩騰、竺法蘭以白馬馱佛像及經書至洛陽，明帝乃令建寺供奉，賜名白馬寺，作為翻譯佛經之所。第一部譯成的佛經是《四十二章經》。由於年代久遠，白馬寺多次被毀，又多次重建。2012 年，張公者推薦我為寺內觀音殿書寫對聯。我在 2014 年前往洛陽，拜謁了白馬寺的方丈釋印樂，並在觀音殿前合照留念。

於洛陽白馬寺與主持釋印樂方丈在觀音寺前合照

好朋友們

我在千禧年後完全退出了拍賣行業，興之所至，也會去展場瀏覽一下。"No business, no friends."（沒有生意，沒有朋友。）我愛上了普洱茶，有了新的朋友圈，茶友們聚在一起品茶聊天，評的是茶，沒有利害關係。我還有一批"松雲堂弟子"的中青年，聚在一起過春節，或陪我四處旅遊，上黃山、泰山、普陀山。老朋友親自駕車一起往五台山吹風去⋯⋯ 近年我身體漸差，走不動，只能在書畫中暢遊了。躲進小樓，有詩，有書畫，有陪伴的人，間或再來三兩個朋友，日子便不算難過了。

為趙心七十華誕作書畫並合影

馮英祥

大約在我加入紐約佳士得工作的第二年，祕書說有位客人想見我。到了約定見面的時間，來了一位二十來歲的青年人，手裏提着一個大旅行袋。他有中國人的樣貌，卻比一般中國人高大英偉得多。他不懂中文，是在美國出生的華人。他說祖輩留下一些古畫，想聽聽我的意見。他先給我看一份名單，全是中國畫史上最顯赫的名字。我不動聲色，暗想一定又是被無良的骨董商訛騙了。誰知打開第一幅，便嚇了我一跳。

Michael 大約是我見過最聰明、記憶力最好的人。他帶我往訪張學良，參加張學良在紐約舉辦的九十壽宴。我也把自己懂得的文史和藝術知識，毫無保留地與他交流。我們相處愉快，爽朗熱誠的他，是非常貼心的朋友。

與馮英祥往訪張學良並合照

前排左起鄧仕勛、黃君實、龐志英，後立者為馮英祥

陳克湛

陳克湛既是像尊龍或張國榮那樣精緻的佳公子，同時又是才氣橫溢的藝術家。他在新加坡主理的蟬谷畫廊和他的人一樣遠近知名。1995 年，他為我在畫廊籌辦了書法展，熱心地把我介紹給當地藝術界的朋友。這是展覽場內拍攝的照片，陳克湛和我陪同潘受先生觀展。

在新加坡蟬谷畫廊舉辦個人書法展，與陳克湛、潘受合照

祝君波

"君子" 二字，大約是最佳的形容詞，祝君波清潤溫和，如春風漾過微波。我與祝總結緣於拍賣場，但他對我的關照卻遠不止拍賣行業。2001 年，我在上海美術館舉辦個人書法展，是祝總替我介紹安排的。《姚大梅詩意圖》冊的出版，也是由他一力促成的。他還提議我把書法作品印成字帖，方便年輕人學習。我太疏懶，沒有成事。這本《黃君實詩文集》也是在他的一再催促下，才匆匆趕完。近年我體力已衰，編寫及出版的工作，全由內子及祝總的團隊，加上小友姚錫安及盧宇的協助，才得以完成。他們一片熱誠，不辭勞累，只為了成全我，令我無限感激。我於世情一向看得極淡，但因為這本冊子，才發覺原來還有許多關心我、鼓勵我的人。無法向他們一一致意，請在此接受我衷心的感謝！

與祝君波合影

附錄

藝術的鑒賞與創作

鑒賞家黃君實書畫

謝稚柳

西文中的"Connoisseur"特指對藝術或其他事物的品味具有充分評價能力的人，是一個有廣泛文化涵意的字眼，可以包括批評家、品賞家、鑒定家、專家、行家、評判者等等。中文翻譯 "鑒賞家"似乎意猶未盡，這個詞比較偏重品味欣賞的"面"，而對鑒定批評的一面却表達不够。我想如果譯 "鑒評家"，似乎更為貼切一些。但"鑒賞家"的譯法已約定俗成，也就不好改了。

藝術品味的養成遠非一日之功，後天的教育熏陶固然不可缺少，先天的靈氣也相當重要。我以為訓練工匠並不難，造就一位鑒賞家則非人為之力可以達到。除了個人的用功努力以外，還需要天賦、環境、機緣的完美結合，缺一不可。好的鑒賞家不僅具有豐富的知識、經驗，更有與此共生的直覺，能够較準確地判斷一件藝術作品的高下優劣以及相應的種種品質和構成的因素。中文中常用"眼高手低"來形容觀察、欣賞與實踐、製作之間的關係。這並非有意貶低後者，而是正確說明了兩者之間的先後順序。"眼高手低"是正常現象，眼高可以帶動手高，學習任何事情都是先看而後做，先思而後行；如果反過來，"手高眼低"的話，那就幾乎不可救藥，只有永遠居於二、三流匠人的地位了。眼力在藝術欣賞和創作過程中都起著决定性的作用。我們所説的"眼力"包括了品味、適度、格調、分寸等等具有高度美學價值的判斷能力，而鑒賞家就是掌握了這樣罕見能力的人。事實上，懂得品味的人，出手便是不凡。

黃君實是行內公認的重要鑒賞家。他不僅從上一代鑒賞家那裏繼承了深厚的學歷和犀利的眼光，同時他還對西方文化有深入完整的觀察和研究。這使得他的視野更加伸展開闊，尤其難得的是，長期以來，他參與了許多重要的中國藝術品的鑒定和市場運作，在海內外的權威性已經確立。佳士得這家世界上最大的拍賣行之一成功地將中國藝術品引入國際市場，黃君實的功不可沒。

然而，熟悉他名字的人並不全知道，這位鑒賞家本人也是從事創作實踐的藝術家。黃君實精於書法，尤善行草；也鍾於山水，現在我們有機會比較完整地看到他的一批作品，便可對在上文中所説的鑒賞家創作的特色作一點深入研究。

特色之一是“清”，高雅不俗。藝術中清濁之別，大相徑庭。藝術創作不必為鬻賣，不求悦於人，只是寄興遣懷，舞文弄墨，自得其樂，才可以做到倪雲林的那般境地。他的簡淡疏略的筆墨，超塵脱俗的意境，乃是藝術家獨立人格的體現。鑒賞家不羈於藝術家聲明之累，以畫為餘事，下筆也自會帶有一股清氣。讀黃君實的字，令人感到清爽之氣迎面而來，耳目為之一新。君實先生的書法穩健平實中有俊朗飄逸之氣，而又能鋒芒不露，耐人尋味，很符合董其昌論書所推崇的一個“淡”字。董其昌説：“世之作者極才情之變，可以無所不能，而大雅平淡，關乎神明，非名心薄而世味淺者，終莫能近。”書法家要不阿俗好，擺脱種種市井草野狂怪之氣，才能够臻於淡境。

特色之二是“深”。鑒賞家見多識廣，博覽古今大師之作，浸淫於名家翰墨之間，深得中國傳統藝術的精髓。他們的深厚學養，必定會自然流露在筆墨之中。鑒賞家的創作一眼看去，也許貌不驚人，但內涵比較豐富。他們能够達到這樣的境界，得益於多年的廣采博收，“功夫在畫外”、“功夫在字外”，這是視野狹窄的藝匠難以達到的。

第三個特色是“新”。他們作品中雖然都采用了很傳統的形式，但却並不讓人感到陳舊，甚至頗具現代精神。他們作為一個有國際視野的現代知識分子，是在宏觀的人類精神活動的大環境中，挑選了有中國書畫的獨特形式來表達自己，是在對西方和世界其他民族藝術和美學的融會貫通中，運用傳統的工具和手段來抒發現代人的情懷。

看鑒賞家的書畫，清新而不淺薄，深蘊而不枯悶，這是非常難得的。

原載香港大公報
1997 年 5 月 25 日

書札

致啓功先生（1912-2005）函

元白先生賜鑒，前在京拜候起居，值客眾，未得多請益為憾。晚之書展已訂於今年五月在中國美術館舉行，擬乞題展覽目錄標題，以增光寵。五月香港拍賣有趙吳興蘭蕙圖一卷，拍照後寄上，以供審定。積雪凝寒，祈珍攝。晚黃君寔頓首上。二零零零年一月十日。

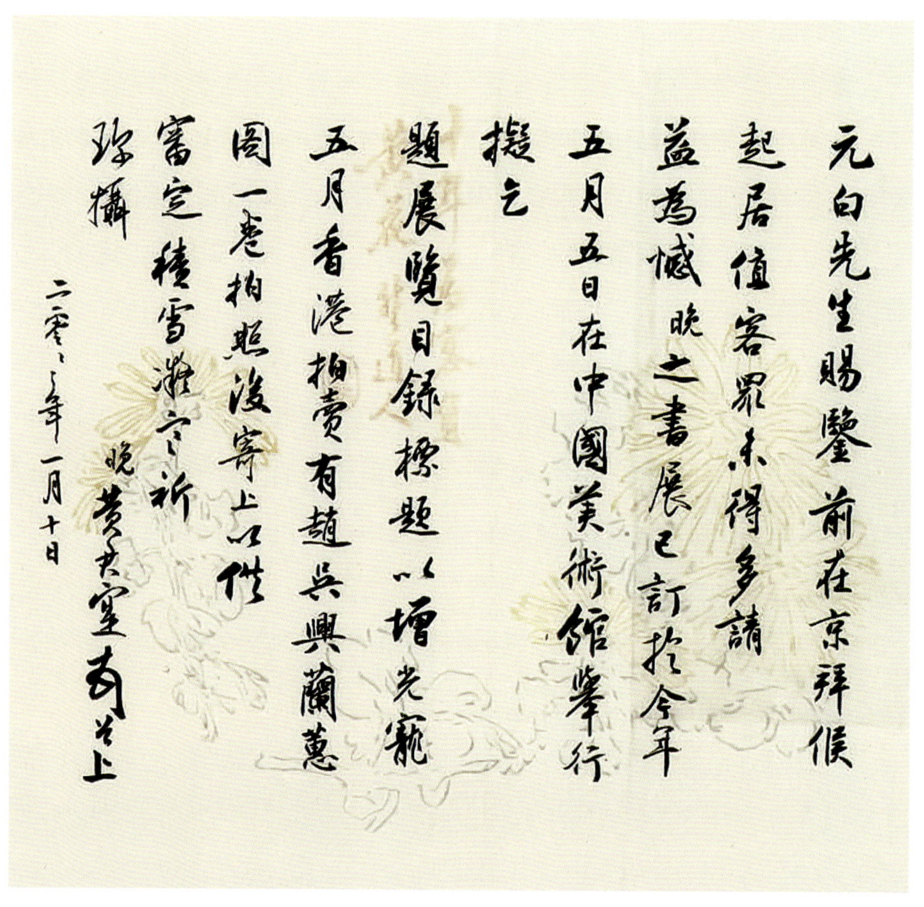

元白先生賜鑒前在京拜候
起居值客眾未得多請
益為憾晚之書展已訂於今年
五月五日在中國美術館舉行
擬乞
題展覽目錄標題以增光寵
五月香港拍賣有趙吳興蘭蕙
圖一卷拍照後寄上以供
審定積雪凝寒祈
珍攝
晚黃君寔頓首上
二零零零年一月十日

致饒宗頤先生（1917-2018）函

君實才薄質陋，得奉清塵，深荷厚恩，沒齒難忘。日前論書，得聆高論。歸視陸士衡《平復帖》，點畫醇古，天機獨超，其運筆如崩浪奔雷，百鈞弩發，洵米老所云「回視二王，頓有塵意」者也。所觀祝希哲小楷，筆意閑雅，若鳴鳳之游河漢，遊女之入華林，惟與晉人所書《曹娥誄辭》相較，猶隔一塵。蓋其取勢甚遠，尺幅千里，墨透絹素，雖歷千載而神完氣足，想見其揮運之時。與刻本較，何啻霄壤。元明以降，規模棗木，波磔漸失，以用筆不精，遂以結字取妍。豈惟資之不逮，亦風會使然也。未悉高明以為如何耳。近氣候暄冷失宜，固疾轉增，幾廢筆硯，恐蕪穢日生矣。而此道漸黯，可語者寥寥，念之悵然。君寔再拜，固菴先生閣下。

香港大學饒宗頤學術館藏

程琦（1911-2002）賜函四通

君實仁仲大鑑，惠書並箋拜嘉。愚訂於三月上旬，假道三藩市前赴東京，應二玄社本年三月成書之約。此次似不至愆期，有損大出版商信譽耳。草此並頌時祺。奮頓首。二月十一日

君實賢仲如晤，惠書並題籤均拜登。十一月三日拍賣目錄已由平川女史送來，披閱一過，愚屬意於 Lot 331，339，345，363 四件，屆時擬委足下代投，期前希賜電，至眄。墓碣似以真書為宜，還祈裁奪。草此即頌時祺。奮頓首。十月十四日。

余年弱冠，奉先君命，隨侍先師傅沅叔先生自滬東渡扶桑，參閱板本，遍歷文庫藏家，茅塞漸開。壬辰後經商海外，以羨購置書畫，日積月累，篋衍漸充。庚戌以所庋書畫刊行《萱暉堂書畫錄》，以留鴻爪，匆匆廿餘年矣。近以東京二玄社之請，浼友生黃君實以所藏書畫製版梓行，并懇啓功、謝稚柳二公推薦，簡介略歷，以資推銷。唯愚年逾耋耋，愚陋備暜。大病以來，久疏筆墨，礙難應命。不獲已，唯有重勞足下代筆。區區苦衷，尚希亮照。不一。奮草。八月十四日

君實仁仲足下，前奉燕簡，計邀台閱。近得元楊方塘《三秀圖》，至為欣慰，附奉照片，以供雅賞。原件將親自攜美。度足下亦必以古緣深厚相慶耳。松岡以在美所得冬心梅花卷見示，徵詢愚見。初睹原物，始悉乃出曩年宋某手筆（揚州人，寓滬上，專仿冬心，在大千之右，流入海東者甚夥）。聞得價甚昂。以愚個性，舉實告之，不欲欺人而已。四月六日偕伊同赴友人千金于歸喜筵，八日即飛紐約，圖快晤也。草此順頌潭祺。奮頓首。二月二十四日。

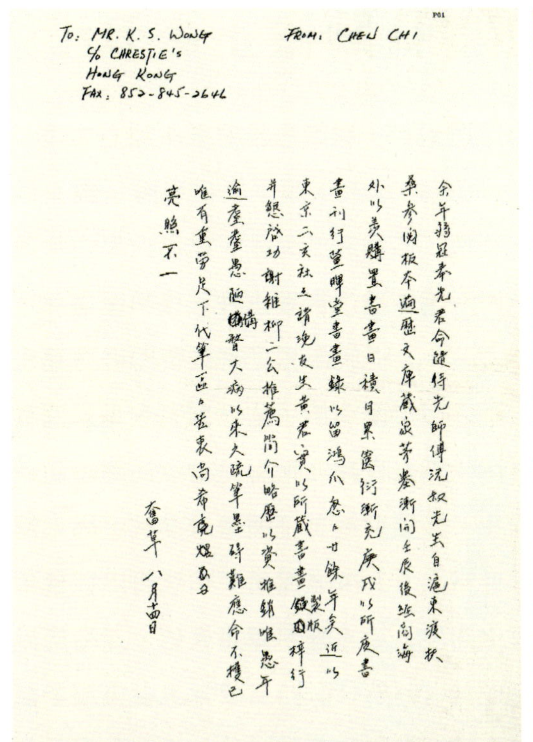
P01

To: MR. K. S. WONG
℅ CHRESTIE's
HONG KONG
FAX: 852-845-2646

FROM: CHEN CHI

余年猶冠奉先君命隨侍先師傅沅叔先生自滬東渡扶
桑參閱板本遍歷文庫藏泉茅塞漸開壬辰後返滬海
外以節購置書畫日積月累遂衍斷充庚戌以所庋書
畫刊行萱暉堂書畫錄以留鴻爪忽忽廿餘年矣近以
東京二玄社之請悅友先黃君實以所藏書畫製版梓行
并懇啓功謝稚柳二公推薦簡介略歷以資推銷唯思年
逾耄耋愚陋備聾大病以來久疏筆墨時難應命不獲已
唯有重勞足下代筆並致謝表尚希亮熄為幸
亮照不一

奮草 八月十四日

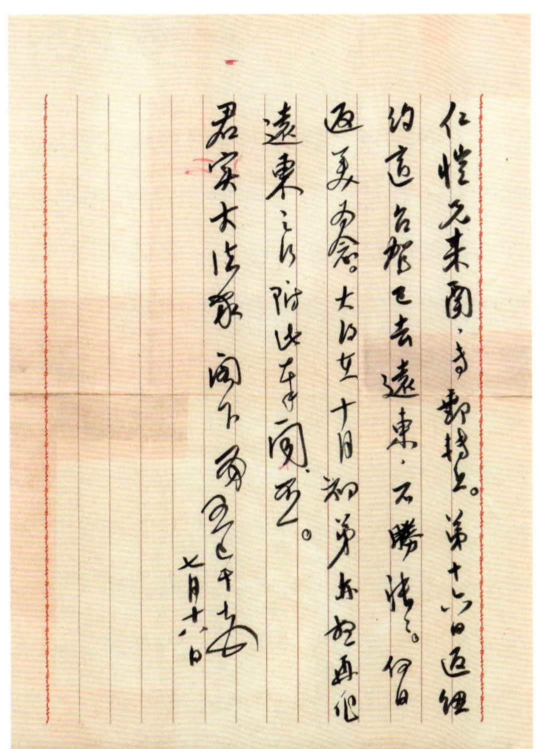
仁愷兄來函，專郵附上。弟十六日返紐
約，適台駕已去遠東，不勝悵悵。何
日返美為念。大約在十月初弟亦想再作
遠東之行，附此奉聞。不一。
君實大法家 閣下 弟 王己千頓首
七月十八日

王己千（1907-2003）賜函

仁愷兄來函，專郵附上。弟十六日返紐約，適台駕已去遠東，不勝悵悵。何日返美為念。大約在十月初弟亦想再作遠東之行，附此奉聞。不一。君實大法家閣下。弟王己千頓首。七月十八日。

翁萬戈（1918-2020）詩稿

雲有容顏風有聲，蒼蒼無語萬千更。著意張羅庸自擾，盡情怡性養吾生。狂才不為名揚羈，童心難與世俗爭。痴人自古長說夢，醒來雲畔會群峰。萬戈。

翁闓運（1912-2006）賜函

上周郵到上海張氏涵廬舊藏書畫精品影印冊兩本，展讀內封書眉，閣下大筆，融化蘇米諸家之長，獨樹風格，欽佩不止，而不知此書為閣下親自寄贈。嗣奉手教，敬悉種切，深為感謝。辱蒙過獎，尤深慚愧。高島義彥先生，是弟前年由日本書畫振興會，邀去東京，為彼國一書畫展覽會評選作品之機會，往千代田區書肆選購了幾本二玄社出版物。書中夾有“讀者意見書”，提出鄙見。寄去後即得高島答書，自此書信往來不絕，成為知己。他常與不才商量改進出版物意圖。今夏二玄社在滬開台灣故宮藏書畫複製品展覽，親自來滬，為之介識謝稚柳兄及上海圖書館各領導。稚柳兄上月赴美定居，聞發現患胃癌症，經開刀後，証明幸未擴散。尚未轉告高島也。經閱所賜張氏舊藏縮影，確多稀世精品。弟所尤愛者，如沈石田雪景手卷，東坡及曾子固等書扎，明晉府舊藏《淳化閣帖》第六卷右軍書原刻，以往均尚未見有影印出版者。高島曾多次來信，二玄社計劃出版《閣帖》，寄示三井高堅所藏宋拓《閣帖》十卷之照片，弟審定是南宋一般之翻刻。原刻《閣帖》，今日傳世已無全帙，惟臨川李氏所藏第六、七、八右軍書之卷，有賈秋壑藏印、及不具名北宋人與南宋王准一跋者為真。有正書局曾經影印。聞此原帖今在香港。弟審定此正是北宋魏王借板至府邸時所拓，亦即此帖原刻之最後拓本。第六卷中有數帖，反不如明肅藩翻刻之精。實質上肅藩所刻祖本，是原刻之初拓。而魏王借板至府邸時，可能有一部分板已損壞不可收拾，據當時壞板之新拓補刻。故此部反分反不如其他宋明人據原刻初拓所翻者為優。宋版書有元明補刻本，稱為“三朝版”，焉知閣帖板損後無補刻之事。如臨川李氏所藏第六卷中是也。貴公司所得張氏舊藏第六卷，為晉府故物，右軍行書《近得書帖》末行首有“六、十一”字，臨川李氏本被剪棄。根據寄下冊中縮印本細察，似比臨川本拓時較早，真鴻寶也。弟滿望稀世文物，能盡量影印出版，對敷揚國粹，嘉惠後學，不失為愛國之舉。二玄社既有意出版閣帖，不知貴公司是否可援台灣故宮及北京故宮、上海與遼寧兩博物館之例，與二玄社合作，將此《閣帖》第六卷精印出版。倘能實現，誠為藝林之盛事。弟已將鄙見函告高島，請足下與其共商之。

竊慚衰朽，今已虛度八十有五，老學無成，近十年來，眼花手病，終日頭昏，中小字已無從落筆，玆用圓珠筆在迷霧中，摸索奉答，請恕失敬。不揣惡扎，先錄姜白石詩一紙請教。倘蒙不棄，則各體可以唯命，借獻醜以結墨緣。承示文旆十月間將蒞滬，不勝雀躍。敝居上海電話為⋯⋯ ，大駕到滬，請先賜電話，以備迎迓。弟自文革後期退休以來，以餘事作詩，所作論書之文《用筆論》，自忖尚有獨到心得創見，在 1993 年《書法》雜志刊出。編輯無知，刪削過甚，致如籠鶴截脛，其中許多圖版論證，盡皆刪棄。得日友賞識，為我譯成日本（文），將在今年十月間，可在日本《書學》雜誌，以中日文對照，出專刊發表。屆時送來樣書有多，必當撿寄請教。敬祝文祺。翁闓運頓首。九月十八日。

劉作籌（1911-1993）詩稿

（酬山濤、森丘兩兄庚午（1990 年）元旦合作《歲朝圖》自美見寄為賀。）

獻歲揮毫見逸才，尺圖尤勝酒千杯。三朝日喜新春到，萬發雷迎利市回（圖中有爆竹柿子）。山濤先生燒燭賞（山濤畫紅燭），森丘居士催花開（森丘畫水仙花）。感君故意天涯遠，西半球飛東半來。

（山濤、森丘兩兄分書合聯見贈）

北曲南詞雙合拍，春蘭秋菊一時開。方知高手新游戲，可破陳腐舊體裁。

錄奉山濤、森丘兩兄斧正。劉作籌呈稿。

何叔惠（1919-2012）賜函

君實仁長左右，前日得遂瞻韓之願，足慰夙慕。頃奉大函及尊集，拜讀之下，尤為敬佩。敝藏自知愚瞽，未辨真贋，仍有待法眼，以啓其老矇耳。專此奉謝，並候秋祺。愚弟何叔惠謹復，九七、七、十二。

秦孝儀（1921-2007）賜函

君實先生著席，辱貺尊著書畫集，吉金溫玉，傾服傾服。他日星軺見過，願奉光霽，洗盞傾襟也。圖錄另郵，即候著茀。秦孝儀拜。四、廿二。

江兆申（1925-1996）賜函

君碩兄道鑒，不見又復多時。前談曾氏託售何道州堂幅，因何書現存於世者尚多，不易以高價出手。後與曾夫人提及此事，似不欲以低價讓出。弟意以為如不能高於美金五千，則暫不出售。有便帶台北為佳也。近日略寒，雖在炎州，亦感縮瑟也。專肅順候道安。弟江兆申頓首。十二、十六。

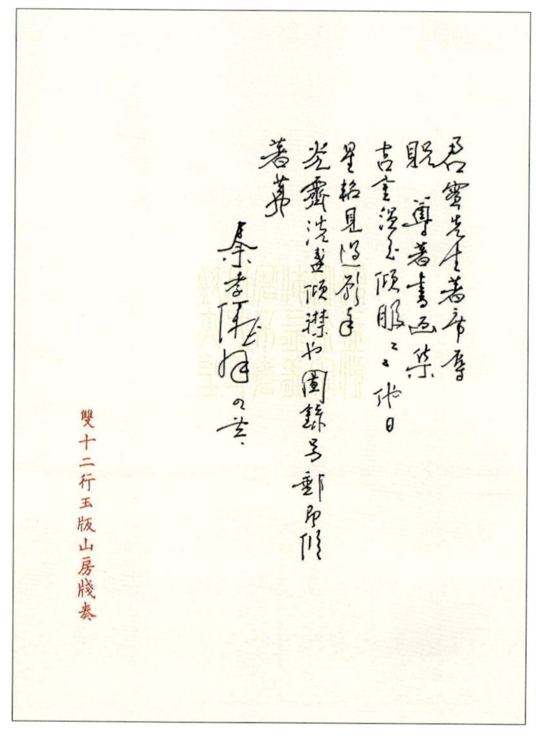

君實先生著席，辱
貺尊著書畫集，
吉金溫玉，傾服傾服。他日
星軺見過，願奉
光霽，洗盞傾襟也。圖錄另郵，即候
著茀。
秦孝儀拜。四、廿二

雙十二行玉版山房牋表

章汝奭（1927-2017）賜函六通

君實學長尊鑒，周前捧讀墨寶兩幀，不勝之喜。大作《詠史》寓意深沉，彌足玩味，欽羨欽羨。知兄善畫竹，此弟平生所嗜，故蕭院中植竹一叢，蓋引喻東坡“可以食無肉，不可居無竹”義也。敢乞法繪，為弟作一水墨風竹立幀，尺寸為高七十二厘米，寬三十四厘米。蓋弟有一鏡框此尺寸。畫幅將裱成鏡片，懸之書室中，俾朝夕晤對也。奉乞俛允。不情之請，得不以既得隴復望蜀見斥耶。春節期間，意緒憒憒，杜門習靜，忽有所觸，又作放言二首。錄後即祈印可。

漫笑漢高失鄙俚，乃能擊筑大風歌。而今名士詩魔鬧，酒甕爭如廢紙多。

矻矻終年無用功，何如面壁悟窮通。若嫻夏畦三分術，縱不識丁也富翁。

如此則連同前此書奉一首，并此而三矣。異日當撿佳紙書一手卷博笑。初春氣候多變，伏望善護眠食。不一一。恭欹潭祉。弟章汝奭再拜。二月廿四日。

君實學長，周前一晤，深慰渴想。弟潦倒半生，乃獲與閣下締交，幸沐優渥，回首平生，曷勝感喟。隨緘附奉近作五言自述一紙，既以抒懷，要亦博一哂耳。不一一。恭欹潭祉。諸惟愛攝。弟章汝奭再拜。六月廿十一日。

附章汝奭先生五言長句：

行年七十五，每歎儒冠誤。世固無坦途，遇我偏局促。平生狷介操，況復輕攀附。憶昔起狂飈，金玉頓成土。艱難十餘載，何幸非虛度。日惟詩與書，伴我堪獨處。蘭亭四百通，始略知甘苦。旦夕耽臨池，空繞池邊樹。乃悟窺堂奧，字外有功夫。就中何者先，取捨費躊躇。今日承青眼，深愧無足述。且惜傾蓋緣，放浪遠塵俗。

歲在辛巳二月二十四日，在滬港文化交流協會弘久畫廊暨文華里會所，為予舉辦之詩作書作賞讀會上作。長洲章汝奭。

君實學長我兄硯席，拙稿《黃君實書法展觀後》一文已繕就，清稿隨緘，奉乞斧正。《首屆蟲具展序》一文壹件，一併郵奉，聊博一哂。嫂夫人蒞滬，有失迎迓，蓋以俗務所羈，未能趨前叩教。失禮之處，諸惟鑒諒，為幸。不一一。即欹潭祉。弟章汝奭再拜。九月六日。

君實學長硯席，滬上一晤，大慰平生。承惠佳士得拍品目錄，至感厚愛，今以此又可消磨永日矣。大作已付裝池，下月初當可竣事。囑為題識，深恐有負雅望。日昨擬就草稿，茲錄奉乞教。溽暑未退，幸護眠食。不一一。即欨潭祉。章汝奭再拜頓首。九月八日。

君實先生，舉世聞名之書畫賞鑒巨擘也。其寓目之多，審辨之精，古往今來鮮出其右。先生稟賦瓌瑋，少負不羈之才，雖世居海外，然幼承庭訓，研習經史，乃能學貫中西。早歲所作詞賦，流傳遐邇，甚邀前輩稱許。至其書翰，初法二王，旁參虞褚，所作多抒發性情，遂能了無俗韻。是卷臨米書，甚得其神，亦非拘於筆墨間者。或予所見，亦約略掇及書道之旨要耶。丙子（1996 年）秋月，長洲章汝奭書於海上得幾許清氣之廬。

君實學長我兄硯右，昨通話，知返抵香江。茲以挂號郵上，為兄嫂祈福增壽書寫之細楷《金剛經》，伏祈哂納持奉。弟亦唯掬區區微忱，聊表答報之情於萬一也。台收後乞見示，俾釋懸懸。獻歲發春，諸惟愛攝。不一一。即欨潭祉。弟章汝奭再拜。二月十日。

吳冠中（1919-2010）賜函三通

君實兄，我今日去陝北寫生，臨行讀悉自新加坡來函，所言甚是，至感關懷。世風如此，無可奈何。凡屬自己掌握之情況，當謹之慎之。今後並加強聯繫。

酒仙非仙，幾次來電詢及兄有否向我購畫，或代公司購畫，無稽之談，一概否認不理。為展出我付出極高代價，但人慾難填，處處宜存戒心焉！倚裝匆匆，草草先覆。並問夫人好。吳冠中。一九八九年十月十四日。我約十一月上旬返京。

君實兄，今晚剛收到照片。油畫《水鄉》係偽作。水墨《水鄉》這構圖我曾作過幾次應酬，這幅甚差，亦係偽作。大屋左邊一棵筆直僵死之樹，及前景墨黑亂作一堆，全無穿插疏密，均是較明顯破綻。《井崗》幾幅油畫（50 年代）原作均作在三合板上，尚留手頭。原作雖曾發表出版，但水平不高。當時亦為井崗山管理處用布複製過幾幅，當然更差。這兩幅照片是否係複製之作，因不清晰，已難辨。但不管是複製品或偽作，這樣水平作品不宜收入。寧缺毋濫。

我明晨即離酒店住到友人家去，日內去清邁風景區作畫，定八月四日返京。

握手。吳冠中，1990 年 7 月 27 晚

7/10/1996

君實兄，底片奉還，純係偽作，偽作鋪天蓋地，買家叫苦！

我剛從京九路參觀返京，十一月可能去印尼。

我正試作“古韻新腔”系列，即以油畫譯古畫，已作《韓滉五牛誰保養》、《呂紀晤談條》及《宋人花籃》。日後請兄研討，確有新意存焉！

握手。弟吳冠中。

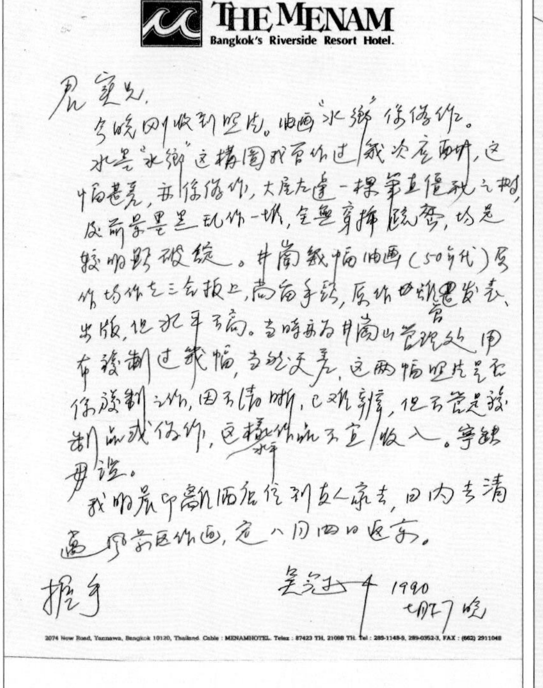

THE MENAM
Bangkok's Riverside Resort Hotel.

君实兄，
今晚刚收到照片。油画"水乡"係偽作。
水是"水乡"这構圖我曾作过几次应酬，这幅甚差，亦係偽作，大屋左边一棵笔直僵死之树，及前景墨黑乱作一堆，全无穿插疏密，均是较明显破绽。井岗几幅油画（50年代）原作均作在三合板上，尚留手头，原作虽曾发表、出版，但水平不高。当时亦为井岗山管理处用布複制过几幅，当然更差，这两幅照片是否係複制之作，因不清晰，已难辨，但不管是複制品或偽作，这样水平作品不宜收入。宁缺毋滥。
我明晨即离酒店住到友人家去，日内去清迈风景区作画，定八月四日返京。
握手　吴冠中　1990 七月27晚

2074 New Road, Yannawa, Bangkok 10120, Thailand. Cable : MENAMHOTEL. Telex : 87423 TH, 21098 TH. Tel : 289-1148-9, 289-0352-3, FAX : (662) 2911048

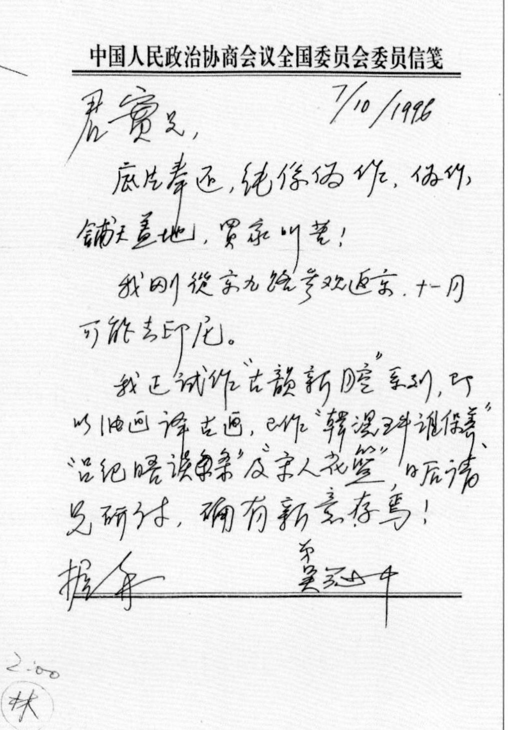

中国人民政治协商会议全国委员会委员信笺

7/10/1996
君实兄，
底片奉还，纯係偽作，偽作铺天盖地，买家叫苦！
我刚从京九路参观返京，十一月可能去印尼。
我正试作"古韵新腔"系列，即以油画译古画，已作"韩滉五牛谁保养"、"吕纪晤谈条"及"宋人花篮"，日后请兄研讨，确有新意存焉！
握手　弟吴冠中

黃惇（1947 年生）賜函三通

君實先生台鑑，前日收到先生寄來華函及佳士得書畫拍賣目錄一冊，謝謝。離港返寧後未敢忘在港時之允。玆已購得精選狼毫數枝，唯予平時喜用之魁筆，一時未尋得。恰月底有山東淄博之行，其地有一老筆工，出身湖筆，而在北地易獲北黃鼬上佳狼尾。予近些年來所用之筆多出其手。已托朋友囑製。月底月初得筆後，即寄與先生試用。在港時數見先生墨跡，甚為欽佩。歸後友人問及，予云香港有黃君實先生，筆法精湛，氣格高古，今日書壇甚難得見矣。即頌大安。丙子（1996 年）禊日，晚學黃惇頓首。

先生病足得康復否。先生信中贊詞，甚不敢當。以後還望多多指教後學。

君實先生新年大吉。大年初一接先生來信，獲觀先生新作繩頭《長恨歌》及臨右軍數帖並太白詩，不看款時竟以為古跡之復印件也。弟去歲十二月曾赴北京，恰逢劉正成兄去台灣未遇。訊問其手下，云將把先生在京所談錄音整理後寄我。然想歲末事多，又春節將至，忙於歸裝，迄今未見隻字。弟只得靜等，一俟見之，必全力以赴，請先生放心。

年前香港甲子書友會寄來書法年曆，又禤紹燦先生寄來展出圖錄，其中均有先生大作。能識先生，實余之大幸也。順頌康健。戊寅（1998 年）元月初三，黃惇頓首。

君實先生大鑒，寄來照片收到。先生為全州所作草書大幅，氣勢恢宏，局部照片尤佳，甚佩。晚生假期仍有研究生課務，八月十五前得脱身，定赴海上觀展。展事繁雜，務請保重身體。晚黃惇頓首。六月三十日。

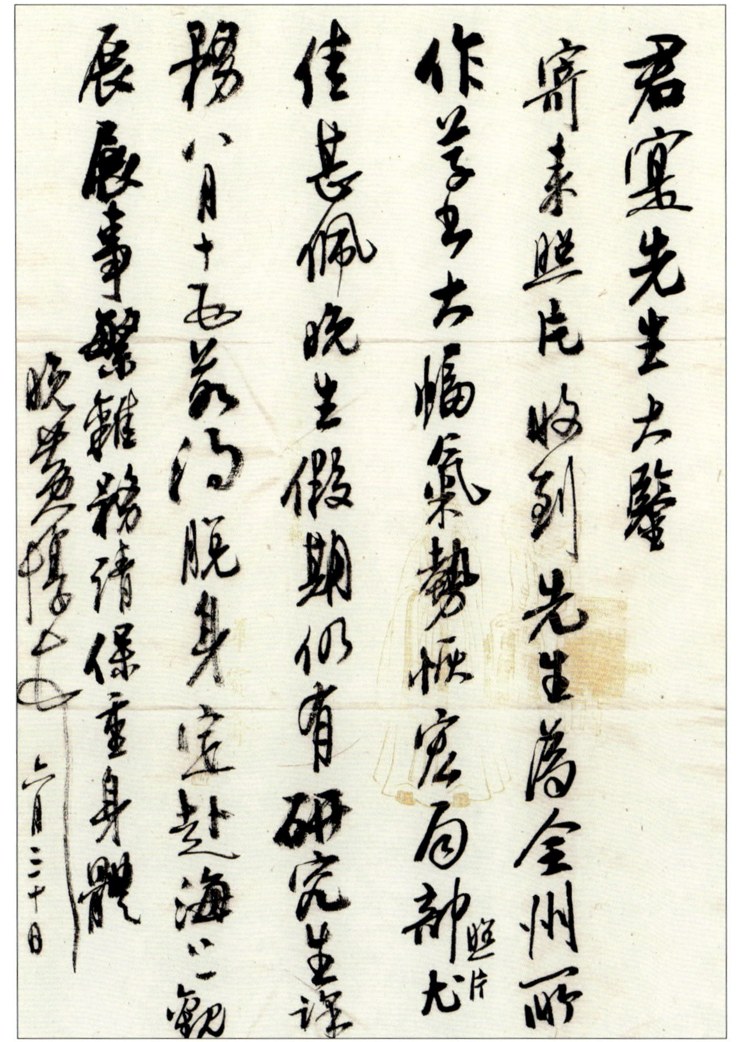

范中光來函

黃先生尊鑑："九曲棹歌" 已裝裱完成，2.75×2.2 米的大框也已製做完畢，節後即可安排送至武夷山。您的大幅書作壯觀無比，定可成為武夷山的傳世寶物。現寄上照片兩幅，鄭珉中先生書寫的 "桃源仙境" 匾也同時寄上。

今冬北京出奇暖和，每日竟如四、五月的氣溫。請先生多多保重，盼望與先生早日在武夷山相見。祝全家春節快樂！

學生范中光拜上。2002.2.9

霜毫備今古，法鑒入精微

黃君實訪談

時間：2007 年 12 月 15 日、2009 年 11 月 24 日

地點：北京

採訪者：張公者

具有連續性的歷史才是完整的歷史，繼往開來的連續性也是歷史進程的一個特征。倘若後人舉辦“歷代書法作品展”的話，我們今天的書法家有幾位有資格進入這個展覽呢？我認為，黃君實先生的書法是可以入展並且不遜明清人的，是能夠承接歷史的。

黃君實先生具有全面的文化修養，涉獵文學、歷史、書畫史論、書畫創作、鑒定 …… 在書畫鑒定方面，黃先生過目書畫無數，法眼獨具，科學準當。經驗在書畫鑒定中起着至關重要的作用。除此之外，全面的文化修養、良好的學識、豐富的創作體會更使黃先生高於諸多鑒定家。

中國書畫今日在世界各地拍賣場上紅紅火火，並屢創新高。而當年中國書畫在國際拍賣行只劃歸在器物類中，正是黃先生等人的努力，才逐步使中國書畫獨立成項，並爭雄於拍賣場上，先生功勞大矣！

張公者（以下簡稱張）：您是什麼時候到香港的？

黃君實（以下簡稱黃）：我最早去香港是 1949 年，1951 年後定居香港。

張：那時候是在讀書？

黃：在廣州唸中學，大概是初二。我小時候很會畫畫，開始畫毛主席像，還畫過馬克思、恩格斯等人的像。後來，這些經歷對我的書法有很大影響。

張：您從崇基學院畢業後，便留在中文系做助教？

黃：我在學校待了四年。

張：您三十二歲便在《崇基學報》上發表了《王羲之〈蘭亭序〉真偽辨》的文章，

對郭沫若認為《蘭亭序》並非王羲之所書的觀點提出反駁意見。在當時的形勢下，提出反對郭老觀點的只有您和高二適等幾個人。

黃：那時剛好是大陸“《蘭亭》論辨”最熱鬧的時候，我是出於愛護《蘭亭序》才寫的文章。我學行書，一直是學《蘭亭序》，可以背寫出來。我覺得它是中國行書最高的範本。如果哪天原跡被發現了，那真是轟動世界了。馮承素摹的本子（當然也是後人這麼講）名字應該叫“唐摹《蘭亭序》”，當然不是原跡了。像唐摹這種已經是摹本中最高的了，而且《蘭亭》特別難於臨摹。摹本的毛病是字的結構雖然能保存下來，但線條的精神卻無法表現出來。《蘭亭序》不單是每個字有變化，連一點一橫都會有變化，當時王羲之也不是着意這樣寫的。因為傳說他當時喝醉了，每一個字的變化其實是由他內心很從容地顯現出來。《蘭亭序》中二十幾個“之”字都是不同的，每個部分也不同，這是由於他平時的苦練，即使在酒醉後也能優游於法度中。郭沫若利用出土的《王興之夫婦墓志》就把《蘭亭序》否定了，我當時看了覺得不合理也不應該，就寫了那篇反駁文章。

張：您的論辯文章有理有據，今天重讀起來，仍然是一篇站得住的好文章。

黃：我找資料從兩方面來反駁他，從歷史上來講，郭老認為《世説新語》南朝梁的學者劉孝標的注裏才提到《蘭亭序》，劉孝標的注就引了前面幾句，所以，他認為序文也應該那麼短。那是沒有道理的。劉孝標的注不能把全文都引進去。而且郭沫若還説“不應該有悲哀消極的思想”，但王羲之傳世的尺牘裏就有很多關於生老病死的內容。第二方面則從書法史的角度看，比王羲之早的時候已經有行書的規模，王羲之只是把它改良改善而已。智永《千字文》就做不到這個功底。郭沫若還説唐太宗是騙人，書法是小道。那麼，皇帝為啥要騙人呢？郭沫若的説法講起來是很勉強的。

張：傳世墨跡本《蘭亭序》有馮摹本和褚臨本、褚摹本、虞臨本幾種。

黃：虞臨本説是虞世南的，也沒有證據。元文宗時大臣張金界奴將其上貢，故又稱“張金界奴本”，其實也是唐摹本。

張：褚摹本、臨本現在傳下來的最多。

黃：褚臨本有兩個，一個是絹本的、一個是紙本的。絹本有米南宮題跋，現藏台北故宮博物院，是林伯壽寄存的。林伯壽的齋名叫蘭千仙館，“蘭”指的就是這本褚臨絹本《蘭亭序》，“千”是懷素《小草千字文》。

張：台北故宮博物院還藏有“定武蘭亭”拓片，日本二玄社複製過。

黃：“定武蘭亭”本很多，獨孤本最好，可惜燒殘了。台北故宮博物院藏柯九思跋的本子也很好。“定武蘭亭”傳為歐陽詢臨本，但是誰也搞不清楚。趙孟頫曾經為這本作過《蘭亭十三跋》，當時墨跡的摹本沒有幾個，要麼在宮裏，要麼在大藏家手裏，一般平民是見不到的。因刻在定武軍的地方，故取此名，在當時是最精良的刻本。“定武蘭亭”刻出來再拓的時候已經沒有王羲之原本的筆法和風采了，還是學墨跡本較好。

張：馮承素的是摹本。

黃：幾本對起來是不一樣的，虞世南的這本位置都對，但是它破損得太厲害，修補很多。馮承素的“唐摹《蘭亭序》”品相是最好的。

張：我在故宮博物院看過馮承素摹本原跡，品相極好，乾淨。

黃：這可以重裱。絹本也可以保存得很好，褚臨本就很好。宋朝沒有辦法摹得這麼好，唐摹的方法現在搞不清楚，有人說底下有光或者是用薄的紙附在上面，我沒有試過怎麼摹，也不清楚，但是唐摹的確是厲害，看看《喪亂帖》就知道了。

張：《喪亂帖》摹得形神兼備，一根絲一根絲地填墨。

黃：慢慢地填。

張：線像頭髮絲一樣。

黃：真是非常準確，用什麼墨搞不清楚。《喪亂帖》的字比較大，內容也比較短，摹起來比《蘭亭序》容易多了。

張：流傳日本的這些王羲之的唐摹本保存得都很好，也沒有鈐蓋那麼多印章，乾乾淨淨。

黃：《蘭亭序》和《喪亂帖》所用的紙特別好。可能是麻紙，打磨得很光亮。唐代藏經紙到現在還保存得非常完整，後來造的紙不如唐。武則天時的《萬歲通天帖》也摹得很好，但沒保存好，好像是燒過了，沒有《蘭亭序》保存得那麼好。乾隆皇帝藏的這三本：馮承素本、褚遂良本都保存得很好，就是虞世南本保存得比較差。

張：王羲之的真跡什麼時候開始沒有了？

黃：明朝應該還有。

張：明朝還有啊？

黃：應該有，但是現在沒有看到，講的對不對也很難説。

張：我們現在看到的這些唐摹本，是不是基本上反映出了王羲之原跡的風采？

黃：唐摹本應該是把王羲之這種面目表現出來了。《十七帖》刻本中的《遠宦帖》與唐摹本《遠宦帖》中的那種筆意味道比較，刻本就做不到。《萬歲通天帖》算是體現出王羲之的神韻了。但是王羲之真跡怎麼樣，我們不得而知。《喪亂帖》最初我還以為是真跡，但是後來在日本看了原帖。那些帖都是摹在一捲紙上，寫信不可能全寫在一張紙上吧？再後來，慢慢看到一些日本人寫的文章，他們認為也許是鑒真和尚帶過來，也許是中國皇帝賜給日本天皇的。當時，日本聖武天皇非常尊崇中國文化，字也寫得很好。唐、五代以前，日本很多天皇字都寫得很好。好多古人應該看過王羲之真跡，米芾、黃庭堅、趙孟頫等人的字都看過。

張：稍早一些的有《平復帖》，是真跡。

黃：《平復帖》是真跡無疑。你看趙孟頫題這個《快雪時晴帖》認為是真跡，到明還算是真跡，乾隆皇帝也當真跡。直到現在，才有人講是摹本，不是真跡。我上回在台北故宮博物院看《快雪時晴帖》，這個面目跟一般的也不同。王羲之的變化是萬千的，有好多種，可以不是一個樣。《快雪時晴帖》實際上寫得比較勻稱，很圓厚勁健，紙墨也夠古。對古人認為的真跡，實際上我們也不應該輕易否定，除非你有很好的證據。

張：《快雪時晴帖》圓潤。

黃：也很含蓄。

張：《萬歲通天帖》前面那一段《姨母帖》用筆也是圓的，同時期王珣的《伯遠帖》是真跡。

黃：《伯遠帖》是真跡，你看那種用筆便可以想像王羲之有一些就是這樣。《喪亂帖》已經表現得百分之九十幾了，實在寫得好。

張：原摹本我看過一次。後來又看到把局部放大的印刷品。放大之後，看得非常清楚，的確是填摹的。

黃：但是這個帖摹得非常好！好多草書的真跡傳世實在太少。《平復帖》只能看筆意，不能學。它那個字跟王羲之是兩樣的，王羲之的可以説是完美了。《平復帖》

寫得實在不像一個書法家的字，就是時間久遠，古味盎然。

張：陸機是文學家。《平復帖》用筆很禿。

黃：他那種書法，不能跟“二王”相比，但是因為它太名貴了。陸機本身又是文學家，有影響，但一直沒人説他書法寫得了不起。陸機以前，像曹植這些人全部是能寫字的。他們是隨意性地這麼寫，不是以書法家身份來寫的。到了東晉時期就不同，就算西晉，陸機跟張華一比，張華那個字就比他寫得好。張華的字在《淳化閣帖》裏有的。

張：除去王羲之，您還喜歡哪些古代的草書家？

黃：其實我沒有特別偏愛的，我覺得他們都很重要。像王羲之、王獻之，父子二人性格不同，最終發展為兩種不同味道的草書。《冠軍帖》應該是王獻之，而不是張芝的作品。因為帖裏提及的人物、內容都跟張芝關聯不上。張芝的東西現在看不到，我覺得他是寫章草的。書法其實不是像現在人想得那麼簡單，寫出來要自然，一點都不做作，到這個工夫的書法家，就已經很難了。草書最先應學孫過庭《書譜》，我認為《書譜》墨跡得到王羲之的風神筆法最多。

張：《書譜》最具王羲之的風采。

黃：王羲之的東西好多是摹本，但孫過庭《書譜》肯定是真跡。

張：《書譜》的學術觀點也極好，準確。

黃：那當然。如果你學書法而不念《書譜》文章，那這個人的書法修養是有限的。

張：文采風流。

黃：《書譜》文章繼承陸機《文賦》、劉勰《文心雕龍》的寫法。現在書法研究都還是離不開他那個理論基礎。如果你想學草書，《書譜》是最基本的，時代也早，可以接到“二王”。

張：《蘭亭序》作為初學行書的範本，比較難於把握。

黃：是太難了，但我還是喜歡。初學時，我聽一些老輩講它變化萬千，這種感覺是有的。後來我也學《聖教序》，因為字比較多。

張：《聖教序》是集字刻本，即便是好的拓本，也不如墨跡好。

黃：《聖教序》是唐初的高手刻的，刻得非常好，可以看到筆法。“定武蘭亭”也是刻本，但刻手不如《聖教序》。後來才看到“唐摹蘭亭”，我認為它最能反映王羲之本來的面目。如果你說刻本的筆意不夠，可以看傳世墨跡作參考。我開始不喜歡趙孟頫，後來覺得他還是學王的高手，非議他的人也許看的不是趙氏最好的作品。但是比較“唐摹蘭亭”等王羲之這些墨跡摹本，趙孟頫還是不夠的。楊凝式的《韭花帖》很會學《蘭亭》，它的那種變化，就是從《蘭亭》來的。

張：《韭花帖》寫得比較柔和、典雅，不像《蘭亭序》那種清爽。

黃：《聖教序》用筆比較剛勁，因為它刻過，也修改過。如果把《韭花帖》重新刻上去，那個韻味就表現不出來了。我後來看到楊凝式寫草書也非常好，像《神仙起居法帖》。

張：還有《盧鴻草堂十志圖跋》，寫得很見才情。

黃：“宋四家”都喜歡他。

張：您在諸多領域如美術史、書畫創作、鑒定上都取得了不小的成就。

黃：大部分是自己去看古書，看字帖，自覺學習。我是華僑出身，也不是什麼書香世家。王己千也奇怪，他說你怎麼學來的？我在香港時就跟老師及收藏家看看畫，在日本也看得很多。因為我生性就喜歡這個東西，學習鑒定，就買書來參考。我是從研究中國六朝文學開始的，但也喜歡閱讀唐宋詩詞及書畫著錄上的題跋。

張：您去日本讀的是中國文學。

黃：原來學校希望我去學日文，回校後當一個日本文化研究方面的主管。當時主要是注重中日文化交流工作，但這不是我的興趣所在。我初去時進入日本京都大學，在該校人文科學研究所做中國文學方面的研究。當時，我參加一個白居易詩的討論小組，有時候也參加東方美術史的討論小組。我在京都大學研究所待了半年之後，香港校方勸我拿一個較高的學位，後來就進京都大學唸了中國文學的碩士。當時的老師，像小川環樹，中文都很好，他會說中國話。後來，我還是去了美國，主要我父母是華僑，我也想念他們。我不喜歡教日文，而喜歡中國文化，愛好中國美術。我去美國以後，不想唸中文了，就改唸美術史。所以我有兩個碩士學位，一個是中國文學，一個是美術史。博士，我就沒有機會要了。當時我的同學讀博士，還要我替他定論文題目並找資料。

張：您草書作品的筆性、氣息可以和古人銜接，並且具有浪漫情懷。

黃：我覺得藝術感覺是天生的。書法除了功力以外，還要講天分，還要有體會。如果不懂的話，走一條路，走歪了，以後回過來就費勁。一開始，我自己就有一個方向，篆書、隸書、碑，我什麼都寫過，但是我沒有向這方向發展。大部分是自學，我當時看潘伯鷹的《中國書法簡論》，這本書對我的啓發很大，他的觀點很明確，反對“重碑輕帖”，跟沈尹默是一路的。我們都是“輕碑重帖”的。立碑要莊重，適宜寫楷書。行草書一定要流利、暢快，要強調個人性格的表現。寫碑也要表現個人精神，就是寫法不同。有人走到一個歪路上，按照刻出來的刀法寫叫有金石氣，但如果看北朝時的寫經，用墨、用紙、用筆，寫法和刻出來的書法不同。

我寫草書有二十來年了，是先從楷書入手。少年時，我想學理工科，後來我的一個姑父教我學《蘭亭》。那個時候，我很小，在鄉下也找不到好的範本，找到的都是一些比較差的拓本。後來，我到了廣州，還認識了李天馬。你知道不知道他？

張：李天馬，他是寫帖的，沈老的朋友。

黃：隸書我也寫過。我當然喜歡行草多一點，篆、隸也都做過一些工夫，小楷、楷書也學了一段時間，後來集中學行書了，就是以《蘭亭序》作為基本功，然後是《淳化閣帖》還有一些其他的。

張：現在草書的創作空間越來越小，創新實在是太難了。

黃：我覺得當代的問題是：第一，一般搞書法的人可能功底還不夠；第二，他們好多人太注重名利，就是瞧哪個好，就跟他，還沒有切切實實學古人；第三，我覺得書法創作，一定是天分很高的人才能創出有自己風格的好作品。也不能說我們現代寫字的人就不如明朝的，這個我倒不同意，因為貴遠賤近是一般人的心理。

張：草法應該說是約定俗成，不能輕易去改變它了。那麼結構呢？古人基本上都創造得差不多了，如何變出新的東西來呢？

黃：草法是約定俗成的，創新的是你自己的性格。你可以把這個草法變成你自己的一個面目。張旭、懷素時，狂草達到高峰，到黃山谷又是另外一種境界。你不能說不是創新吧？我認為從古人中發展出你自己的面目，這樣就是一個創新。

張：筆法呢？

黃：筆法出來總有很多面目的，方的、圓的都可以用。你看我寫一張字，是和古人不同的，像這個就是一種創新了。書法離開文字也不是書法了，變成一種抽象畫了。我不是說不能改變古人這個草法，祝枝山也改變，所以啓功先生就說他有些亂寫。當時他一筆寫下去，有時把字的結構寫錯，這完全是正常的，雖然跟草法不合，但是整篇看起來，還是好書法，也就可以了。現在很多人把形都忘了，這個就不是書法。同時也有人說你為什麼不寫現代人的文章，而是一直寫古人的詩詞。我想，古人這種詩詞大家都懂，而你自己寫出來的文章不一定好，寫白話文也沒有味道。寫得也並不開心，就影響書法的好壞。如果很欣賞這首詩，心裏已經有文了，已經有佈局了，那麼隨着心情或溫婉或激動地寫出來，肯定會有一種新意來。也不能學古人一成不變，否則怎麼創造？但要有法度，亂寫不行。從晉朝到明清，這樣因循下來，大家還是不同，因人而異。八大山人是那樣的，鄭板橋又不同，王鐸和傅山也不同，祝枝山和王寵又不同。他們的書法，我們都可以學的。王羲之、孫過庭、趙孟頫的草書筆劃是不連帶的，張旭、懷素是連綿不絕的，創造狂草是一種了不起的發明。

書法不是拚命用功就可以寫出來，知道道理才可以寫得好。我對古人書畫的看法，看這個人寫得好不好。不好，我就不信他說的。所以我注重像米南宮、蘇東坡和黃山谷、徐渭這些人的看法。他們都是書法大家，講的不多，但是有用。講得雖簡單，但是他們講的東西如果你懂，你就會有進步。寫得不好的講得多，不讓人信服。康有為、包世臣就是，講得天翻地覆，但好些東西根本就不對。

張：康有為把他的書論當成政治觀點。

黃：康有為是當作一種運動，到晚年他覺得寫帖還是重要的，所以他的理論不能相信。看近代人寫書論的很多，但是都引來引去，抄來抄去。講得很好，自己卻做不到。

張：古人在寫字時用紙和現在的紙不同，那麼在寫法上要不要做調整？

黃：是應該調整，但是寫草書，你用很生的紙來寫，效果肯定出不來，比如細部的牽絲、漲墨等，用綾就可以表現出來。每種材料的效果都不同。從前的羊毫跟現在的不同，但是用羊毫的風氣還是明以後才有的，像徐渭、陳淳寫大潑墨這種，用宣紙也行。工具是你自己適合就好，寫出來好就好。功力不到，用什麼工具都沒用。以前墨好、筆好、紙好，那創作出來的東西是蠻好的。我們不如古人，這個可能也有一點關係。

張：孫過庭還傳有《千字文》，在遼寧省博物館。

黃：那個東西我覺得還有一點懷疑。

張：寫得弱。

黃：但是此卷收藏、題跋都非常好的，像王晉卿這種。但我還是懷疑這個東西，學還是不要學它。《千字文》很多都可以學的，還有懷素的《自敍帖》《苦筍帖》《四十二章經》等。

張：懷素《自敍帖》有人認為不對，啓功先生持否定態度。

黃：《自敍帖》我看沒有問題，前面寫得比較拘謹，到後來放開寫，出現很多破筆，摹本是不可能的。《自敍帖》可能是用長鋒兔毫，一種很硬的筆。別的寫不出來這樣的草書。帖中很多是中鋒筆意，看起來就像勾的。當時的紙都是熟而光滑的，寫出來就像雙勾的。

張：前六行是後補的？

黃：米芾説，是北宋時詩人書法家蘇欽舜補的。這件東西進入過南唐內府，有當時管理文物官的題，北宋初李建中、蘇耆都題過。有人説題跋是後來配上去的，這是一種個人的意見。因為我覺得應該是原裝下來的，現在你找不出什麼證據，就不能説它是摹本。

張：現在的裱是什麼時候的？

黃：一部分材料應該還是南唐的。台北故宮博物院出過一本書，説由日本攝影專家測試《自敍帖》的材料，測出來前後隔水所用材料還是南唐的，當然後來又經重裱。懷素到南唐不過一百多年，難道我們比他們懂？現在有一個毛病你知道嗎？大家都有疑古風氣，就是講這個東西不對，就顯得學問高。宋徽宗收藏這麼多，內府有一百多件懷素，我們能看到嗎？他本身又是書法家，又懂鑒定。可有些人還是懷疑他收過的有些東西是假的，所以做鑒定，找不到最好的證據，就不能否定一件東西。難道董其昌、趙孟頫這些人都比我們眼光差嗎？現在誰有這個資格啊？對《自敍帖》的懷疑也是啓先生以前的觀點，後來他也不太講了。我曾當面跟他説："我覺得《自敍帖》是對的。"他就笑而不答。

張：啓先生認為《古詩四帖》不是張旭的。

黃：那件東西不是張旭的。

張：《古詩四帖》，《宣和書譜》題為"謝靈運書"。董其昌認為是張旭所書。《石渠寶笈》定為贗本。當時可能董其昌就那麼一說，後人就信以為真了。

黃：開始我就有點奇怪，董其昌看過張旭的作品，他覺得是張旭，但是董其昌也只看到一些張旭的真跡。但是這也不能怪他。你說董其昌不懂，我也不信。宋徽宗宣和內府有好多件張旭，難道他也搞錯了？所書者是謝靈運，我們知道是錯了，因為這個詩是庾信的，不可能是謝靈運寫的。那種風格應該是張旭以後的，但還沒有論定，所以現在還是把它歸在張旭名下，但是此帖的風格和他的草書《千字文》斷簡、《肚痛帖》等不太一樣。

張：《古詩四帖》與《肚痛帖》的用筆差異很大。

黃：所以我們最好不要管這些，就當他是張旭的也無妨。

張：沒有足夠證據時，還是這樣好：歸在名家名下。那麼鑒定的度如何把握？

黃：鑒定真假，有時不能過火。

張：怎麼叫不能過火？

黃：就是說，對流傳有緒的東西不要輕易否定。其實鑒定是幫一些不懂的人，告訴他這東西怎麼好，有什麼意義在裏頭。它的題跋怎麼樣，這些都要分析清楚。鑒定主要的目的是把真假都搞清楚，每個人都會出錯。也不能強求每個鑒定家的觀點都是一致的。鑒定家裏頭，能入門的人不會有太大的分歧。有一些鑒定家，他善於看明清以後的東西。當他看更古的東西，有時候會搞錯，就看不準。沒有一個人從上古到近代都能看得通的。謝稚柳先生看宋元，就比徐邦達先生看得好。徐先生看明清看得好。徐先生寫過很多文章，我看他最早的那幾本講鑒定的書，其中有好多說法，我就不太同意。比如他講柳公權《蘭亭詩》是不對的，他說寫得不好，粗俗。但是這樣的東西，你不能說它是假的。這是宋徽宗收藏的，此帖用的筆很粗，很禿，寫出來的當然是粗的味道。像米芾就說顏、柳的正楷不好，你個人不喜歡這類書法，但不能否定《蘭亭詩》不是柳公權寫的。從北宋到董其昌都有題跋說是真的。這種否定就有點過火了。

張：有一次去徐先生家，徐先生說《上陽台帖》不是李白的，認為當時沒有那種筆。

黃：他還說王獻之的《鴨頭丸帖》有董其昌的筆意，說《淳化閣帖》中沒有此帖。後來我查了一下，《閣帖》有這個帖，如此就不能否定《鴨頭丸帖》。否定一件東西容易，救一件東西回來難。你看，西方人看中國畫，看到宋徽宗題韓幹的真跡《牧馬圖》，説這個東西是宋徽宗叫人摹的。這種都是猜的。我很佩服張珩先生，他很了不起。我看他那幾本《木雁齋書畫鑒賞筆記》，其中的批評很到位。《怎樣鑒定書畫》也是權威之作。他輕易不否定，也看得很準。這種態度，我覺得是對的。

千萬不要把流傳有緒、前人定論的像《自敍帖》這樣的東西輕易否定掉。看東西看得很仔細，看到每一個細節都弄出來，是好事，但最後也要分析。可能看看不對呀，分析到後來就走進歧途了。如果這件書畫是孤本，那就比較難了。你只能看這個風格是不是到那個時代，收藏經過哪些人，流傳怎麼樣。像杜牧的《張好好詩》，你如果否定它就沒有意義。孤本如何比較？唐朝人留下來的東西太少了。還要看他的工具，用筆怎麼樣，用的什麼紙。這種從經驗都可以看出來。鑒定有時候望氣就知道。書家、畫家，都有寫得不好的時候，早年、中年、晚年，可能都有點不同。有時他故意用別的不同方法，可以用青綠重色，也可以水墨草草逸筆，難道就是假的嗎？趙孟頫可以擬董元、巨然的風格，也可以畫李成、郭熙的風格，也可以畫唐人的青綠山水。讓外國人來看，這哪裏是他手跡啊。鑒定不是百分之百的，而是有很多灰色地帶，也就是搞不清楚的地方。有些真是靠猜，只是猜也得有理由。比如這件韓幹的《十六馬圖》，第一，頭尾沒有了，但這個紙是唐大麻紙，跟韓滉《五牛圖》用紙很近。第二，此卷的顏色和《五牛圖》也很像。第三，此卷畫得實在好。第四，那個背景畫的也是唐朝人，還有蘇東坡的題詩，與這畫所畫一致。將此卷再和李公麟、趙孟頫畫的馬一比較，發現還是不同。這樣，就可以大概説這個東西是韓幹的，而且和韓幹畫的《照夜白圖》及台北故宮博物院藏《牧馬圖》比較，那兩圖也不過如此。《照夜白圖》我看已經是殘破得不得了了，上面有好多後來的補筆，還沒有這卷好。

張：這張（指韓幹畫）畫得好。

黃：誰看到都覺得好，畫馬畫到這樣一種境界。他只用線條，就已經表現出馬的骨肉、神韻動態。線條是為了表現動物，不是像李公麟、趙孟頫要用鐵線描，已經有文人的一種筆墨意識進去了，韓幹不是。

張：鑒定時，有寬和嚴的問題？

黃：從前我就問徐邦達先生，人家説你看得緊。他説這個東西呀，就看它對不對，沒有鬆緊的問題。

張：都說徐邦達東西看得嚴、緊，說楊仁愷看得鬆。

黃：楊先生有時候隨便題，是因為他看得多，經驗豐富，但是他本身對於書畫的了解恐怕不如徐邦達。有時候，他比較隨便。我覺得這批鑒定家中，楊老看得最寬，寬得有時候沒有道理。寬還是緊，最後還是對不對的問題。王己千先生就跟我講，他說你以後看東西會越來越寬。我問他什麼意思？他說你不要很馬虎就決定一件東西是真是假，到頭來就發現你原來也是錯的。你看得鬆的時候也要保證不要把假的看成真的，要慢慢研究，最後確定真還是假，這個也很有道理。有一件我覺得很重要的墨跡，就是虞世南那個《汝南公主墓志》。此帖我一直都是看好的，有一天我就跟汪慶正先生講，我想看這個東西。他說你怎麼那麼會看，這個已經是國家第三級的文物了，不拿出來展覽。後來我跟他講，我說我看是真的，他說他看也是真的。後來參加中日書法展，有人懷疑說這可能是米臨，這個東西跟米的筆法不一樣。因為我年輕時候寫過虞世南的《孔子廟堂碑》，我知道這個筆法，一看很多不是米芾的用筆，而是虞世南的筆法。這件東西一直傳下來，還是很受重視的。虞世南的墨跡只有這一件了，所以把此帖放到倉庫去。當時，古書畫鑒定小組是怎麼把這件東西壓下去的，我也搞不清楚。當時鑒定的其中還有錯誤，百分之九十對，百分之十不對。我認為對於越古的東西越要寬，對後期的東西越要緊，這是我的看法。沈周、石濤、董其昌的東西要看得緊，不要把假的當真，他們的摹本太多，非緊不行。明以前的東西要看得寬一點。從前的批評家如董其昌，他也會有錯誤，那時沒有印刷品來比較。有時候朋友之間，看得馬虎一點。有時他看到一件東西定不出來名堂，他就覺得這個是誰誰的，這個是什麼什麼，所以這些也不能全信，對不對？

張：您和前輩鑒定家交往很多。您比他們年齡小些，但大家還是把您看成和謝老、啓老、徐老、楊老他們的同代人。

黃：1949 年前我還很年輕，我很敬仰他們。

張：您一直很佩服張珩的鑒定。他很有錢的，是吳興（今湖州）南潯人，我兩次去過他的故居。

黃：張珩這個人很客觀的，並且他真是有錢收藏很多東西，不收東西談不上鑒定家，一件東西花大錢，就要細細研究，買回來後可以慢慢細看。我們在拍賣行時，常有人送來東西讓我們看，無論真贗，整天看東西，知識一定會豐富。因為鑒定後要把東西交給市場，拍賣行的鑒定家有責任在身，看錯一件東西，心裏是很不安的，所以要細細查對資料，慢慢研究，很細心才行。

張：王己千那時也在美國。

黃：我和王己千很熟，他住在紐約，我們是好朋友，他也認為我懂，所以很願意和我聊天。我們不是在紐約認識的，而是在日本東京，他回美國後還說“在日本有個姓黃的，東西看得不錯”。

張：那時您三十幾歲，王先生六十多歲了。

黃：他很好，很和氣，一點架子沒有，我還帶他去買過宋朝的冊頁。

張：您認為王老看東西怎樣？

黃：看得很好！他要出錢的東西，肯定是不錯的。有些別人拿給他看的，有時會馬虎一點。從前老輩人都有這樣一個習慣，看人講話，有些人不能得罪，就無所謂一點。如果講得不好，看得不對的東西，就喊“吃飯”。有一次，有個東西有問題，他讓我題，我說“我是後輩不題了”。

張：不對的東西，王老會題嗎？

黃：無所謂的，程十髮他們也是這樣的。也許他們不是很認真看的，當然水準不是太差。太差的東西，他是不會題的。謝老有次跟我講過，看這件東西不是很好，可是不好意思，就題了。

張：對老先生的題鑒也需區分。

黃：這個道理要明白，沒有一個人什麼都懂。有時精神不好，包括徐老，也一樣存在這樣的問題，他開始看說好，過幾年再看，又說不好了。這樣的事情也有的。有些時候，東西是在灰色地帶，模棱兩可的。董其昌看書畫有時也有這樣的現象，從藝術本身來說，水準並不差。所以很多時候出於無奈。啓老有時也這樣，他說懂就懂，不懂就不懂。溥心畬向來都是這樣的，題畫，真假都無所謂的。他說有些人只有錢，並不是真正懂才去買東西，只是為了誇耀一下，那假的也給他題真的算了。有一次，張大千有一張假的關同畫，請溥心畬題。畫沒寄去，卻寄了三百美金。溥說畫不知真假，但看在錢的分上就題了。後來，張大千把溥的題裱在畫的裱綾上，賣給了波士頓美術館。這件假關同，我是看過的。

張：經驗，在鑒定中起到什麼樣的作用？

黃：看得多，而且不是看照片，摸索過，就了解。就像你看沈周看得多，你肯定對沈周了解多，你沒有看過，你怎麼了解啊。拿起來，不知道他是誰。這個都要靠經驗。宋元的東西看得少，那也是看不好的。我看宋元看得很仔細的，因為宋元東西已經少了，不能馬虎地去看。南宋畫很多是摹本的，當時的大家如馬遠、夏圭，摹仿者大多是畫院的人。這種東西到現在也是宋人的畫了，只是原作價值更高而已。像蘇東坡的真跡，你怎麼看？流傳太少了。所以只能是看他落款的書法像不像，因為他的書法存世較多。

張：我上次去旅順博物館，那裏有一張蘇東坡的字，我覺得不好。

黃：你講的東西我看過，當時看，也覺得有點問題。蘇東坡、米南宮的書法都有很多複製的，有些可早到宋朝，元明也有複製的。要是沒有原本出現，覺得好像有點問題，但是也不敢確定，如果你發現一張一模一樣的出來，那就可以鑒定了。像台北故宮博物院有三張王蒙的《花溪漁隱圖》，都是一個題材，一樣的畫法。放在一起看，真跡、明摹本、清摹本都能看出來了。日本有鄰館有一張蘇東坡的尺牘是摹本，台北故宮博物院有一張是真跡，但是有鄰館有一卷張即之的墨跡，台北故宮博物院也有。比對一看，有鄰館的是真的，台北故宮博物院的是假的。有比較，東西就容易鑒定。

張：有鄰館對文物的保護不夠。那年我去日本，專程去有鄰館，主人很熱情地接待，但是他們的基本設施不好。黃庭堅的《草書李白憶舊遊詩》就那麼往櫃子裏一放，什麼溫度、濕度都不行。

黃：館主已經是第三代了。第一代是真的喜歡，其實所有東西都是第一代人買來的。這個人在 20 世紀 30 年代就死了。

張：藤井後人賣了一些東西。

黃：他已經賣得不少了，宋徽宗的《寫生珍禽圖》、米芾《研山銘》、黃庭堅《砥柱銘》、懷素的《四十二章經》，都流出來了。

張：他賣的這些東西都是曾有人提出過一些異議的。

黃：日本很多專家是不懂的，就是有些人看得太緊了，懷疑心太重。當時《研山銘》懷疑是假的。如果寫過米字的，一看就知道是真跡。這個東西開始就幾十萬美金賣出來的。

張：幾十萬？

黃：好像六十萬還是六十幾萬？台灣有人從有鄰館買了，買了以後，再賣給一家拍賣行。拍賣行拿出來拍賣，是不是真的，我不知道。

張：還有《出師頌》，當時也有爭議。

黃：其實很明白，說是索靖，不對。說是隋人臨本，對。這有什麼困難的？

張：米友仁說是隋賢。

黃：他沒有當它是索靖的，當時臨索靖這本子的人很多，因年代太久沒有了真跡，章草寫得這麼好，就很有價值了。

張：寫得是真好。

黃：所以說都是不懂的人在爭議，一些年輕的鑒定家就亂寫文章。我覺得這個東西是這樣的。隋賢，這是很籠統嘛，智永也臨過，隋朝本來就是很短的，但米友仁也不敢說一定是出於智永，但是倒有點像智永的風格。

張：《出師頌》用筆很尖、爽、挺拔。隋人臨的可以看成索靖的嗎？《中秋帖》認為是米芾臨的，也歸在王獻之名下了。

黃：隋人臨的，看成索靖，那就不對。這個帖和一般相傳所謂索靖的這種章草也不同，這個已經有後來人的味道了。

張：摹本是可以當真跡看。

黃：摹不一樣，摹是雙勾。

張：遵照原作不能改變。

黃：臨本就不同。在日本燒掉的那個王右軍《遊目帖》，這個肯定是唐朝人臨的。也不是趙孟頫，那種筆法不像他的。唐朝人臨，這個就跟王羲之的面目不是一樣的，用筆都不對，事實上可以說是"唐人臨王羲之《遊目帖》"。

張：但不能說"王羲之《遊目帖》"。王羲之的傳本墨跡，就像您說的，應該稱為《唐摹王羲之〈蘭亭序〉》等，而不能稱為王羲之《蘭亭序》。《出師頌》可以稱為《隋人臨索靖〈出師頌〉》。現在的鑒定界，您那一代還有權威性，再往下的很難有權威性了，確實水平不夠。您是權威。

黃：也不能這麼講。培養一個鑒定家，首先他要自己對書畫這門藝術有興趣，不是求什麼。就是很純粹的很有興趣去了解古代書畫。首先，你要有很好的中國文學修養。第二，對歷史、美術史也要掌握，要看看人家怎麼講的，要知道有什麼東西。最主要的，還是自己會書會畫，要了解古人的筆法怎麼樣。不是説你會寫會畫，就會鑒定，主要還要了解古人的各種畫法，拿古人的真跡來對照。年輕的鑒定家還是會出來的。我們這一代也不是完美的，你不能説我是權威。

張：現在搞鑒定的很多，但能像老輩們那麼有權威的不多。

黃：我覺得搞鑒定，文學一定要搞好，美術史一定要搞好，著錄典籍一定要看，書畫一定要細看，自己最好能動筆，這個條件有多少人可以做到？去培養一個鑒定人才很難的。第一是機緣，第二是天分。從前，像張珩、吳湖帆都是世家，都用錢買東西的。要組織收藏家看看東西，老輩們給些照應，慢慢地去找基點。現在很方便，有照相技術，應該多做一點複製品，供大家研究。

張：年輕的鑒定家好多是本身書畫創作水平很低的，不入流，還有的不會寫，不會畫。

黃：那就不能算是鑒定家了。

張：目前基本是這樣的。

張：古代的鑒定家像米友仁、董其昌，中國古代書畫鑒定小組中謝稚柳、啓功、徐邦達、楊仁愷，還有您，都是擅長書畫的。

黃：所以鑒定小組就是把全國收藏單位的書畫搞清楚，以後人就不用管了，是不是？但是後來慢慢發現，其實我們現在還是有很多不足的地方。對鑒定有興趣的年輕人，最重要的是不急不躁，要慢慢去了解，多聽人家意見，不要因為自己已經當鑒定家了，就來否定什麼。我覺得這種思想是不對的，你要先慢慢去了解古人留下來的這些東西，每一件東西要用心看。對朋友的意見，你覺得有問題時，最好去問問，多看看前人的著作。我不大喜歡把人家已經鑒定好的東西去否定，倒願意把人家鑒錯弄假的，把它糾正過來，至少我可以把一張東西救回來。

張：要救不要毀。

黃：不要把這些東西糟蹋，是不是？大家公認的東西，去查出什麼問題來否定，最好不要這樣。宋徽宗、趙孟頫已經鑒定出來的東西，我們去否定它有什麼意思呢？

張：日本當代鑒定界有看得好的嗎？

黃：日本當代會看畫的人比較少，以前像內藤虎、長尾甲，學問都不錯的。現在有些日本人連中文都搞不了，怎麼看書畫？

張：您覺得中國的博物館對書畫作品的保護與研究做得如何？

黃：現在中國博物館有一個最大的問題是文物政策問題，有些博物館的人把收藏品當成他自己的。要看東西，他們只看重你的身份。如果你身份不夠，是不給你看的，只有認識人，才可以看到。古代的名跡大部分都在博物館，博物館把它關閉起來不讓看，就等於沒有辦法做研究了。其實應該多辦展覽，給有興趣的人多看，現在故宮博物院、上海博物館等都辦了很多展覽了。在國外，寫封信給博物館，就有人給你看。我覺得國內的美術學院也應該有一個安排，跟博物館聯繫，可以去看它的東西，美國就能做到這一點。所以在哪個城市有博物館的，像西洋畫，他們都會去研究，去多看一看，這個課就是在博物館上的。這樣對學生了解文物是有很多幫助的。

黃君實：字畫要講究文化修養

李懷宇

黃君實先生有三好：看書畫，寫書法，喝普洱。他閱畫無數，尤以鑒定古代書畫聞名。他喜飲陳年普洱，品茶之道不亞於書畫之道。他寫得一手好書法，曾抒懷道："或展紙揮毫，錄前人詩句，至得意處，則無古無今，無人無我，心手兩忘，恍然若醉。古人之詩意墨痕，皆為我所有，浩盪澎湃，瀉乎胸臆。斯時之樂，未足與人言也。"

1934 年，黃君實生於廣東台山，小時候在廣州唸書，八九歲時就會寫春聯。1951 年，他從廣州到香港，後入讀崇基學院中國及東方語文學系，師從學者伍叔儻。在他的記憶裏，伍叔儻有六朝人物的風度。黃君實喜歡詩詞，醉心於六朝文學。1962 年畢業後，他任崇基學院中文系的助教。

1964 年秋，黃君實獲日本外務省獎學金，赴日本京都大學研究六朝詩文及唐宋詩學。黃君實發現，日本學者做學問另有門徑，例如連白居易哪幾年生病都記下來。日本大學者吉川幸次郎上課，他早年的學生雖然已經當了教授，但也來旁聽。有人在瞌睡，他就拿粉筆大力扔過去。有趣的是，學生喝醉了以後，狂言無忌，也會罵吉川幸次郎。

在日本唸完中國文學研究生，獲得碩士學位後，黃君實成為東京靜嘉堂文庫的研究員，並為居於東京的萱暉堂主人程伯奮先生修撰古書畫收藏目錄。1972 年，他又獲美國堪薩斯州立大學的獎學金，攻讀東方美術史碩士，並作李鑄晉教授的研究助手。畢業後，他在美國納爾遜 — 阿特金斯藝術博物館任研究員。1981 年起，黃君實先後受聘於紐約佳士得拍賣公司和蘇富比香港分公司，逐漸成為國際知名的學者、鑒賞家、書法家。

20 世紀 80 年代初，黃君實在紐約佳士得拍賣公司主理中國書畫拍賣期間，成功地將中國藝術品引入國際市場。他對中國書畫鑒賞在海外的普及不遺餘力，開課教西方人學習、研究書畫。“他們開始以為中國畫是仿來仿去，其實這些畫都是有自己的一些構圖，他們不了解，後來才慢慢懂了。”

1985 年，中國鑒定專家訪美，在翁萬戈萊溪居府上歡聚。徐邦達、謝稚柳、黃君實、翁萬戈、王己千、楊伯達、楊仁愷都是書畫界鑒賞大家，戲稱“萊溪七友”。回顧那次難得的聚會，黃君實說：“我真的很幸運，剛好能見到這幾位大家，我們在一起切磋，現在沒有機會了。”

黃君實也有幸與北京書畫界的前輩大師深交。李可染將家裏最好的畫都拿給黃君實欣賞，黃君實大開眼界：“外面的一些畫都沒這些好啊。”李可染笑道：“最好的要留下來，外面的哪有家裏的好。”黃君實敬佩啓功的學問，跟他聊天大長見識。啓功對黃君實的草書甚為欣賞：“黃先生這個草書才是真正的草書。”他又在黃君實一個草書卷上寫了題跋：“恍然如見陳白陽得意之作，祝枝山未足並論也。”黃君實感慨：“現在很多可以聊天的老人家都沒有了。啓功先生去世以後，我覺得北京寂寞起來了。”

黃君實在 20 世紀 80 年代奔走各地鑒定書畫，並為拍賣行徵收拍品。有些買家曾問他：“這個投資怎麼樣？”黃君實一般會回答：“你不要買了，我不能保證這個賺錢的。你不喜歡，買來幹什麼？”在他看來，喜歡才是收藏的首要因素，而不是僅僅為了投資，“歷史文物本來就是無價之寶，貴不貴是一個問題，但炒高是另外一個問題。近代畫不應該炒高，有些東西在歷史上還沒有定論”。

黃君實自稱對書法只是業餘興趣，而不是正業。他說：“我很小就對書法喜歡得不得了。我覺得學書法都是靠自己，你一定知道自己到了什麼程度，看出自己的缺點。我因工作關係，名跡看得多了，都養在腦子裏。有人只是天天寫，這有什麼用？好像連握筆的方法都不懂，再寫十年，也不會有進步的。書畫創作，偶然中得到一張好作品，是無意中得之，而且再也寫不回來了，才叫好，可以重複的東西就不行了。那時的心情、所用的工具、書寫的內容，結合得好才可以感動人。我有一個《後赤壁賦》草書手卷，很隨意寫的，一氣呵成。現在叫我再寫一篇，根本就沒有辦法寫得那麼好。手跟心合一，這種節奏現在摹仿不出來，書法摹仿其實是很難的。好的作品，你一定要熟悉怎麼佈局，怎麼變化，都心裏有數，所謂成竹在胸。”

黃君實認為學書法一定要多讀書，學詩詞，更要懂意境。“沒有古典的修養是不行的。寫的內容會背得出來，就一氣呵成。心裏沒有感動，就寫不好。” 如果自己能創作文章，那寫起來更好了。“王羲之的《蘭亭集序》説是醉後所書，非常隨意，其實是他心裏早有了意境，下筆就如天成。書法一定是自然的，不自然的書法，是感動不了人的。心理要輕鬆，下筆要精確，這才是學習書法的好方法。”

李懷宇（採訪者，以下簡稱李）：1949 年前後，很多文化人南下到香港，如錢穆、唐君毅等人。這些人對香港的文化頗有影響？

黃君實（以下簡稱黃）：肯定有影響，其實香港在 1949 年前文化不是很高，1949 年前後，有不少學者南下，他們各有所長，如哲學、文學、書畫、收藏方面，對香港文化影響很大。有人説如果沒有金庸和饒宗頤這兩個人，香港就是文化沙漠，這些話真是井蛙之見，是完全錯誤的。我是 1951 年從廣州來到香港，約十七八歲，已知道錢穆等學者的名氣，進大學之後，和其中幾位都熟悉。

李：當時你為什麼選擇到崇基學院讀中文？

黃：我自幼喜歡中文，喜歡畫畫，喜歡寫字。當時考中文比考理科、英文科都容易點。我從廣州下來之後，斷斷續續唸過一年中學，當時身體不好就去長洲島養病，因為我父母已經去美國了。我跟一些人搭夥一起住，他們平常的娛樂就是打麻將，我有時去書店逛逛，但是沒太多機會讀中文、寫字。唸大學時，才跟饒宗頤、羅香林、柳存仁、羅慷烈等接觸。羅慷烈精於詩詞，柳存仁教授的學問是新文學，説話很幽默。我的英文水準不夠，考到崇基學院中文系，當然也因為我醉心古文學，又喜歡崇基學院的環境。崇基學院剛剛建好簡陋的校舍，那我就寄宿在那裏。

李：你的老師中有什麼名師？

黃：當時中文系的主任鍾應梅，文學修養很好，在中山大學當過伍叔儻先生的助教。伍先生在蔡元培任北京大學校長時，畢業於北大中文系，當時任教的有劉師培、黃季剛等著名學者。伍先生在許多著名學府任教過，又擔任中央大學國文系主任長達十年，名重一時。錢鍾書出國留學，考獎學金時，伍先生是主考委員。伍老在 1949 年前去了中國台灣，因為家庭的一些緣故就移居日本。本來東京大學要請他去教書的，但是知道他從中國台灣過來，學生反對，沒有成功。他沒辦法，就去教私塾，收入很少。所以，鍾先生請他到崇基學院。當時我進了大學一年級，伍先生剛好從日本回來。當時崇基學院師資很高，後來香港中文大學的很多老師都是他們的學生。

李：你對哪些文學作品的興趣比較濃？

黃：我喜歡詩詞、古文。伍先生教二年級的詩選、三年級的專家詩、四年級的《文心雕龍》，他講溫州話，很難聽懂。因為我對文學挺熟悉，所以四年級的課我都去聽，覺得他講得好，旁徵博引。伍先生教六朝文學教得很好。他在課上說，每個人的遭遇使每個人的看法不同。潘重規是黃季剛的女婿，對《紅樓夢》很熟。伍叔儻先生也是黃季剛早期的學生，所以潘重規叫他師兄。

李：當時讀外國的文學著作多不多？

黃：崇基學院是基督教學校，有很多傳教士，要學好英文。有些傳教士教《聖經》。當時有教文學史、西洋史，但都很膚淺。

李：香港當年的生活還可以吧？

黃：生活很窮，程度很低。當時其實賺錢很難，比如我在崇基學院畢業後，一個月工資是 900 港幣。港大畢業的是 1500 港幣，因為它是當時唯一由政府辦的大學。我做了兩年事後，香港中文大學成立，我就重新考了個學位，當時和第一屆的畢業生一起考，有正式的學士學位，工資就加到 1500 塊。

李：當時你對書畫有沒有研究？

黃：我對書法有興趣，畫畫就是偶爾畫而已。學習書畫和學校沒關係，我在外邊和藝術家接觸。我讀書的時候，有個中學老師和李研山老師是好朋友。我將畫作拿給李研山看，他一看就很欣賞，說這個年輕人寫的畫有秀氣。秀氣是天生的，不是人力可以達到的。那時我認識李先生，畫了畫就拿去請他批評指教。後來我認識林千石，這位老師詩、書、畫、印四絕。平時，我跟他的朋友一道喝咖啡，聊書畫，評字帖。我的書畫是在學校外面學的，但是學詩文是在學校裏學的。當然，我在課外也大量閱讀，因為自己很感興趣。

李：為什麼會到日本留學？

黃：我在崇基學院一共做了六年助教，升不了。因為學位只是學士，要有個碩士之類才可以升上去。當時，日本政府剛剛給獎學金，我拿的是外務省的獎學金，一個月是兩百美金，當時的匯率合起來有七萬兩千日元，跟日本大學的助教同級。而拿文部省獎學金的同學，錢就少很多，所以他們都說我很有錢，應該常常請他們吃飯。所以，我有錢可以買書，看到喜歡的書畫，省些錢也可以買下來。我拿了日本政府兩年半的獎學金。

李：在日本，學術上有哪些新的啓發？

黃：我第一年去日本，在京都大學人文科學研究所，裏面有很多有名的學者。當時平岡武夫教授主持白居易研究會，他就讓我跟他的助教坐在一個研究室，在那邊泡泡茶，自己燒點麵吃。這位助教天天都在翻白居易的書。白居易哪天有病了，他記下來，哪天打個咳嗽，他也記下來，把白居易的生活都研究得很清楚。平岡武夫後來整理出了一本《白居易研究》。平岡原是一個軍人，做研究非常死板。學問好的是京都大學的兩個教授，一個是吉川幸次郎，一個是小川環樹，這兩個人會講中國話，用中文寫詩文，學問好得不得了，連中國的教授都很難相比。吉川幸次郎研究杜詩，出過很多書，原是當今日本天皇的中文老師。小川環樹的父親小川琢治很了不起，另外幾個兒子小川芳樹、貝塚茂樹、湯川秀樹都各有成就。貝塚茂樹是研究歷史的，他和湯川秀樹都入贅岳家，改了姓氏。貝塚家是巨富，家族所佔的地皮，開火車要半個小時才走得完。他和太太住在人文科學研究所對面的一個房子，太太常常出來監視，看看他有沒有跟漂亮女孩子交往。

這幾年的留學經歷對我的影響很大，我看到了日本的真面目。日本民間這些朋友也很好，都不會瞞我，直言日本哪裏不對。教我日文的老師説，日本的歷史全是假的，都是別有用心的人編造過的。有個朋友搞書法，是鈴木大拙的學生，也批評日本這個不對，那個不好。打仗的時候，他逃避徵兵。吉川幸次郎能用中文作詩，我曾和過幾首他的詩作。吉川的眼光很厲害，有次我代朋友作了一首詩追悼一位日本學者，吉川看到了，就説，日本沒有人能寫這麼好的詩，一定是黃君實寫的。因為他看過我的詩，知道我的格調了。後來我那個朋友告訴我：“吉川的眼光真厲害，他看出這首詩是你作的。”

我在京都大學常跟一位年輕學者高橋和巳一起喝酒，他教李商隱詩，也寫小説。他有本著名的小説叫《我心匪石》。他是吉川幸次郎最得意的弟子，文章寫得好。講談社特邀他寫文章，所以長期在賓館租房給他住，他就在那邊寫作。他太太是翻譯法文小説的。他愛喝酒，有時拿酒餵藥，三十九歲就死了，吉川為此很是傷心。

李：你怎麼從日本到美國去唸書？

黃：我在京都生活了三年左右，在東京一年多。1966 年 9 月，我到京都。1971

年冬天我離開日本。1972 年我跟美國堪薩斯州立大學李鑄晉先生唸書。因為李先生在日本時，我有時候陪他去看畫，他希望我協助他找元朝書畫家的資料。我找了不少，他就説，“你過來，我給你獎學金”。到美國去，我就可以見到父母了。我父母在芝加哥，他們是 1949 年到的美國，我不見他們二十多年了。所以，我到美國的第三天，就坐火車去看我的父母。

李：在美國堪薩斯州立大學跟李鑄晉先生是如何學東方藝術史的？

黃：李先生在美國堪薩斯州立大學教中國藝術史，我還要唸西洋美術史，後來我拿了一個美術史的碩士。我可以看到外面的世界，常常一天就待在圖書館看書。我唸西洋美術史，對一些名畫家的作品都瀏覽一下。後來到各地的博物館看看，我也喜歡西洋美術，但是到抽象藝術就看不進去，當然看畢加索還是可以的。我最喜歡印象派的作品，印象派很豐富。古典派畫得精細，但題材還是宗教的多，當然也有一些人物、風景。

李：東方藝術與西方藝術之間有沒有相通之處？

黃：印象派其實是受很多中國畫的影響，因為印象派在日本吸收了像線條等元素，這是中國影響日本的。但西洋用的材料跟東方根本不同，東西方最好的畫家都講創造性。一張好的西洋畫，你可以看得懂。有些很難解釋的畫，我看不懂，像畢加索後期的代表作中有什麼暗喻，這種我看不出來。

李：人家是説文學有時候靠翻譯很重要，比如説莫言得了諾貝爾文學獎，也要靠好的翻譯，外國人看得懂才可以。但是美術是不需要翻譯的，藝術語言應該是相通的。

黃：用眼睛看就行，一些洋人看到中國畫，愛得不得了，而不喜歡的人根本不接受東方文化，那也沒有辦法。

李：你畢業後在美國納爾遜 — 阿特金斯藝術博物館工作，大開眼界吧？

黃：我是 1972 年去美國堪薩斯州立大學，我太太 1973 年過來。我們在堪薩斯差不多有十年。我畢業後到博物館去工作，工資很少，一個月不到一千塊。我太太也在美國堪薩斯州立大學拿了東方美術史的碩士，但她後來到花旗銀行當電腦軟件設計師，以此賺錢養家。我有機會看到美國其他博物館收藏的東西，像大收藏家顧洛阜（1913 — 1988）住在紐約大都會藝術博物館旁的一條街裏，他收藏的米芾、郭熙、黃庭堅的作品全放在睡房的抽屜當中。我到他家，他說“你拿出來看”。我就打開看看。看完他就跟我聊天，問我的意見，我一一給他點評：哪個有問題，哪個是真的。他很高興。我也到普林斯頓大學看收藏，當時傅申在讀方聞的博士，其實我早在日本就認識傅申了。

李：就藝術史的研究而言，方聞在美國學界很有影響？

黃：第一，他為美國紐約大都會藝術博物館買了很多好東西。第二，他教了很多學生，像班宗華、傅申、石守謙後來都很有名。

李：1981 年，你為什麼搬到紐約去住？

黃：我於 1975 年到 1980 年在美國納爾遜 — 阿特金斯藝術博物館工作。1980 年後就沒有工作了，因為原來給我錢的那個基金不給錢了。我就失業了，只好去紐約幫一個骨董商看畫。她也不錯，後來介紹我到佳士得工作。佳士得當時沒有一個中國畫的鑒定專家。倫敦有一個年輕人在搞中國畫鑒定，20 世紀 80 年代初，他估傅抱石的一幅畫是一千美金，汪亞塵的一幅畫是八千美金。佳士得一看情形不對了，就找我去。我在佳士得前後十七年。

李：現在大家說起來，“萊溪七友”在美國聚會是收藏鑒定界的傳奇故事。

黃：1985 年，顧洛阜把收藏的古書畫送給美國紐約大都會藝術博物館。該館為此特地辦了一個大展。方聞一高興，就邀請全世界美術史界的學者來開會。中國來了楊仁愷、徐邦達、謝稚柳、楊伯達，加上在紐約的王己千、翁萬戈和我，一共七人。翁萬戈邀請我們到他在萊溪的居所看收藏，又要我們每人都為這次聚會寫點東西。他自己作了詩，我和徐邦達、謝稚柳也作了詩，翁萬戈後來把這次聚會繪成畫卷，七人都劃入圖中，叫《萊溪雅集圖》。他把題詩都裱在畫卷卷尾。我們一時高興，仿效竹林七賢，戲稱“萊溪七友”。

李：一時風流人物都匯集在那裏。翁萬戈先生九十多歲時，還不時見到他的新聞。

黃：他九十多了。七人中，我最年輕，楊伯達先生還在。其他人已經仙逝了。當時“七友”看完畫以後，在萊溪的翁萬戈府上聚會，翁萬戈還叫每人題東西，我題了首詩。翁家有很多收藏，祖上翁同龢是晚清太傅，是一個才子，書畫皆能。

李：翁萬戈是翁同龢的後代，是直系的後代嗎？

黃：不是，翁同龢是有姨太太，但是他不能生兒子，所以他是從其他哥哥那邊過繼過來的。翁萬戈已經是第三代了，所以翁同龢的書畫都歸他。翁萬戈聰明，他是學工程的，但是有家學，後來他學的工程也沒有用，他喜歡拍電影。翁家這些東西在 1949 年前就帶到了美國。一開始，他也賣一點仇英、董其昌的畫，拿了這些錢就不住紐約了，在萊溪買了一個山頭，蓋了一個很大的房子，很漂亮。

李：翁萬戈會寫字畫畫嗎？

黃：會，他的字寫得很秀氣，像惲壽平。他對工程建築也很熟，是一個才子。

李：王己千也是傳奇人物。

黃：王己千去了美國以後，美國人才懂中國古畫，以前西方人鑒定古書畫都不行。王己千的影響很大。我請教王先生，他什麼都肯講，沒有架子，就是不懂的人跟他聊天，他也沒有什麼火氣。

李：你見過張大千嗎？

黃：以前我當然看過他，我有很多朋友都認識他，很多人圍住他，但是我沒有去凑熱鬧。1982 年，我去中國台灣，是徐伯郊帶我去看張大千的。他穿着長袍，戴個東坡帽，架着枴杖，鬍子有個囊套住。我和他談得很投契，也看了他的一些收藏。徐伯郊交遊很廣，他和張大千很熟。講到文物收藏，徐伯郊是有功勞的，促使很多重要的國寶回到中國。

李：我專門問過傅申關於張大千造假畫的事情，我想請教你對張大千造假畫怎麼看？

黃：張大千早期造假畫很多，石濤、八大山人、徐渭，他都造，後期就是造宋元的東西。張大千有個絕活，仿書法仿得很像。那些東西可以騙外行人，有些人上過他的當。後來買主發現不對了，鑒定的人就被老闆炒了魷魚。造假畫的人自古是搞鑒定的人的天敵。中國造假畫，在明末清初多得不得了。像張大千造的石濤水準很高，但是古畫還是不容易造的。一個現代人造一幅唐代或是五代的畫，這還是看得出來的。

李：中國造假畫從何時開始興盛？

黃：造假畫從唐代就有了。元人造宋人，宋人造宋人，一直都有造假畫的。因為從前沒有拍照，中國人也很重視摹本。王羲之留下來的真跡不多，好像都是唐摹的多。當時的動機不同，那是一種複製，使之得以流傳。如果沒有摹本，我們根本不知道王羲之的書法是什麼樣子。可以講，現在王羲之的作品沒有一張是王羲之寫的。

現在像宋人造宋人，我們也當作是一種好東西。要看摹的水準怎麼樣，仿的水準怎麼樣。因為唐朝書畫很少有簽名的，到北宋范寬、郭熙千真萬確就有簽名了。以前的畫家都不怎麼簽名，有時把簽名隱藏在石頭、樹幹裏。有些畫家如果本身不是文學家，就寫一個款，像馬遠、夏圭都是簽個名算了。如果是宮廷畫家，就寫“臣某某”。只有蘇東坡這種文人，才題一大段。

李：書法與繪畫之間有一些道理是相通的嗎？

黃：書法是線條，而畫是線條加水墨或顏色渲染。但是中國畫的結構，跟書法都有相通的道理。你畫樹，每棵樹一樣就不好看了。你寫字，每根線條一樣也不好看。所以，長短錯落有變化，這就是書與畫相同的地方。

我在畫畫上也花了點時間，現在老了，一張畫有時畫一個月也說不定。畫畫最重要的是懂筆墨，要跟古人不同，又畫得很穩。你去遊山玩水，不能把照片直接搬過來，要畫出好看又不脫離自然的精神，太難了。我的書法中也包含畫的意境。一個字可以“寫”出一張畫來。書法在中國的地位向來不比畫低。但是，中國現在因為文化改變很多，不像從前，現在我看很多水墨畫只是把古畫的樣子改頭換面弄出來。我教畫畫，先教書法的道理，沒有書法底子的人畫不好，因為他不懂書法的變化，什麼都寫不好。

李：書法講不講童子功？

黃：這很難講，要看你有沒有天分，有沒有好老師，取法是不是正道。像童子功，從四五歲開始寫，寫到一百歲還寫不好的也大有人在。如果找到一個好老師，他教你正確的方法，你自己本身有天分，就能寫好。我為什麼要誇張天分？如果沒有這種天分，到最後是沒法突破的。寫字要明白章法、結構、運筆的道理，搞不通就寫不好字。現在好多書法家都不會用筆，腕都轉不了怎麼寫行草？現在的好多青年比較自以為是，沒有功底，弄一個樣子出來，以為是獨創風格了，其實變成了時俗。

李：在中國的書法史上，你有沒有特別喜歡哪幾家？

黃：大家可以學的我都學了。王羲之、王獻之都是了不起的，能夠流傳的東西一定有點道理。唐朝幾個大家的東西了不起，虞世南、褚遂良、歐陽詢、顏真卿、柳公權，這些都是可以學的，但是要了解自己的個性應該學習吸取哪種東西。

李：西方有書法藝術嗎？

黃：有書法，但是永遠比不上中國的變化，因為工具不同。中國的每個字都可以就成一張畫。我的書法，很多字都像一張畫。所以，書法是我們傳統特有的藝術。中國的畫也是很特殊的，每家出來都不同，沈周、唐寅寫出來跟元朝人就不同。這種不同是從傳統出來的，這就是創造。八大山人的山水也是創造，他的山水其實是學董其昌，但畫出來就是不同。董其昌是禮部尚書，八大山人是明遺民，所以藝術就是個性，就是要表現自己的個性，所以慢慢風格就出來了，這就是創造。我傳統的功力比較好，大家不知道我也是從傳統中跳出來的。我的章法結構中有古人，也有我自己，我從這個章法中來尋找變化。

李：近百年的書法家，你特別關注哪幾家？

黃：近百年來，很多人都是碑帖交匯的，好多寫帖的人也寫碑。像康有為最後回到碑，因為他的字要賣錢，當時是碑流行，不寫成這樣就賣不了。像清道人曾熙為了生活，搞了很多像是魏碑的怪怪的東西，就可以賣錢。康有為是天分高，沒有天分學他的字肯定糟糕，他全靠魄力寫出來，所以藝術的天分很重要。康有為的學問，人家不太明白。他的名聲還是以書法為首，他晚年賣字為生，收古畫也很多，好多是假的。梁啓超本身也寫碑，書家之林是列不進去的，但是他對歷史的影響大，後人也就重視他的書法。于右任的草書工夫好，他用碑的方法來寫草，所以結構比古代的草書更簡，他創造標準草書，但是我覺得不能學。如果樹立標準，那每個人寫出來的都一樣了。要學草書，就要從古至今都學。我不是專學一家的，每一家我都學過，二王、孫過庭、懷素、黃山谷，這些都可以學，一定要博通各家。我寫字有一個特點：按照文章內容來表現，所以，李太白的詩，我一定寫草書，他的氣概就是草書，“君不見黃河之水天上來”，我一筆就寫下去了，很多人看不懂草書，但是線條好，生動又變化無窮，就吸引人。

李：中國有一個很重要的傳統就是學者字，這也是耐人尋味的。

黃：像啓功先生的書法很秀氣，其他人比不上。他的小楷確實很好，自成一家。他的氣節、為人、學問，這些都是當代文人的代表。啓先生是學者兼書家，一代師表，這是了不起的。在鑒定家中，我認為學問最好的是啓功先生。你看他的氣質就很規矩、很正派。他死後沒有什麼遺產，都捐給北京師範大學。有些學者在書法上不一定下過苦功，但下筆很有味道，文采斐然，大家就説這是書卷氣。

李：文章與書法的結合也是中國的傳統。王羲之的《蘭亭集序》、顏真卿的《祭姪文稿》、蘇東坡的《寒食帖》都是很好的詩文。

黃：像黃山谷寫的題跋，文章實在寫得好。所以，一方面我們看文章，一方面看書法。

李：現在很多書法好像更講技術層面的東西，忘了書法更重要的是文化的內涵。

黃：因為書法就是心靈之法，將心靈表現到書法上就成功，表現不出來就感動不了人。所以，現在的人不讀書，寫出來的字就只是技巧了。其實，書法不等於造型，書法裏包含的東西是要慢慢去了解的，尤其是細微的地方。就像刻個圖章也是很講究的。

李：工具的變化對書法藝術在當代的影響是不是很大？特別是電腦的出現，越來越多的人不用手寫了，書法會不會變成式微的藝術？

黃：我們也不能去違背時代。但是，電腦是科學，書法是藝術，科學與文化藝術不是互相牴觸的，應該是互相遷就、互相包容的，這事才美好。

李：寫書法對陶冶性情有沒有好處？

黃：我不能回答這個問題，因為大家都這麼講。但是我又不同意他們用太極的辦法來寫字。寫字要講修養，你一定要心平氣和，想的都是這個書法，不會想別的什麼事情。否則你就寫不好的，這對修養有幫助。不單是書法，畫畫也一樣，彈琴也可以，這不是書法特有的功能。

李：武俠小説常説“人劍合一”，寫書法要不要人筆合一或者心手合一？

黃：我覺得這也不一定，一個書法家、文學家、詩人，如果他們的人品好，當然是相得益彰。像黃山谷人品好、正直、書法好，蘇東坡也是。但是，像趙孟頫給元朝效力，有些看不通的人就覺得這個人人品不好，可趙孟頫的書法一直影響到現在。趙孟頫當時也沒有辦法，他的親戚朋友都當了元朝的官。推薦他，他只好去了，雖然可以説他氣節不夠，但是藝術跟氣節又是不同的。趙孟頫在元朝當官其實是讓漢文化在元朝的統治下還延續下去。你看王鐸的書法會想到他是貳臣嗎？他的痛苦我們也不清楚，他不得已，也不想死，這不能怪他的。當時的遺民對王鐸還是很好的，第一他學問好，第二他幫過這些人。王鐸也説過投降了以後死不了，心裏不開心了，所以拚命寫字，就流傳很多書法了。近現代也有兩個人，一個鄭孝胥，一個周作人，也需要好好研究。

李：陳寅恪説研究歷史要抱有“同情之了解”。

黃：有些東西要分別來講，文章好就是文章好，書法好就是書法好，畫好就畫好，跟他的人格混在一起講就不太好。但是，這些人格好的忠臣能夠寫字流傳下來也是值得重視的，文天祥不一定寫得好，但是他的墨跡流傳下來，大家都覺得很珍貴。像王鐸，就是在康熙時代還是很多人喜歡他的書法。這可以分開來講，也不能把這些拋棄。我的看法不像有些人那麼固執。

李：在 20 世紀 80 年代的紐約，收藏藝術品的風氣流行嗎？

黃：20 世紀 80 年代是最鼎盛的一個時代。但是當時買家也不是這麼多，因為買的都是比較喜歡藝術的人，不會當投資來搞，從前很少説“我買這個，只是為了賺錢”。他有個目的就是捐給博物館。有些博物館想買這個東西，沒有錢，就找這個人買，買來捐給他們。

李：美國很多收藏家都把作品捐給博物館，為什麼會這樣？

黃：美國有個退稅的制度，你捐給博物館，找專家估價，可以從中抵稅的。美國的博物館大部分是私立的，不是政府的，是很多有錢有地位的人每年拿錢捐的。像美國紐約大都會藝術博物館，連這個館都是人家捐的，政府只負責保安和電費。

李：現在很多人買字畫是為了投資。

黃：現在大多數人是以投資為目的，並不是喜歡藝術。好多人買來東西都不看的，都放在那邊。到時候，價錢起了，就再賣掉。這是沒有文化的時代。現在慢慢有所改變，是一個好事。民間其實也有很多愛好者，但是經濟能力負擔不起，太好的東西沒錢買。我如果有錢，可以把好的東西都收進來了，所以張五常説：“我如果有黃君實那雙眼睛，我一年可以賺一個億。”他也是經濟學家。

李：當代藝術能不能用美術史的眼光來估價？

黃：我覺得當代藝術是有點炒作成分的。20 世紀 90 年代初，我們也拍賣過當代寫實派和少部分抽象畫的作品，但是有些東西，無論中國還是外國都還沒有承認，畫家自己就來炒高，我們就不收。有一個當代畫家的代理，第一次把畫價弄得比陳逸飛還高，我就認為是炒作。第二次拿來幾十件，我只收兩件試試看，結果賣得不好，還流拍。這擺明是炒作，以後就不收了。

李：20 世紀的中國畫家，有哪些人在拍賣中受到重視？

黃：20 世紀的大師，如張大千、齊白石、傅抱石、徐悲鴻等一直都是拍賣行業的重心，當時仍活着的畫家，有謝稚柳、林風眠、吳冠中等。現在的畫家我不太清楚了，有些畫其實不值幾千萬的。吳冠中的畫，早期價格也便宜。後來，我給他做了兩次封面，拍賣界遂有影響了。他的個人風格也很突出，價格就起來了。當時中國哪有市場？ 20 世紀 80 年代還沒有開始，20 世紀 90 年代以後才有中國拍賣市場，很多人才開始問我。那個時間，我還沒有離開拍賣行業。其實近代畫還是值得重視的，但是中國畫，嚴格來講，粗製濫造的不少，很多人想賣錢，就沒有用心去畫。這方面我也不想批評。在中國來講，傳統也繼承不了，外國的東西也學得不夠。我不是偏愛古畫，我做拍賣，要對近代畫做研究。我是蠻愛看齊白石的，他有些東西也畫得比較馬虎，拿出來，我看真的，人家説是假的，這也沒辦法。

李：現在中國市場發展太快了，你對中國的藝術品拍賣這塊如何看？

黃：我離開這個市場，就不想批評，也不想多講，他們是做生意，我幹嗎要講反話拆他們的台，大家接受就可以了。而且，我講多少沒有用的。很多人希望去年買，今年就賺，其實現在收藏的心態是不對的。至少你收的東西自己要看看，現在是買了就擺在一邊，就等着漲價。藝術品收藏又不是股票，所以現在搞得太笑話了。以前，很多的收藏家之間有交流，現在的人收了不帶出來，就堆在一邊，很多人買不起，就沒有機會看。

興趣：收藏的第一要義

黃君實先生訪談

採訪日期：2008 年 6 月 8 日

採訪地點：上海綠地豪生酒店

採訪者：倪淑穎（以下簡稱“倪”）被採訪者：黃君實（以下簡稱“黃”）

倪：黃先生，您是華人收藏家，又是知名的鑒定家，請問是什麼原因促成您走上藝術鑒定與收藏這條道路的？

黃：我自幼性喜書畫，童稚時便常在家中牆壁及大門上繪門神，寫大字。稍長，買書籍、複製品及一些印有故宮藏畫的刊物學習，尤喜歡讀書，對古文辭、詩詞、歌賦及歷史地理等知識都深感興趣。1962 年，我入讀香港中文大學（當時稱崇基學院）中國文學系，勤於書法，偶爾也涉足繪事，曾得廣東書畫家李研山老師指導。為經濟所限，收藏是談不上的。至大學二、三年級，遇林千石老師，先生精於篆刻及書畫。往來之餘，接觸了一些香港藏家，所藏以明清書畫為主，少有宋元。且藏家多珍愛古物，對我這樣籍籍無名的年輕人是不會輕易出示藏品的。彼時的展覽不及現在的多，故能觀真跡的機會頗為有限。在書法上，我倒是略有薄名。畢業後，留校任助教。至 1966 年，我拿到日本外務省獎學金，赴日研究六朝詩歌。在日本京都大學人文科學研究所當研究員。半年後，在學校的建議下，我考入京都大學，攻讀文學碩士學位。日本的東京、京都、大阪等地公私博物館常展出流傳在日本的中國名畫使我眼界大開。暇時，我便徜徉於京都新門前一帶的骨董店，結識了不少骨董商和收藏家。他們知我是中國人，喜好書畫，便經常相邀賞玩，遂沉醉於卷軸、古籍中。他們有時有釋讀不出的草書和印文，亦找我解惑。幾年間，我看了不少珍品，受益良多。我個人的收藏亦從此時開始起步。

我收藏不是為了賺錢，而是僅憑心中一點興趣，樂此不疲。因為自己能執筆書寫及繪畫，又頗長於記憶，日積月累，便慢慢有所感悟，眼光也好了起來。而文學、歷史、地理方面的知識對鑒定也有很大幫助。

在日本拿到碩士學位後，我又駐留兩年。東京有個孔子廟，當地稱之為“聖堂”，由明朝朱舜水（朱之瑜，1600 — 1682）主持建造。一旁有個專門賣古文物的部門，價格亦不算貴。我興趣頗廣，古籍、書畫、硯台、碑帖等都愛不釋手，略有閒錢就傾囊而購，滿足自身喜好。後來，我又成為日本東京靜嘉堂文庫的研究員，該文庫藏有清末湖州名藏書家陸心源的家藏古籍。陸心源是浙江歸安人，為清末四大藏書家之一。陸氏的皕宋樓與楊氏海源閣、丁氏八千卷樓、瞿氏鐵劍銅琴樓齊名。陸心源去世後，皕宋樓所藏宋元版刻本和名人手抄本四千一百四十六部四萬三千二百十八冊，於 1907 年為巖崎所購，運往日本，成為靜嘉堂文庫的基本藏書。陸氏的書畫收藏則以穰梨館為主，他所著的《穰梨館過眼錄》，同樣十分精到，在書畫收藏界極負重名。

1972 年，我拿到另一項獎學金，赴美國堪薩斯州立大學攻讀東方美術史碩士。彼時，李鑄晉教授研究元畫，我一邊浸淫在圖書館，一邊幫他收集元朝史料。兩年半後，獲東方美術史碩士學位，便進入堪薩斯州的納爾遜 — 阿特金斯藝術博物館工作。該館以豐富的東方藝術品享有盛名，收藏的宋代巨作有李成《晴巒蕭寺圖》、馬遠《春遊賦詩圖》、夏圭《山水十二景圖》、許道寧《漁父圖》等，明人作品有沈周《山水圖》卷，以及仇英、文徵明等人的作品，都堪稱經典。館長史克門是美術史學界的前輩。他母親來北京傳教，還作過王世襄的英語老師。史克門年輕時隨母親來北京，並曾從溥儒習書畫。他是一位中國通，在美國威望很高。我在該館做研究及編寫藏品目錄，歷時五載。這期間，我借博物館工作之便，走訪了美國各地的私人藏家和博物館，如波士頓博物館、佛利爾美術館、紐約大都會藝術博物館等，這些館都有豐富的中國畫館藏。而書法作品，以普林斯頓大學藝術博物館的收藏最為精彩。這些藏品多是 1949 年前後從中國流出去的。1981 年，納爾遜藝術博物館與克利夫蘭藝術博物館聯合舉辦“八代遺珍”中國書畫展。我幫助編撰展覽圖錄，這是一次空前精彩的展覽會，薈萃了唐、宋、元、明、清的歷代珍品。後又赴日巡展，影響深遠。同年，我受紐約佳士得拍賣行之聘，主持中國書畫的拍賣，從學術界走入了拍賣場。

當時，因為識者稀少，研究及推廣不足，中國書畫在西方藝術品市場一直十分低迷。當時，佳士得只有一個東方器物部，中國、日本、東南亞等東方各國的藝術品都屬於此部門。我竭力將中國書畫從中分離出來，獨立成了中國書畫部，在全球推廣中國書畫。我日常往返於美國、中國香港和日本之間，聯絡藏家，搜覓書畫作品，逐漸與蘇富比的中國畫專場形成競爭之勢。在國外，書法因其難懂而無人問津，所以一直沒有市場。我憑藉自身精於書法，善解草書，為人闡釋其意，故拍賣上屢有佳績。蘇富比的書畫部歷史較久，長期得到大藏家的支持。我則成長於中國香港，遊學於日本，定居於美國，因對書畫的熱愛，漸漸地也與各地藏家及買家們成為好友。自 1981 年到 1997 年，我在佳士得工作達十六年之久。退休後，又在蘇富比作書畫部的顧問，可以説，我為中國書畫的拍賣市場傾注了全部心力。我很高興看到中國書畫逐漸被認可，價格在國際市場數倍攀升，市場也慢慢蓬勃起來。我挑選的拍品大部分是好的，隨着經驗的積累，我對鑒定也更有信心了。

我的一生經歷大致如此，書畫本是餘事，生意亦是外行，只因喜歡，把一生精力盡付中國書畫，希望能對這些文物，起到一些推廣及保護的作用。

倪：您在日本讀研究生，又長期在美國工作，您認為日本、美國和中國的收藏家有哪些差別？

黃：在美國，捐贈是可以抵稅的。收藏家與博物館關係甚密，對東方傳統文化也饒有興趣。博物館設有東方部門，不少藏家會先買下一些東西，日後捐贈。早先是國外買家多，中國香港買家只是一部分，中國台灣的買家最少。隨着中國台灣地區的經濟慢慢復甦，1986 年起，中國台灣買家陸續活躍起來。在中國台灣，傳統的文學根基比香港深厚。香港以英語為主，傾向西學，偶有例外。譬如利榮森先生，他是香港收藏古畫方面頗具影響力的一位，他畢生的收藏都捐給香港中文大學，創建文物館，以弘揚中國文化。我與他是舊相識，早年在日本，我們就已相知。一些很貴的字畫、拓本等，只要文物館需要，他知道了都會買來捐贈。

中國台灣的蔡辰男先生是有經濟實力、有魄力的一位。1987 年，一幅原是黃君璧先生收藏的沈周《山水圖》，被他以四十六萬美元買去了，創了當時世界上中國畫的拍賣記錄。而此前一年，趙孟頫的《蘭蕙圖》卷，競爭異常激烈，最後以三十六萬美元被三藩市（舊金山市縣）一位西方藏家購得。此後，中國書畫的全球拍賣紀錄一再被刷新。1989 年，拍賣市場欣欣向榮，蔡辰男、陳啓斌、陳啓德等中國台灣藏家都爭相競買。是年 6 月，佳士得在紐約舉辦“中國重要古畫拍賣”。這次春拍，我收集了兩本目錄，一本是精品目錄，內有三十張古畫，其中元人《秋獵圖》，被蔡辰洋以一百八十七萬美元拍得，創下當時中國古代書畫拍賣的最高紀錄。另一件董其昌的《婉孌草堂圖》，物主原是杭州汪莊的主人。老人家過世後，家人拿來兩件拍品，一件即《婉孌草堂圖》，另一件是唐伯虎的《山靜日長圖》冊。《婉孌草堂圖》是董其昌最負盛名的代表作，是為陳繼儒隱居小佘山的草堂繪製的。入清宮，後被乾隆視為至寶，每外遊都攜帶，並親自題跋二十二次，《平生壯觀》《墨緣匯觀》《石渠寶笈三編》對此圖都有著錄，上面的印章更是不勝枚舉，確是罕見的珍品。1989 年 6 月，此圖以一百六十五萬美元天價賣出，成為當時僅次於《秋獵圖》的價格第二高的中國古代書畫，引起一時轟動。而《山靜日長圖》冊共十二頁，附有王陽明書唐子西語，用筆細膩，氣韻絕佳，以六十六萬美元成交。那場拍賣，一本三十件作品的目錄，賣出二十九件，只一件流拍，共得六百多萬美元，加上另一本目錄成交的兩百多萬美元，一個拍賣會，總計拍得八百多萬美元，震驚世人。這是當時唯一一場中國畫比陶瓷拍得價高的拍賣會。古畫能賣到那麼好的價錢，連公司都對我另眼相看，我的名聲也隨之大了起來。我們的顧客，除了中國香港、中國台灣地區的買家比較多，美國方面也有不少私人收藏家與博物館，比如紐約大都會藝術博物館和我工作過的納爾遜 — 阿特金斯藝術博物館也常常撥款到拍賣行購畫。中國大陸那一時是空白，即使上海有人想買，也很難籌集資金，只能寄希望於華僑買回來後捐贈。

此外，很多人誤以為日本人有錢，其實日本收中國畫的人並不多。日本的收藏家大多是明治、大正年間的家族財閥。財閥就相當於資本家，他們不用交賦稅，每年只需捐一筆錢給國家即可。由於利潤高昂，就有閒置的錢用於收藏。所以，日本的收藏多集中在三井、三菱、阿部、住友及藤井有鄰館內。前幾年，高價回流的米芾《研山銘》原來便是有鄰館所藏。他們收藏有很多宋元精品，如宋版書、古籍善本、碑帖等都保存完好，極為珍貴。聽一位老前輩講，三井搜覓古碑帖，是預付資金，請人在中國不惜代價地尋訪。財團收藏的宋拓本、碑帖，約五十多種，包括北宋石鼓文本、唐拓虞世南《孔子廟堂碑》、褚遂良《孟法師碑》都在所藏之列。二戰後，日本經濟不振。我留日時，收藏之風已萎縮，偶爾有些書店老闆及文物商會買，但都很謹慎。

中國的香港、台灣地區，對中國文物的保存很是重視。香港方面，因對古書畫真偽的意見分歧大，故而多買瓷器。台灣地區，大多數是國民黨官僚赴台時帶去的珍品，雖不少已賣出國，但隨着經濟振興，又漸漸回流。張學良的家藏是個例外，張家和蘇富比的關係很深，所以我雖認識張學良，卻從未開口向他拿一件拍品。

我於 1981 年到紐約佳士得工作。翌年，佳士得在紐約單獨成立中國書畫部。1986 年 1 月香港佳士得成立，我改 CHRISTIE'S 的原中文譯名“克里斯蒂”為“佳士得”。當時，蘇富比已在港紮根十年了，佳士得卻還未起步。第一期拍賣的景況淒涼，連瓷器都收不到，只有中國畫和珠寶翡翠。我們將中國劃分為新舊兩部分，新畫在香港拍，古畫仍放在紐約拍。直到 1992 年、1993 年，方才移一部分古畫至香港。我自從 1981 年工作到 1997 年退休，足足十六個春秋。壓力之大，是常人無法想見的。退休後，清閒了一年，蘇富比又請我當古畫顧問。如此又操勞了三年，辦了幾期很好的拍賣會，後因身體不適，淡出了。談笑間，二十七年轉瞬即逝……

倪：在拍賣行工作，對學習提高收藏有什麼幫助呢？

黃：從前做拍賣，都是勸客人有興趣才買。我從不保證誰買了，過一兩年一定能賺錢。其實，對古董沒興趣的人，最好不要買，想賺錢可以買股票，買地產，不要買藝術品。我自己是這樣主張，和買家也這樣講。起初不懂時，可以自己找書研究，詢問專家，等慢慢愛好了，再介入收藏。早先很多買東西的人都是真愛好的，不像現在，春季買了，秋季就賣，炒得那麼厲害，太過投機，這是一種很不正常的觀念。

倪：在您看來，一個成熟的收藏家應該具備什麼要素或者條件呢？

黃：第一要有錢。張大千説，錢是雅根。沒有根，人就雅不起來。老話講，有眼、有膽、有錢，三者具備，當收藏家就有條件了。光有眼力、有錢、沒有膽，不敢買也不行。但最重要的仍是喜歡，不喜歡，就算佔有了它，也無法體會它的韻致。收藏的興趣在於賞玩，賞玩之餘，不懂就翻查資料，研究比對，如此研究古畫就有了生氣。古時，收藏多是小圈子裏，三五知己互相把玩。而今，很多有錢人自己並不喜歡，只是附庸風雅，家裏掛上齊白石、傅抱石的畫以顯示身份，後來買油畫，也多有炫耀的意味在。而古畫真是用來“藏”的，像骨董、瓷器一樣，多有研究價值。古畫的門類很多，不能亂買，要專攻其一，比如收明朝人的作品，可先買

“明四家”；收清朝書畫則八大山人、石濤、清初的“四王”、吳、惲、清中期的揚州八怪等，慢慢積累。一下子全買，就亂了。唯有古書畫有這般趣味，新畫就是收一百張齊白石，也不值得我艷羨。畢竟近代畫易懂，沒有功底，只多聽聽看看就可以了。

但收藏古書畫，一定要讀大量的參考書，用心研究，才能品其韻致。

倪：很多人認為，鑒定家是一代不如一代，您同意這個看法嗎？

黃：應該說是研究中國傳統學問的人一代不如一代。現代人對傳統學問有興趣的已越來越少。博物館收藏了大量優秀的古書畫，卻少有展覽，民間市場能流通的很有限，觀看確實不易。現在的畫，大多是炒來炒去，從前我們賣出的，翻個價，現在又拿出來賣。真正的藏家少了，炒賣的人多了。這個賺錢容易，也難怪他們，要做生意嘛。

古書畫裏有很多學問，畫家本身的風格、時代背景，藏家的收藏印、款識、題跋等都有講究。收一件東西，起碼要翻翻著錄，看看印章，對它有個基本的認識。像我自己收藏，總秉持着一種保護文化的心態。我覺得自己不收，被不懂的人收去，就埋沒了這件東西。我在國外，並非很有錢，但我有條件買點古書畫。有很多作品，很多人不懂，說是假的，我覺得值得研究就買了。我的收藏中，很多是名氣不大，但畫史留名的。日常讀書過程中，只識其名，不識其畫的，我就特別留心收，這些也相對比較便宜。好像日本舶來畫家的作品，陳元贇（1587 — 1671）、隱元隆琦（1592 — 1673）、獨立性易（1596 — 1672）、朱舜水（1600 — 1682）等國內少有人問津，對日本卻影響很深。清初，浙江有個東皋心越和尚，金華浦陽縣人，抗清事敗後東渡扶桑。這位多才多藝的僧人，被譽為“日本篆刻及古琴之父”。2000年，日本人出資在心越的故鄉金華興建東皋心越紀念館及心越閣，可是大堂長年關閉，除了一尊雕像，竟無一件心越的作品，也無片言隻語的介紹。樓閣建成才不過數年，樓梯地板已開始脫落，冷清的庭院沒有遊人。因為中國沒有心越的作品，這竟成了一個空館。心越的作品，我有五六件，有書有畫。今年 3 月，我在香港城市大學舉辦了“東渡奇葩 —— 日本江戶時代中國旅日書畫家”展覽，展出的就是這批所藏 17 世紀中期至 19 世紀旅日書畫家及受其影響之日本藝術家的作品，約一百幅。

在美國，大學藝術系的學生們常常在博物館的庫房內上課，真跡一件件拿出來，揣摩提問。每週六，還有一種課程是專門供小孩子們參加的。這種制度對傳承文化非常有益。當然，外國人看畫偏重構圖，歷史方面，尤其是中國傳統，他們也不是很懂。

作為一個鑒定家，對中國的文學、歷史一定要有修養，要看的多，多聽取別人意見，且在書畫上最好能動動筆。過去，王己千先生曾以為我出身於書香門第，富有收藏，方有今日才學。實則不然，我出生在一個華僑家庭，家中無收藏之風，本身沒有做鑒定家的條件，僅憑着自己愛好，又因工作等各方緣由才慢慢走上了這個專業。所以，愛好是一種與生俱來的動力。你對收藏有興趣，老前輩看到這份興趣，是會樂於傳授技藝的。我常勸有志於此的年輕人，不要錯過機會，拍賣預展要多看，這是揣摩真跡最好的機會。對有懷疑的作品，找資料多研究，慢慢積累就有經驗了。此外，圖錄、書籍要多看看，培養興趣。當經濟能力許可時，可以購置一些，如此日積月累，方能有所成。真正成為一個好的鑒定家是比較難的，既要對中國的文史、書畫頗有研究，又要喜好藝術、見多識廣。成為這樣一個全才，實非易事。

倪：真正成熟的鑒定家要達到什麼標準呢？很多人注重於專業，人品重要嗎？

黃：人品當然重要，起碼不能騙人。真就真，假就假，不能違心。當然，堅守這一原則有很多困難，有時説了真話，別人會不高興。我們也碰到過這種尷尬的場面，一位大收藏家把藏品給你看，你覺得有爭議，卻不好開口，怕傷了對方面子。但若是他問了，你就不能不講真話。做拍賣的，講了假話，別人順勢就把東西交給你拍賣，你就很麻煩。

倪：業界認為是您在紐約開創了中國古代書畫拍賣，您如何看待自己所起的作用？

黃：我並不認為自己很了不起。第一，這是我的工作；第二，這是我的興趣。有機會，盡力做好一點，僅此而已。碰到愛好收藏的人、買賣的生意人，我都將自己真實的意見告訴他們，盡力去幫助他們。外國人不懂書法，要解釋其意很難，有時我也譯不過去，只能比畫着告訴他這是字，是草書。1972 年，我到美國，利用春假的時間到紐約去看顧洛阜先生（齋名漢光閣）。顧洛阜是個收藏家，他在 20 世紀 50 年代收進了許多重要的中國書畫作品。在當時，他的收藏在美國私人藏家中是最具影響力的。此人的收藏大部分是張大千賣給他的。他家族富有，父親死後留下一大筆現金。1958 年，他花了六十多萬從張大千手上購得一批東西，其中有宋人黃山谷、米芾、郭熙、宋徽宗的，明人如董其昌、張瑞圖、王鐸等，都是不得了的作品。他本身不很懂，但喜歡聽別人講。我去看他，他一件件翻給我看，和我探討。郭熙的一卷《樹石平遠圖》，現藏於美國紐約大都會藝術博物館，上面蓋有宋徽宗的收藏印，有趙孟頫、馮子振、鄧文原等人題跋，後經明王世貞、清梁清標等人收藏，裱首是宋朝緙絲。當時，美國研究中國美術史的如高居翰等都説是元朝畫。我説這張畫和《早春圖》是一路的，題跋都是對的，有很重要的價值。顧洛阜聽了很高興，別人説是假的，而我説是真的，且能有理有據。現在，大家都承認這是郭熙的作品了。在國外，你可以幫助美國人了解中國藝術。後來我為顧洛阜編了圖錄，舉辦了宋元書法展，展出了米芾重要的早期作品《吳江舟中詩卷》、黃山谷的草書手卷《廉頗藺相如傳》、趙子固《梅竹三詩》、耶律楚材的孤本《送劉滿詩卷》、李結《西塞漁社圖》後范成大的題跋，以及趙孟頫的幾件作品等。根據他的遺囑，這些作品在他去世後都捐給了紐約大都會藝術博物館。這使該館成為美國中國書法收藏的核心。後來，我遇到張大千。談及此事，他感慨地説，“啊呀，我這些錢都在巴西花光了”。

倪：在西方，有很多國外鑒定家，您認為他們的鑒定有什麼特點？

黃：中國鑒定家比較講究筆墨、著錄、紙絹和印章，而國外鑒定家偏重構圖，對筆墨知之甚少，書法也不太懂。國內的弊病在於只對印章，一個印章不對，就認為有假，如此草率的判斷是有問題的。其一，上海博物館編的那套《書畫家印鑒款識》收羅不全；其二，一個畫家一生用章更迭頻繁。有一次，北京保利有一張“吳中四傑”之一楊基的《淞南小隱圖》，上有九龍山人王紱題：“層層樓觀當湖曲，瑟瑟松風生夏寒。最好玉蟾波面出，此時誰共倚闌干。洪武廿五年夏五月題淞南小隱圖。”原為清宮舊藏，有乾隆印璽及御題詩，散佚後又經龐萊臣收入虛齋。此圖一看就是受王蒙影響的東西，根本是沒有疑問的。有人卻質問説，王紱的圖章對不上，我説“孟端”這方字號印，王紱有好幾方，不能單憑題跋上的一方印章，就武斷地判定這件作品是偽品。

所以看書畫，最重要就看作品本身。筆墨怎樣，風格到不到那個時代，是不是畫家那一時期的風格，此外圖章、紙絹、款記等都很重要，但要整體地看。圖章是鑒定中的一個方面，能對上，自然更好。同一方印章打五次，印泥不同，印出來次次都不一樣的，光對圖章是不行的。中國人講“望氣”，看畫還是要看畫的本身，而外國人不太懂。他們看中國畫就像中國人看西畫一樣，不能深入其髓。有些作品歷經年久，有一定缺陷破損，也只能無奈了。美國納爾遜—阿特金斯藝術博物館有夏圭《山水十二景圖》卷，絹本水墨，原有十二段，現僅存四段，描寫遙山書雁、煙村歸渡、漁笛清幽、煙堤晚泊，是夏圭晚年精品，後有董其昌的題款。高居翰説，這是明朝畫。我便問他如何判斷的。他説和學生一起看幻燈片，放大後感覺筆法不似宋朝人，倒似明朝的。實際上，將筆墨放大成幻燈片，如何還能得其精髓，完全是不對的。他們太注重形式（form），而不看筆墨，其實造型完全可以仿效的。風格有兩種，一是造型的風格，二是筆墨的風格。沈周的筆墨有沈周的風格，文徵明有文徵明的風格。不懂，就只能看對一半。外國人永遠不可能像我們一樣看懂中國畫，就像對於西洋畫，我們的研究也永遠及不上外國專家那樣深刻。我若去鑒定文藝復興的作品，別人一定會取笑我。日本人也講，美國人懂得看日本畫嗎？不懂。中國人不要總是妄自菲薄，外國人説什麼都當真。國外只是研究的系統比較清楚，分析得很科學，用一個形式去套，就像寫博士論文一樣，能自圓其説而已。中國有很多老專家，經驗很豐富，但沒他們那麼系統化。中國文化比較混沌、抽象，而外國人一定要講清楚一張畫的前景、中景、遠景如何佈局，以至於他們看《韓熙載夜宴圖》時，看到屏風上的畫有馬一角、夏半邊的味道，就認為這畫是南宋的作品。其實，南唐人畫一點小景又何嘗不可呢？對不對？

倪：您在工作中結識了無數收藏家，能説説哪幾位給您留下深刻印象嗎？

黃：顧洛阜先生是位很有趣的人，他自己不懂中文，卻愛聽別人講。一個外國人對中國文化有濃濃的情感，我們也很佩服他。日本的橋本末吉先生，收明朝的及來舶畫人的作品很出名，他的每件藏品自己都認真研究過，聽他講講這些東西的來歷，如何買來，以及早先的流傳經過，是頗有意思的。王己千先生很懂，收藏的宋元名作在當代無人可及。王老對倪雲林深有研究，收藏的倪畫有七八件之多，都是絕無爭議的。紐約大都會藝術博物館曾從他手上購藏三十七幅宋元畫，其中最珍貴的有南唐董源的《溪岸圖》和宋元時期如王蒙等人的著名作品。他過世後仍留有二百餘件書畫，包括北宋武宗元所繪的《朝元仙杖圖》等國寶級文物。

還有一位程琦先生，我很熟悉。1970 年至 1971 年，我在日本幫他編撰過《萱暉堂書畫錄》。他藏品頗豐，有宋徽宗兩件、巨然三件、董源一件，書法有米南宮、趙孟頫和不少宋人尺牘，都是不得了的收藏。他出身於骨董世家，瓷器、銅器無不精通，也賺了不少錢。他的老師傅增湘是傅熹年的祖父。程先生學問很好，善寫文言文，對所藏的每件作品都有詳細研究，並親撰題跋，這些題跋大多是由我用書法抄錄在卷後的。前幾年程先生去世後，家中所藏大部分轉給台灣林百里。現在，林先生也是大收藏家了。此外還有香港的利榮森先生，祖籍廣東。他雖繼承祖業，奔波於商場，但癡迷文物，熱情始終不減。他所藏的範圍很廣，古字畫、古碑帖、瓷器、青銅器、古玉器都有涉獵。他主持的"北山堂"基金會長期支持香港中文大學文物館，個人藏品也都捐獻給了該館。所以，收藏還是要有興趣，沒有興趣的收藏家是不值得佩服的。

再如劉作籌（字均量，室號虛白齋，廣東潮安人），視書畫如同性命一般。一次出車禍，他竟全然不管手上的傷，只顧着保護懷裏抱着的畫卷不受損。虛白齋的明清書畫收藏是一流的，這批藏品在其生前已經都捐給了香港藝術館。劉先生從前是銀行經理。每次我到他家，他都不辭辛苦，特意去銀行從保險櫃裏取東西給我看。他師從黃賓虹，詩畫兼通。我們閒談，相聚甚歡。其實老一輩藏家都有這樣的素質，年輕一輩的我就不甚了解了。把收藏視作投資來搞，顯然是不對的。將來，中國的收藏風氣要慢慢轉正過來，就要靠老一輩人諄諄引導。現在對年輕的收藏家，有興趣的，我都盡力幫他們慢慢收集一些，香港就有一兩位這樣的藏家。但因我本身不太喜歡交際，大陸藏家就接觸不多了。

倪：聽說您認為對前人有疑問或無款作品加以研究，是鑒定的重要一環，您的出發點是什麼？能舉幾個典型的例子嗎？

黃：出發點仍是學術研究。比如明代的偽作對當今依舊有研究價值，有些原作散佚了，偽作保留就仍有價值，包括研究張大千的偽作也是有意義的。儘管偽作的價值始終不如真跡，但也不能輕易否定，更不能把偽作毀掉。

還有很多傳世作品被誤判成"偽作"，我通過認真的研究，為其翻案。能通過自身學識還原前人的本來面目，是我對前輩畫家負責。譬如，故宮博物院藏清末任熊的《姚大梅詩意圖》冊，之前一直被公認為真跡，但經我們考證，找到了一個更好的本子且來源清晰，這種情況當然應該翻案。我們不能對不起任熊，世人把他的偽作當成真跡，他會不高興的。為此，我太太龐志英專門寫了一本《任熊研究》，以示來由。這兩套冊頁皆出自蘇州顧氏過雲樓，因為《姚大梅詩意圖》冊太過出名。求觀者眾，顧家就仿造了一本，以備外人求看。畢竟，若來訪者官高位重，貿然拒絕是多有不妥的。狄平子曾在《平等閣筆記》中提到這樣一件事，有一位上級官員看中了狄平子家藏的王蒙《青卞隱居圖》和宋人《五老圖》，硬要兩者擇一，拿走一件。他無奈，思量許久，送出了《五老圖》，留下了鎮齋重寶《青卞隱居圖》。此外，古時還有因不給嚴世蕃《清明上河圖》，另摹一卷給他，結果全家被殺的例子等。因此，有些書畫作品常有好多個摹本，越有名的畫作越是如此。台北故宮博物院藏有王蒙的《花溪漁隱圖》，這張作品存世的本子共三件。依我看，一件是清初摹本，一件是明初摹本，一件是真跡。初看三張一樣，但經仔細比對，真跡方浮出水面，這就是研究的價值。現在照相、圖錄使作品信息公開透明，對鑒定是有益的。因為單看一件作品往往很難抉擇真偽，有了比較，判斷的把握就大了。王蒙的另一件作品《林泉清集圖》，目前我最少看到二三件摹本，有的可能是清王石谷的臨本，這些也都有價值。張擇端的《清明上河圖》真本在故宮博物院，其餘很多是明末的"蘇州片"（偽作）。《清明上河圖》的摹本，明朝有，清朝亦有，各有各的價值。我年前在香港的拍賣行買到一張趙孟頫的青綠山水大軸，原為張大千所藏，專家就認為是張大千摹的。其實，張大千的臨本現藏於台灣歷史博物館內，兩者一比，優劣自明。且它在《大風堂所藏名跡》的第一集裏著錄，大千居士雖然狡儈，卻不會將自己仿造之物放入所藏名跡內。

倪：您是一個書法、文學造詣很高的鑒定家，這方面的長處對鑒定有什麼具體的幫助呢？

黃：中國講書畫同源，畫的筆法和書法深有關係。很多作品，我們重視它，因為其中有筆意。你看一張元朝畫，或許構圖並沒什麼特別，但細看筆墨很有趣，含着一種古味、一種拙味，頗耐人尋味。書畫本是相通的，繪畫表現自然形象，書法表現文字形象。真正成為一個好書法家很難，古代的收藏家最後愛收書法，因為書法本身有造型，線條的萬般變化都蘊含其中。此外，書畫多和文學有關，即便畫本身沒什麼文學題材，但是一幅幅山水煙雲都令你想起詩句、詞句中的意境。詩畫同一，乃至後世文人畫中的題跋，若缺乏文學修養，不會欣賞詩詞，弱了。

倪：對於中國藝術品流落海外，您怎麼看？

黃：因戰爭被搶的，已無法要回來了。英國、日本都是這樣，搶去就不還的。前人賣出的，如同今天我們買美國的藝術品，美國人買歐洲藝術品一樣，無從後悔了。我覺得，中國過去賣出去的，現在有能力買回來當然好，但也不能將藝術品回流誇大化。如果中國的藝術品國外一件也沒有，西方人怎樣認識中國的文化呢！你要外國人認識你的文化，就要有一些東西留在外面。比如，我們對日本的很多文化不甚了解，日本卻保留着很多我們的文化，因為他們有我們的東西，而我們沒有他們的東西。今天，世界已成為了“地球村”，不再是一個個狹隘的地域概念的拼湊。在日本時，三菱的負責人就問我，你對我們把你們國家的寶貝比如宋版書買到日本，有什麼意見。我説，你把它們買回來，造了一個連地震都不怕的圖書館，完好得保存到現在，我才有機會看到，這也是一種功德。而且，國外很多博物館、圖書館都將藏品公開示人。你要做研究，只要憑申請就能去看，所以回流並非特別重要。有經濟基礎在，世界各國互通有無，以前流出去的，現在終會買回來。像日本過去藏了很多，現在中國正慢慢地買回來，一方面，他們已不太懂了，其次他們需要錢就賣了。

倪：日本的藝術收藏界有何值得學習借鑒的地方？

黃：在日本，收藏並不是國家行為，國家不會強制干涉。日本的機構很自然，你可以捐給它，它自身有能力，也會每年收購一些。日本的收藏風氣偏重民間。教授家裏會有幾張字畫，一般的生意人家裏也會有。日本畫、中國的銅器、瓷器、拓本等，民間都有人收藏，且風氣很盛。如此一來，民眾的知識就很豐富。在日本，很多人知道馬遠、夏圭，國內很多人倒未必知道。

倪：您對國內的鑒定家印象如何？

黃：我熟悉的都是老一輩的鑒定家，像謝雅柳、徐邦達、傅熹年、楊伯達、楊仁愷等人。新一代的鑒定家我不大接觸。年紀大了，年輕人不找我，我也不知道他們鑒定的水準怎樣。

倪：有人認為“自己不做收藏的鑒賞家是學不到真本領的”，您是否贊成此觀點？

黃：有能力，經濟條件允許能買點東西，進步當然快，比到別人家裏看東西方便很多。但是朋友家裏有收藏的，你同樣可以學習、研究。在博物館、拍賣會，也都有機會看到真跡。收藏和知識要分開。收藏是有能力才收，但學習知識，什麼時間都可以。買書、買圖錄、買精良的複製品都是學習的途徑。所以不能一概而論，但因為自己掏腰包去買，就會更用心一些，進步也快一些，這是很自然的。

倪：現在中國藝術品價格暴漲，這對收藏家是好事還是壞事？

黃：好的方面，可以看到中國經濟的發展。壞處是炒作、不誠實的風氣已越演越烈。為了賺錢而收藏，我始終是不贊成的。當然，有時賺錢是無意間的水到渠成，比如前十年買的東西現在一定賺錢了，這是自然而然。但人為的炒作，有很多的不合理處。像當代油畫的漲幅之高，從五千漲到四千萬，完全沒什麼道理，也未必值得。在古畫收藏領域，我並不擔心，一方面真的好東西沒多少，另一方面它們畢竟經受過歷史的考驗，能流傳的下來都是好作品。現在，一張文徵明可能賣不過一個近代畫家，齊白石的冊頁賣二千多萬，八大山人的冊頁也賣二千多萬。此外，大家拼命哄抬宮廷收藏，一看乾隆有著錄，價錢就翻好多倍，這也是有問題的。宮廷中有很多好東西未必在《石渠寶笈》的著錄裏，而且宮廷中也有假的。這也不是真正對藝術有修養的人的心態。

倪：現在中國大陸與中國台灣以及中國香港地區是中國收藏家最集中的地方，他們的風格相同嗎？有什麼區別呢？

黃：香港人一般都是自己喜歡才收藏，他們不太張揚，收了什麼也未必告訴你，多在小圈子裏自己欣賞。大陸也有這種人，尤其是收古字畫的，多是自己喜歡。即使賺錢，也都是正常的商業活動。當代油畫的情形就不得而知了，也許很多人都受騙了。年輕人不懂，會上當也不稀奇，國內都有這種情形。

倪：您對華人收藏家大會有何期待和建議？

黃：沒有什麼建議，大家聊聊天，交換交換意見，目的就達到了。

黃君實藝術簡歷

學歷及工作簡歷

1961 年	香港崇基學院中國及東方語文學學士。
1962 — 1964 年	任香港崇基學院中國及東方語文學系助教。
1964 年秋	獲日本外務省獎學金，赴日本京都大學研究六朝詩文及唐宋詩學。
1969 年	日本京都大學中國文學碩士。
1970 — 1972 年	日本東京靜嘉堂文庫研究員。任著名書畫收藏家程伯奮先生之研究助理，編寫《萱暉堂書畫錄》。
1975 年	美國堪薩斯州立大學（Kansas State University）東方美術史碩士。
1975 — 1980 年	任美國納爾遜 — 阿特金斯藝術博物館研究員。 任美國納爾遜 — 阿特金斯藝術博物館中國水墨畫及書法課程導師。
1981 年	任紐約佳士得拍賣行（Christie's New York）中國書畫部主任。
1985 年	兼任香港佳士得拍賣行（Christie's Hong Kong）中國書畫部主任。
1992 年	升任佳士得國際拍賣行（Christie's International）中國書畫部國際主任。
1999 — 2001 年	香港蘇富比拍賣行（Sotheby's Hong Kong）中國書畫部資深顧問。

書畫活動及重要展覽

1941 — 1942 年	居鄉，姑父授以王羲之《蘭亭序》，已能書榜書大字。
1951 — 1955 年	移居香港，亦時返廣州，結識李天馬、莫岷府諸先生，觀摩其書藝及所藏之碑帖。
1957 年	入讀香港崇基學院中國及東方語文學系，從伍俶教授學詩及研究六朝文學。拜訪李研山先生，得其授書畫之學。

1959 年	從林千石先生研究書藝。
1969 年	於日本同志社大學舉辦書畫個展。
1976 年	在美國納爾遜 — 阿特金斯藝術博物館舉辦書畫個展。
1989 年	參加香港漢雅軒在紐約舉辦之“神外書畫”展覽。
1990 年	參加“第一屆國際書法交流新加坡大展”。
1994 年	參加“台北國際書法邀請展”。
1995 年	參加“第三屆國際書法交流東京大展”，於新加坡蟬谷畫廊舉辦書法個展。
1996 年	與黃仲方、張洪合辦“鑒賞家作品聯展”，先後在香港藝術館及溫哥華精藝軒展出。
	應邀為香港甲子書學會名譽顧問並參加其聯展。
1997 年	於香港大會堂舉辦“黃君實書畫展”。
2000 年	於北京中國美術館舉辦“黃君實書法展”。
2001 年	獲邀參加上海書法家協會四十週年舉辦之“新世紀首屆上海市書法篆刻展”。
	獲邀參加韓國國際書法研討會及“世界書藝全北 Biennale 大展”。
	於上海美術館舉辦“黃君實書法展”。
	於香港大會堂舉辦“黃君實書法展”。
2002 年	於杭州西湖美術館舉辦“黃君實書法展”。
2005 年	參加中國滄浪書社及香港石齋合辦之“滄海連波書法展”。
2006 年	為香港亞洲電視講述上海博物館主辦之“中日古代書法珍品展”。
	為香港亞洲電視講述澳門藝術博物館主辦之“青藤白陽書畫特展”。
2008 年	在香港城市大學主辦“東渡奇葩 —— 日本江戶時代中國旅日書畫家作品展”。
2011 年	在廣東省博物館舉辦“黃君實書畫展”。
	在廣州華藝廊舉辦“黃君實書畫展”。
2023 年	在中國台北何創時書法藝術基金會舉辦“浮空積翠 —— 黃君實書法作品展”。
2024 年	在上海龍美術館舉辦《揮毫百斛瀉明珠 —— 黃君實九十回顧展》。

重要著作及出版

1965 年 《王羲之〈蘭亭序〉真偽辨》，發表於香港中文大學《崇基學報》。

1977 年 《文徵明及其交遊》（The Friends of Wen Zhengming, China Institute, New York），紐約中華文化協會出版。

1978 年 《黃檗文化 —— 禪宗書畫》，與 Stephen Addiss 合著，美國史賓沙美術館及堪薩斯州立大學聯合出版。

1980 年 《顧洛阜藏宋元法書名跡》（Masterpieces of Song and Yuan Dynasty Calligraphy from the John M. Crawford Jr. Collection, China Institute, New York），紐約中華文化協會。

1989 年 《項元汴與蘇州書畫家》，收入李鑄晉主編之《中國畫家與贊助人》中，美國華盛頓大學出版。

1996 年 《宋元明清四朝翰墨》，日本二玄社出版。

1997 年 《黃君實書畫集》，香港大業公司出版。

2000 年 《黃君實書法集》，中國動力有限公司（香港）出版。

2001 年 《黃君實書法集》第二輯，中國動力有限公司（香港）出版。

2003 年 《黃君實書法集》第三輯，杭州西湖美術館編。

2005 年 《黃君實法書集》，榮寶齋出版社出版。

2008 年 與鄭培凱合編《東渡奇葩 —— 日本江戶時代中國旅日書畫家》，香港城市大學中國文化中心出版。

2011 年 《黃君實書畫集》，廣東人民出版社出版。

2011 年 《黃君實書畫集》，廣州華藝廊出版。

2018 年 與龐志英合編《沃雪齋藏古代繪畫選集》，中國美術學院出版社出版。

2023 年 《浮空積翠 —— 黃君實書法作品集》，何創時書法藝術基金會出版。

2024 年 《詩書畫相伴的人生 —— 黃君實詩文集》，上海書畫出版社。

2024 年 《揮毫百斛瀉明珠 —— 黃君實書畫集》，中國美術學院出版。

黃君實詩文集

責任編輯：俞　笛
裝幀設計：吳丹娜
排　　版：吳丹娜
印　　務：劉漢舉

龐志英　編

出版

中華書局（香港）有限公司

香港北角英皇道 499 號北角工業大廈一樓 B
電話：(852) 2137 2338　傳真：(852) 2713 8202
電子郵件：info@chunghwabook.com.hk
網址：http://www.chunghwabook.com.hk

發行

香港聯合書刊物流有限公司

香港新界大埔汀麗路 36 號
中華商務印刷大廈 3 字樓
電話：(852) 2150 2100　傳真：(852) 2407 3062
電子郵件：info@suplogistics.com.hk

印制

雅昌文化（集團）有限公司

版次

2025 年 6 月初版

規格

16 開（185 mm×260 mm）

ISBN：978-988-8913-53-4